KNAUR

II

BERIL
KEHRIBAR

EMPIRE OF SINS AND SOULS

DAS GESTOHLENE HERZ

ROMAN

Besuche uns im Internet:
www.droemer-knaur.de
Instagram: @KnaurFantasy
TikTok: @droemerknaur

Originalausgabe November 2024

Ein Imprint der Verlagsgruppe
Droemer Knaur GmbH & Co. KG, München

Covergestaltung: Alexander Kopainski, www.kopainski.com
Coverabbildung: Alexander Kopainski, © Shutterstock.com,
Illustration Innenklappe: Luxury Banshee
Alle Abbildungen im Innenteil von Shutterstock.com:
Lana Brow (Outline-Rose), Anton Dzyna (Dornenranken),
klyaksun (Zepter), NadiiaZ (Schwert), Sunnydream (Rose), Zaleman (Spiegel)
Satz und Layout: Adobe InDesign im Verlag
Druck und Bindung: GGP Media GmbH, Pößneck
ISBN 978-3-426-53093-1

2 4 5 3 1

Liebe Leserinnen und Leser,

dies ist der zweite Band der *Empire of Sins and Souls*-Trilogie. Wie bereits im ersten Band erwarten euch auch in diesem Buch möglicherweise triggernde Themen. Eine genaue Auflistung findet ihr auf Seite 395, jedoch enthält sie potenzielle Spoiler für die Geschichte. Bitte passt auf euch und eure mentale Gesundheit auf.

Und jetzt wünsche ich euch viel Spaß mit der Fortsetzung von Zoés Geschichte!

Eure Beril

Für alle, die den Abgrund kennen
In der Dunkelheit sieht man das Licht am besten.

Für Franziska Hoffmann und Maria Weber
Weil ihr dieses Licht für mich wart,
als ich es am dringendsten brauchte.

PLAYLIST

Love into a Weapon – Madalen Duke
Back from the Dead – Besomorph, AViVA, Neoni
Bleeders – Black Veil Brides
I'm Not A Vampire – Revamped – Falling in Reverse
The Worst In Me – Bad Omens
Dirty Thoughts – Chloe Adams
The Walls – Chase Atlantic
River – Bishop Briggs
Dethrone – Bad Omens
Nightmare – UNDREAM, Neoni
Hypnotic – Zella Day
Snuff – Slipknot
VALENTINE – Måneskin
THE DRIVER – Måneskin
Unleashed – Epica
World War 3 – Ruth B.
Just Pretend – Bad Omens
Another Life – Motionless In White
Lost In Paradise – Evanescence
Lithium – Evanescence
You Will Know My Name – Arch Enemy
My Heart's Grave – Fouzia
Blood on Your Hands – Veda, Adam Arcadia
Going to Hell – The Pretty Reckless

MARTIN BEI RIVIÈRE IN DER RÉPUBLIQUE ADRASTEAU

KAPITEL 1

ZOÉ

Das penetrante Ticken der Standuhr war der einzige Laut, der das Zimmer erfüllte. In meinem Kopf hingegen schlug das wiederkehrende Echo von Kaspars Worten um sich.

Du wirst jedes einzelne dieser Versprechen brechen, und wir werden dabei sehr viel Spaß haben, kleine Diebin.

Ich hielt die Luft an, während alles, was ich über den verbannten Prinzen wusste, durch meinen Schädel ratterte wie ein morbides Theaterstück, das ich nie wieder aus meinen Erinnerungen würde löschen können.

Wir gedenken der Opfer des Rippers.

Sie wurde bestialisch abgeschlachtet – von einem Mann, den man den Ripper *nennt. Es war wohl ein Blutbad. Der Graf soll sich nie davon erholt haben.*

Ich gab ihm alles. Er hatte mein Herz. Doch er entschied sich dazu, es mir in Scherben zurückzugeben.

Ich kniff die Augen zusammen und klammerte mich an mein Versprechen. Solange ich mich daran hielt, konnte dieser schlimmste aller Xathyr mir nichts anhaben.

Niemals werde ich dir vertrauen. Niemals werde ich dich in meine Nähe lassen. Und niemals werde ich dich mit mir nach Xanthia nehmen.

Ich leerte meine Lungen und funkelte Kaspar an.

»Du ziehst nichts als Zerstörung nach dir, *Prinz*. Ich will, dass du gehst.«

Der Hass, der meinen Mund gemeinsam mit den gezischten Worten verließ, schien an Kaspar abzuprallen, als trüge er eine Rüstung aus undurchdringlichem Stahl. Er taxierte mich noch immer aus seinen tiefblauen Augen, in denen ich die gleiche aufgepeitschte See erkannte, die seit unserem Aufeinandertreffen auch in meinem Inneren tobte. Bis auf das Tosen der Wellen war seine Miene jedoch ungerührt, sein Atem traf in gleichmäßigen Zügen auf mein Gesicht.

»Dann lass mich *dir* etwas versprechen, von dem wir beide wissen, dass es *wirklich* eintreten wird.« Kaspar machte einen Schritt von mir weg, was sich anfühlte wie ein Rückzug. Aber konnte das sein? Er war doch eindeutig der Stärkere von uns beiden. Ein Mann. Der *Überlegene.* »Wir sehen uns wieder, kleine Diebin.« Seine Augen glitzerten verheißungsvoll. »Lass dich bis dahin nicht *einfangen.* Am Ende behauptet der unantastbare Graf Alexei schon wieder, ich hätte eins seiner Spielsachen kaputt gemacht.«

Wie von selbst sackte meine Kinnlade hinab, mein Mund geöffnet, um etwas zu entgegnen, aber Kaspar hatte sich bereits umgedreht und trat ans Fenster, wobei der Perserteppich zu unseren Füßen jegliches Geräusch seiner Stiefel verschluckte.

Er schob das Fenster höher nach oben und glitt hinaus in die schwarze Nacht. Nahm seine Wärme mit sich. Ohne ein weiteres Wort.

Das war der Moment, in dem all die Anspannung meinen Körper verließ. Ich atmete tief durch, und eine Mischung aus Erleichterung und Skepsis strömte durch meine Venen. Er hatte mir nichts getan. Ich war sicher. Aber …

»Einfangen?«, murmelte ich, mein Blick auf der Suche nach irgendetwas, das ich an diesem Ort nicht finden würde. Was hatte Kaspar hier zu suchen gehabt? Hatte er mich wirklich verfolgt? Wieso ließ er mich dann einfach gehen?

Ich schaute zurück zu jener Stelle, an der er bis gerade eben noch gestanden hatte, und ein Gedanke klopfte an meinem

Hinterkopf an, schob sich mit einer Vehemenz in mein Bewusstsein, die mich für einen Moment wanken ließ. Mein Herzschlag glich einem Donnern, das mich zerreißen wollte.

Hatte Nika nicht gesagt, Geister durften nicht mit der Welt interagieren? Ich betrachtete das hochgeschobene Fenster, meine Hand flog zu dem Anhänger, der unter meiner Kleidung auf meiner Brust ruhte, kühl und fremd. Sie hatte mir kaum etwas verraten. Nicht einmal über die Kette. Trotzdem hielt ich mich daran fest, als wäre sie mein Anker im Sturm.

Plötzlich fühlte ich mich so allein wie schon lange nicht mehr. Ich war wütend auf Nika, aber sie, Alexei und selbst Xanthia waren in den letzten Wochen zu meiner neuen Realität geworden, die mir innerhalb eines Wimpernschlags wieder genommen worden war. Wie bereits mein Leben zuvor.

Ich musste zurück, zusammen mit dem Relikt. Dann würde alles wieder in Ordnung kommen.

Gehetzt spähte ich in die Dunkelheit des Zimmers, machte vage Umrisse von antiken Möbelstücken aus. Fort war die Spur, der ich bis hierher gefolgt war. Der Geruch nach frisch erblühten Rosen, der zu Kaspar gehört hatte.

Nicht zum Relikt.

Jetzt war da nichts mehr. Keine Kugel.

Ich stieß den Atem aus, dann ging auch ich ans Fenster, das nichts als das alte graubraune Mauerwerk des Nebengebäudes hinter sich offenbarte. Unten erstreckte sich die schmale Gasse mit der einzelnen Laterne, die die Finsternis einsam erleuchtete. Der Gedanke daran, dass ein einziges kleines Licht genügte, um all die Dunkelheit zu vertreiben, bewegte etwas in meinem Herzen.

Aber ich konnte mir jetzt nicht erlauben, sentimental zu werden. Ich schob mich durch den Spalt im Fenster, der nun groß genug war, um ohne Mühe auf die Leiter zu gelangen. Diesmal blickte ich nicht nach unten, bis meine Füße irgendwann den Boden berührten. Erleichtert stellte ich fest, dass Kaspar bereits fort war.

Und jetzt? Was sollte ich tun? Wo sollte ich mit der Suche nach der Kugel anfangen?

Du trägst eine Spur auf deinem Körper, die dich zu ihr führen wird.

Ich hielt inne. Eine Spur *auf meinem Körper.* Ich trug die Spur *auf meinem Körper.* Das hieß, ich konnte sie nicht verfolgen. Sondern mich von ihr führen lassen? Ich grub die Zähne in meine Unterlippe, während ich zu entschlüsseln versuchte, was Nika mir damit hatte sagen wollen. Warum, verflucht noch mal, hatte sie sich so kryptisch ausdrücken müssen?

Ich senkte die Lider und horchte in mich hinein. Aber da waren nur all die Gedanken, die Runde um Runde in meinem Kopf drehten und auf meine Ohren drückten.

Was hatte Kaspar gemeint, als er von mir als *Alexeis Marionette* gesprochen hatte? Ja, ich erfüllte die Aufgabe, die der Graf mir aufgetragen hatte, doch ich bekam im Gegenzug etwas dafür. Nichts anderes hatte mir der Prinz selbst vorgeschlagen, bevor er gegangen war. Hätte es mich nicht zu *seiner* Marionette gemacht, wenn ich auf seine unverschämte Forderung eingegangen wäre?

Nimm mich mit dir nach Xanthia.

Es war ein Handel. Wie mit Alexei.

Bist du bereit für einen Pakt, Zoé?

Ich trat langsam aus der Gasse und rieb mir fröstelnd über die Arme, dabei spürte ich die Kälte des aufgekommenen Windes als Geist gar nicht. Trotzdem beschloss ich, Kaspars Mantel anzubehalten. Er hatte Taschen und konnte nützlich sein. Ich ließ meine Hand hineingleiten und schloss die Finger um das falsche Relikt.

Meine Füße führten mich an der Boulangerie vorbei, in der vorhin noch Licht gebrannt hatte, bevor ich die Leiter in das darüberliegende Zimmer nach oben geklettert war. Der späte Abend schien in die tiefe Nacht übergegangen zu sein.

Wie von selbst gelangte ich zurück auf die Hauptstraße, dorthin, wo ich aus der Kutsche gestiegen war. Dorthin, wo ich die falsche Präsenz zum ersten Mal gespürt hatte.

Hatte Kaspar gerade tatsächlich angedeutet, Alexei würde Lügen über ihn verbreiten? Nachdem ich doch mit eigenen Augen gesehen hatte, was mit Nastya geschehen war? Was Kaspar ihr angetan hatte?

Spiegel lügen nicht, hatte Alexei gesagt.

Aber was, wenn …

Drei Männer, und nur einer sagt die Wahrheit. Ich schauderte, als Baron Mirons Stimme in meinem Kopf erklang. *Die anderen erzählen Unwahrheiten, sobald sie den Mund aufmachen. Es ist an dir, die Lügner zu enttarnen.*

Zeigten Spiegel wirklich die Wahrheit, oder war es Alexei, der mich belog? Ließ ich mich gerade von Prinz Kaspar – einem verbannten Mörder – in die Irre führen? Versuchte er, mich auf seine Seite zu ziehen, wie er es einst bei Nastya getan hatte, bevor er …

Vor meinem inneren Auge sah ich das Messer im Mondlicht aufblitzen, ehe sich seine Schneide durch Knochen und Sehnen in einen Brustkorb bohrte. In ein *Herz.*

Mein eigenes ging dazu über, sich verzweifelt gegen meine Rippen zu werfen. Erst jetzt bemerkte ich einen fremden Geruch, der mir zuvor nicht aufgefallen war.

Wie konnte das sein? Ich hatte bisher keine Gerüche wahrgenommen, nicht in meiner Geistergestalt, abgesehen von Kaspar. Selbst der Duft des frisch gebackenen Brotes aus der Boulangerie war nicht zu mir durchgedrungen. Ich runzelte die Stirn und blickte um mich. Einige Häuser drängten sich dicht an dicht entlang der gepflasterten Straßen. Sie waren niedrig, die unteren Hälften aus gräulich braunem Backstein gebaut, die oberen aus dunklem Holz. Schilfgrüne Ziegel blinzelten unter der dünnen Schneeschicht der Dächer hervor, aus dessen Schornsteinen sich Rauchschwaden in den düsteren Himmel schlängelten. Hinter den hölzernen Fensterrahmen brannte kein einziges Licht. Die Stadt schlief, lediglich die schwarze See brandete irgendwo in der Ferne.

Ich reckte meine Nase in die Luft und sog sie in meine Lungen. Eine Spur von feuchtem Holz hatte sich darin verwoben und etwas … Salziges. Herbes. Männliches.

Mit einem Mal hatte ich das grässliche Gefühl, beobachtet zu werden. Mein Puls beschleunigte sich, mein Atem tat es ihm gleich. Was konnte das sein? *Wer?* Kaspar hatte ganz eindeutig anders gerochen.

Nervös blickte ich umher, konnte immer noch niemanden ausmachen.

Ich war losgegangen, ehe ich überhaupt beschlossen hatte, von hier wegzugehen. Das mulmige Gefühl in meinem Magen begleitete mich, als ich in eiligem Tempo über den Bordstein schritt. Ich passierte verschlossene Ladenfronten, die den örtlichen Marktplatz säumten, und überquerte eine Brücke, unter der das schwarze Wasser des Mordogne im Mondschein glänzte wie dickflüssiges Öl. Wenn ich dem Fluss folgte, würde ich zum Hafen von Martin gelangen, der sich bis nach Rivière erstreckte. An ebenjener Grenze würde der Nachtmarkt in wenigen Stunden seine Pforten öffnen.

Ich hob den Blick und jagte ihn in jene Richtung. Mir war, als könnte ich den großen Steinbogen ausmachen, der den südlichen Eingang zum Diebesplatz markierte, wie man den Nachtmarkt im Volksmund nannte. Ich verstand, weshalb.

Sollte ich dorthin? An den Ort, an dem alles begonnen hatte? Der Anfang von meinem Ende. Eine Gänsehaut kroch über meinen Körper und stellte die Härchen in meinem Nacken auf. Dort, wo das Fallbeil meinen Kopf von meinem Körper getrennt hatte. Der intensive Geruch schien mich bis hierher verfolgt und nun eingeholt zu haben, da ich noch immer wie festgefroren auf der Brücke stand.

Mein gehetzter Blick flog über meine Umgebung, ich suchte sogar den dunkelgrauen Himmel ab, in den sich inzwischen ein feiner Nebel gestrickt hatte. Der volle Mond wirkte dahinter wie eine ausgefranste Lichtkugel, ihr Schein gedämpft von einer unsichtbaren Hand, die sie in ihrem festen Griff gefangen hielt.

Friiisch…fleiiisch.

Ich erstarrte, als die säuselnde Stimme in mein Bewusstsein drang, getragen vom schwach gehenden Wind, der mit rauen Fingern über meine Ohren strich. Mit weit aufgerissenen Augen wirbelte ich herum, bereit, meinem Schicksal in die grausige Fratze zu blicken, doch … Ich war noch immer allein. Mein Herzschlag kroch hinauf in meine Kehle, in der es so heftig pulsierte, dass ich fürchtete, gleich keine Luft mehr zu bekommen.

Ich drehte mich um, und dann rannte ich. Rannte um mein Leben, das ich vor Wochen schon verloren hatte. In meinen Lungen stach es, als wären es Dornen, die ich einatmete, meine Fußsohlen brannten bei jedem Schritt auf den matschbedeckten Pflastersteinen.

Aber ich hielt nicht an. Ich hatte kein Ziel, hatte keinen Plan, sah nur die verzerrten Umrisse von Häusern, Laternen und Bäumen an mir vorbeiziehen, während ich schneller wurde, immer schneller. Nur entfernt hörte ich das Rauschen von Wasser, das näher zu kommen schien, je weiter ich rannte. Das Kopfsteinpflaster zu meinen Füßen ging über in Holzlatten, die unter jedem meiner donnernden Schritte knarzend protestierten. Die Silhouetten, die sich links und rechts von mir in der Dunkelheit auftürmten, wurden größer. Ich sah nur flüchtig an ihnen hinauf, doch das genügte, damit sich mein Elend vollends entfaltete.

Ich prallte gegen etwas Hartes, meine Kräfte verließen meinen Körper, und ich landete, begleitet von einem lauten Krachen, auf dem Holzsteg. Ich stöhnte auf und blinzelte einige Male, um auszumachen, was – oder schlimmer noch, *wen* – ich da umgerannt hatte. Wenn das ein Mensch war, hatte er mich gespürt, weil die Berührung von *mir* ausgegangen war. Das wäre nicht gut. Hätte ich im Weg gestanden und er wäre in mich hineingerannt, hätte keiner von uns irgendetwas bemerkt. Aber so …

Rufe ertönten hinter mir, und augenblicklich hörte ich auf zu atmen. *Niemand kann mich sehen*, rief ich mir in Erinnerung, um mich zu beruhigen. *Ich bin ein Geist.* Ein bebender Atemzug glitt über meine Lippen. *Ich bin ein Geist.* Verborgen vor Gefahr.

»Die verdammten Fischfässer sind umgekippt!«, krächzte eine raue Männerstimme.

Erst da fiel mein Blick auf das Meeresgetier, das sich um mich herum verteilt hatte. Und ich sah das große Fass, aus dem eine Menge Wasser geschwappt war, vermutlich gemeinsam mit den silbrigen Fischen, die verzweifelt um Sauerstoff rangen.

»Ich kümmere mich darum!«, rief ein anderer Mann, der bereits auf mich zuhechtete.

Er kann mich nicht sehen, er kann mich nicht sehen, er kann mich nicht sehen.

Eilig kroch ich rücklings aus dem Schlachtfeld, das sich um mich herum erstreckte, und bemerkte dabei zu spät, dass einer der glitschigen Fische unter meine Hand geraten war. Ich rutschte so heftig aus, dass sich erst mein Ellenbogen, dann meine Schulter in die Holzlatten unter mir bohrten. Ich biss mir auf die Lippe, um meinen Schmerzensschrei zu dämpfen, als könnten die Leute um mich herum ihn hören.

»Was zum …« Der Mann mit den breiten Schultern und

dem schütteren blonden Haar blieb wenige Fuß von mir entfernt stehen und kratzte sich am Kopf. »Ist der beschissene Fisch gerade weggesprungen?«

Von Panik ergriffen schaute ich um mich, um sicherzugehen, dass niemand sonst gesehen hatte, was passiert war. Dabei stellte ich fest, dass die großen Silhouetten, die mich verfolgt hatten, zu den wuchtigen Schiffsrümpfen gehörten, die sich auf der See hin und her wiegten. Ihre gehissten Flaggen blähten sich im Wind, sprenkelten den tristen Himmel mit bunten Farben. Meine Füße hatten mich zum Hafen getragen, an dem das Leben allmählich erwachte.

»Hey, du!«, rief der blonde Mann und winkte, ehe er die ersten Fische zurück in das Fass beförderte. »Hilf mir mal!«

Erst als sich ein Umriss in mein Sichtfeld schob, stellte ich erleichtert fest, dass er nicht mit mir sprach, sondern mit einem groß gewachsenen Mann, der hinter mir hervortrat. Ich erkannte sofort, dass er nicht hierhergehörte. Zum einen war er alt. Und zum anderen war seine Kleidung die eines Geschäftsmannes, nicht die eines Hafenarbeiters. Eine weiße Uniform, die an einem Ort wie diesem nach nur zwei Minuten Arbeit dreckig werden würde. Bevor er die Hände in seine Hosentaschen gleiten ließ, erhaschte ich noch einen Blick auf ein rotes Symbol, das in den Ärmel des weißen Stoffes gestickt worden war.

Aber es war nicht die ungewöhnliche Kleidung des Mannes, die mich in jenem Moment scharf die Luft einziehen ließ. Auch nicht die harten Gesichtszüge, die sich unter seinem vollen, aschefarbenen Bart abzeichneten.

Es war sein Geruch. Sein Geruch nach feuchtem Holz und Meersalz.

Der Mann bückte sich, um einen der Fische aufzuheben. Ehe ich es mich versah, hob er das verzweifelt zappelnde Tier an seinen Mund und biss geräuschvoll hinein. Flüssigkeiten spritzten auf und zogen feuchte Spuren durch den krausen Bart. In meinem Magen brodelte es, und ich meinte, bereits die bittere Galle auf meiner Zunge zu schmecken.

Aber die Übelkeit verflog mit dem Glockenschlag der Kirchenuhr, als sich der Mann mit dem Fisch in der Hand breit grinsend zu mir umwandte, die Zähne blutverschmiert hinter den gekrümmten Lippen. Mein Herzschlag setzte aus. Denn er bohrte den Blick aus seinen milchig weißen Augen zielsicher in mein Gesicht.

KAPITEL 2

Du sollst mir helfen und nicht mein Geld wegessen, verflucht!«

Die Stimme zerschnitt die ohrenbetäubende Stille, die zwischen mir und dem Mann in der weißen Uniform aufgekommen war. Die Sekunden hatten sich über uns ausgedehnt wie eine zähflüssige Masse, die jeden Augenblick drohte, mich zu ertränken.

»Und überhaupt«, fuhr er gestikulierend fort, »der Fisch hat noch gelebt, Mann! Das ist barbarisch!«

Als der Uniformträger nicht reagierte, ging der blonde Hafenarbeiter dazu über, ihn von der Seite zu mustern, als würde er ihn erst jetzt so richtig sehen. Die Furchen auf seiner Stirn vertieften sich, und ein Ausdruck von Unglaube mischte sich in seine Züge. Sein Mund schwang auf und wieder zu, auf und wieder zu. Ähnlich dem Maul des Fisches, der in jenem Moment aus seinen fleischigen Händen rutschte, um mit einem dumpfen Laut auf den Boden zu klatschen.

»Du bist ein Geistlicher«, stieß er schließlich aus.

Es war, als gleite ein goldener Schleier über die milchig weißen Augen des seltsamen Mannes, bevor sich die Iriden dunkelbraun färbten und endlich von mir lösten. Mein Herz nahm seinen Takt wieder auf, doch diesmal so schnell, dass es in wenigen Minuten gänzlich erschöpft in sich zusammensacken würde, wenn ich mich nicht sofort beruhigte.

Was war da gerade passiert?

Der Blonde bückte sich, um den Fisch aufzuheben. »Was macht jemand wie du hier unten?«

»Ich habe geschäftlich zu tun.« Er lachte leise und irgendwie grausam, was mich schaudern ließ. »Ich suche jemanden.«

Ich spürte, wie sich meine Augen weiteten, bevor ich noch ein Stück zurückkroch, um mehr Abstand zwischen ihn und mich zu bringen. Im selben Moment presste der Hafenarbeiter den inzwischen reglosen Fisch an seine Brust und blickte gehetzt um sich.

»Was soll das heißen?« Ich konnte das Zittern aus seiner Stimme heraushören. »Ist euch einer entwischt?«

Irritiert zog ich die Augenbrauen zusammen, mein Herz hämmerte laut. Ich hatte mich noch nie mit der Arbeit der Geistlichen in dieser Stadt auseinandergesetzt, wusste nur, dass sie beteten, keusch lebten und angeblich frei von Sünde waren. Als Prostituierte hielt ich mich von der Kirche fern wie der Teufel sich vom Weihwasser. Wer oder was sollte diesem Geistlichen also entwischt –

Wie Eis, dessen Finger über einen Teich glitten, drang noch etwas in meine Erinnerung, als ich an die roten Rauten dachte, die leuchtend auf den Türen vieler alleinstehender Frauen in kleineren Städten Adrasteaus prangten.

Sie exorzierten Menschen, von denen sie dachten, dass sie besessen wären. Von …

»Du weißt doch, wie es ist. Manche Dämonen müssen unschädlich gemacht werden, bevor sie unseren Frieden gefährden. Es ist an meinen Brüdern und mir, sie einzufangen.«

Einfangen? Meine Gedanken begannen, in Aufruhr auf einen Abgrund zuzurasen, drohten zu stürzen, wirr und zerbeult und voller Löcher.

Und doch kam ich zu einer Erkenntnis, die mich schneller auf die Beine springen ließ, als ich blinzeln konnte. Dieser Mann – dieser Geistliche –, wer auch immer er war, er jagte *mich.*

Lass dich bis dahin nicht einfangen.

Kaspars Worte krachten durch mich hindurch wie Steine, die ebenso schwer auf den Grund meines Magens sackten. Ich überlegte nicht lange, sondern lief los. Irgendwohin. So schnell ich konnte. Was wollte er von mir? Ich war doch gar kein Mensch, und da war auch kein Dämon in meinem Körper. Wieso konnte er mich überhaupt sehen? Was passierte hier? Was –

In der blanken Panik, die meine Sicht unscharf werden ließ, steuerte ich direkt auf einen riesigen Haifisch zu, den man an der Schwanzflosse aufgehängt hatte. Es gelang mir im letzten Moment, nach rechts auszuweichen, bevor ich mit dem Gestell kollidierte, an dem das Tier leblos baumelte.

Ich duckte mich unter geknüpften Netzen hindurch, sprang über Holzbalken, die lose auf dem Boden lagen, und stieg über gestapelte Kisten, ohne sie umzuwerfen. Jedes Geräusch würde dem Mann verraten, wo ich war. Wenn er mich aus einem unerklärlichen Grund sehen konnte, dann musste er mich auch hören.

Beinahe knickte ich um, als mein Fuß auf einem gefüllten Mehlsack landete statt auf dem Steg, eine weiße Puderwolke stob in die Luft, aber ich konnte mich fangen und an einer Fischerhütte vorbei in die Stadt flüchten.

Erst als es erbarmungslos in meiner Brust brannte, verlangsamte ich meine Geschwindigkeit, um zu Luft zu kommen. Sie schien sich in meiner Kehle zu sammeln, nicht gewillt, bis in die Tiefen meiner Lungen vorzudringen. Ich hielt mir die Seite, die von Nadelstichen malträtiert wurde, und blickte um mich. Um zu erkennen, ob der Mann mir bis hierher gefolgt war, und um auszumachen, wo *hier* überhaupt war. Mein Atem ging noch immer zittrig, während sich die Umrisse von Gebäuden und Menschen aus der Dunkelheit schälten.

Taverne du Requin pendu stand auf einem Schild, das sich quietschend dem Wind beugte. Es hing vor einem dreistöckigen Backsteingebäude mit ausladendem Balkon. Nach meinem Beinahezusammenstoß am Hafen bekam *Zum gehängten*

Hai eine ganz neue Bedeutung. Gleichzeitig realisierte ich, dass ich zurück in Rivière war. Diese Taverne schloss an die Grenze zu Martin an.

Und … Ich sah die Straße runter, die nur von einzelnen Passanten bevölkert war, und wusste, wohin sie führte. Hinter der Kreuzung würde sie in die *Rue Marceau* übergehen, die dann zur *Rue de Lorraine* wurde.

Ich schluckte gegen die Enge an, die sich plötzlich in meinem Hals breitmachte, und bei meinem nächsten Atemzug schüttelte es mich. Der penetrant-herbe Geruch meines Verfolgers drang an meine Nase und trieb mich an, weiterzugehen.

Beinahe geräuschlos glitt ich über das Kopfsteinpflaster, huschte in eine der schmalen Gassen, um unentdeckt entlang der Hauptstraße zu spähen. Einige Atemzüge lang stand ich starr da, lauschte meinem Herzschlag, bis er nicht mehr ganz so schrecklich schmerzhaft gegen meine Rippen pochte. Ich konnte den Mann nirgends entdecken, also schlüpfte ich aus der Gasse und lief eilig weiter, obwohl meine Beine inzwischen protestierten. Waren meine Schritte sonst fest, so fühlten sie sich nun unsicher und wackelig an. Bei jedem weiteren musste ich befürchten, dass eines meiner Beine unter mir nachgeben würde.

Erleichtert bemerkte ich, dass sich der Geruch des Uniformträgers verlor, je mehr Menschen auf die Straßen strömten. Wirre Stimmen drangen durch den wabernden Nebel und schenkten mir trotz der unheimlichen Atmosphäre für den Moment das Gefühl von Sicherheit. Ich erlaubte mir eine kleine Pause, wobei ich mich in den Schatten einer der ockerfarbenen Hausmauern schmiegte. Es war seltsam, die Kälte, die von dem Mauerwerk ausgehen musste, nicht auf meiner erhitzten Haut zu fühlen.

Obwohl ich am liebsten die Augen geschlossen hätte, um

mich für nur einen Moment der Illusion hinzugeben, dass alles in Ordnung war, zwang ich mich, wachsam zu bleiben. Das Unheil nicht zu sehen, hieß nicht, dass es nicht da war. Lieber behielt ich es im Blick, um rechtzeitig reagieren zu können.

Ich beobachtete Passanten, die an mir vorbeigingen, ohne auch nur in meine Richtung zu schielen. Eine Frau auf der anderen Straßenseite öffnete gerade ihren Laden, nachdem sie einige bettelnde Kinder verjagt hatte.

Dann musste es bereits in den frühen Morgenstunden sein. Der Himmel changierte noch immer in dunklen gräulichen Blautönen, aber das war nicht verwunderlich in den kalten Wintermonaten. Kaum war der Gedanke verflogen, schob sich ein weiterer in mein Bewusstsein: Mein zweiter Tag auf der Erde brach an. Ich schluckte schwer, und meine Hand fand den Kettenanhänger, der sich durch den Stoff meiner Bluse drückte. Er erinnerte mich an Nikas Worte. Ich hatte nicht viel Zeit.

Nach einer Minute des Durchatmens stieß ich mich von der Mauer in meinem Rücken ab, nur um einen Wimpernschlag später zu erstarren. Da war ein Gesicht in der Menge, das ich sogar durch den leichten Nebel hindurch erkannte. Es gehörte nicht meinem Verfolger. Es gehörte gar nicht erst zu einem Mann. Das war Lola. Meine ehemalige Kollegin aus dem *Salon Rouge*.

Mein Herz schlug erneut einen schnelleren Takt an, während ich dabei zusah, wie sie sich bei einer anderen Frau unterhakte, die mir den Rücken zuwandte. Sie hatte dasselbe schokoladenbraune Haar wie Lola und warf in jenem Moment den Kopf in den Nacken, als sie laut auflachte. Lilou, ihre Zwillingsschwester. Die beiden liefen in Richtung der *Rue Marceau,* und ich wusste, wohin sie gingen.

Einem inneren Impuls folgend eilte ich lautlos hinter ihnen her wie einem Geist der Vergangenheit. Hinter meiner Stirn baute sich ein Druck auf, der nur wenige Sekunden später als Brennen in meine Augen stieg. So viele Erinnerungen brachen hervor und gruben sich in meinen Verstand wie unzählige kleine Insekten. Sie labten sich an dem Leid, das sie verursachten, und ich schlang die Arme um meinen bebenden Körper, um es auszuhalten. Beinahe meinte ich, den mir vertrauten Geruch auszumachen, der sich hier in den Straßen staute, eine Mischung aus Pisse, Alkohol und Erbrochenem.

Ich schaute um mich, bohrte die Fingernägel in meine Oberarme, als könnte der Schmerz mich davon ablenken, wie sehr ich mich vor den Schatten fürchtete, die über die Hauswände glitten.

Es war keine zwei Jahre her, da hatte mich ein Mann in eine der Gassen unweit von hier zerren wollen, bevor ich meine Schicht im *Salon Rouge* begann. Er hatte im Dunkeln gelauert und nach meinem Kleid geschnappt, als hätte er in seinem schäbigen kleinen Versteck nur auf mich gewartet.

Bei der Erinnerung begann mein Herz zu rasen. Es klopfte so laut, dass das Rauschen meine Sinne flutete und die Bilder wegspülte. Bilder davon, wie ich sein Gesicht zerkratzte, um mich irgendwie aus seinen Klauen zu befreien.

Kaum hatte sich eine Träne aus meinem Augenwinkel gelöst, wischte ich sie fort. Ich wischte sie alle fort, waren sie doch ohnehin unsinnig. Sie verschleierten meine Sicht, und das konnte ich mir nicht erlauben.

Rasch warf ich einen weiteren Blick hinter mich, lauschte angestrengt über das Dröhnen meines Herzens hinweg in den erwachenden Alltagslärm der Stadt und sog tief die Luft ein, die entgegen meinen Erinnerungen keinen Geruch mit sich trug. Nicht mehr, jetzt, da ich ein Geist war.

Erleichtert stieß ich den angehaltenen Atem aus, ehe ich Lola und Lilou über das Kopfsteinpflaster bis runter ins Trou folgte, dessen Straßen zu dieser Tageszeit nahezu leer waren.

Jenes Viertel Rivières, in das sich keine Seele freiwillig verirrte. Hier tummelten sich nur noch mehr zwielichtige Gestalten zwischen brüchigen Hauswänden und geplünderten Läden.

Und mittendrin, zwischen einer Schlachterei und einem Kaffeehaus, befand sich der doppelstöckige, dreckig-grau gemauerte *Salon Rouge*, vor dem die Schwestern zum Halten kamen.

Meine Brust zog sich zusammen, als ich die gerundete, rot gestrichene Holztür betrachtete, die den Eingang in das Etablissement darstellte. Davor stand keine Marie, die sich zwischen zwei Kunden eine Zigarette genehmigte. Keine Marie, die mich fürs Zuspätkommen tadelte. Keine Marie, die mir ein letztes Lächeln entlockte, bevor ich in die Hölle hinabsteigen musste. Dafür hatte ich gesorgt. Und jetzt wollte sie nichts mehr von mir wissen.

Ich blinzelte gerade eine neue Träne weg, als die Tür nach außen aufschwang. Mein Herz hörte auf zu schlagen, als eine Befürchtung mit kalter Hand nach ihm griff.

Bitte nicht. Ich will ihn nicht sehen. Bitte –

Eine Frau trat heraus, und ich ließ den Atem, den ich unbewusst angehalten haben musste, lautstark entweichen. Ich hätte es nicht verkraftet, in Jean-Pauls ekelerregende Visage zu sehen. Stattdessen schien er Ersatz für mich gefunden zu haben.

Das laute Klirren von Gläsern drang aus dem Gebäude, begleitet von einem gedämpften Stimmengewirr, in das sich heiseres Lachen und Gestöhne mischten, bis die Tür hinter der Frau ins Schloss fiel und die scheinbar schillernde Welt des Freudenhauses von der grauen hier draußen trennte.

»Habt ihr heute nicht frei?« Die Frau mit den mausbraunen Locken zupfte am tiefen Ausschnitt ihres Kleides herum, bevor sie eine Schachtel Zigaretten zwischen ihren Brüsten hervorholte.

Die Zwillinge nickten.

»Aber Jean-Paul will mit uns sprechen«, sagte Lola.

»Du weißt schon, seit sie seine Lieblingshure geköpft haben, sucht er nach einer neuen *Blume.*« Lilou nahm eine Zigarette entgegen, die die Frau ihr reichte. »Er weiß, dass wir eine jüngere Schwester haben.«

»Früh übt sich«, ergänzte Lola, und die drei brachen in heiseres Gekicher aus.

In meinem Magen rumorte es, was nicht nur daher rührte, dass die beiden Jean-Paul ihre Schwester anbieten wollten wie ein Stück Fleisch.

Sie redeten über *mich. Ich* war seine *Blume* gewesen. Dabei war das nichts Erstrebenswertes, doch was wussten sie schon? Sie waren geblendet von ihrer Eifersucht, dachten, meine Stellung würde Privilegien mit sich bringen – nicht ahnend, welche Konsequenzen es tatsächlich bereithielt, Jean-Pauls *Liebling* zu sein. Ich konnte es ihnen noch nicht einmal verübeln. Blumen waren etwas Schönes. Sollten sie sein.

Meine Gedanken schossen weiter zu dem anderen Wort, das eine Gänsehaut über meinen Körper gejagt hatte. *Geköpft.* Was man wohl in der Zeitung über mich geschrieben hatte?

Die Tötung des Phantoms.

Es hat sich ausgegeistert.

Selbst das Phantom ist nur ein Mensch.

Ich lachte bitter. Das Phantom, der Geist, der ich zu Lebzeiten nie wirklich gewesen war, sollte ich also von nun an sein, im wahrsten Sinne des Wortes. Welch Ironie das Leben doch bereithalten konnte.

»Hast du es schon gehört, Josefin?«, krächzte Lilou, nachdem sie eine Rauchwolke in die Luft gepustet hatte. »Sie haben wieder Häuser markiert.«

Während mein Herz in meine Kniekehlen sackte, weiteten sich die Augen der Frau, die sich daraufhin prompt noch eine

Zigarette ansteckte. Meine Panik wurde größer, als Lola hinzufügte: »Sie haben im Westen von Aubervilliers angefangen. Man sagt, es betreffe zwei Häuser.«

»Alleinstehende Frauen?«, hakte Josefin nach.

Erneut folgte ein synchrones Nicken der Zwillinge.

Ich wartete gar nicht ab, was sie weiterhin sagten. Meine Füße hatten sich bereits in Bewegung gesetzt, mein Puls hämmerte laut in meinen Ohren, angetrieben von einem einzigen Gedanken, der durch meine Venen sickerte wie klebriges Gift. Eine widerliche Übelkeit breitete sich von meinem Magen bis in meinen Hals aus, von wo aus sie bitter auf meine Zunge kroch.

Nicht Maman, lief es in Endlosschleife durch meinen Kopf. *Nicht Maman, nicht Maman, nicht Maman, nicht Maman.*

Der Schritt über die westliche Grenze zu Aubervilliers fühlte sich anders an. Schwer und bedeutsam. Obwohl ich das Wetter nicht spüren konnte, hatte ich das Gefühl, dass die Luft hier kälter war, dick und trocken. Sie legte sich auf meine Schultern, hüllte mich in einen Kokon, der alles an Lärm und Licht verschluckte.

Ich bewegte mich nur schwerfällig in der Dunkelheit, die mich umschloss, mein Atem ein Wechselspiel aus viel zu schnell und viel zu langsam. Weiße Dunstwolken quollen zwischen meinen Lippen hervor, schwebten dicht vor meinem Gesicht, stoben auseinander, bevor die nächsten folgten.

Wenn ich die Augen zusammenkniff, erkannte ich die Umrisse heruntergekommener Häuser, die den Bordstein säumten. Bei jeder einzelnen Tür, die ich betrachtete, zog sich das Band um meine Brust ein wenig fester zusammen. Ein Teil von mir hoffte, die beiden markierten Häuser zu entdecken, bevor ich das unsere erreichte, aber der andere Teil hatte Mitleid mit jenen, die es getroffen haben würde.

»Verfluchte Fanatiker.« Alle paar Monate suchten sie sich neue Opfer. Kranke Menschen – nein, *Frauen* –, denen sie nachsagten, von Dämonen besessen zu sein. Mit ihren teuflischen Ritualen, die jene Besetzer austreiben sollten, gelang es ihnen lediglich, die armen Seelen in den frühen Tod zu treiben.

Und das sollten Männer der Kirche sein. Sogenannte Männer Gottes. Ein verächtliches Schnauben baute sich in mir auf, aber die Sorge um Maman schnürte mir die Kehle zu. Mein Herz sank hinab ins Bodenlose, als sich durch die Finsternis um mich herum eine leuchtend rote Farbe brannte.

Ich blieb stehen und sog tief Luft in meine Lungen. Das war das Haus von Madame Bernard. Ihr Mann war vor langer Zeit gestorben, und ihr Sohn war erst fünfzehn Jahre alt gewesen, bevor der Tod auch ihn im letzten Winter zu sich holte. Ich erinnerte mich daran, mit ihm auf dem Innenhof gespielt zu haben, als wir noch Kinder gewesen waren. Madame Bernard hatte uns himmlisch duftende Kekse gebacken und mir welche für Maman mitgegeben, die sich nicht länger um mich kümmern konnte. Sie waren das Leckerste, das ich je gegessen hatte.

Mein Blick fixierte noch immer das rote Symbol an ihrer Haustür, während mir die Erinnerung an den buttrigen Geschmack der Kekse entglitt. Eine Raute, durch die sich eine horizontale Linie zog. Wie viel Zeit würde ihr bleiben, bis die Teufel sie holen kamen?

Ein bebendes Schaudern überlief meine Wirbelsäule, und ich schlang meine Arme um meinen Oberkörper, als könnte ich so die klirrende Kälte, die sich durch meine Eingeweide fraß, vertreiben. Ich schluckte schwer und setzte meinen Weg fort. Was blieb mir auch für eine Wahl?

Es waren nicht mehr viele Häuser, die zwischen dem von Madame Bernard und unserem lagen. Vielleicht sieben oder acht. Da war kein Symbol an der Tür von Madame Michel, auch keines an jener von Mademoiselle Dubois.

In der Ferne konnte ich bereits die vertraute Silhouette ausmachen, das eingeschlagene Fenster, über das ich ein Stück Holz genagelt hatte. Es hing immer noch halb herunter, ließ die kalte Luft ins Innere des kleinen Häuschens strömen.

Mit jedem weiteren Schritt, den ich mich auf unser Haus zubewegte, verstärkte sich das Zittern meiner Knie, auch das enge Band um meinen Brustkorb erlaubte mir kaum mehr zu atmen. Tränen stiegen in meine Augen, versuchten, das Offensichtliche zu verhüllen, das sich durch ihren dichten Schleier nur langsam in mein Bewusstsein kämpfte.

Weitere wackelige Schritte brachten mich näher an das Unvermeidliche, von dem ich eigentlich schon längst gewusst hatte, dass es eintreten würde. In jenem Moment, in dem Lilou darüber gesprochen hatte. Ich hatte es gespürt wie ein Geschwür in meinem Magen.

Die rote Raute prangte an unserer Haustür gleich einem Mahnmal. Und bevor der Wind über mein tränenfeuchtes Gesicht strich, dachte ich, dass das Schlimmste eingetreten war, das hätte passieren können. Doch der Geruch, der in der Brise mitschwang, lachte mir höhnisch ins Gesicht, weil ich mich so sehr getäuscht hatte.

Feuchtes Holz und Meersalz.

KAPITEL 3

Ich drehte mich um, ganz langsam. Wusste, dass es keinen Unterschied machte, ob ich es früher oder später zu Gesicht bekam.

Mein Ende.

Das rote Mal in meinem Rücken und der Mann in der weißen Uniform zwischen zwei Häusern direkt vor mir. Vielleicht zehn Fuß entfernt. Er grinste breit, seine Augen funkelten wie gezückte Messer. Die dunkelbraunen Iriden jagten von links nach rechts, als suche er etwas.

»Komm raus zum Spielen.«

Seine Stimme war heiser, kratzte wie Stein, der gegen Stein scheuerte. Der Ton jagte eine Gänsehaut über meine Arme, und ich schluckte hart, bevor ich fragend die Augenbrauen zusammenzog. Er konnte mich doch nicht sehen?

Schwer atmend machte ich einen Schritt nach hinten, hoffte, im Schatten unseres Hauses untertauchen zu können. Im nächsten Moment schoss ein anderer Gedanke durch meinen Kopf, der eisige Schauder nach sich zog.

Was, wenn meine Mutter in diesem Moment die Tür öffnete und diesem Geistlichen begegnete, der schon bald auch sie holen würde? In meinem Inneren brach ein Tumult los, bis –

Atemlos sah ich dabei zu, wie sich erneut der goldene Schleier über die Augen des Mannes legte, ehe sie wie vorhin diesen grotesk-weißen Ton annahmen. Danach benötigte es nur noch einen Wimpernaufschlag, bis sein Blick mich fand. Ich keuchte.

»Ah«, machte er und trat auf mich zu. »Da bist du ja.«

»Wieso verfolgst du mich?«, entfloh es meinen Lippen. Was würde es mir bringen, Zeit zu schinden? Aber vermutlich lag es in der Natur des Menschen, den eigenen Tod so weit wie möglich hinauszögern zu wollen. Meistens.

Strahlend weiße Zähne blitzten im letzten Licht der Laternen, bevor bald die Sonne hinter den düsteren Wolken auftauchen würde.

»Weil Abscheulichkeiten nicht in unsere Welt gehören.« Er griff in die Innentasche seines Jacketts, und goldener Stahl glühte auf. Ein Dolch mit juwelenbesetztem Griff. Der Mann richtete die Spitze auf mich, und erschrocken wich ich nach hinten.

Der Anblick der Waffe versetzte mich zurück in die kleine Kabine im *Salon Rouge*. Erinnerte mich daran, wie ich einen Dolch aufgehoben und in Raouls Brust versenkt hatte. Ich war so erschrocken darüber gewesen, wie gut es sich angefühlt hatte, sein Leben auszulöschen. Ich hatte mich für dieses Gefühl verabscheut. Aber ich hatte es getan, um zu überleben. Ich hatte es genossen, diesen Bastard zu töten, weil es *Kontrolle* bedeutete. Und solange ich selbst die Kontrolle über mich hatte, konnte sie kein anderer haben. Das war es, was Freiheit bedeutete. In dem Moment, in dem ich Raouls Leben beendete, hatte ich vermutlich zum ersten Mal von ihr gekostet, und ihr Geschmack war berauschend gewesen.

Der Mann stürzte auf mich zu, und ich wusste, dass ich ihm keine Macht über mich geben durfte. Wenn er mich töten würde, dann als die Zoé, die frei war. Ich schloss die Augen, stellte mich meinem Schicksal, wohl wissend, dass ich jeden einzelnen Tag alles gegeben hatte, damit es ein Morgen gab.

Ich war sicher, dass die Spitze der Waffe jeden Moment auf meine Brust treffen und Fleisch aufreißen würde, da verstummten alle Geräusche um mich herum. Ich riss die Lider auf. Der Mann war in seiner Bewegung eingefroren. Blinzelnd blickte er um sich, und ich bemerkte den schwarzen Rauch, der zunächst um meine Knöchel wirbelte, dann über das

Kopfsteinpflaster kroch und sich um meinen Verfolger schlängelte. Gleichzeitig drangen Rufe und Gurgeln und Schreie verschiedener Stimmen wie durch Nebel an meine Ohren. Es war nicht mein Angreifer, der sie ausstieß. Doch woher …?

Hektisch atmend beobachtete ich, wie der Rauch immer dunkler wurde, so undurchdringlich, dass er den Mann gänzlich verschluckte. Mein Herzschlag donnerte ohrenbetäubend laut durch meinen Körper, verdrängte die anderen grauenvollen Laute. Der Geistliche im Strudel aus Grautönen gab keine Geräusche mehr von sich.

In jenem Moment fiel Licht vom Himmel, und als würde es das Eis in meinen Knochen auftauen, entspannte sich mein Körper. Die Sonne blinzelte schwach durch den Nebel, ihre Strahlen zersetzten die dichten Schwaden, die sich im Nichts verloren. Gebannt starrte ich auf die Stelle, an der mein Verfolger bis vor wenigen Sekunden eben noch gestanden hatte, doch er war fort.

Was ist da gerade passiert? Wo ist er hin?

Erschüttert taumelte ich weiter zurück und spürte sogleich einen rauen Widerstand in meinem Rücken. Die Tür mit der Raute. Mein Kopf zuckte nach links, und ich erblickte das notdürftig zusammengeflickte Fenster mit seinen dreckverschmierten Scheiben.

Ich müsste meinen Hals nur ein wenig recken, um hineinsehen zu können. Der Schaukelstuhl meiner Mutter stand direkt darunter. Vermutlich saß sie sogar in diesem Moment darin und beobachtete den Sonnenaufgang. Die Vorstellung ließ mein Herz in meinem Brustkorb zappeln wie einen der Fische, die aus dem Fass geschwappt waren. Um Sauerstoff ringend.

Ich sah zurück auf die Straße. Gähnende Leere starrte zurück.

Der Mann war tatsächlich verschwunden.

Ich benötigte einige tiefe Atemzüge, um zur Ruhe zu kommen, ehe ich mich dem Fenster zuwandte. Eigentlich sollte ich wegrennen, so viel Abstand wie möglich zwischen meinen Angreifer und mich bringen. Wer wusste schon, wann er wieder auftauchte?

Auf der anderen Seite …

Ich wollte meine Mutter sehen, so sehr.

Aber was, wenn sich ihr Zustand verschlechtert hatte? Was, wenn ich nicht vorsichtig genug war und sie bemerkte, dass jemand hier war? Andererseits … Was, wenn ich die Relikte nicht finden würde und das hier meine letzte Möglichkeit war, meine Mutter je wieder anzusehen? Mir die Linien ihres Gesichts einzuprägen? Vielleicht einen Blick auf ein letztes Lächeln zu erhaschen?

Ich presste mir die Hand auf den Mund, als ein zittriges Schluchzen aus meiner Kehle stieg und all die Anspannung mit sich nahm. Nur langsam schob ich mein Gesicht näher an die Scheibe und zuckte zusammen. Sie war tatsächlich hier. Maman. Auf der anderen Seite des Fensters, nur wenige Handbreit von mir entfernt. Ihre hellblauen Augen wirkten überschattet, saßen tief in ihren dunklen Höhlen. Und wie immer schauten sie direkt durch mich hindurch, was einen schmerzenden Stich in meinem Inneren nach sich zog.

Wieso war sie aufgestanden und ans Fenster getreten? Spürte sie mich? Wusste sie, dass ich sie nicht verlassen hatte?

Ein weiteres lautes Schluchzen kroch in mir hinauf, als ich meine Hand hob und an die vereiste Scheibe legte. Mir war bewusst, dass meine Mutter mich nicht sehen konnte, doch ich erlaubte mir den irrationalen Gedanken, dass ich ihr auf diese Weise ein Stück näher sein konnte.

Als auch meine Mutter ihre Hand hob, stockte mir der Atem. Sie schmiegte die Hand an ihre Seite des Fensters, nur wenige Zentimeter unter meine. Ihre Fingerspitzen würden meine Handfläche berühren, wäre da keine Scheibe, die uns trennte.

Und die Tatsache, dass ich ein Geist war.

Mit verschleiertem Blick beobachtete ich, wie sich auch die Augen meiner Mutter mit kristallklaren Tränen füllten.

»Ich komme zu dir zurück.« *Bevor es zu spät ist*, ergänzte ich in Gedanken, nachdem ich kurz zur blutroten Raute schielte. Der Wind trug meine geflüsterten Worte fort, doch das änderte nichts daran, dass sie ein Versprechen waren.

Ich hatte mir vorgenommen, zum Diebesplatz zu gehen, dem Ort, an dem ich das Relikt einst verloren hatte. Der Nachtmarkt würde dort noch nicht zu finden sein, aber ich hegte die Hoffnung, dass ich irgendeine andere Spur zu der Kugel finden würde. Ich hatte keine anderen Anhaltspunkte. Ich hatte nichts, gar nichts.

Du trägst eine Spur auf deinem Körper, die dich zu ihr führen wird.

Ich schnaubte. Nika hatte mir helfen wollen, aber im Endeffekt hatte sie nichts dergleichen getan. Ja, sie hatte mich zu Gregoris Haus begleitet, aber Miron hatte ich mich allein gestellt.

Und versagt, verhöhnte mich meine innere Stimme. Ich ballte die Hände zu Fäusten. Sie würde mich nicht von meinem Weg abbringen.

Ich konnte nicht sagen, wie lange ich die *Rue de Lorraine* bereits zurücklief, während es unter meinen Fußsohlen brannte. Ich war müde. So, so müde.

Angestrengt versuchte ich, durch den wieder dichter werdenden Nebel zu spähen, um mich zu orientieren. In einigen Metern Entfernung erkannte ich das *Café Komine*, das sich in der Nähe des *Salon Rouge* befand. Dann war ich also noch immer im Trou. Es sollte mich nicht wundern bei den Gestalten, die mir ab und an über den Weg liefen. Betrunkene, zum Beispiel. Oder Männer, die Flecken auf ihrer Kleidung hatten, die verdächtige Ähnlichkeiten mit Blut aufwiesen. Ich schüttelte mich.

Als ich am Café vorbeilief, konnte ich nicht anders, als kurz anzuhalten und durch das Schaufenster zu spähen, wie ich es früher so oft getan hatte. Ich erinnerte mich an den massiven Verkaufstresen aus dunklem Holz, auf dem sich Etageren aneinanderdrängten, die die verschiedensten kleinen Törtchen zur Schau stellten. Dahinter stand eine Frau, das Weiß ihrer Schürze durchsetzt von Flecken in den buntesten Farben. Sie passten zu jenen, die das Gebäck zierten. Kuchen, belegt mit tiefvioletten Pflaumen und glitzerndem Zimtzucker, daneben eine hell glasierte Blätterteigtasche, aus der pürierte Äpfel quollen. Rote Schattenmorellen glänzten auf schokoladenbraunem Rührteig, zwischen seinen einzelnen Schichten eine butterfarbene Creme. Ich legte eine Hand auf meinen Bauch, in dem es immer sofort rumort hatte, wenn ich etwas zu essen sah.

Aber heute blieb mein Magen stumm.

Gerade als ich mich von dem Schaufenster abwenden wollte, beobachtete ich, wie die Verkäuferin ausgiebig gähnte, ehe sie durch einen Leinenvorhang in den hinteren Bereich des Cafés verschwand. Der Stoff schwang hinter ihr zu, und jetzt war der Laden leer.

Ich schluckte und sah um mich. Die Straße war menschenleer. Ich warf einen erneuten Blick durch die Scheibe. Die Verkäuferin war noch nicht zurückgekehrt. Meine Hand lag weiterhin auf meinem Bauch. Noch ein Schlucken.

Nika hatte gesagt, dass ich nicht mit der Welt interagieren durfte, aber Kaspar hatte das Fenster hochgeschoben. Vielleicht war es also gar nicht so ein großes Verbrechen, wenn ich nur kurz …

Meine Finger schlossen sich wie von selbst um die abgegriffene Türklinke. Ich stieß die Ladentür auf, und im nächsten Moment ertönte das Klingeln einer Glocke direkt über meinem Kopf. Sein Echo vibrierte in meinen Knochen, Eis dehnte sich in meinem Inneren aus, und beinahe wäre ich an Ort und Stelle festgefroren, wenn nicht meine Instinkte übernommen hätten.

Ich zog mich sofort zurück, die Tür fiel ins Schloss, die Glocke wurde leiser. Die Verkäuferin stürmte aus dem Hinterraum, hatte ihr freundlichstes Lächeln aufgesetzt, das sogleich von ihren Lippen schmolz, als sie das Café leer vorfand.

Meine Brust wurde eng, doch ich wartete nicht länger, sondern setzte meinen Weg mit zitternden Gliedern fort. Ich verfluchte mich dafür, was ich gerade getan hatte. Was hatte ich mir dabei gedacht? Was wäre passiert, wenn die Frau bemerkt hätte, dass die Tür von einem Geist geöffnet worden war?

Sonst liest du von weiteren Geistersichtungen in euren Zeitungen.

Ich verfluchte Nika, die alles gewesen war, nur nicht hilfreich.

Nachdem ich das Café hinter mir gelassen hatte, bog ich in eine lange, schmale Gasse, die mich endlich zurück auf die Kreuzung führen würde. Ich durfte mein Ziel nicht aus den Augen verlieren, und ich durfte mich nicht noch mal von meinen Gelüsten zu etwas hinreißen lassen, das mein Ziel gefährden würde. Das Relikt. Der Diebesplatz. Nur noch ein Tag.

Kaum hatte ich die dunkle Gasse zur Hälfte durchquert, ließ mich ein Geräusch zusammenfahren. Ich drehte mich um und erkannte eine Gestalt, die sich unauffällig im Schatten der Hauswände bewegte, direkt auf mich zu. Sofort begann mein Herz, donnernd gegen meine Rippen zu schlagen, heftiger noch als vorhin im Café.

War der Mann in der weißen Uniform zurück? Hatte er mich erneut aufgespürt? Wollte er beenden, was er angefangen hatte?

Ich wirbelte herum und erstarrte. Auch von der anderen Seite kam mir jemand entgegen. An der Statur konnte ich ausmachen, dass auch er mich um einige Köpfe überragte. Panik ließ meine Kehle eng werden. Ich steckte fest in diesem schwarzen Gang, und meine Optionen lösten sich in Luft auf, als plötzlich ein weiteres Geräusch die Gasse erfüllte.

Musik.

Ich sah nach oben und erblickte eine Leiter, die hoch zu einem Gebäude führte. Natürlich, das *Théâtre Bellevue*. Das hier musste eine Art Feuerleiter sein.

Eine lästige Stimme ertönte in meinen Gedanken, um mich daran zu erinnern, dass es noch immer früher Morgen war und das Theater somit noch gar nicht geöffnet sein sollte. Doch ich war bereits auf die Leiter gesprungen, die wie ein helles Licht in all meiner Dunkelheit leuchtete.

Adrenalin flutete meine Nervenbahnen, und ich erklomm Sprosse um Sprosse, obwohl meine Hände so sehr zitterten, dass sie mir kaum gehorchen wollten. Mein Blut rauschte mir so laut in den Ohren, dass ich permanent einen hohen Pieptton hörte. Ich konnte unmöglich sagen, ob weitere Geräusche durch die Gasse schallten, Schritte oder Stimmen.

Aber ich sah nicht nach unten. Schaute nicht nach, ob die Männer bereits dazu übergegangen waren, auf mich zuzurennen wie ein Pack Hyänen, das leichte Beute witterte.

Ich stieg nur immer weiter nach oben, mein ganzer Körper bebte, bebte, bebte.

Und dann passierte es.

Weil ich meine Beine kaum noch spürte, rutschte mein Fuß ab, bevor ich eine weitere Sprosse zu greifen bekam. Ein gellender Schrei zerriss meine Kehle, als ich auch mit dem anderen Fuß den Halt verlor. Tränen der Angst stachen in meinen Augen, zogen brennende Spuren über meine Wangen, während ich meine starren Finger verzweifelt an die Leiter klammerte. Das würde ich nicht lange durchhalten. Ich war zu schwach. Zu erschöpft.

»Was treibst du da unten?«

Erschrocken hob ich den Kopf, meine Wimpern verklebt von nassen Tränen. Nur vage erkannte ich seine Gesichtszüge. Aber das silbrige Blond seiner Haare war unverkennbar, so, wie es sich vor dem dunklen Mauerwerk hinter ihm abhob.

In dem Moment, in dem ich Kaspar erkannte, fand mein rechter Fuß zurück auf die Sprosse. Ich wimmerte vor Erleichterung, zitterte am ganzen Leib.

»Ich habe mir eine Meisterdiebin irgendwie anders vorgestellt.« Kaspar sah zu mir runter, den Kopf in einer Mischung aus Neugier und Abscheu schief gelegt, so, als betrachtete er ein besonders hässliches Insekt.

Ich presste die Zähne aufeinander und beschloss, ihn zu ignorieren, solange mein Leben am seidenen Faden hing. Vielleicht verschwand er ja wieder, wenn ich ihm keine Aufmerksamkeit schenkte. Nur mit Mühe löste ich meine Finger, um weiter nach oben zu steigen. Kaspar trat einen Schritt zur Seite, damit ich zu ihm auf die überdachte Veranda des Theaters klettern konnte.

Oben angekommen, blieb ich auf dem Boden sitzen. Das Holz unter mir war morsch und dreckig, Moos spross zwischen den einzelnen Latten hervor. Erst jetzt bemerkte ich, wie still es geworden war. Da war keine Musik mehr. Nur meine schweren Atemzüge, die die nebelverhangene Luft erfüllten.

»Wir müssen hier weg.«

Meine Stimme hörte sich rau und kratzig an, und ich musste husten, während ich versuchte, auf die Füße zu kommen.

Kaspar blinzelte an mir vorbei nach unten, seine Miene hätte nicht gleichgültiger aussehen können.

»Sie können uns nicht sehen.«

»Doch!«

Mein Bein gab unter mir nach, und ich sackte erneut in mich zusammen. Eine feste Hand schloss sich um meinen Oberarm und zog mich hoch. Überfordert von dem Ruck, der durch mich hindurchschoss, krallte ich meine Finger in das Nächste, das ich zu greifen bekam. Kühler Stoff schmiegte sich an meine Finger, darunter brannte Wärme.

Kaspar keuchte und entriss mir seinen Arm. »Fass mich nicht an.«

Ich zog scharf die Luft ein, Hitze kroch in mir hoch, durchsetzt von Scham und Wut. »Du hast mich zuerst angefasst!«

In einer arroganten Geste hob er das Kinn. »Ich habe dir geholfen.«

»Und ich habe dich nicht darum gebeten, oder?«, konterte ich.

In Kaspars Augen glomm etwas auf, das mich einen Schritt zurückweichen ließ. Es war derselbe Ausdruck wie in jener Nacht, in der er das Messer über seinen Kopf gehoben hatte.

»Es sah erbärmlich aus, wie du immer wieder hingefallen bist.«

Ich funkelte ihn zornig an. »Wir müssen hier weg«, wiederholte ich, eindringlicher diesmal.

»Gut«, schloss ich dann, als er keine Anstalten machte zu reagieren, und schob mich an ihm vorbei, wobei ich einen kurzen Blick in die Gasse unten riskierte. Sie war leer. »Du kannst gerne hier stehen bleiben und sie ablenken, wenn sie zurückkommen. *Ich* verschwinde.«

»Warte.«

Kaspars Stimme war leise, und doch spürte ich die klirrende Kälte, die darin mitschwang und sich eisig auf meine Haut legte.

»Was?« Nun starrte ich doch in sein Gesicht mit den messerscharfen Kanten. »Darf ich auch nicht mit Euch sprechen, werter Prinz?«, fragte ich mit herausforderndem Spott. »Glaub mir, auch mir liegt nichts ferner, als mich in deiner Nähe aufzuhalten. Ich will schließlich nicht im Schlaf erdolcht –«

»Du darfst die Nacht bei mir bleiben.«

Empörung machte sich in mir breit und stieg heiß in meine Brust. Ich hoffte, dass sie sich nicht als rote Flecken auf meiner Haut bemerkbar machte. Dieser Mann – dieser Xathyr – hatte Alexei unsägliches Leid zugefügt. Allein schon dieselbe Luft zu atmen wie er, ließ es in meinen Eingeweiden brodeln.

»Hast du mir gerade nicht zugehört?«, keifte ich. »Danke für das durchaus *großzügige* Angebot, aber ich will nichts mit dir zu tun haben. *Gar. Nichts.* Obwohl …« Ich neigte den Kopf. »Du darfst gerne den nächsten Messerangriff meiner Verfolger über dich ergehen lassen, was meinst du?«

Steile Falten gruben sich zwischen Kaspars silberblonde Augenbrauen, die er zusammenzog, während er mich wortlos anschaute.

Ich seufzte. »Was ist nun schon wieder?«

»Sie haben dich angegriffen?«

In dem Versuch, die schaurige Gänsehaut zu vertreiben, die bei der Erinnerung über meinen Rücken jagte, lachte ich auf. Es klang hohl und seltsam blechern.

»Ja, einer von ihnen hat es versucht. Aber ich kenne mich mit übergriffigen Männern aus, kein Grund zur Sorge.«

»Das dachte ich mir.« Kaspars Stimme klang beiläufig, doch sein Gesicht blieb weiterhin aufmerksam. »Du hast trotzdem Glück, dass du noch lebst.«

»Je nachdem, wie man *leben* definiert«, murmelte ich und verschränkte die Arme vor meinem Körper.

»Hör zu.« Kaspar blinzelte, und zurück war die kunstvolle Maske, die seine Emotionen verbarg. »Diese Leute sind keine gewöhnlichen Geistlichen. Sie sind von der *Église des Saints.* Sie werden nicht aufhören, dich zu jagen. Du musst also entweder von hier verschwinden und nie mehr in meine Nähe kommen, oder du bleibst die Nacht hier bei mir im Theater.«

Ich konnte den Blick nicht von ihm abwenden. Nicht, weil mich seine ach so makellosen Gesichtszüge interessierten, sondern weil ich darauf wartete, dass er in schallendes Gelächter ausbrach. Er tat es nicht.

»Das ergibt keinen Sinn«, erwiderte ich. »Entweder ich bringe Abstand zwischen uns oder … Nähe?«

Auch Kaspar verschränkte nun die Arme vor seiner Brust und lehnte sich lässig an einen der Holzbalken, die die Markise stützten.

»Mir wäre es lieber, wenn du einfach wieder verschwindest und den Ärger, den du hergebracht hast, mit dir nimmst, aber ich glaube, dass wir einander helfen können. Dass wir unsere persönlichen Ziele gemeinsam besser erreichen.«

Ich zog eine Augenbraue hoch. »Du klingst wie der Anführer einer Sekte.«

»*Sie* sind die Sekte«, sagte er mit rauer Stimme.

»Die *Église des … Saints*?«

Ich hatte einundzwanzig Jahre an diesem Ort gelebt und nie von ihnen gehört. Andererseits mied ich alles, was mit Religion zu tun hatte. Für die Kirche war ich ohnehin nichts weiter als ein Schandfleck auf der vermeintlich weißen Weste dieser Stadt.

Kaspar nickte.

»Eine abgespaltene Gruppe der Kirche. Sie halten sich für einen Bund Heiliger, der es sich zur Aufgabe gemacht hat, uns zu jagen.«

»Uns?«, hakte ich nach und überlegte einen Moment. »Geister?«

Noch ein Nicken. »Sie denken, wir würden die Körper unschuldiger Menschen besetzen und sie krank machen.«

Meine Gedanken wanderten zurück zur roten Raute an Mamans Tür, und ich strich mir über die Oberarme, als mich ein Frösteln ergriff. Sie war ganz eindeutig krank, aber das lag nicht an einem Geist.

»Und du willst mich beschützen?«

Kaum hatte ich die Frage gestellt, wollte ich die Worte wieder in meine Brust saugen wie meinen ausgestoßenen Atem.

»Will ich nicht«, antwortete Kaspar ungerührt, was mich für einen winzigen Moment aus dem Konzept brachte. »Es geht mir darum, dass ich dich so besser im Blick habe. Wenn du bei mir bist. Dann kann ich darauf achten, dass du nichts tust, das sie auf uns aufmerksam macht.«

Fragend starrte ich ihn an.

»Jede Interaktion mit der Welt birgt ein Risiko«, führte er aus. »Wenn Menschen sehen, wie plötzlich ein Croissant aus der Ladentheke verschwindet, ruft das die Chasseure auf den Plan. So nennen sich diese *heiligen Kreuzritter.*« Er lachte schnaubend, während meine Gedanken in jenem Moment wegdrifteten. Erst zum Café und dann …

Wir sehen uns wieder, kleine Diebin.

Die Erkenntnis rollte über mich hinweg wie eine eiskalte Schneelawine.

»Oder wenn ein Fenster wie von Geisterhand hochgeschoben wird«, sagte ich matt, ohne ihn aus den Augen zu lassen.

Schatten glitten über Kaspars Gesicht, und ich meinte, ein schelmisches Glitzern in seinen dunklen Augen zu erkennen.

»Bin ich etwa unvorsichtig gewesen?«

Langsam und doch unaufhaltsam erhob sich grollende Wut in mir wie ein Sturm.

»Du hast sie mir auf den Hals gehetzt!«

Der Mistkerl grinste. Er *grinste.*

»Und jetzt bist du hier. Das ging wahrlich schneller als gedacht.«

»Gottverfluchter Bastard!«

Mit einem großen Schritt stand ich direkt vor ihm, die Hand erhoben, bereit, ihm dieses selbstgefällige Grinsen aus dem Gesicht zu schlagen. Doch mit einer schnellen Bewegung hatte er mein Handgelenk umklammert, bevor ich auch nur in die Nähe seiner Wange kommen konnte. Unbeeindruckt stieß er mich von sich.

»Ich hätte sterben können!« Mein Herz schlug in einem Takt, der mein Blut zum Kochen brachte.

»Ich sagte bereits, dass du Glück gehabt hast.«

»Und wenn ich diese gottverfluchte Leiter nicht gefunden hätte? Wenn sie mich dort unten …« *Wenn sie mir* sonst was *angetan hätten*? Ich sprach nicht weiter.

Ungerührt von meinem Ausbruch stand Kaspar da wie eine Säule aus Stein.

»Du bist meinem Geruch schon einmal gefolgt, oder? Er muss fest in deinem Unterbewusstsein verankert sein«, schloss er mit herausfordernd erhobener Braue.

Ich starrte ihn an, nicht fähig, irgendetwas zu erwidern. Dieser eiskalte Mörder hatte mir eine Falle gestellt, und ich war hineingetappt. Wie eine Maus, die hinter einem Stück Käse herrannte, war ich in Kaspars Arme gelaufen. Er hatte recht, stellte ich fest, als ich unauffällig in die Luft roch. Der unverkennbare Duft von Wildrosen und Tabak umgab ihn, nicht auffällig und doch so präsent, dass sich alles in mir zusammenzog. Den Gedanken, dass ich ihm unbewusst gefolgt war – schon wieder –, schob ich hastig beiseite.

Der Prinz stieß sich von dem Holzbalken ab und hob die Hände in einer beschwichtigenden Geste. Nur flüchtig nahm ich wahr, dass sie noch immer in den schwarzen Lederhandschuhen steckten.

»Die Chasseure können ihre Geistersicht nur in der Dunkelheit einsetzen. Am Tag bist du sicher, aber sobald die Dämmerung anbricht, wird es gefährlich.« Sein Blick legte sich undurchdringlich auf mich. »Bleib wenigstens die Nacht, Zoé.«

Die Worte klangen plötzlich so sanft wie die eines Hypnotiseurs. Und ihn meinen Namen sagen zu hören, bewegte etwas in mir. Erinnerte mich daran, wer ich war. Was ich hier tat. Und dass ich noch nie Hilfe gebraucht hatte, um zurechtzukommen.

»Nein.«

Ich startete einen neuen Versuch, mich an ihm vorbeizudrängen, da packte er meinen Arm. Rosenduft stieg mir in die Nase, als er sich zu mir herunterbeugte, und mein Atem stockte. Es lag nicht an seiner plötzlichen Nähe, sondern an den Worten, die er dicht an meinem Ohr flüsterte.

»Ich weiß, wo die Kugel ist.«

Das war der Moment, in dem die Falle den Kopf der Maus zerquetschte. Ich hoffte inständig, dass ich meinen eigenen diesmal rechtzeitig zurückziehen konnte.

KAPITEL 4

Ich war noch nie im *Théâtre Bellevue* gewesen. Ein Keil steckte zwischen der Hintertür und dem Boden und gestattete uns somit, einzutreten.

Kaspar führte mich über eine kurze, leicht gebogene Treppe hinter die Bühne, und obwohl mich das drängende Pochen in meinem Hinterkopf daran erinnerte, weshalb ich mit ihm gegangen war, erwischte ich mein Herz dabei, wie es beim Anblick all der Requisiten aufgeregt klopfte.

Ich hatte nie gewusst, ob ich das Theater mochte. Wie auch, wenn ich es nie ausprobiert hatte? Aber die vielen bunten Kleider zu sehen, die aus Holz geschnitzten, grün bemalten Bäume und die abgenutzten Möbel, die anscheinend ein Schlafgemach darstellen sollten, machte etwas mit mir.

Mit dieser neu aufgeflammten Neugier im Bauch ließ ich meinen Blick über den karmesinroten Samtvorhang gleiten, den man offenbar nach dem letzten Stück nicht vollständig zugezogen hatte. Durch den schmalen Spalt erspähte ich mehrere Reihen leerer stoffbespannter Stühle, zwischen ihnen schlängelte sich ein Geländer entlang, dessen goldene Farbe an einigen Stellen abgeblättert war. An den holzvertäfelten Wänden, die den gerundeten Saal umschlossen, hingen Leuchter. Ich konnte mir vorstellen, wie sie den Theatersaal während der Aufführungen in warmes Licht tauchten.

Von dort unten sahen die Besucher also Abend für Abend dabei zu, wie Schauspieler auf dieser Bühne lebten, starben und wiederauferstanden.

Nicht alle, erinnerte ich mich, als Mikaylas von fuchsroten Locken umrahmtes Gesicht vor meinem geistigen Auge auftauchte. *Nicht alle wachen nach ihrem Bühnentod wieder auf.*

»Hier runter.«

Kaspars Stimme erklang tief in der aufgekommenen Stille und brach durch meine finsteren Gedanken. Aus der Ferne musterte er mich mit unergründlicher Miene.

Ich wich seinem Blick aus und schob ein paar Seile beiseite, die lose von der Decke hingen, um zu ihm aufzuschließen. Dann folgte ich ihm zu einer weiteren, steilen Treppe, die in eine Art Keller hinabzuführen schien.

»Halte dich nicht am Geländer fest«, sagte Kaspar, bevor er hinabstieg.

Ein Blick auf das alte Holz ließ vermuten, dass es bei einer Berührung in sich zusammenfallen würde.

»Was ist?«, fragte er, als ich oben am Treppenabsatz stehen blieb.

Ich hob das Kinn und täuschte so viel Selbstvertrauen vor, wie ich konnte.

»Es wäre ganz schön dumm, einem Frauenmörder in einen dunklen Keller zu folgen, oder?«

Kaspars Miene blieb unbewegt, höchstens zwei Atemzüge lang. Dann krümmte er die Lippen zu einem beißenden Grinsen, das seine Fangzähne erahnen ließ. Mein Rückgrat versteifte sich, und ich versuchte, meinen Gesichtsausdruck zu kontrollieren.

»Ich dachte, du kennst dich mit übergriffigen Männern aus, kleine Diebin.«

Ich musterte ihn unverhohlen. Er war vielleicht nicht sonderlich breit gebaut, aber durch den Stoff seines Hemds zeichneten sich definierte Muskeln ab. Außerdem war er groß. Beinahe riesig. Wenn er einen seiner Arme um mich schlang, wäre ich verloren. Was war die Kraft einer Frau im Vergleich zu der eines Mannes schon? Was konnte sie tun, wenn er beschloss, sie festzuhalten und an eine Wand zu drücken?

»Zoé?«

Beim Klang meines Namens wachte ich aus meiner Trance auf. Ich sah Kaspars Gesicht vor meinem. Nicht Raouls. Wann war er zu mir hochgekommen?

»Ich werde dir schon nichts tun«, raunte er.

Erst jetzt fiel mir auf, wie flach ich atmete. Panik lähmte meinen Körper, doch sie sorgte auch dafür, dass ich die Spiegelscherbe in meinem Stiefelschaft deutlich spürte. Ich musste mich nur bücken, für den Bruchteil einer Sekunde. Dann könnte ich ihm die Kehle aufschlitzen. Ich hatte es schon einmal getan. Ich könnte es noch mal tun.

»Du suchst das Relikt, und ich will zurück nach Xanthia.«

Kaspars Atem traf warm auf mein Gesicht. Ich hatte beinahe vergessen, wie sich das anfühlte. Wärme.

»Wenn ich dich töte, verliere ich vermutlich meine letzte Chance, nach Hause zurückzukehren.«

Etwas in seiner Stimme ließ mich aufhorchen. War es Verzweiflung? Verletztheit? Doch da war keine Regung von Emotionen in Kaspars Gesicht. Keine Veränderung in der schwarzblauen Leere seiner Augen, kein Muskel, der in seinem markanten, glatten Kiefer zuckte, kein nervöses Pulsieren einer Schlagader.

»Dann brauchst du mich also?«, hakte ich nach.

Kaspar neigte den Kopf, antwortete aber nicht.

»Wenn du mir zu nahe kommst, bringe ich dich um«, zischte ich, angetrieben von einem Gefühl der Macht, das er mit seiner Offenbarung, die eigentlich keine war, in meine Hände gelegt hatte. »Auch ein langes Leben findet mal ein Ende.«

»Je nachdem, wie man *Leben* definiert«, wiederholte er meine Worte von vorhin schmunzelnd, als wäre ihm meine Drohung entgangen. Dann rückte er zur Seite und streckte einladend einen Arm nach unten aus, während er eine Verbeugung in meine Richtung andeutete. »Herzlich willkommen, Mademoiselle, ich hoffe, du fühlst dich wohl in meinem bescheidenen Zuhause.«

Ich verdrehte die Augen und achtete darauf, Kaspar nicht zu berühren, als ich die Stufen an ihm vorbei mit schweren Schritten nach unten stieg.

Auf der letzten Stufe angekommen, schlug ich beinahe mit meinem Kopf gegen die Decke, die sich beim genaueren Hinsehen als die Bühne herausstellte, auf der wir uns gerade eben noch bewegt hatten.

Ich ging durch den kleinen Raum, und vereinzelt blinzelten Lichtstrahlen durch die Holzverkleidung, entblößten feine Staubflocken, die von oben runterrieselten. In einer Ecke lag eine alte Matratze, daneben stapelten sich einige eingestaubte Kisten. Und an der Wand gegenüber stand ein Klavier.

»Es ist kaputt.«

Irritiert drehte ich mich zu Kaspar um, der am Fuße der Treppe stehen geblieben war. Eine Gasleuchte, die an der roten Ziegelwand hing, warf ihren schwachen Schein auf sein Gesicht. Es sah weichgezeichnet aus im Halbschatten.

»Was?«

»Das Klavier.«

Er bewegte sich auf mich zu, langsam, beinahe bedächtig. Seine Haltung war leicht gebeugt, damit er sich nicht an den Querbalken stieß, die die Bühne über unseren Köpfen aufrecht hielten.

»Risse im Resonanzboden.«

Kaspars behandschuhte Finger strichen über das raue Holz des Instruments, und ein sanfter, melancholischer Ausdruck stahl sich in seinen Blick.

Das Bild seines Gemachs in Xanthia blitzte in mir auf, der eingestaubte Flügel, auf dem er und Nastya …

Ich schluckte, bevor ich den Kopf schüttelte, um die Erinnerungen zu vertreiben. Wir waren nicht hier, um irgendwelche Gegenstände zu streicheln. Mir lief die Zeit davon.

»Wo ist das Relikt?«

Kaspar brauchte einen Moment, dann ließ er vom Klavier ab und ballte die Hand zur Faust, als wollte er die Berührung so lange wie möglich festhalten.

»Nicht hier.«

Feuer brandete in meiner Brust auf und ließ mich einen Schritt nach vorne taumeln. Hektisch wischte ich ein Spinnennetz weg, das sich dabei in meinem Haar verfing.

»Soll das ein Scherz sein?!«

»Ich habe nie gesagt, dass die Kugel hier unten ist, oder?« Kaspars tiefblaue Augen schnellten zu mir zurück. »Nur, dass ich weiß, wo sie sich befindet. Du hast da was«, fügte er hinzu und zeigte mit dem Finger auf meinen Kopf. »Es krabbelt.«

Ich strich erneut über mein Haar, ohne auf seine Bemerkung einzugehen. Was kümmerte mich schon eine Spinne?

»Und was genau machen wir dann hier?«

Ich streckte die Arme zu meinen Seiten aus, und Kaspar zuckte mit den Schultern.

»Ich dachte, ich zeige dir, wo du nachher die Nacht verbringst.«

Ich knirschte mit den Zähnen. Ein Knochen an meinem Kiefer knackte.

»Ich sagte doch bereits, dass ich das nicht will. Mir bleibt keine Zeit dafür. Ich muss heute Abend noch zurück nach …«

Ich musste es nicht aussprechen. Kaspar wusste genau, wo ich hinwollte. Er schaute mich an, eine Braue hochgezogen.

»Wieso so eilig?«

»Mein Pfad schließt sich.«

Bei dem Gedanken daran, auf dem Schafott zu stehen und nicht mehr zurück zu können, schnürte sich mir die Kehle zu.

»Du bist erst vor vier Wochen gestorben.« Kaspar reckte

das Kinn. »Es dauert noch mindestens zwei Wochen, bis dein Pfad zuwächst.«

Ich starrte ihn an.

»Man hat mir gesagt, ich hätte nur zwei oder drei Tage Zeit.«

»In Xanthias Zeitrechnung, ja.«

Blinzelnd betrachtete ich sein Gesicht, versuchte, in ihm zu lesen, ob er die Wahrheit sprach.

Drei Männer, und nur einer sagt die Wahrheit.

»Dein Alexei hat es nicht so mit offener Ehrlichkeit, nicht wahr?« Kaspar grinste verschlagen. »Er wollte sein neues Spielzeug so bald wie möglich wieder an seiner Seite wissen.«

»Alexei hat damit nichts zu tun!«

»Nika also«, schnaubte er bitter. Die Abscheu, die er in ihren Namen legte, war kaum zu überhören. »Es ist unglaublich, wie sehr sie dein Hirn vergiftet haben.«

Mein Herz schlug noch immer hart gegen meine Rippen.

»Ich habe keine Ahnung, wovon –«

»Wie kannst du ihnen vertrauen?«

»So, wie Nastya dir vertraut hat«, zischte ich.

Kaspars Lippen zuckten, und ein ungläubiges Lachen stieg aus seiner Kehle.

»Dann willst du so enden wie sie?«

»Also gibst du zu, sie brutal erstochen zu haben?«

Mein Puls hämmerte, hämmerte, hämmerte in meinen Ohren.

Kaspar zuckte wieder nur mit den Schultern. »Hat Alexei es dir nicht gezeigt?«

Ich atmete zittrig aus.

»Wieso hast du das getan?«

»Würde der Grund meine Tat rechtfertigen oder irgendetwas an dem ändern, was passiert ist?«

Ja, würde er das, Zoé?

»Du kannst heute Abend nicht zurück«, sagte Kaspar schließlich, als ich nicht antwortete. Weil ich die Antwort nicht kannte. »Wir müssen nach Domcourt.«

»Was?!«, entfuhr es mir eine Spur zu laut. »Was sollten wir dort wollen? Das ist irgendwo im Osten Adrasteaus. Am anderen Ende des Landes!«

»Und deswegen kannst du heute Abend nicht zurück nach Xanthia. Du willst die Kugel doch immer noch finden, oder?«

Fassungslos starrte ich ihn an.

»Du siehst aus, als hättest du einen Geist gesehen.«

Mit einem Mal überkam mich das tiefe Bedürfnis, irgendetwas nach Kaspar zu werfen, um ihm dieses spöttische Grinsen vom Gesicht zu schmettern. Ich holte tief Luft.

»Wieso soll das Relikt dort sein?«, fragte ich stattdessen. »Und woher willst du das so genau wissen?«

Jetzt verblasste das Grinsen auf Kaspars Lippen von selbst. Er presste sie zu einer dünnen Linie zusammen, und an seinem Gesichtsausdruck meinte ich zu erkennen, dass er überlegte, wie viel er mir erzählen wollte.

»Weil ich die letzten Jahre danach gesucht habe«, sagte er schließlich.

»Warum?«

Er schob die Hände in seine Hosentaschen. »Das werde ich dir nicht verraten.«

»So viel zu *Vertrauen*, hm?«, entgegnete ich.

»Du hast mir auch nicht gesagt, was Alexei mit dem Relikt will.«

»Das geht auch nur Alexei etwas an!«

»Und *meine* Motive gehen nur *mich* etwas an.« Der angriffslustige Tonfall war einem ruhigen, dunkleren gewichen.

Ich atmete tief durch.

»Was, wenn du lügst? Was, wenn sich der Pfad in zwei Wochen schon längst geschlossen hat und ich hier feststecke?«

»Ich habe keinen Grund, dich zu belügen.«

Ich stieß ein frustriertes Seufzen aus.

»Du *hasst* Alexei.«

Ein gefährliches Glitzern lag in seinem Blick.

»Und du liebst ihn?«

Ich keuchte überrascht auf. »Darum geht es nicht!«

Kaspar legte den Kopf schief, was das Funkeln in seinen Augen vertiefte. »Ja, ich hasse Alexei«, sagte er mit rauer Stimme. »Aber glaubst du wirklich, ich könnte ihm einen Tiefschlag verpassen, indem ich dich hier festhalte? Denkst du, du bist ihm *so* wichtig?«

Ich wollte nicht, dass es so war, aber Kaspars Frage brannte ein Loch in meine Brust. War ich das? Meine Gedanken eilten zurück zu den letzten Momenten, die Alexei und ich geteilt hatten.

Wir hatten miteinander geschlafen. Und danach sah ich ihn auf dem Bett liegen und an die Decke starren, als wäre da etwas, das ihn belastete. Etwas, von dem er mir nie erzählen würde. Weil ich ihm nicht ebenbürtig war. Nie sein würde.

»Du willst dieses Relikt unbedingt, oder nicht?«, unterbrach Kaspar meine Gedanken, und ich versteifte mich unwillkürlich. »Schließlich bist du deswegen hier. Aber du wirst es bis heute Abend nicht bekommen, das ist schlicht unmöglich. Entweder du gehst mit mir nach Domcourt, oder du kehrst mit leeren Händen zurück zu deinem Geliebten. Ob er dich dann mit offenen Armen empfängt, wage ich jedoch zu bezweifeln.«

Ich biss mir auf die Unterlippe, als seine Worte mich mitten in die Brust trafen. Ohne das Relikt nach Xanthia zurückzukehren, wäre mein Untergang. Ich würde das Relikt von Baron Miron vielleicht noch finden, aber das wären nur zwei von drei. Doch Alexei brauchte sie alle, und ich war es ihm schuldig. Nicht nur für unseren Pakt. Er hatte so viel verloren, so viel aufgegeben. Wenn ich ihm mit diesen Relikten irgendetwas zurückgeben konnte, musste ich das tun. Für ihn *und* für mich. Und vielleicht auch für *uns*.

Der Gedanke war absurd, weil ich Alexei doch verlassen würde, sobald er die Relikte hatte und mich wieder lebendig machte, aber aus einem unerklärlichen Grund trieb er mich an.

Und wenn ich dafür wirklich mit Kaspar nach Domcourt musste, hatte ich keine andere Wahl, als meinen Aufenthalt hier in Adrasteau zu verlängern, auch wenn das bedeutete, dass ich dem dunklen Prinzen glauben musste. Alexeis *Feind.*

Mein Herz war dazu übergegangen, bis in meinen Hals hinauf zu schlagen. Ich spürte sein Pulsieren unter meiner Haut und strich gedankenverloren mit den Fingern über die Schlagader. Kaspar folgte der Bewegung mit seinem Blick.

»Also?«

»Du hast recht, ich brauche das Relikt.«

Ich hörte mich an wie eine kaputte Schallplatte, die ohne einen Funken Verstand immer und immer wieder dieselbe Zeile abspielte.

In dem Moment, in dem sich Kaspars Lippen zu einer Erwiderung teilten, spürte ich ein warmes Vibrieren an meinem Schienbein. Ein kalter Schauer rann über meine Haut, und Kaspars Worte drangen nicht länger zu mir durch. Alles, woran ich denken konnte, war …

»Alexei«, stieß ich heiser aus, was Kaspar in seinem Redeschwall innehalten ließ.

Er hob die Augenbrauen.

»Mir wurden schon die schlimmsten Beleidigungen an den Kopf geworfen, aber *das* übertrifft wirklich alles.«

»Ich muss kurz weg«, flüsterte ich heiser, ohne darauf einzugehen, was er gesagt hatte.

Eilig schob ich mich an ihm vorbei, sprang auf die Treppe

und ließ meinen Blick suchend über die Bühne wandern. Ich war allein. Während ich den Spiegelsplitter aus meinem Stiefel zog, taumelte ich über die Holzdielen auf das Bett zu und ließ mich darauf nieder.

»Zoé.«

Die Stimme aus weichem Samt hüllte mich ein und ließ mich alles um mich herum vergessen. Ich berührte die glatte Oberfläche des Spiegels, als könnte ich stattdessen sein Gesicht unter meinen Fingerspitzen spüren. Seine weinroten Augen waren überschattet, sodass sie beinahe pechschwarz wirkten.

»Alexei.«

Ich klang atemlos und zog im selben Moment tief Luft in meine Lungen. Wusste er, wo ich war? Bei *wem*?

»Ein Glück, dass du noch lebst, ich habe mir solche Sorgen um dich gemacht. Ich bin unsagbar wütend auf Nika, was hat sie sich nur dabei gedacht? Aber sag, wie geht es dir?« Die Worte stürzten förmlich über seine Lippen, und in meiner Brust blühte Wärme auf.

»Es ist alles in Ordnung«, flüsterte ich. Ich wusste nicht, wieso, aber meine Augen füllten sich erneut mit lästigen Tränen. Seit wann waren meine inneren Mauern so durchlässig für sentimentale Gefühle? »Und wie geht es dir?«

Alexei neigte den Kopf, und Schatten jagten über sein Gesicht.

»Du fehlst mir. So sehr. Wenn ich daran denke, wie es sich angefühlt hat, dich in meinen Armen zu halten … Ich brauche dich hier bei mir.«

Als wären seine Worte ein Verband, wickelten sie sich um meine Seele.

»Aber ich weiß, weshalb du tust, was du tust.«

Mein Unterkiefer spannte sich an.

»Was hat Nika dir denn erzählt?«

Alexeis Augen wurden schmal.

»Sie hat dich ohne mein Wissen auf die Erde geschickt, damit du Nikolajs Relikt findest.« Er leckte sich über die Lippen. »Hast du es bereits an dich bringen können?«

In meinen Ohren rauschte es so laut, dass es mir schwerfiel, seinen Worten zu folgen.

»Ich … nein. Aber ich weiß, wo es ist. Denke ich«, ergänzte ich leise, damit er nicht weiter fragte. Dann dachte ich an die Konversation mit Kaspar, die er gerade unterbrochen hatte. »Alexei, ich muss etwas wissen«, begann ich. Im selben Moment fiel mir ein, dass die Zeit für ihn und mich unterschiedlich verging. Ich fragte mich unwillkürlich, ob es an der Magie der Spiegel lag, dass Alexei und ich uns unterhalten konnten, ohne dass einer von uns in Zeitlupe sprach. Meine Gedanken drifteten ab, wurden jedoch wieder zum Spiegel gelenkt, als Alexeis Blick für einen Moment an meinem Gesicht vorbeiglitt und sich etwas darin verhärtete.

»Ist jemand bei dir?«

Ich verschluckte meine Frage, wirbelte heftig herum, weil ich Angst hatte, dass Kaspar mir nach oben gefolgt war. Wenn Alexei ihn sah, hier bei mir … Es würde ihn verletzen.

Aber Kaspar war nicht hier. Nur die Requisiten. Erst jetzt fiel mir der mitternachtsschwarz glänzende Flügel auf, der in einer Nische stand. Direkt hinter mir, auf jenem Fleck, den Alexei taxierte.

Ich wandte mich wieder dem Spiegelsplitter in meiner Hand zu und schaute in Alexeis verschlossene Miene. Seine Frage hing in der Luft wie klebriger Teer, der sich mit jedem weiteren Atemzug in meiner Lunge festsetzte.

»Ich bin allein.«

»Du lügst.«

Mein Herz raste.

»Ich will, dass du von dort verschwindest, Zoé. Ich will,

dass du so viel Abstand wie nur möglich zwischen dich und diesen Verräter bringst. Den *Ripper.*«

Den Namen zu hören, der Kaspars Existenz begleitete wie ein Fluch, ließ mich zusammenzucken.

»Jetzt.«

»Aber ich –«

»Dir ist doch bewusst, dass ich mir Sorgen mache«, unterbrach er mich. Sein Tonfall war schneidend. »Du bist ohne mein Wissen fortgegangen, und gerade eben hast du mich belogen, ohne mit der Wimper zu zucken. Er hat sich bereits in deine Gedanken geschlichen, und du merkst es nicht mal.« Sein Blick wurde weicher, und mein Gewissen schrie lauter. »Bitte. Tu, was ich dir sage, bevor Schlimmeres geschieht. Vertraust du mir denn nicht?«

Kalter Schweiß bildete sich in meinem Nacken und kroch unangenehm kitzelnd über meine Wirbelsäule.

»Du hast recht«, hörte ich mich sagen, doch die Worte hatte nicht mein Herz gesprochen.

»Gut. Und jetzt beeil dich. Du weißt, dass ich es nicht ertrage, wenn ich dich auch noch verliere.«

Der Sprung in meiner Seele weitete sich langsam aus, als der Verband, den Alexei zuvor sorgsam darumgewickelt hatte, zu Boden segelte wie ein altes, durchgescheuertes Stück Stoff.

Ich nickte benommen.

»Alexei, ich vermisse dich und –«

Ich verstummte, als Alexeis Gesicht verblasste und mir nur mein eigenes aus dem Spiegel entgegenstierte. Aus großen, leeren Augen. Ein niedergeschlagener Seufzer kam über meine Lippen und ließ die letzten Kräfte aus meinem Körper weichen. Ich spürte, wie ich in mich zusammensank.

»Du hast wirklich ein Faible für übergriffige Männer, was?«

Die Spiegelscherbe rutschte mir aus der Hand, dahinter kam Kaspar zum Vorschein. Er hatte die Hände lässig in die

Taschen seiner schwarzen Hose geschoben und betrachtete mich mit einem selbstgefälligen Grinsen von oben herab.

Ich schnaubte und bückte mich, um den Spiegel aufzuheben. Nachdem ich sichergegangen war, dass er keinen Schaden davongetragen hatte, steckte ich ihn zurück in meinen Stiefel und sah hoch in Kaspars Augen. Zu meinem Entsetzen funkelte neben der üblichen Arroganz auch Belustigung in ihnen.

»Hast du uns belauscht?«

»So misstrauisch?«, fragte er und schnalzte mit der Zunge.

»Antworte mir!«

»Ja.«

Ich spürte, wie Hitze in mein Gesicht kroch.

»Hast du nichts Besseres zu tun?«

»Gerade? Nein«, gab er mit schief gelegtem Kopf zurück.
»Dann gehst du jetzt?«

»Ich weiß es nicht.«

Kaspar lachte, und alles in mir spannte sich an.

»Sag bloß, du entwickelst einen eigenen Willen, kleine Diebin.«

Ich warf ihm einen Blick zu, der hoffentlich ausdrückte, wie sehr ich ihn verabscheute, dann stand ich auf und wandte mich um in Richtung Ausgang.

»Du weißt, dass die Chasseure dich spätestens heute Nacht finden werden«, erklang es hinter mir.

Ich hielt inne, weigerte mich aber stur, etwas zu erwidern. Mir war, als offenbarte ich zu viel, wenn ich ihm gegenüber auch nur den Mund aufmachte.

»Alexei weiß das auch«, sagte er ruhig. »Als Graf der Vorhölle hat er bereits von den Sünden des einen oder anderen Jägers gekostet.«

Ich formte meine Hände zu Fäusten und spürte den altbekannten Schmerz in ihren Innenflächen auflodern.

»Und ihm ist es lieber, dass du dort rausgehst und dich deinem Schicksal stellst, als hier bei mir zu bleiben. Dem großen, bösen Kaspar.«

»Natürlich!«

Ich drehte mich um und starrte diesem Heuchler ins Gesicht. Die Belustigung war daraus verschwunden, stattdessen huschten dunkle Schatten über seine Augen.

»Die Chasseure sind vielleicht eine unbekannte Gefahr, aber du … du …«

»Ich …?«

»Du bist ein Monster! Der Ripper, der selbst furchterregenden Kreaturen wie den Xathyr Angst macht, obwohl du einer aus ihren Reihen bist! Ich habe ihre Gräber gesehen! Ich habe dich morden gesehen!«

Nichts. Keine Regung. Kein Zucken von Emotionen. Kaspars Gesicht war eine Maske des Todes, während ich so schwer atmete, dass sich mein Brustkorb in raschen Zügen auf und ab bewegte. Ich war überrascht über die ungezügelte Wut, die aus mir herausgebrochen war, und ließ sie abflauen.

»Ich brauche keine Hilfe«, sagte ich schließlich. Die aufgeladene Stimmung hing noch immer wie ein Schwert über uns, seine Spitze deutete zwischen uns hin und her. »Erst recht nicht deine, Kaspar.«

Endlich glomm etwas in seinen Augen auf, und er spannte die Schultern an.

»Das Relikt befindet sich im Hauptquartier der *Église des Saints* inmitten von Chasseuren.« Sein Tonfall klang wie die Ruhe vor einem verheerenden Sturm. Ich wagte es nicht, zu atmen, hatte Angst vor dem aufziehenden Gewitter. »Du kannst das nicht schaffen. Nicht allein.«

»Sag mir nicht, was ich kann und was nicht«, entgegnete ich mit fester Stimme. Zumindest hoffte ich, dass sie fest klang, denn in Wahrheit hatte sich die Saat des Zweifels bereits in meinen Eingeweiden festgesetzt. Ich hatte gerade mal *einen* Chasseur überlebt – knapp. Und das auch nur, weil diese wirbelnden Schatten aufgekommen waren.

Mein Selbstbewusstsein war schon immer nur eine dicke Schicht Putz gewesen, die ich schamlos über eine bröckelnde Mauer gestrichen hatte. Nicht nur, um die hässlichen Löcher zu verbergen, sondern auch, um sie überhaupt zusammenzuhalten.

»Ich weiß, dass du es gewohnt bist, alles allein zu schaffen. Doch das hier ist für eine einzelne Person eine Nummer zu groß.« Ein Muskel an Kaspars Kiefer zuckte. »Es mag vielleicht die wichtigste Fähigkeit eines jeden Überlebenskünstlers sein, sich allein durchschlagen zu können, glaub mir, das weiß ich. Aber man muss auch erkennen, wenn man Hilfe braucht, und diese annehmen. Das ist keine Schande, auch für dich nicht.«

Ich musste hart schlucken. Kaspars Worte bohrten sich in mich wie spitze Steine. Wie hatte er so schnell hinter meine mühsam errichteten Mauern blicken und in meine Gedanken tauchen können?

Ich wollte nicht, dass er recht hatte. Und noch weniger wollte ich, dass er weitere Schichten von mir freilegte, bis er in mein Innerstes vordrang. Doch in meinem Leben war kein Platz für unerfüllbare Wünsche. Da hatte sich bereits die Dunkelheit ausgebreitet, die sie alle verschluckte.

Aber … Ich sah entschlossen in Kaspars Augen, die meinen Blick erbarmungslos gefangen hielten. Wenn zwei Überlebenskünstler mit einem großen Wunsch zusammenkamen, würde es ihnen vielleicht gelingen, selbst die dunkelste Finsternis gemeinsam zu durchdringen.

KAPITEL 5

Ich dachte darüber nach, während die Dielen der Bühne unter meinen stetigen Schritten knarzten. Ich zog wirklich und wahrhaftig in Erwägung, mit diesem mörderischen, arroganten, selbstgefälligen Bastard zusammenzuarbeiten. Einem Verräter, der die Chasseure überhaupt erst auf mich aufmerksam gemacht hatte.

Mein Verstand musste mir abhandengekommen sein – oder derartig abgekämpft, dass ich nicht mehr klar denken konnte. Kein Wunder bei den missklingenden Tönen, die Kaspar unten auf dem kaputten Klavier spielte – seit über einer Stunde.

»Hör endlich mit dem nervtötenden Geklimper auf!«, brüllte ich in Richtung der Treppe. Täuschte ich mich, oder wurde die Musik jetzt noch lauter?

Gottverfluchter Mistkerl.

Frustriert fuhr ich mir durch die Haare und zwang mich dazu, mich zu beruhigen.

Nach einigen weiteren Runden des sinnlosen Hin- und Herlaufens blieb ich am Geländer stehen, das die Bühne von den leeren Sitzplätzen trennte. Schon bald würden sie sich mit Gästen füllen. Mit Menschen, die ihr Leben lebten, unbekümmert und frei von dem Wissen, dass sie irgendwann an einem Ort wie Xanthia erwachen könnten.

Ein sehnsüchtiges Seufzen kam mir über die Lippen. Wenn ich endlich die Relikte hatte, könnte auch ich eine von ihnen sein und einem Theaterstück zusehen.

Oder … Meine Brust zog sich zusammen, als sich der Gedanke mit zarter Zerbrechlichkeit in meinem Kopf einnistete. Ich könnte nicht nur eine Zuschauerin sein, sondern Darstellerin. Die Hauptdarstellerin meines eigenen Lebens. Ich könnte es selbst in die Hand nehmen, statt nur dabei zuzuschauen, wie es mir passierte.

Mein Herz begann, aufgeregt zu flattern, einem Schmetterling auf einer Frühlingswiese gleich, bevor man ihm ein Netz überstülpte. Genau so saß ich in meiner Misere fest. Denn allein würde ich es nicht schaffen. Ich würde die Kugel nicht finden, nicht ohne Hilfe.

Blieb mir eine andere Wahl, als mich auf Kaspar zu verlassen? Wenn er recht hatte, befand das Relikt sich inmitten von Menschen, die mich endgültig auslöschen wollten. Mir diese letzte Chance auf ein neues Leben rauben wollten. Meine letzte Gelegenheit, von vorne anzufangen. Es diesmal besser zu machen. Für meine Mutter. Für Claire.

Für *mich*.

Mit einem bebenden Atemzug schob ich die scharfkantigen Gedanken von mir, bevor ich mich an ihnen schnitt. Ich trat vom Geländer weg und ging wieder dazu über, auf und ab zu laufen. Der größte Haken an dieser Geschichte war die Tatsache, dass ich heute Abend nicht nach Xanthia zurückkehren könnte. Ich würde mit Kaspar durch das halbe Land reisen müssen. Ich würde ihm vertrauen müssen, dass ich den Pfad auch danach noch benutzen konnte. Dass er sich nicht heute Nacht schließen würde. Ich hatte Alexei nicht fragen können, dafür war er viel zu schnell verschwunden, nachdem er von meinem Verrat Wind bekommen hatte.

Mir drehte sich der Magen um, und ich ließ mich auf dem Bett nieder, das als Requisite für die Theaterstücke diente. Meine Glieder fühlten sich an, als hätte man sie aus Blei gegossen, schwer und träge. Ebenso sackte ich in die weiche Matratze. War mir denn kein Moment des Friedens vergönnt?

Vergiss das Relikt und kehr zurück zu Alexei. Gemeinsam findet ihr eine Lösung, sagte eine Stimme in meinem Kopf, und ich wollte ihrem Rat so sehr folgen. Aber während in Xanthia nur ein Tag verging, waren es hier in Adrasteau ganze vier. Und …

Die Raute tauchte in meiner Erinnerung auf, leuchtend rot in der dunklen Nacht. Wenn ich nicht rechtzeitig handelte, würden sie meine Mutter mitnehmen.

Ich hob meine Beine auf die Matratze und stützte das Kinn auf meine Knie. Das Gefühl der Machtlosigkeit kehrte schleichend zurück, streckte seine seidig weichen Fäden nach mir aus, um mich in sein Netz zu ziehen und darin einzuschließen. Ich umschlang meine Beine so fest ich konnte, machte mich klein, immer kleiner. Dann würde dieses Gefühl nicht so viel Platz haben.

Bei einem weiteren schiefen Ton, der von unten an meine Ohren drang und in meinem Gehörgang kratzte, zuckte ich zusammen. Mein Nervenkostüm war dünn geworden.

Ich wusste nicht, wie lange ich so dasaß, aber als meine Beine zu kribbeln anfingen, löste ich meine Haltung. Ich blinzelte die Tränen weg und zog den Spiegel aus meinem Stiefel. Mit zittrigen Fingern drehte ich ihn so, dass ich hineinblicken konnte.

»Alexei?«, flüsterte ich krächzend. »Bist du da?«

Doch ich sah nur meine Lippen, die die verzweifelten Worte formten. Kein vertrautes Schlafgemach, keine weinroten Augen. Nur leere Versprechungen. Stille drückte wie ein unsichtbares Gewicht auf meine Schultern.

Wann war die Musik verstummt?

»Er kann ganz schön einnehmend sein«, tönte es von der Treppe.

Ich konnte das dämonische Schmunzeln aus seiner Stimme heraushören, noch bevor ich Kaspar dort stehen sah. Mit geradem Rücken hatte er sich an die Wand gelehnt, sogar sein Kopf ruhte entspannt an dem Gemäuer, sodass sein Blick von oben auf mich herunterfiel. Seine Arme waren wie so oft verschränkt, aber er hatte zum ersten Mal die Ärmel seines Hemds hochgezogen, und tintenschwarze Tätowierungen auf weißer Haut blitzten hervor. Er war zu weit weg, als dass ich erkennen konnte, was sie darstellten.

»Haben dir deine schiefen Töne ebenfalls Kopfschmerzen bereitet, oder bist du nur hochgekommen, um dich an meinem Leid zu ergötzen?«

Ich wischte unauffällig über meine Augen.

Kaspar funkelte mich an.

»Vielleicht ein bisschen von beidem.«

»Dann kannst du ja jetzt wieder gehen.«

Ich wandte mich von ihm ab und machte mich daran, den Spiegel an seinen Platz zurückzuschieben, als die Matratze neben mir einsank. Fragend sah ich auf und fand schattenblaue Iriden, die auf mir ruhten.

»Aus der Nähe sieht dein Elend aber gleich noch viel amüsanter aus.«

Ich atmete scharf durch die Zähne ein, Rosenduft erfüllte mich. Irgendwann würde dieser verfluchte Prinz es schaffen, dass ich meine Lieblingsblumen hasste.

Als würden wir eine unbekümmerte Unterhaltung führen, hatte er sich halb auf das Bett gelegt, die Ellenbogen in das weiche Polster hinter ihm gestützt. Seine Musterung war viel zu intensiv, und ich fühlte mich unter seinem Blick entblößt. So viel zu den Schichten von mir, die er nicht freilegen sollte.

»Wie lange willst du mich noch anstarren?«

»So lange, bis ich satt bin«, antwortete Kaspar mit spöttisch verzogenen Lippen.

»Dann ernährst du dich von schlechten Gefühlen?«

»Möglich.«

»Deine Antworten sind ausweichend«, entgegnete ich und sah wieder weg. Die Ziegelwand gab ein schöneres Bild ab.

Kaspar lachte leise.

»Deine Blicke auch.«

Ich stieß ein genervtes Seufzen aus, und dann war es still zwischen uns.

»Was meintest du damit, dass er einnehmend sein kann?«, fragte ich irgendwann, als mir bewusst wurde, dass der Mistkerl nicht verschwinden würde. Meine Finger spielten mit einem Fussel auf meiner Hose.

Als Kaspar nicht reagierte, wandte ich mich ihm zu. Er sah nachdenklich aus, wie er dalag und in die Leere starrte. Eine Haarsträhne war ihm seitlich ins Gesicht gefallen, und er schüttelte kaum merklich mit dem Kopf, als wollte er sie loswerden.

»Mich hat er auch um den Finger gewickelt.«

»Alexei?«, hakte ich nach, um sicherzugehen. Als Kaspar den Kopf zustimmend neigte, fing mein Herz an, schneller zu schlagen.

»Zu Beginn war er wie der beschützende Vater, den ich nie hatte.«

Ein bitteres Schnauben entschlüpfte seinen Lippen, die er daraufhin zusammenpresste.

»Ich hatte auch keinen«, hörte ich mich sagen. »Vater.«

Bedeutungsschwere Stille stahl sich durch die Risse der Mauer zwischen uns, während unsere Geständnisse dicht über ihr in der Luft schwebten. Ich grub die Finger in das Laken unter mir, unsicher, ob ich meine Worte nicht doch irgendwie zurücknehmen wollte. Aber es fühlte sich fair an, sie Kaspar anzuvertrauen, nachdem auch er mir ein Stück seiner Geschichte gegeben hatte.

»Hast du dich entschieden?«

Seine raue Stimme fuhr durch meine Gedanken und zerstreute sie wie Sand in einem Sturm. Vorsichtig spähte ich zu ihm rüber, bevor ich an die Begegnung mit dem Chasseur vor unserem Haus dachte. An Maman, die am Fenster stand, ihre Augen nass vor ungeweinten Tränen. Ich wusste, dass ich nicht nach Xanthia zurückkehren konnte, ohne sie in Sicherheit zu wissen.

»Ja«, antwortete ich also. »Ich komme mit dir.«

»Du weißt, was das bedeutet?«

Ich warf ihm einen erneuten Seitenblick zu, während meine Finger dazu übergegangen waren, sich ineinanderzuhaken, um irgendwie Halt zu finden.

»Sobald wir das Relikt finden, kehren wir gemeinsam zurück nach Xanthia.«

Es waren Lügen, die mein Schicksal besiegelt und mich nach Xanthia verdammt hatten, doch noch immer flossen sie so unaufgeregt über meine Lippen wie eine Sprache, die ich besser beherrschte als jede andere. Ich sollte verdammt sein, wenn ich diesem Mann, der Claire auf dem Gewissen hatte, auch nur den Hauch eines Gefallens tat.

Kaspar nickte bedächtig, wobei er noch immer einen Punkt in der Ferne fixierte.

»Gut. Dann warten wir die Dunkelheit ab und brechen gleich morgen in der Früh auf.«

Die Matratze bewegte sich, als Kaspar sich aufsetzte. In einer geschmeidigen Bewegung glitt er vom Bett und streckte den Rücken durch. Mein Blick huschte nur flüchtig über die Muskeln, die sich unter dem Hemd bewegten wie Wirbel im Meer. Große, kräftige Wirbel in einem tiefen, tückischen Meer.

»Darf ich, Mademoiselle?«

Ertappt zuckte ich zusammen und schaute auf die Hand, die er mir darbot.

»Was?«

Ein sündiges Funkeln blitzte in Kaspars Augen, ihre intensive Aufmerksamkeit galt meinem Gesicht.

»Dich zu deinem Bett für die Nacht geleiten?«

Hastig schob ich meine Hände unter meine Schenkel, statt seine zu ergreifen, und drehte ihm die Schulter zu.

»Wovon träumst du nachts, Prinz?«

Ich erstarrte, als sich Finsternis in seine Züge mischte. Es war nur eine kleine Regung seines Gesichts, doch ich bemerkte sie. Kaspar ließ seine Hand sinken.

»Du bist ein kluges, kleines Ding. Vielleicht kommst du selbst auf die Antwort.«

Meine Wangen glühten.

»Ich bin kein *Ding*«, blaffte ich, ohne meinen Blick von ihm zu nehmen. Ich hoffte, dass er ein Loch in seine selbstgefällige Visage brannte. Währenddessen spielten sich die Szenen aus seinem Sündenspiegel vor meinem inneren Auge ab.

Du wirst dir wünschen, du hättest mich gehen lassen, Alexei, aber da wird es zu spät sein. Ich werde zu deinem Fluch, genau wie du meine eigene Existenz zu meinem Fluch machtest. Das schwöre ich dir bei meinem Namen.

»Du willst Rache an Alexei«, schloss ich bitter.

Ein finsteres Lächeln breitete sich auf Kaspars Gesicht aus.

»Mit *klug* hatte ich anscheinend recht.«

Meine Augen wurden schmal. Wie konnte er glauben, dass ich ihn mit mir nach Xanthia nehmen würde, wenn er doch so offensichtlich nach Alexeis Glück trachtete?

Kaspar trat einen Schritt auf das Bett zu, stand nun direkt über mir. Unbehagen beschlich mich.

»Es ist egal, was du über mich gehört und was du von mir gesehen hast.« Sein Tonfall klang zu gleichen Teilen seidig und eiskalt. Unruhig rutschte ich auf der Matratze herum. »Eine Sache wird sich nie ändern.« Er beugte sich zu mir herunter, bis seine kohlumrahmten Augen auf derselben Höhe schwebten wie meine. Aus der Nähe wirkten sie wie zwei bodenlose schwarze Gräber. »Ich *hasse* Alexei, und alles, was ich tue, dient dem Zweck, ihn zu zerstören. Vergiss das niemals.«

Ich zuckte zusammen, als hätte er mich geschlagen.

»Du bist ein Scheusal.«

Kaspar zog sich zurück, und ein diabolisches Grinsen entstand auf seinem Gesicht.

»Das habe ich schon öfter gehört.«

»Ich schlafe hier. Allein«, sagte ich, weil mein Kopf so sehr schwirrte, dass mir keine scharfe Erwiderung einfallen wollte. »Ich meine, ich … liege.«

Seit Stanislav mir offenbart hatte, dass ich als Untote nie mehr in diesen Zustand des verminderten Bewusstseins driften konnte, vermisste ich jene seltenen Stunden des Friedens. Und Alexeis freundlichen Bediensteten, der immer ein offenes Ohr für mich gehabt hatte, beinahe genauso sehr. Vom Grafen selbst brauchte ich gar nicht anzufangen …

Kaspar war still geworden. Mit einer Hand fuhr er sich über den glatten Kiefer, während er mich betrachtete.

»Würdest du denn gerne schlafen?«

Bei seiner Frage blinzelte ich verdutzt.

»Würdest du gerne fliegen?«, konterte ich, um deutlich zu machen, wie absurd sie war. Im selben Atemzug schaute ich kurz hinter ihn, als würden jeden Moment dunkle Schwingen aus seinem Rücken schießen. Aber der Prinz war kein Ursprünglicher, erinnerte ich mich.

Kaspar wiegte seinen Kopf hin und her, wobei sein Haar das Licht der Leuchter hell reflektierte. Draußen musste bereits die Dämmerung angebrochen sein.

»Ich kann dir zeigen, wie es geht.«

»Fliegen?«

»Schlafen.«

Ich verdrehte die Augen.

»Klar.«

»Nun, zumindest so etwas Ähnliches. Ich beweise es dir«, erwiderte er mit dem Hauch eines amüsierten Lächelns. »Komm mit mir.«

Ich musterte ihn skeptisch, ehe ich zu der Erkenntnis gelangte, dass er Unsinn erzählte, auch wenn ein kleiner Teil von mir wünschte, es wäre die Wahrheit.

»Nein danke.«

Ich zog meine Beine erneut aufs Bett, bereit, in meinen Gedanken an Alexei zu versinken, sobald Kaspar unten verschwunden war.

»Du kannst nicht hier oben bleiben.« Mit dem Kinn deutete er in Richtung der leeren Stühle, bevor er die Arme hinter seinem Rücken verschränkte und auf die Treppe zuschritt. »In wenigen Stunden wimmelt es hier nur so vor Menschen, die du nicht berühren darfst, wenn dir etwas an der Rückkehr zu deinem Geliebten liegt«, rief er mir über die Schulter hinweg zu.

Ich stieß ein tiefes, lautes Geräusch aus, um meinem Ärger Ausdruck zu verleihen. Wie schrecklich konnte dieser Tag noch werden?

Lautes Stimmengewirr drang von oben durch die Ritzen der Dielen. Bei jedem trampelnden Schritt, den einer der Darsteller auf der Bühne tat, regneten dicke Flocken Staub auf mich herab. Als eine davon in meiner Nase kitzelte, entwich mir ein lautes Niesen.

»Du hast dich schon wieder bewegt«, erklang Kaspars tadelnde Stimme an meiner Seite. Er saß mit überkreuzten Beinen auf einer der Kisten und betrachtete mich mit hochgezogenen Augenbrauen, die behandschuhten Finger ineinander verwoben.

Gereizt erwiderte ich seinen Blick, die Holzlatten unter mir bohrten sich durch die dünne Matratze in mein Rückgrat.

»Es funktioniert doch sowieso nicht!«

Kaspar rollte mit den Augen, ehe er sich erhob. Gerade wollte ich ihn fragen, wohin er ging, da ließ er sich neben mich auf die Matratze sinken. Empört rückte ich von ihm weg, bis ich dicht an der Ziegelwand lag.

Sofort hob Kaspar die Hände in einer beschwichtigenden Geste.

»*So* nötig habe ich es nun auch wieder nicht.«

»Ach ja?«, platzte es aus mir heraus. »Dafür bist du aber ziemlich erpicht darauf, meine Nähe zu suchen.«

Kaspar gab einen Laut von sich, der dem Klang nach eine Mischung aus Belustigung und Entrüstung war.

»Ich wollte dir nur etwas Gutes tun.«

Meine Augen wurden schmal, als ich ihn musterte und meinen Blick dabei von seinem Kopf bis zu den Füßen gleiten ließ. »Es tut mir leid, dich zu enttäuschen, aber *so* unwiderstehlich bist du nicht, Prinz.«

Kaspar streckte sich doch tatsächlich aus und legte sich neben mich. Lässig schob er den Arm unter seinen Kopf und winkelte das linke Bein an, als würden wir das hier jeden Tag tun. Uns ein Bett teilen. Seine freie Hand ließ er auf dem Bauch ruhen, der sich unter seinen steten Atemzügen auf und ab bewegte. Dann drehte er sein Gesicht zu mir, und etwas in meiner Brust bewegte sich in jenem Moment, da mir bewusst wurde, wie nah wir uns plötzlich waren. Es überraschte mich, dass mein Herz nicht dazu überging, um sein Leben zu laufen.

»Bist du dir sicher?«

Kaspars Tonfall war tief und dunkel. Anders als zuvor. Ich beobachtete, wie Licht und Schatten über die markante Knochenstruktur seines Gesichts tanzten, während sich die Schauspieler über unseren Köpfen bewegten, seine Augen abwechselnd tiefschwarz und meerblau zeichneten.

»Hat es dir die Sprache verschlagen, kleine Diebin?«

Kaspars Lippen formten ein arrogantes Grinsen, das mich schlagartig daran erinnerte, neben wem ich hier eigentlich lag.

Ich wandte mich von ihm ab und fixierte stur die Decke über mir. Dann schloss ich die Augen.

»Ich versuche das mit dem Schlafen noch einmal. Wie war das – zuerst tief einatmen oder lange ausatmen?«

Als Kaspar nichts sagte, schielte ich zwischen halb gesenkten Lidern unauffällig zu ihm herüber. Er beobachtete mich noch immer. Hastig drehte ich mich weg.

»Scheint so, als hättest du es doch nötig, was?«, zog ich ihn auf, wobei ich vielmehr versuchte, mich selbst zu beruhigen. »Auch wenn ich es gegen Bezahlung normalerweise mit jedem mache, würde ich dich aussparen, denke ich.«

Kaum hatte ich meinen Satz beendet, hielt ich die Luft an. Ich hatte nicht nachgedacht. Die Worte waren aus meinem Mund getaumelt, als hätten sie sich nicht länger an meine Lippen klammern können. Was Kaspar jetzt wohl über mich dachte? Andererseits war es mir gleich. Noch während es in meinem Magen rumorte, ertönte ein Lachen, sanft und hell. Es klang anders als alles, was ich mir vorgestellt hatte – *hätte*. Ich dachte schließlich nicht über so etwas nach.

Irritiert betrachtete ich Kaspar von der Seite. Sein Gesicht sah ganz anders aus, wenn er das tat. Lachte. Wirklich lachte. Als würde ein Lichtstrahl durch die Schatten brechen, die die harten Linien seines Gesichts warfen.

»Was ist so lustig?«, hakte ich nach.

»Sag du es mir«, entgegnete er, nachdem sein Lachen verklungen war. »Immerhin sehe ich dich gerade das erste Mal lächeln.«

Ich hatte es selbst nicht bemerkt und ließ meine Mundwinkel sinken, kaum dass er zu Ende gesprochen hatte. Mit einem tiefen Seufzen wandte ich meinen Blick zurück zur Decke und … nieste.

»Du liegst viel zu verkrampft da«, belehrte mich Kaspar. »Und viel zu steif. Brav wie eine Nonne, von der wir beide wissen, dass du sie nicht bist.«

Ich unterdrückte ein frustriertes Schnauben und horchte in mich hinein. Er hatte recht. Ich *war* angespannt. Meine Hände hatte ich auf dem Bauch verschränkt, die Beine gerade ausgestreckt. Selbst mein Haar hatte sich ordentlich links und rechts neben meinem Kopf ausgebreitet und floss über meine Schultern, als hätte ich es so drapiert.

»Lass los«, sagte Kaspar ruhig. »Hier ist nichts, das eine Gefahr für dich darstellt.«

Ein ungläubiges Lachen drang aus meiner Kehle.

»Ich liege neben einem Mörder, schon vergessen?«

»Ich glaube, du kannst gut auf dich aufpassen«, raunte er, und meine Nackenhaare sträubten sich. »Schau mich an.«

Nur langsam drehte ich meinen Kopf zur Seite. Kaspar lag noch immer in derselben Position da, hatte sein Gesicht aber der Bühne über uns zugewendet, die Augen geschlossen.

»Siehst du, wie ich atme?«, fragte er, während eine Darstellerin oben im Theater dazu übergegangen war, ein Lied zum Besten zu geben. Ich hörte es kaum, weil ich mich auf Kaspars Atmung konzentrierte. Sein Brustkorb hob sich, gefüllt mit Luft, und es schien, als hielte er den Atem länger an als nötig, ehe er ihn in einem langen Zug entweichen ließ.

»Du musst bis sieben zählen, bevor du ausatmest«, erklärte Kaspar mit kratziger Stimme. »Und dann vier Sekunden lang wieder einatmen.« Er machte es vor, und ich nickte, obwohl ich wusste, dass er das nicht sehen konnte.

Dann schloss auch ich die Augen, mein Kopf noch immer

seitlich geneigt. Eine Hand schob ich unter mein Kopfkissen und fing damit an, zu zählen, während ich Luft holte.

Eins.

…

Zwei.

…

Dr–

»Wo ist deine Zunge?«

»In meinem Mund?«, gab ich irritiert zurück. Meine Lider ließ ich konsequent gesenkt, weil ich schon an seiner Stimme erkannte, dass er mich herausfordernd angrinste. Lautlos verfluchte ich ihn. »Wo soll sie denn sonst sein?«

Ein kurzes, raues Lachen erklang.

»Gut«, sagte er, »führe ihre Spitze an deinen Gaumen, direkt hinter deine Zähne.«

Ich überlegte einen Moment, ob er sich einen Spaß mit mir erlaubte, aber mein Körper schwebte bereits auf einer Wolke der Ruhe, sodass ich keine Lust verspürte, auf Kaspars neckenden Ton anzuspringen. Also tat ich gehorsam, was er mir auftrug, achtete weiterhin darauf, die eingezogene Luft sieben Sekunden in meinen Lungen zu halten, ehe ich sie ausstieß. Es war eigenartig, aber ich hatte tatsächlich das Gefühl, dass ich gleich in den Schlaf driften würde.

»Gute Nacht, Zoé«, hörte ich Kaspars Stimme aus weiter Ferne flüstern, bevor meine Sinne nach und nach an Schärfe verloren. Das Letzte, an das ich mich erinnerte, war ein angenehmes, kribbelndes Gefühl, das durch meine Venen sickerte. Eines, das ich ewig nicht mehr verspürt hatte und nach dem ich mich sehnte, seit ich denken konnte.

In dem Dämmerzustand, in dem ich mich in jenem Moment befand, fiel mir dafür nur ein einziges Wort ein, das ich morgen schon wieder vergessen haben würde. *Frieden.*

KAPITEL 6

Als ich meine Augen öffnete, war es ohrenbetäubend still. Da war niemand mehr, der über mir auf der Bühne tanzte.

Niemand mehr, der neben mir lag.

Im flackernden Schein der Gaslampe erkannte ich, dass Kaspar fort war. Enttäuschung traf mich wie ein eisiger Regenguss. Eilig schüttelte ich die Kälte ab und mit ihr das Gefühl, das sich flau in meinem Magen ausgebreitet hatte. Es gehörte nicht hierher. Ich wollte es nicht.

Ich setzte mich auf und stöhnte vor Schmerz. Meine Knochen gaben knackende Laute von sich, als ich meinen Kopf von rechts nach links rollen ließ. Mit meinen Fingern suchte ich nach der Stelle zwischen Nacken und Schulterblatt, von woher der stechende Schmerz auszugehen schien, und versuchte, die Spannung darin zu lösen. Die Matratze unter mir fühlte sich so dünn an, dass ich auch auf dem Boden hätte liegen können. Ob Kaspar die ganze Nacht hier verbracht hatte?

Ich schälte mich aus den Laken und stand auf. Es dauerte einige Wimpernschläge, bis ich mich daran gewöhnt hatte, wieder auf den Beinen zu sein. Ich konnte mich nicht daran erinnern, wann ich das letzte Mal so lange am Stück bewegungslos dagelegen hatte. Irgendwann vor meinem Tod.

Ich wusste, dass ich nicht mehr schlafen konnte, zumindest nicht wirklich. Aber heute Nacht hatte mein Körper Ruhe gefunden. Es hatte sich ein bisschen so angefühlt wie der dämmrige Schwebezustand, in den man sank, bevor man in den Schlaf glitt.

Nicht wirklich da, aber auch nicht gänzlich fort.

Als sich meine Sicht an das schummrige Licht gewöhnt hatte, entdeckte ich auf einer der Holzkisten Kaspars Mantel, den er mir bei unserer ersten Begegnung vor zwei Tagen um die Schultern gelegt hatte. Ich griff nach dem schwarzen Kleidungsstück, und einem inneren Impuls folgend roch ich daran. Sein Duft erinnerte mich an Mamans und meinen Garten.

An bessere Zeiten.

Hastig legte ich ihn mir um, bevor Kaspar runterkam. Ich würde den selbstgefälligen Ausdruck auf seinem Gesicht nicht ertragen, wenn er mich hier an seiner Kleidung schnüffelnd vorfände. Doch die Minuten rannen dahin, und ich hörte noch immer kein Geräusch.

Eine skeptische Neugier erfasste mich und ließ mich auf die Treppe zugehen, die nach oben auf die Bühne führte.

»Hallo?« Meine Stimme klang kratzig, weil ich sie viel zu lange nicht mehr benutzt hatte. »Prinz?«

Ich zog die Augenbrauen zusammen, während ich meinen Fuß auf die erste Stufe setzte.

»Kaspar?«

Noch eine Stufe.

»Ich habe keine Lust auf deine Spielchen.«

Selbst ich konnte die Unsicherheit heraushören, die zwischen meinen Worten mitschwang. Er würde mich doch nicht einfach hier zurückgelassen haben, oder? Er brauchte mich.

Als ich weit genug nach oben gestiegen war, dass ich die Bühne überblicken konnte, erstarrte ich an Ort und Stelle. Schwarze Schattenschlieren krochen über das Parkett wie Finger aus Rauch, die nach etwas tasteten. Sofort dachte ich an den Chasseur, den ein ebensolcher dunkler Nebel verschluckt hatte.

»Kaspar!«, rief ich.

Mein Blick hetzte über die Requisiten, glitt entlang der leeren Sitzreihen und fand …

Nichts.

Mit hämmerndem Herzen sprang ich die letzten Stufen nach oben, den Mantel eng um meinen Leib geschlungen. Immer und immer wieder rief ich Kaspars Namen, während mich meine Füße wie fremdgesteuert über die Bühne bewegten. Ich schritt durch die schwarzen Schlieren, die sich um meine Fußknöchel kräuselten, ohne sie zu berühren. Es war, als wichen sie vor mir zurück. Ich folgte ihnen, bis sie immer dichter wurden, und fand eine offen stehende Tür. Jene, die auf die Holzveranda führte. Dorthin, wo Kaspar mich gestern gefunden hatte.

Oder ich ihn.

Ich lief auf die Tür zu und stürzte nach draußen – hinein in eine schwarze Wand aus Rauch und Schatten. Hinter der Dunkelheit lag noch mehr Dunkelheit. Absolute, vollständige Finsternis. Mein Herz schlug gegen seinen Käfig, während meine Augen die Silhouette fanden, die sich durch den Nebel abzeichnete. Ein Nebel, gewoben aus rauchigem Tabak und Wildrosenblüten.

»Hast du dir etwa Sorgen um mich gemacht?«

Die vertraute Stimme drang durch die Schwärze.

»Was zum …«, murmelte ich heiser vor mich hin, als die Silhouette näher kam und an Konturen gewann.

Ein aus weißem Marmor gemeißeltes Gesicht schob sich aus der undurchdringlichen Finsternis und schwebte vor meinem, eisumrahmte Iriden aus schattenschwarzem Onyx sahen auf mich herab.

Kaspars Lippen krümmten sich zu einem selbstgefälligen Grinsen, das mir durch und durch ging.

»Du trägst meinen Mantel.«

Ich öffnete den Mund, da hob er eine Hand.

»Und jetzt sag nicht, dass dir kalt war.«

Im Gegenteil. Sengende Hitze schoss mir in die Wangen, als

ich merkte, dass ich das Wetter nicht als Grund vorschieben konnte. Ich spürte nichts. Nichts bis auf … Kaspar. Weil auch er ein Geist war.

»Der Stoff fühlt sich gut an«, gab ich also zurück, ohne seinem intensiven Blick auszuweichen.

Kaspars Grinsen wurde breiter und mein Gesicht noch wärmer.

»Was sind das für Schatten?«, warf ich ein, wobei ich den Themenwechsel nutzte, um mich für einen Moment von ihm abzuwenden und stattdessen die Schlieren zu beobachten, die sich allmählich in dünne Rauchschwaden auflösten.

Erst jetzt hatte ich eine freie Sicht auf den Himmel. Er war von einem hellen Grau, der verblassende Mond hinter einer dicken Wolke verschwunden. Sein schwaches Glühen verbreitete ein unheimliches Licht, das die letzten Reste der schwarzen Schatten durchsetzte.

»Sie sind ein Teil von mir.« Ein seltsam leerer Ausdruck trat in Kaspars Augen, der nicht zu seinem frechen Auftreten passen wollte. »Vielleicht das Einzige, das die Existenz als Xathyr erträglich macht.«

»Du hast sie *beschworen*?«

Er neigte den Kopf und musterte mich intensiver als zuvor, die Hände hinter dem Rücken verschränkt.

»Hast du das vorher noch nie gesehen?« Ein amüsierter Unterton begleitete seine Frage.

Mit angehaltenem Atem sah ich dabei zu, wie schwarze Rauchschwaden zwischen Kaspars Lippen hindurchflossen, um sich in die Luft zu ergießen. Auch aus seinen Augen trat Rauch, stellte ich erschrocken fest. Kaum hatte ich Luft geholt, verdichteten sich die Schwaden und hüllten uns ein in eine Wolke aus dunklem Nichts.

Irritiert und gleichermaßen fasziniert sah ich um mich. Die Umrisse der Veranda schwanden, die Tür zum Theater folgte.

Ich drehte mich wieder um, und da war nur noch er. Nur Kaspar und ich inmitten von Schatten.

»Können das alle Xathyr?«, fragte ich atemlos.

Kaspar deutete ein Nicken an.

»Die einen besser als die anderen. Hat dein Liebster dir das nie vorgeführt?«

Ich ignorierte die Spitze gegen Alexei und streckte eine Hand aus, die sogleich zwischen den Schattenschlieren verschwand. Sie fühlten sich kühl und irgendwie samtig an.

Aus der Ferne erklang ein Geräusch, dessen Echo durch meinen Körper jagte. Wie ein leiser Schrei, den ich nicht zuordnen konnte. Ich zog die Hand zurück und betrachtete meine Finger, als könnte ich irgendwelche Spuren des Rauchs auf ihnen entdecken.

»Es sind nur Schatten«, sagte Kaspar, seine Stimme leicht belegt. »Nützlich, um sich vor jemandem zu verstecken. Jemanden zu berühren«, sein Blick wurde dunkel und fuhr über meinen Körper, »oder …«

Ein kalter Luftzug kam auf, und Kaspar war verschwunden. Mein Herz setzte einen Schlag aus, nur um eine Sekunde später doppelt so schnell weiterzuschlagen. Denn plötzlich spürte ich seine Präsenz direkt hinter mir.

»… um sich ungesehen fortzubewegen.«

Kaspars Atem kitzelte an meinem Ohr. Im selben Moment wurde mir etwas bewusst: Alexei und auch Nika hatten sich auf diese Art im Schloss bewegt. Ich erinnerte mich daran, wie Nika plötzlich aus der Dunkelheit auftauchte oder Alexei an meine Seite trat, ohne dass ich ihn vorher bemerkt hatte. Immer begleitet von einem lauen Windzug.

Meine Gedanken froren ein, als mit einem Mal kaltes, glattes Leder über die Haut an meinem Hals strich. Sanft glitt es tiefer.

»Was tust du da?«, flüsterte ich. All meine Instinkte sträubten sich dagegen, dass Kaspar mir so nahe kam, und doch verspürte ich nicht das Bedürfnis, ihm auszuweichen.

Einen Atemzug später fuhren seine behandschuhten Finger entlang der Silberkette auf meinem Dekolleté. Er schob einen Zeigefinger darunter und hob sie an, bis der Anhänger aus meinem Hemdkragen schlüpfte.

»Du solltest mir zeigen, wie gut du mit dem Amulett umgehen kannst, bevor wir gemeinsam in die Kirche des Feindes spazieren«, erklang Kaspars tiefe Stimme hinter mir. Wieder streifte sein warmer Atem die Haut in meinem Nacken und bescherte mir eine Gänsehaut. »Ich werde mich auf dich verlassen müssen, wenn wir unbemerkt an den Chasseuren vorbeikommen wollen.«

Ich schluckte. Er wollte mir vertrauen. Er musste. Und wenn ich dieses Spiel mit ihm spielen wollte – wenn wir so tun wollten, als wären wir Verbündete –, war ich gezwungen, zumindest einen Teil meiner Karten offen auf den Tisch zu legen.

»Ich weiß nicht, wie ich es benutzen kann«, fing ich zögerlich an. »Nika hat es mir nicht gesagt, es ging alles viel zu schnell.« Sofort tauchte der Steinbogen im roten Wald des Schattendistrikts vor meinem inneren Auge auf, dann hörte ich das Rauschen, das auf meine Ohren drückte.

Ich schloss die Arme um meinen Körper, strich über den weichen Stoff des Mantels, als könnte die Geste mich beruhigen.

Kaspar ließ den Anhänger zurück an seinen Platz fallen und trat vor mich. Angesichts seiner harten Miene zog ich die Schultern hoch.

»Also ist es mal wieder an mir, einen von Nikas Fehlern geradezubiegen, was?«

Mit neugierigem, kritischem Blick beäugte er den Anhänger, der zwischen meinen Brüsten ruhte.

»Was ist?«, wollte ich wissen.

»Das Blut in dem Amulett ist fast leer. Du hast es schon benutzt.«

»Ich …« Ein protestierender Widerspruch lag auf meiner Zunge, doch dann fiel mir ein, wie der Chasseur von der dunklen Rauchwolke, die aus dem Nichts kam, verschluckt worden war. Ich presste meine Zähne aufeinander, bis sich alles in mir anspannte. »Ich glaube, ich habe jemanden getötet.«

In Kaspars Augen blitzte es dunkel.

»Dann sind wir schon mal zwei.«

»Er wollte mich zuerst töten«, erklärte ich mich. Meine Hand fand den Anhänger und umschloss ihn so fest, dass seine scharfen Kanten in ihre Innenfläche drückten. »Ich habe mich gewehrt, aber … wie? Woher kamen die Schatten?«

»Aus dir«, gab Kaspar ungerührt zurück. »Die Schatten gehören dir. Sie sind deine Sünden.«

»Was?«, wisperte ich erstickt.

»Um die Schatten zu beherrschen, musst du über deine Sünden herrschen.«

Ich schüttelte den Kopf, obwohl er keine Frage gestellt hatte. Alles, was ich dachte, war, dass ich das nicht wollte. Über meine Sünden herrschen. Ich wollte sie vergessen.

»Wenn du sie schon einmal eingesetzt hast, kannst du es wieder tun«, fuhr Kaspar fort. »Versuch es.«

In einem verzweifelten Versuch, mich seinen Worten zu entziehen, krümmten meine Finger sich noch fester um den Anhänger, bis ein stechender Schmerz in meiner Handfläche aufblühte. Kaspars Augen wurden so schwarz wie die Schatten, die ihn umschwirrten.

»Was tust du da?«

Das Knurren, das seine Worte begleitete, ließ mich nach hinten taumeln, bis ich das Gemäuer des Theaters in meinem Rücken spürte. Erst da bemerkte ich, dass sich nicht nur Kaspars Blick verändert hatte. Sein gesamter Körper war versteift, die Hände an seinen Seiten zu Fäusten geballt.

Ich sah hinab zu meiner eigenen Hand und realisierte, was geschehen war. Ich blutete. Und der Xathyr, der mir viel zu nahe war, schien mit aller Macht gegen sein hungriges Verlangen anzukämpfen. Ich ließ vom Anhänger ab und versteckte die verletzte Hand zwischen meinem Rücken und der Wand.

Ein frustrierter Laut ließ Kaspars Brust vibrieren, als er den Abstand zwischen uns schloss. Bilder von ihm und Nastya am Flügel tauchten vor mir auf, seine Lippen an ihrem Hals. Mein Herz raste. Aber nicht vor Angst, fürchtete ich.

»Wenn du denkst, dass das hilft, bist du töricht.« Mit einem knappen Nicken deutete Kaspar hinter mich, wo ich meine Hände fest ineinander verschränkt hielt. »Deine Schatten, kleine Diebin.« Er klang gequält, so unendlich gequält. »Zieh sie hoch.«

»I-ich kann nicht«, wisperte ich. Ich hatte nicht die leiseste Ahnung, wie ich den Rauch beschworen und den Chasseur abgewehrt hatte. Worüber hatte ich nachgedacht? Was hatte ich gefühlt?

»Vielleicht fehlt dir nur die nötige Motivation.«

Ein schwaches, fiebriges Lächeln formte sich auf Kaspars Lippen, und ich sah gebannt dabei zu, wie er mit der Zungenspitze über seine scharfen Reißzähne fuhr. Sein Blick war auf meine pochende Halsschlagader gerichtet.

Ein bebendes Seufzen entkam meiner Kehle, und doch stand ich noch immer da, als hätte ich vergessen, wie man sich bewegt.

»Entweder du lernst schnell, oder du rennst. Entscheide dich. *Jetzt.*«

»Du bist nicht so Furcht einflößend wie du denkst«, konterte ich, obwohl mein Puls heftig gegen meine Haut schlug.

Das Lächeln entglitt ihm, stattdessen zog er seine Brauen zusammen.

»Wenn du wüsstest, woran ich gerade denke …«

»Daran, mir deine Zähne ins Fleisch zu stoßen?«

Ich löste den Knoten meiner Finger und holte meine Hände wieder hervor. Der kleine Schnitt fiel kaum auf, doch feuchtes Blut klebte noch immer daran. Ich legte beide Hände auf Kaspars Brust.

»Wenn du mich tötest, bist du verloren.«

Ich spielte mit dem Feuer, das wusste ich. Aber genauso war mir bewusst, dass es keinen Zweck hatte, davonzulaufen. Er hatte mir bereits demonstriert, wie schnell er sich fortbewegen konnte. Ich wäre nichts als leichte Beute für ihn.

Kaspar kam noch näher, bis da nur noch meine Hände waren, die zwischen uns passten. Ich verstärkte ihren Druck auf seine Brust, als könnte ich ihn so davon abhalten, die letzte Grenze zwischen uns einzureißen. Ich konnte noch nicht einmal sagen, ob ich das wollte.

»Ist dir dein Leben denn wirklich gar nichts wert?«

Kaspars Stimme war dunkel und rau und fuhr mit ihrer Intensität unter meine Haut. Sein Brustkorb bewegte sich unter meinen Fingerspitzen in raschen Zügen auf und ab.

»Oder hältst du mich nach alldem, was du über mich gehört, was du von mir *gesehen* hast, vielleicht doch nicht für das Monster, das du tief in deinem Inneren verabscheuen willst?«

Meine Nasenflügel bebten, als ich zittrig ausatmete. Ich betrachtete sein Gesicht, jeden angespannten Zug, die finsteren Augen.

»Wenn ich dich für das hassen kann, was du getan hast, muss ich mich selbst nicht hassen.«

Die Worte auszusprechen, fühlte sich an, wie meine Kleidung abzulegen. Jene Schichten, die meinen Körper vor den Blicken Fremder schützten.

Ein kurzes Aufleuchten in dem tiefen Abgrund, der sich in Kaspars Augen auftat, lenkte meine Aufmerksamkeit zurück auf den vermeintlichen Prinzen. Ich konnte nicht benennen, ob es Wut war oder Missbilligung, die darin aufflackerte. Oder Mitgefühl.

»Was ist es, das du dir nicht verzeihen kannst, Zoé?« Kaspar stützte seine Hände an der Wand neben meinem Kopf ab und sah zu mir runter, musterte mich so eindringlich, als wollte er die Antwort in meinem Gesicht lesen. »Sei ein braves Mädchen und beichte mir deine schlimmsten Sünden.«

Zu meinem Entsetzen beobachtete ich, wie er den Kopf schief legte und seine Lippen gefährlich nahe an meinen pulsierenden Hals führte.

»Beichte, kleine Diebin.«

Die geflüsterten Worte rannen als Schauer über die dünne Haut hinter meinem Ohr. Sie holten Erinnerungen hoch, die wie wilde Wellen gegen meine inneren Mauern brandeten.

Eine plötzliche Bewegung in der Ferne ließ mich aufschrecken. Eine Frau im Haus hinter Kaspar öffnete gerade ein Fenster und sah nach draußen. Irgendwo weiter hinten in der Straße erkannte ich eine kleine Ansammlung von Menschen. Ich ertappte mich dabei, wie ich im ersten Moment Sorge hatte, dass jemand uns entdecken könnte, so eng beieinander auf offener Straße.

»Sie können uns nicht sehen«, raunte Kaspar.

Ich fragte mich, wie er sie bemerkt haben konnte. Aber wenn ich ehrlich zu mir selbst war, so war ich einfach nur erleichtert, dass sie uns nicht unterbrechen würden. Bei was auch immer wir hier taten.

Ich hörte eine Art Gurgeln, das aus dem Nichts an meine Ohren drang. Als ich wieder zu Kaspar hochschaute, glaubte ich zu erkennen, dass sich seine Schatten weiter verdichtet hatten. Dann spürte ich jedoch, wie die gräulichen Rauchschwaden *mich* umflossen. Sie gehörten zu *mir*. Waren *meine* Sünden.

Ich beobachtete, wie meine Schatten emporstiegen, wie sie an Kaspar leckten, wie sie über sein Gesicht strichen, wie für den Bruchteil einer Sekunde so etwas wie Überraschung über seine Züge huschte, bevor sein Blick seltsam verschleiert wirkte.

Ich sog zischend die Luft ein. Was tat ich hier? Ich *brüstete* mich mit meinen Sünden. Das war falsch. Alles daran war falsch.

Ich duckte mich unter Kaspars Arm hinweg und floh ins Innere des Theaters. Es dauerte nur einen Atemzug, da hatte er mich eingeholt und stellte sich mir in den Weg.

»Du kannst versuchen, vor mir davonzurennen, aber du kannst nicht dem entkommen, was du getan hast.«

»GEH WEG!«

Mein Brüllen hallte von den Wänden wider, und mit Genugtuung bemerkte ich, wie Kaspar kaum merklich zusammenzuckte.

»Nein«, knurrte er. »Wenn du überleben willst, musst du lernen, deine Macht zu kontrollieren.«

»Ich habe keine Macht, hatte ich noch nie!«

»Jetzt schon.« Kaspar griff nach dem Anhänger auf meiner Brust. Mit erhobener Faust hielt er ihn mir direkt vors Gesicht. »Alexei hat dir sein Blut gegeben. Ich weiß nicht, was er plant, aber er vertraut dir.«

Seine Worte entrissen mir den Atem. »Alexei?«

Es war, als würde etwas in Kaspars Gesicht sterben, als sich seine Lippen zu einem kalten Lächeln krümmten.

»Wenn du schon nicht an dich selbst glaubst, dann glaube an das Blut des *mächtigen* Xathyr-Grafen.«

Mein Herz pochte schmerzhaft schnell in meiner Brust.

»Du wolltest mein Blut gar nicht trinken, oder?«, flüsterte ich. »Du wolltest mich nur aus der Reserve locken.«

»Ich wollte dich aus der Reserve locken, ja.« Kaspars Gesichtsausdruck wurde finster, als sein Blick entlang meiner Halsbeuge fuhr, bevor er zurück zu meinem Gesicht fand. »Aber das heißt nicht, dass ich nicht dein Blut trinken wollte.«

»Zu schade«, gab ich zurück und hoffte, dass er das Zittern meiner Stimme nicht heraushörte, »aber ich werde es dir nicht geben.«

»Mach dir keine Sorgen«, raunte er. »*So* unwiderstehlich bist du nicht.«

Mein Gesicht glühte.

»Außerdem haben wir gleich ein ganz anderes Problem.«

KAPITEL 7

Ich folgte Kaspar nach draußen und erstarrte. Die Ansammlung an Menschen, die vor wenigen Minuten noch ein kleiner Fleck in der Ferne gewesen war, flutete nun die Straße, die zum Theater führte.

Gebannt beobachtete ich, wie sich eine Gruppe Männer ihren Weg durch die Masse bahnte. Sie marschierten in Zweierreihen in hypnotisierendem Gleichschritt, allesamt gehüllt in schneeweiße Uniformen, die unter den ersten müden Sonnenstrahlen blitzten wie gefährliche Reißzähne in einem Schlund.

Die Erkenntnis dessen, wer sie waren, pulsierte im Takt ihrer trampelnden Fußschritte durch meinen Körper.

»Chasseure.«

Als Kaspar nichts erwiderte, schaute ich zu ihm hoch. Er betrachtete die Szenerie vor uns mit düsterer Miene.

»Siehst du die Laternen?«

Stirnrunzelnd wandte ich mich wieder der Straße zu. Er hatte recht. Einige der Chasseure hielten etwas in die Höhe. Metallene Gestelle, deren Streben gitterartig geformt waren wie Käfige. Käfige, in die man kleine Lichter gesperrt hatte.

Als die Marschierenden näher kamen, taumelte ich einen Schritt zurück. Die Lichter in den Laternen waren nicht bloß Lichter. Sie warfen ihre Strahlen zwischen den Gitterstäben hindurch wie tastende Finger auf der Suche nach etwas zum Greifen. Filigrane Tentakel aus goldenem Feuer.

Kaspar reckte das Kinn.

»Von denen müssen wir uns fernhalten.«

Auch ohne seine Warnung hätte ich einen großen Bogen um die Dinger gemacht. »Was ist das?«

»Lichter, die auf uns reagieren und jede unserer Interaktionen mit der Welt aufspüren können.«

Ein Schauder erfasste mich, und mein Blick huschte über die Köpfe der Leute.

»Weißt du, was hier vor sich geht?«

»Anscheinend läuten sie eine Messe ein.«

Prüfend sah ich hoch in den Himmel und dann zurück zu Kaspar.

»Aber die Chasseure können uns jetzt nicht sehen, oder?«

»Nein. Nicht, solange wir diese Laternen meiden.« Der Ausdruck in seinem Gesicht war noch immer hart. »Wir sollten dennoch so bald wie möglich aufbrechen. Wenn einer ihrer hochrangigen Priester anreist, könnte es sein, dass sie ihre Truppen innerhalb der Stadt verstärken.«

Ich schluckte.

»Was bedeutet das?«

»Dass du nicht viel Zeit hast, den Umgang mit deinen Schatten zu lernen.«

Zwei Tage hatten wir uns genommen, in denen ich einige Fortschritte gemacht hatte. Der Durchbruch war ausgeblieben.

Du musst loslassen, hatte Kaspar immer wieder gesagt. Tief in meinem Inneren wusste ich, was er meinte. Aber es war nicht so einfach. Es war nicht einfach, das loszulassen, was einen sein Leben lang ausgemacht hatte.

Die Dunkelheit war alles, was ich kannte.

Die Silhouetten der spitzen Dächer, die sich in den Wolken verloren, jagten mir im ersten Moment eine Gänsehaut über den Körper. Doch ich suchte vergeblich nach einem roten Mond, der sich zwischen die vielen schmalen Türme schob und in den Himmel blutete.

Stattdessen rollte eine Decke aus hell leuchtendem Grau über unsere Köpfe hinweg, leckte mit dünnen Schwaden aus Wind an den zinnoberroten Backsteinen, die in blassgrünen Dächern mündeten. Nicht in schwarzen.

»Wir haben etwa zehn Stunden, bevor die Sonne untergeht.«

Kaspar betrachtete die Turmuhr, die neben dem imposanten Bahnhof in den Himmel ragte, ihr Haupt schneebedeckt.

Ich musste blinzeln, als das Gold des Ziffernblatts im beißend hellen Tageslicht aufglänzte.

Zehn Stunden, ehe wir den Blicken der Chasseure ausgeliefert waren. Er sagte es nicht, doch die Botschaft schwang zwischen seinen Worten mit.

In der Ferne stieg Dampf auf, der sich in die klare Luft mischte. Ein Zug fuhr in den Bahnhof ein, laut und so kraftvoll, dass er mir die umherwirbelnden Schneeflocken ins Gesicht peitschte, die dabei jegliche Weichheit verloren und zu Wassertropfen zerplatzten.

»Beeil dich«, drängte Kaspar.

Als ich mir über die Augen wischte, erkannte ich, dass er seinen Gang beschleunigt hatte, und schloss zu ihm auf. Wir passierten den massiven Torbogen, der das gleißende Licht hinter sich aussperrte.

Ich war schon oft hier am Bahnhof gewesen. Hatte in dunklen Ecken gelungert, mich mit den Schatten bewegt. Nicht immer hatte ich Geld gestohlen, manchmal war es Proviant, den sich die Reisenden für die langen Zugfahrten eingepackt hatten.

Auch jetzt lief ich geduckt und zog die Kapuze tiefer in mein Gesicht. Es war mehr ein Reflex denn das tatsächliche Verstecken vor neugierigen Augen. Augen, die mich nicht länger sehen konnten. Nicht länger abschätzend mustern oder verurteilen.

Der Zug hielt quietschend an, erfüllte die Luft mit etwas, das sich wie Ruß auf meine Zunge legte. Er war gigantisch. Ein schwarzes Rauch ausstoßendes Ungetüm, das die Schienen unter sich verschluckte.

Fernoir Express stand in silbern glänzenden Lettern auf dem Wappen, das groß neben einer der Türen prangte.

»Du guckst, als würdest du das erste Mal einen Zug sehen.«

Ich funkelte Kaspar an, der mich amüsiert beobachtete.

»Ich habe schon öfter welche gesehen. Nur …« Kurz presste ich die Lippen aufeinander. »Nur bin ich noch nie mit einem gefahren.« Ich sah zwischen halb gesenkten Lidern zu ihm rüber. »Und du?«

Er hatte die Hände in seine Hosentaschen gesteckt und war dazu übergegangen, die Menschen zu mustern, die durch die geöffneten Türen des Zuges stiegen. Sie alle trugen Koffer bei sich und hatten einen geschäftigen Gesichtsausdruck aufgesetzt.

»Es ist eins der wenigen Vergnügen, die mir als Geist geblieben sind.«

Ein Flackern huschte über seine Miene, bevor er sich abwandte und auf den Zug zuging. Ich sah ihm nach, bis ein Pfiff aus der Fahrerkabine ertönte und mich aus meinen Gedanken riss. Gedanken daran, das erste Mal zu reisen, wenn auch die Umstände eher fragwürdig waren.

Kaspar stand auf den Stufen unter der geöffneten Tür, war gerade im Begriff, ins Innere des riesigen Gefährts zu steigen, da warf er mir einen Blick über seine Schulter zu. Als wollte er sichergehen, dass ich wirklich mit ihm ging. Mein Herz schlug einen schnelleren Takt an. Wir würden mindestens neun Stunden unterwegs sein, auf dem Rückweg ebenso.

Meine Zeit tickte, tickte, tickte unaufhörlich runter.

Zwei oder drei Tage, hatte Nika gesagt.

Zwei Wochen, meinte Kaspar.

Vertrauen war ein sadistisches Konzept, und ich verfluchte

gerade all meine Lebensentscheidungen, die mich an den Punkt geführt hatten, dass mir nichts anderes übrig blieb, als mich dennoch darauf einzulassen.

Ich setzte an, um Kaspar in den Zug zu folgen, und wurde dabei beinahe von einem Mann umgerannt, der nach Luft ringend auf den Waggon zusteuerte. Er hielt den weißen Hut auf seinem Kopf fest, als hinge sein Leben daran.

Erst nachdem er an mir vorbeigehuscht war, fiel mir ein, dass ich gar nicht hätte ausweichen müssen. Solange die Berührung von den Menschen ausging, spürten sie uns Geister nicht, weil sie uns nicht sehen konnten. Wenn die Berührung nicht von mir ausging, hatte ich nichts zu befürchten.

Ich seufzte. Da waren so viele neue Dinge, und ich versuchte noch immer, mich an die alte Zoé zu klammern wie eine Närrin.

»Machst du einen Rückzieher?«

Meine Aufmerksamkeit flog zurück zu Kaspar. Seine Augen waren leicht verengt, dennoch entging mir nicht, wie ein Hauch von Unsicherheit ihren Glanz trübte. Sein Körper war angespannt, beinahe wie eine zu stramm aufgezogene Drahtsaite seines geliebten Flügels.

»Ich komme«, erwiderte ich und ließ die alte, vorsichtige Zoé los.

Ich sah dabei zu, wie das Funkeln seinen Weg zurück in Kaspars Blick fand, und konnte nicht verhindern, dass es mir ein Stück Bestätigung schenkte. Bestätigung, dass ich mich richtig entschieden hatte.

Kaspar rückte zur Seite und ließ mich an ihm vorbei ins Innere des Zuges steigen.

Helle, stoffbespannte Wände empfingen mich, darüber eckige Fenster, eingerahmt von Vorhängen. Aufpolierte Holztische reihten sich aneinander, nur unterbrochen von gepolsterter Bestuhlung.

Die meisten Plätze waren von männlichen Fahrgästen besetzt, die unter dem warmen Schein der Tischlampen federkratzend in ihre ledergebundenen Notizbücher kritzelten, Bücher lasen oder sich in gemäßigter Lautstärke unterhielten. Reisen galten gemeinhin eher als gefährlich und waren daher nicht für Frauen geeignet, so sagte man.

Und *man* waren Männer.

»Wir gehen bis nach hinten durch.«

Kaspar neigte den Kopf in Richtung des Gangs, der sich zwischen den Tischreihen hindurchwand.

»Wieso?«, wollte ich wissen. »Was gibt es dort, das es hier nicht gibt?«

Er grinste.

»Es müsste eher heißen, was es dort *nicht* gibt.« Jetzt deutete er auf die Fahrgäste. »Menschen.«

Ja, der Punkt ging an ihn. Warum sollten wir riskieren, einen von ihnen zu berühren oder vor ihren Augen aus Versehen eine der Lampen umzustoßen? Die Chasseure würden wissen, wo sie nach uns suchen mussten. Selbst wenn sie uns erst nach Einbruch der Dunkelheit wirklich sehen konnten.

Ich folgte dem schmalen Gang, als sich der Zug unter uns ruckartig in Bewegung setzte. Mir entkam ein erschrockener Aufschrei, und ich verlor das Gleichgewicht, bis sich eine Hand von hinten warm an meinen Rücken schmiegte.

»Nicht sehr elegant für eine Diebin«, hörte ich Kaspars raue Stimme an meinem Ohr.

Sofort versteifte ich mich und funkelte ihn über meine Schulter hinweg wortlos an, dabei galt mein Ärger in erster Linie mir selbst. Wäre er einer der Fahrgäste gewesen, hätte dieser mich gespürt, und unsere Reise hätte viel zu schnell eine böse Wendung nehmen können.

Wir passierten einen weiteren Waggon, in dem sich statt

Tischen und Stühlen Schlafkabinen befanden. Es waren abgetrennte Abteile, die hinter Glastüren lagen. Da wir sie nicht öffnen durften, fiel auch der Luxus einer eigenen Kabine weg – zumal ich einen Teufel tun und mir ein Bett mit Kaspar teilen würde. Schon wieder.

Auch hier strömte der Prunk aus jeder Ritze, ließ sich auf dem samtbraunen Teppich nieder, schlängelte sich entlang der vergoldeten Türklinken, kroch hinauf zur Decke, floss über den Kronleuchter, der ihn schillernd zurückwarf wie einen Schleier, der sich über die Menschen stülpte, um ihre Unzulänglichkeiten unter sich zu verstecken wie ein Schutzschild. Eines, das von ihnen abfallen würde, sobald sie in ihr Grab fanden.

Denn kein Geld der Welt vermochte es, den Tod aufzuhalten. Irgendwann kam er uns alle holen, und in seinem Angesicht war ein jeder gleich. Ob Prinz oder Prostituierte.

Dicht gefolgt von Kaspar betrat ich den letzten Waggon. Es war offensichtlich, dass er für eine andere Klientel gemacht worden war als der Rest des Zuges. Zwei lange Sitzbänke zogen sich an den Wänden entlang, eine links und eine rechts.

Keine Tische, keine Lampen, nur ein kleines rundes Fenster, das den Abschluss des Zuges bildete. Auch wenn ich es nicht spüren konnte, war ich beinahe sicher, dass es hier drin kälter war als in den anderen Abteilen.

»Wir haben Glück.«

Ich sah zu Kaspar, der in dem geöffneten Durchgang stand, und vielleicht war es nur der kargen Umgebung geschuldet, aber ich erkannte etwas in seinem Gesicht, das ich vorher nicht gesehen hatte. Da war mehr als die kühle Fassade, die aus arrogantem Grinsen und spöttischen Blicken bestand. Er wirkte beinahe *menschlich*. Und die schlichte Eleganz in seiner Körperhaltung bildete einen scharfen Kontrast zu der Holzklasse im Hintergrund. Die dunkle, eng anliegende Hose und das maßgeschneiderte Hemd luden dazu ein, ihn zu bewundern.

Ein Prinz durch und durch. Einer, der in jeden anderen Waggon gehörte, nur nicht in diesen.

»Ein Abteil für uns allein«, führte er weiter aus, und sein Blick schoss zu meinen Fingern, die damit beschäftigt waren, am Saum meines Ärmels herumzuzupfen. Sofort hielt ich inne.

»Fabelhaft«, murmelte ich und sank auf eine der Bänke. »Neun Stunden Zeit zu zweit. Ich kann mir nichts Schöneres vorstellen.«

»Warum glaube ich dir das nicht?«

Kaspar stieß sich vom Türrahmen ab und ließ sich mir gegenüber nieder. Seine Beine waren so lang, dass sich unsere Knie trotz des Ganges, der uns trennte, beinahe berührten. Ich glaubte fast, seine Körperwärme zu spüren.

»Schon mal was von Sarkasmus gehört?«, gab ich zurück und spähte zum Fenster hinaus. Eine Schwelle nach der nächsten tat sich zwischen den vereisten Schienen auf, während der Zug Meter um Meter knirschend zurücklegte. Schnee hatte sich über die Landschaft gestreut wie staubfein gemahlener Zucker, den man über alles gab, dem es an Süße fehlte.

Aus dem Augenwinkel sah ich, wie Kaspar einen Arm über die Lehne ausstreckte und den Rhythmus der stampfenden Maschinen mitklopfte.

»Wie vertreiben wir uns die Zeit?«

Ich starrte weiter stur aus dem Fenster, hinter dem der Himmel im Dampf verschwand.

»Wie wäre es mit Anschweigen?«

Ein Moment verstrich, dann: »Wenn es das ist, was du willst.«

Nun ging ich doch dazu über, ihn argwöhnisch zu mustern. »Man bekommt nichts, nur weil man es will.«

»Nett darum zu bitten, erhöht die Chancen.« Schalk blitzte in Kaspars Augen, als er den Kopf seitlich neigte. »Was wäre ich für ein Gentleman, einer Kratzbürste wie dir einen Wunsch abzuschlagen?«

Mir entkam ein verächtliches Schnauben.

»*Gentleman* wäre nicht unbedingt der Titel, der mir im Zusammenhang mit dir einfallen würde.«

Kaspar hörte auf, mit den lederumhüllten Fingern auf dem Holz zu trommeln. Mit jeder Faser meines Körpers spürte ich, wie sich die Luft um uns herum veränderte. Ich wusste, dass er das unausgesprochene Wort, das zähflüssig zwischen uns hing, gehört hatte. Wie es sich über ihm ergoss und in seine Atemwege strömte.

Ripper.

Genugtuung rieselte durch mich hindurch, mit jedem Herzschlag, der Kaspars Körper weiter versteifen ließ. Ich dachte an Claire. Daran, dass es seine Schuld war, dass wir aufgeflogen waren. Dass sie getötet worden war, weil Kaspars Präsenz das Relikt in ihrer Hand zum Leuchten gebracht hatte.

»Wie viele Leichen pflastern die Wege, die du entlanggegangen bist, Prinz?« Meine Stimme war ruhig und kontrolliert. »Wie viele Opfer hat es gebraucht, damit du dich mächtig fühlen konntest? Wie viele Leben hast du ausgelöscht, um dich der Illusion hingeben zu können, das deine bestünde aus mehr als nur dem niederen Wunsch nach Rache?«

Ich ließ ihn nicht aus den Augen, sah dabei zu, wie jedes Wort auf ihn niederging wie ein Messer, das Schicht um Schicht durchbohrte, bis seine Spitze kurz vor seinem Herzen zum Halten kam.

»Wie hat es sich angefühlt, Alexei die Geliebte zu rauben und ihn dennoch nicht fallen zu sehen?«

Ich konnte den Stich beinahe auf meiner Zunge schmecken,

als das Messer in Kaspars verfaulten Kern stieß. Er nahm den Arm von der Lehne und beugte sich vor. Ich hielt die Luft an, damit sein Rosenduft nicht in meine Lungen und damit unweigerlich in meinen Körper strömte.

»Du hast Biss, kleine Diebin.« Kaltes blaues Feuer tanzte in seinen Augen. »Aber du irrst dich, wenn du denkst, du könntest mich verletzen. Denn soll ich dir etwas sagen?«

Er ließ ein Lächeln aufblitzen, das schaurige Wellen über mein Rückgrat jagte.

»Es ist mir scheißegal, wie viele Menschen ich leer getrunken habe. Ihr Schmerz hat meinen gestillt. Und was auch immer es ist, das ich brauche, damit dieses Gefühl für einige Augenblicke von mir ablässt, ich werde es mir holen. Ungeachtet der Konsequenzen.«

Ich presste meinen Rücken an die Holzlehne hinter mir, um so viel Abstand wie nur möglich zwischen uns zu bringen. Ich bemühte mich, ein neutrales Gesicht zu bewahren, doch alles in mir schrie auf, empört, entsetzt, erschrocken.

»Sieh mich nie wieder so an, als würdest du auch nur einen Funken Menschlichkeit in mir erkennen.«

Er lehnte sich zurück, doch seine Haltung wirkte nicht mehr so lässig wie zuvor.

Zittrig stieß ich den Atem aus. Kaspar mochte gleichgültig anmuten, doch anscheinend entging ihm gar nichts, nicht einmal meine Blicke. Wie hatte ich auch denken können, dass mehr in ihm wohnte als ein gefühlstotes Ungeheuer?

Hastig schaute ich zurück zum Fenster. Wie weit wir wohl schon gekommen waren? Ob ich einfach aussteigen und zurücklaufen konnte?

Aber der Zug hielt nicht an.

Die nächsten Stunden sprachen wir kein Wort mehr, während die Felder dort draußen immer weißer wurden, der Himmel immer dunkler. Im Winter ging die Sonne früher unter, und wenn ich schätzen musste, blieb uns höchstens eine letzte Stunde, bis die Abenddämmerung anbrach und den Chasseuren ermöglichte, uns zu entdecken.

Gerade drang die Stimme eines Zugbegleiters zu uns durch, die ankündigte, dass wir Domcourt in einer halben Stunde erreichen würden.

Nur wenige Sekunden später krachte es.

KAPITEL 8

Der Zug kam so plötzlich zum Halten, dass ich quer über die Bank schlitterte und mit der Schulter in die Wand unter dem Fenster donnerte. Ein lautes Quietschen stach in meinem Trommelfell, so sehr, dass ich meine Hände auf die Ohren presste, bis es abklang.

Draußen im Gang krachte etwas Schweres gegen die Wände, Scheppern und Klirren erfüllten die Luft. Aus dem Augenwinkel sah ich einen umgefallenen Speisewagen, umringt von Scherben und Geschirr. Schreie und Rufe drangen herüber.

Kaspar, der sich irgendwo festgehalten haben musste, sprang auf die Füße, sein Körper hart und zu einer Waffe geschärft.

Ripper, dachte ich.

Sein Blick flog zum Fenster über meinem Kopf, dann runter zu mir. »Bist du in Ordnung?«

»Ja«, kam es krächzend über meine Lippen. Unauffällig tastete ich nach meiner Schulter, dann ging ich sicher, dass der Anhänger unter meiner Bluse unversehrt war. »Hatten wir einen Unfall?«

»Ich weiß es nicht.« Kaspar trat ans Fenster und spähte hinaus. Seine Miene verfinsterte sich, während aus dem Rest des Zuges weiterhin ein aufgeregtes Stimmgewirr ertönte. »Sieht ganz nach einem Schneesturm aus.«

Ich folgte seinem Blick, doch im Sitzen konnte ich nicht viel mehr erkennen als das peitschende Weiß vor einem feuerfarbenen Himmel. Wenn ich aufstand, würden Kaspar und ich Brust an Brust stehen, also bewegte ich mich kein Stück.

»Dann stecken wir fest?«

Er reagierte nicht, und irgendetwas daran sorgte dafür, dass sich die Besorgnis tiefer in meinen Bauch grub.

»Es geht bestimmt gleich weiter«, setzte ich noch mal an, als könnte ich allein mit der Kraft meiner Worte dafür sorgen, dass der Zug seine Fahrt wieder aufnahm und uns nach Domcourt brachte, bevor die Sonne gleich hinter den eingeschneiten Bergen versank, die in der Ferne wie Eiszapfen aufglänzten. »Wir haben nichts getan, das unseren Standort verrät«, fuhr ich unbeirrt fort, um mich selbst zu beruhigen, weil meine Gedanken immer schneller auf einen Abgrund zurasten.

»Es wird alles gut, Zoé.«

Aber allein die Tatsache, dass Kaspar mich bei meinem Namen nannte, statt den lächerlichen Spitznamen zu verwenden, verriet mir, dass dem nicht so war.

»Ich weiß«, spielte ich mit, obwohl mein Herz wie mit Fäusten gegen meinen Brustkorb hämmerte.

»Hier hinten ist niemand«, rief ein Mann hinter uns.

Erschrocken sprang ich auf, und in dem Moment, in dem wir uns gleichzeitig zu ihm umdrehten, zog er die Tür unseres Waggons zu. Einfach so. Mein Blick traf Kaspars. Ich war mir sicher, dass meine Augen ein Spiegelbild der seinen waren.

»Vielleicht öffnet er sie gleich wieder«, presste ich an dem Kloß in meinem Hals vorbei.

Ich sah, wie es an Kaspars Mundwinkeln zupfte, doch es war mehr ein verstörter Ausdruck denn ein höhnischer, der sich auf sein Gesicht legte. Sein Unbehagen machte mir beinahe noch mehr Angst.

»Meine verehrten Herren, ich bitte Sie, die Unannehmlichkeiten zu entschuldigen«, hallte die Stimme des Mannes erneut durch den Zug. »Die Wetterbedingungen haben eine Schneelawine ausgelöst, die eine Weiterfahrt zu diesem Zeitpunkt unmöglich macht. Zu Ihrer eigenen Sicherheit muss ich

Sie bitten, den *Fernoir Express* sofort zu verlassen, bevor sich weiteres Geröll löst.«

»Jetzt bin ich nicht mehr so sicher, ob alles gut wird«, murmelte Kaspar, und Panik krallte sich in meine Eingeweide.

Es war nur eine Tür. Eine verfluchte Tür. Doch sie baute sich gerade zu einem gefährlichen Hindernis für uns auf.

»Und wenn wir das Fenster einschlagen?«, schlug ich vor. »Es könnte durch die Kälte zersprungen sein, oder? Das hinterfragt niemand.«

»So funktioniert das leider nicht, kleine Diebin.« Kaspars Atem bildete weiße Wolken vor seinem Mund. »Erinnerst du dich an die Lichter in den Laternen der Chasseure?«

Ich nickte.

»Sie spüren jede Form der paranormalen Aktivität auf.«

»Dann harren wir einfach noch ein paar Stunden aus, bis irgendjemand die Tür wieder aufmacht. Was soll schon passieren von ein bisschen Geröll? Wenn wir nichts anfassen, wird man uns nicht finden.« Meine Stimme klang so dünn wie ein Faden, der jeden Moment entzweiriss. Die Aussicht darauf, neun Stunden mit Kaspar auf engstem Raum zu verbringen, war heute Morgen noch meine größte Sorge gewesen, und jetzt lagen die Chancen gut, dass wir hier gar nicht mehr herauskamen.

»Ich fürchte, der Wagen wird zu einer Kühlkammer werden. Erfrieren ist wirklich kein schöner Tod«, gab Kaspar leichthin zurück und riss mich aus meinen Gedanken.

»Erfrieren?«, hakte ich nach. »Spürst du die Kälte? Ich nicht.«

Er schüttelte den Kopf.

»Aber nur, weil wir etwas nicht fühlen, heißt es nicht, dass es nicht da ist.«

Wieder schwebten weiße Wolken vor seinem Gesicht, und da dämmerte es mir. Wir froren. Wir froren, obwohl wir es nicht spürten. Und ich trug einen Mantel und Kaspar nicht. Ich trug *seinen* Mantel.

Ein weiterer Ruck ging durch den Waggon, doch diesmal hielt Kaspar mich fest. Ich fiel auf ihn, als wir auf die Sitzbank hinter ihm stürzten. Von draußen drangen weitere Rufe und Schreie zu uns durch, trieben meinen Puls höher und höher.

»Wir müssen hier raus«, sagte ich und richtete mich auf seinem Schoß auf. Aus der Nähe betrachtet hatten Kaspars Lippen einen bläulichen Ton angenommen, was mich erschrocken innehalten ließ. Unter meinen Fingern, die noch auf seiner Brust ruhten, spürte ich die Kälte, die sein Körper ausstrahlte. Kaspar streckte seine Hand aus und legte sie auf meine, um sie fester gegen seine Brust zu drücken.

Ich wollte sie wegziehen, da verstand ich, was er tat. Er hielt meine Wärme fest. Ich versteifte mich augenblicklich, und dann verschwand jegliche Geräuschkulisse, als hätte sie jemand einfach ausgeschaltet. Ich hörte nur noch Kaspars Atem an meinem Ohr, spürte ihn auf meinem Gesicht. Sein Blick glitt über meine Lippen und versank in meinem. Wir sahen uns an, und ich hätte schwören können, dass seine Fassade mit jeder verstreichenden Sekunde weiter einriss.

»Bleib, bitte«, flüsterte er, und seine Stimme hallte vibrierend in mir nach. Ein Schauer überlief meine Haut, mein Herz warf sich gegen meine Rippen. Ich fühlte regelrecht, wie mein Körper an seinem weich wurde, als hätte er beschlossen, Kaspars Aufforderung nachzukommen. Seiner *Bitte*.

Kaspar richtete sich auf, so weit, bis unsere Nasenspitzen einander berührten. Nur flüchtig, doch es genügte, um mich nach Luft schnappen zu lassen.

Ein Hauch von Triumph stahl sich in seine Züge, und sein Mund formte ein durchtriebenes kleines Grinsen. »Du findest mich gar nicht so unausstehlich wie du immer tust, nicht wahr?«

Jedes Wort traf warm auf meine Lippen, und Empörung stieg siedend heiß in meine Wangen. Eilig sprang ich von seinem Schoß, als hätte ich mich an ihm verbrannt. Ohne weiter nachzudenken, zog ich den Mantel aus.

Kaspars Brauen wanderten in die Höhe.

»Ich habe absolut nichts dagegen, aber geht das nicht ein bisschen zu schnell?«

Augenrollend breitete ich seinen Mantel über ihm aus.

»Meine Körperwärme bekommst du nicht, aber tot nützt du mir leider auch nichts, Prinz. Also sieh zu, dass du überlebst.«

Ein dunkles Glitzern pulsierte in seinen Augen, als er den Mantel anhob und neben sich auf die Bank klopfte.

»Setz dich zu mir. Ich brauche dich schließlich auch noch.«

»Mir geht es blendend«, gab ich zurück und verschränkte die Arme vor der Brust. »Doch du solltest dir besser etwas einfallen lassen, wie wir hier wieder rauskommen.«

»Ich hätte da eine Idee, aber …«

»Aber?«

Er wiegte den Kopf hin und her.

»Da du mit deinen Schatten noch nicht umgehen kannst, könnte ich dich in meinen verstecken, nur … Du wirst Dinge hören, die dir nicht gefallen werden.«

Irritiert sah ich ihn an.

»Was soll das heißen?«

»Die Schatten sind meine Sünden, schon vergessen?«

Wie aus der Ferne drang ein Schrei an meine Ohren. Jener Schrei, den ich auf der Veranda des Theaters gehört hatte, als ich inmitten von Kaspars Schatten stand. Ich stolperte einen Schritt zurück.

»Ich werde hören, wie du Menschen getötet hast?«

Kaspars Miene verschloss sich, gab nichts preis. Er musterte mich, als überlegte er, ob er antworten wollte. Dass er stumm blieb, sagte mir alles, was ich wissen musste. Kaspar erhob sich und ragte nun groß über mir auf. Ich wich nicht zurück, wollte nicht zeigen, wie sehr mein Körper in Aufruhr summte. Er war ein Monster, und ich hatte keine Angst vor ihm.

Ich beobachtete, wie er den Mantel hob und um meine Schultern legte. Dann zog er den Handschuh von seiner rechten Hand und hielt sie mir hin. Nicht, ohne zu zögern.

»Sobald wir diese Tür öffnen«, sagte er langsam, »darfst du mich nicht mehr loslassen.«

Mein Herz wollte mir aus der Brust springen. Bald würde es überlaufen von all den widerstreitenden Emotionen, die sich darin stauten. Gerade dominierte die Furcht davor, wie ich reagieren würde, wenn ich sie hörte. Seine Sünden.

Wenn ich daran dachte, welche Genugtuung durch mich hindurchgerauscht war, als ich Raouls Kehle durchtrennte … Oder als Alexei mir gestand, dass er Pavel meinetwegen getötet hatte …

»Also?«, hakte Kaspar nach.

Ich betrachtete seine Hand, ein leuchtendes Weiß inmitten der unheildrohenden Dunkelheit, die den Waggon immer weiter füllte wie Wasser einen Eimer. Anstatt ihm zu antworten, verschränkte ich meine Finger mit seinen. Das Gefühl von Haut an Haut jagte wie ein Blitz durch meinen Körper. Ausgehend von meinen Fingerspitzen bis hoch in meinen Scheitel und runter in meine Zehen. Überall dazwischen sammelte sich kribbelnde Wärme.

Noch bevor ich mich an dieses neue Gefühl gewöhnen konnte, schob Kaspar seine Finger zwischen meine und hielt mich fest. Ich spürte, wie mein Atem schneller ging, als mein Blick seinen fand. Schatten waberten darin. Wie musste es sich für ihn anfühlen, jemanden zu berühren, nach all der Zeit, die er allein durch diese Welt streifte?

»Bist du bereit?«, fragte er leise, und seine Stimme vertiefte die Gänsehaut auf meinem Körper.

»Ja«, keuchte ich.

Kaspars Griff wurde fester. Dann stieß er die Tür auf.

Gespenstische Stille schlüpfte durch den Spalt. Der Kronleuchter schwang von der Decke, seine Kristalle klirrten, das Licht war aus und die Glastüren der Abteile zersplittert. Wir schritten an den Schlafabteilen vorbei und öffneten eine weitere Tür, die den Durchgang zum nächsten Waggon darstellte. Lampen waren auf den Boden gefallen und flackerten schwach, in einem der Fenster klaffte ein Loch, an dem Blut klebte. Bei dem Anblick bohrten sich Kaspars Fingerspitzen in meinen Handrücken.

Ich zog ihn hinter mir her zum Ausgang, bevor seine Blutgier uns ausbremsen konnte. Hier stand die Tür offen, gewährte freie Sicht auf ein schneebedecktes Feld, auf dem sich Fahrgäste und Zugpersonal versammelt hatten.

Ich erkannte den Mann mit dem Hut wieder, der mir auf dem Bahnsteig entgegengerannt war. Er drehte sich zu uns um, und in dem Moment bemerkte ich den weißen Kragen seiner Uniform, der aus dem dunklen Mantel hervorlugte. Licht strömte aus den Ritzen des großen Koffers in seiner Hand.

Ängstlich sah ich hoch zum Himmel. Zum letzten Streifen Wärme in einem tiefblauen Abgrund ohne Sterne.

Einen Herzschlag später schoben sich schwarze Schlieren in mein Sichtfeld. Kaspar hatte seine Schatten gerufen. Während sie mich im Theater kein einziges Mal berührt hatten, streiften sie nun meine Haut. So, als würde Kaspar sie nicht länger kontrollieren können. Die Schatten fühlten sich an wie Finger, die über mein Gesicht strichen.

»Wir müssen sofort von hier weg«, raunte Kaspar.

Und dann ging alles viel zu schnell. Wände aus dunklem

Rauch schlossen uns ein, verdichteten sich, krochen weiter über meine Haut, sickerten in meine Poren. Wir bewegten uns in übermenschlicher Geschwindigkeit. Wind zerrte an mir.

Durch die Schlieren hindurch drangen Laute an mein Ohr. *In* mein Ohr. Schreie. Flehen. Das unverkennbare Geräusch von reißendem Fleisch. Brechende Knochen. Sie warfen mich zurück ins Mausoleum, zur Erntezeremonie, in den *Salon Rouge*. Mittendrin war ein Geräusch, das nicht zu den anderen passte. Ein gequältes, alles verzehrendes Weinen. Es stammte von einem Mann.

Der Wind riss Tränen aus meinen Augen, die in die Schatten flossen. Es war grauenvoll, mir die letzten Dinge anzuhören, die Kaspars Opfer je von sich gegeben hatten, während die Berührung der Schatten das genaue Gegenteil war. Zärtlich und besänftigend.

Neben mir fluchte Kaspar, seine Worte verloren sich in der Dunkelheit, die uns gefangen hielt. Wir wurden langsamer, bis wir anhielten.

Ich sah zu ihm hoch. Seine Lippen waren zu einem schmalen Strich geformt, die Linien seines Gesichts verhärtet.

»Was ist los?«

»Es ist zu viel«, presste er zwischen zwei schweren Atemzügen hervor.

Ich wollte fragen, wovon er sprach, da bemerkte ich, wie sich der Rauch lichtete. Die Schlieren stoben auseinander, gaben einen Blick auf unsere Umgebung frei. Ich wirbelte herum, ohne Kaspar loszulassen. Der Zug und seine Passagiere waren ein kleiner Fleck in der Ferne. Wir standen mitten in einem Feld aus Schnee, irgendwo im Nichts.

»Ich habe meine Schatten noch nie auf eine andere Person ausgeweitet«, keuchte Kaspar. »Meine Kraft ist aufgebraucht.«

»Was?«, entschlüpfte es meiner Kehle. »Was soll das heißen?«

Kaspar beantwortete meine Frage, indem er auf die Knie sackte. Weil unsere Finger noch immer miteinander verschränkt waren, riss er mich mit sich. Angst wurde zu einem Knoten in meiner Brust.

Ich ließ seine Hand los und packte seine Schultern.

»Du kannst jetzt nicht einfach schlappmachen!« Die Hysterie in meiner Stimme war kaum zu überhören. »Wir können nicht hierbleiben. Du musst aufstehen, Kaspar!«

Als er aufsah, waren da gequälte Schatten in seinen Augen. Seine Haut wirkte durchschimmernd hell. Der Knoten in meinem Inneren wickelte sich um meine Rippen, schnürte sie zusammen, bis ich keinen Atemzug mehr tun konnte.

Kaspars Blick wankte an meinem Gesicht vorbei. Erst dachte ich, er würde ohnmächtig werden, dann erkannte ich, dass er etwas hinter mir fixierte. Panisch drehte ich mich um und erspähte es. Ein Licht in der Ferne. Eines, das mit Tentakeln in die Luft tastete.

»Das ist nicht gut«, hörte ich mich selbst sagen. »Gar nicht gut.« Ich wandte mich wieder Kaspar zu und umfasste sein Gesicht mit meinen Händen. »Du musst mir jetzt sofort sagen, was ich tun soll!«

»Ich –«, er hustete, »ich mag es, wenn du dominant bist.«

»Ist das dein beschissener Ernst?!«, fuhr ich ihn an.

Er lachte röchelnd, und ich konnte es nicht fassen. Ich ließ von ihm ab, um nach dem Anhänger zu tasten, der an meiner Kette baumelte. Kaspar konnte sich gerade noch fangen, bevor er den Halt verlor.

Ich umschloss den Anhänger mit beiden Händen und versuchte, mich zu konzentrieren.

»Was soll das werden, kleine Diebin?«

Kaspar klang schwach. So, so schwach.

»Nach was sieht es denn aus?«, keifte ich, versuchte, die lähmende Angst zu unterdrücken.

Ein amüsiertes Funkeln trat hinter die Leere seines Blicks, und ich musste mir eingestehen, dass mich das irgendwie erleichterte. »Als würdest du beten.«

»Ich bete nicht, Schwachkopf. Ich rufe meine Schatten.«

»So wird das leider nichts, fürchte ich.«

Ein trockener Husten folgte seinen Worten. Kaspar versuchte sich an einem Lächeln, das sogleich von seinen blauen Lippen rutschte. Kurz darauf kippte auch sein Oberkörper und landete mit einem dumpfen Geräusch seitlich im Schnee.

Verdammte Scheiße. Ich sah noch mal hinter mich. Der Chasseur mit seiner Laterne war schon so nah, dass ich den Umriss seines Huts ausmachen konnte. Blanke Angst fraß sich in meine Knochen. Angst vor dem, was er mit uns machen würde, wenn er uns in die Finger bekam.

»Kas, bitte.« Meine Stimme war erstickt, weil Tränen mir den Hals zuschnürten. So durfte es nicht enden. Ich brauchte das Relikt. Ich musste es zu Alexei bringen, damit ich zurück zu Maman konnte. Ich strich über seinen steifen Arm. »Erfrieren ist kein schöner Tod, schon vergessen?«

Als er nicht reagierte, drehte ich ihn auf den Rücken. Seine Lider flatterten, der Mund war leicht geöffnet. Mein Blick fiel auf seine scharfen Fangzähne, da durchfuhr mich die Erkenntnis schaudernd.

»Hilft dir mein Blut?«

Er antwortete nicht.

Ich schüttelte ihn. »Der Chasseur ist gleich da! Antworte mir!«

Sein Kehlkopf zuckte.

»Ja.«

Ich dachte nicht weiter nach und setzte mich rittlings auf seinen Schoß. Kas stöhnte heiser, und das Geräusch sandte Hitze durch mich hindurch. Sie sammelte sich dort, wo unsere Körper einander berührten.

Seine Pupillen suchten und fanden mich.

Ich hielt seinem Blick stand und beugte mich über ihn. Mein Haar hüllte unsere Gesichter ein, als wollte es uns vor der Außenwelt verstecken. Als würde das, was wir im Begriff waren zu tun, für immer ein Geheimnis bleiben, das keine Zeugen hatte.

»Du musst von mir trinken, hörst du? Sonst stirbst du, und dann sterbe ich.«

Kas zog beinahe ehrfürchtig die Luft ein. Er beobachtete mich forschend, seine Miene schmerzerfüllt verzogen. Langsam hob er eine Hand, schob sie in meinen Nacken und flüsterte: »Vertraust du mir?«

»Himmel, nein«, stieß ich atemlos aus, seine Finger eiskalt auf meiner Haut.

Fort war der gequälte Ausdruck in seinem Gesicht. Stattdessen grinste er schwach, als er den Druck in meinem Nacken verstärkte und mich weiter zu sich hinabzog, bis unsere Nasenspitzen aufeinandertrafen.

»Und du willst das ganz sicher?«

»Ja, verflucht, jetzt mach da nicht so ein großes Ding draus! Wir sterben gleich, verdammte Scheiße!«

Ein raues Lachen stieg aus seiner Kehle. Er leckte sich über die Lippen, und mein Herzschlag geriet außer Kontrolle. Alexeis Gesicht blitzte vor mir auf, erinnerte mich unweigerlich daran, was sein Biss in mir ausgelöst hatte.

Was Pavels Biss mir angetan hatte.

Ich wusste nicht, wie ich auf Kas reagieren würde, aber ich war dabei, es herauszufinden.

Er hob seinen Kopf, und einen zittrigen Atemzug später stieß er in mich. Als sich seine Zähne tief in meiner Haut vergruben, fand seine andere Hand meine Hüfte, um sich festzuhalten. Die Berührung war im Gegensatz zu seinen gierigen Schlucken beinahe sanft. Ich schmolz unter ihr wie eine

Schneeflocke im Feuer und sank tiefer in seinen Schoß. Er wurde hart, was mich leise aufseufzen ließ.

Ich spürte, wie Kas an meinem Hals schmunzelte, bevor sein Griff fester wurde. In einer geschmeidigen Bewegung setzte er sich auf, ohne von mir abzulassen.

Ich krallte meine Finger in sein Hemd, damit ich nicht die Balance verlor. Beinahe instinktiv bog ich meinen Rücken durch, und meine Brüste drängten sich gegen seinen Oberkörper, während er von mir trank.

Mit jedem weiteren Schluck drückte Kas' Erektion drängender gegen meine Mitte, und ich bewegte mein Becken. Nur ganz kurz. Nur ein einziges Mal. Doch es steckte meinen ganzen Körper in Brand.

Kas stöhnte tief, bevor er seine Fangzähne aus mir zurückzog. Seine Zunge glitt heiß über die Haut an meinem Hals, eine fliehende Sekunde, um die Bisswunde zu versiegeln, dann schob er sein Gesicht vor meines. Seine Lippen waren nicht länger blau. Rotes Blut klebte an ihnen.

Mein Blut.

Ich schluckte, konnte nicht wegsehen, in meinem Kopf ein heilloses Chaos.

Ich war erregt, obwohl Kas nichts anderes getan hatte, als von mir zu trinken, um sich zu stärken. Er hatte nur seine Zähne benutzt. Keine Lippen und nur die viel zu flüchtige Berührung seiner Zunge. Zwischen meinen Beinen war es feucht, und die Spitzen meiner Brüste drückten sehnsüchtig gegen den Stoff meiner Bluse.

Kas legte einen Finger unter mein Kinn und hob es an, damit ich ihm in die Augen sah. Dort waren keine Schatten mehr, stattdessen lag ein gläserner Schleier auf ihnen.

»Hat es geholfen?«, krächzte ich, um die eigenartige Stille zwischen uns zu brechen.

Er ließ mich nicht aus den Augen.

»Kommt drauf an, wobei.«

Ich rutschte unruhig auf seinem Schoß herum, was er mit einem kehligen Laut quittierte. Eindeutig keine gute Idee.

»Wobei wohl?«, fragte ich bissig und stieß mit der Faust gegen seine Schulter. »Dabei, dass du nicht verreckst!«

»Ach so.« Da war es wieder, sein arrogantes Grinsen. »Ja, *dabei* hat es geholfen.«

»Gut.« Ich stieg von ihm runter, doch er griff nach meinem Handgelenk.

»Ist noch was?«

Ich rechnete mit einem höhnischen Spruch, aber seine unbekümmerte Miene riss ein Stück ein und offenbarte einen Kas, den ich noch nicht zu Gesicht bekommen hatte. Verletzlichkeit schwamm in dem Abgrund, der sich in seinen meerblauen Augen auftat.

»Danke, Zoé.«

ZUR SELBEN ZEIT IM BLUTDISTRIKT IN XANTHIA

KAPITEL 9

ALEXEI

Ohnmacht. Es war jenes Gefühl, das ich nie mehr empfinden wollte, und doch rauschte sie dumpf pulsierend durch meine Venen, betäubte mich von innen heraus. Dabei saß ich auf einem götterverdammten *Thron*.

Meine Zähne fraßen sich tiefer in den Hals der Sklavin, die schon lange keinen Laut mehr von sich gegeben hatte. Ihr Kopf sank auf ihre Schulter, das schwarze Haar floss über meinen Schoß. Ich spürte, wie die Sehnen unter ihrer Haut zerrissen, und nahm noch einen gierigen Schluck. Ihr Geschmack rollte voll und süß über meine Zunge, floss in meinen Rachen, wirkte der lähmenden Schwere entgegen, die sich Stück für Stück in mir ausbreitete. Mit jedem weiteren Schlag meines Herzens.

Zoé war fort.

»Darf ich Euch eine neue Sklavin bringen, mein Herr? Oder einen Sklaven?«

Ich hielt inne und hob den Kopf. Stanislav stand im Eingang zum Throngewölbe, sein Haupt geneigt. Ich brauchte seine Augen nicht zu sehen, um zu wissen, dass er sich um die reglose Frau auf meinem Schoß sorgte. Er war weich, aber das schätzte ich an ihm. Schwach zu sein war eine Stärke, die ich nicht besitzen durfte.

»Nein.«

Ich nickte einem der Wachmänner zu, der sogleich auf mich zutrat und die Sklavin fortschaffte. Ihre Arme hingen schlaff zu ihren Seiten hinab, aber immerhin atmete sie noch.

Ich zog ein Stofftuch aus meiner Weste und tupfte mir die Reste ihres Blutes von den Lippen. Ihre Sünden schmeckten nach den üblichen weltlichen Begierden, die mich langweilten.

Mit einer Handbewegung warf ich das befleckte Stück Stoff in die Flammen, die das Gewölbe erhellten. Sie loderten auf, als sie sich an dem Blut labten.

»Ich werde eine Freundin aufsuchen und wünsche, nicht gestört zu werden.«

»Natürlich, mein Herr.«

Stanislav sank weiter herab, bevor er sich aufrichtete. Als sein Blick auf meinen traf, riss er ein Loch in den feinen Schleier meiner Taubheit, der sich daraufhin keifend zurückzog, als wollte er sich die Wunden lecken.

Unverhohlener Schmerz brannte in den Augen meines Bediensteten. Ich wusste, seit wann er darin nistete, kannte den Moment, der ihn heraufbeschworen hatte wie einen ungebetenen Gast, der nicht mehr gehen wollte. Noch immer hatte ich Stanislavs gequälten Schrei im Ohr, der durch den Theatersaal des Spiegelbarons gehallt war, als ihm bewusst wurde, dass man die Frau, die er liebte, getötet hatte.

Dunkelheit kroch in mein Sichtfeld. Der Gedanke daran, dass auch mir das ein weiteres Mal passieren könnte, zerrte an meiner Selbstbeherrschung.

Zoé war fort. Sie war fort, und es lag nicht länger in meiner Hand, sie zu beschützen.

»Geh mir aus den Augen, Stanislav.«

Seine Kehle zuckte.

»Jawohl, mein Herr.«

Nachdem er gegangen war, erhob ich mich mit schweren Gliedern. Ich musste darauf achtgeben, mich nicht von sentimentalen Gefühlen übermannen zu lassen. Sie waren der Untergang eines jeden Herrschenden. Nicht zuletzt Juris.

Mein Weg führte aus dem Throngewölbe hinaus in die höhlenartigen Korridore mit ihren dunklen Kalksteinsäulen. Irgendwo hinter mir hörte ich die Schritte meines Wachschutzes, Vadim und Darya. Ich hatte die beiden vor über drei Jahrhunderten verwandelt. Sie waren an meiner Seite, seit ich Xanthias Thron geerbt und bestiegen hatte. Und doch würden sie gleich stehen bleiben, damit ich allein sein konnte. Wenn ich dort unten war, duldete ich niemanden, der mir in den Nacken atmete.

Ich neigte meinen Kopf, um den Ketten auszuweichen, die von der Decke hingen. Aus dem Augenwinkel bemerkte ich den Schatten, der in einem der hohen Käfige in dem Gang lungerte. Der Schein der Fackeln offenbarte wenig menschliche Züge, gebleckte Zähne hinter Lippen, die nicht mehr waren als herabhängende Hautfetzen. Mit seinen knochigen Fingern umfasste das Wesen die Gitterstäbe, steckte seine Nase zwischen ihnen hindurch und gab knurrende Laute von sich wie ein rasendes Tier.

Ich erinnerte mich vage daran, wie schön der Mann einst ausgesehen hatte. Seine Sturheit – seine absolute Überzeugung von der Richtigkeit seiner Taten – hatte mir keine andere Wahl gelassen, als ihn hier einzusperren. Ich hatte ihn nicht in die Absolution treiben können, also saß er nun in seinem Käfig und wartete auf die Entscheidung der Mittlerin. Ich wusste, wie sie ausfallen würde. Der Mann hingegen schien keinen klaren Gedanken mehr fassen zu können.

Die Schritte von Vadim und Darya verklangen. Ich ging allein weiter, stieg die Stufen aus Stein hinab in die kalte, feuchte Dunkelheit, in die lediglich der schwache Schein der letzten Fackeln des Geländers fiel. Die klamme Luft kräuselte sich entlang der hohen Säulen, die einen Teil des unterirdischen Gewölbes hinter ihren Schatten versteckten. Zwischen zwei von ihnen trat ich hindurch, hielt meinen Blick aufrecht, damit niemand von jenen, die hier unten vor sich hinvegetierten, auch nur für einen Moment an meiner Entschlossenheit zweifelte. Wankelmut war wie eine Zielscheibe, die sich an die Stirn ihres Trägers heftete.

Hände schoben sich zwischen eisernen Gitterstreben hindurch, zersplitterte Fingernägel, unter denen Blut und andere sterbliche Überreste klebten. Ihr Gestank drang an meine Nase, erinnerte mich daran, wer ich war.

Ihr Graf.

Ihr Herrscher.

Ich verschränkte meine Hände hinter dem Rücken, mein Umhang schleifte über den steinernen Boden, zog Staub hinter sich her. Neben dem Ächzen und Stöhnen, das die Höhle erfüllte, erklang das Geräusch meiner Stiefel wie ein Donnergrollen, das einer Warnung gleich über die Köpfe der Xathyr hinwegbrandete.

Ich blieb erst stehen, als ich die Zelle erreichte, für die ich ins Verlies hinabgestiegen war.

»Wie geht es dir?«

Ein Paar glühender Augen starrte mich aus der Finsternis an. Ich ignorierte den schmerzenden Stich, den die Abscheu darin in meine Brust bohrte.

»Willst du immer noch nicht mit mir reden?«, fragte ich und legte den Kopf schief.

Die Augen verengten sich, als wollten sie Feuer auf mich loslassen. Es blieb die einzige Antwort, die ich erhalten würde, wie auch schon die Male zuvor.

»Du weißt genau, dass ich keine andere Wahl habe«, sagte ich und trat näher.

Zoé war fort. Sie war fort, und es lag nicht länger in meiner Hand, sie zu beschützen. Sie war fort, und ich konnte sie nicht mehr unter mir spüren.

Ich öffnete die Zellentür, und meine Schatten umflossen mich. Krallen schossen aus meinen Fingern, meine Zähne gebleckt.

Ein gellender Schrei erklang, und die Ohnmacht zog sich langsam aus mir zurück.

BEI DOMCOURT IN DER RÉPUBLIQUE ADRASTEAU

KAPITEL 10

ZOÉ

Ist das die *Église des Saints*?«, fragte ich und zeigte auf den Umriss des Gebäudes, das besonders auffällig aus dem Zentrum der Stadt emporragte. Ihre entfernte Silhouette hob sich nur leicht vor dem dunklen Himmel ab.

Kas streckte die Beine aus, ließ sie über den Rand des Daches schwingen, auf das wir uns für den Rest des Abends zurückgezogen hatten. Von hier oben konnten wir erkennen, wenn sich uns jemand näherte, und Kas konnte sich ausruhen. Ich wollte nicht riskieren, dass er erneut umkippte. Aber das würde unweigerlich passieren, wenn wir uns weiter in seine Schatten hüllten. Also warteten wir den Sonnenaufgang ab.

»Ja, das ist sie, die *Kirche der Heiligen*.« Er schwieg einen Moment, dann funkelte er mich von der Seite an. »Du hast dir vorhin ernsthaft Sorgen um mich gemacht, nicht wahr?«

Ich verdrehte die Augen, aber mein Herz begann bei der Erinnerung zu poltern. Um mich davon abzulenken, stützte ich die Hände hinter mich, sah hoch an die sternengesprenkelte Decke, die über unseren Köpfen schwebte.

»Ich hatte Angst, dass der Chasseur uns einholt.«

Kas tat es mir gleich und lehnte sich zurück.

»Du hättest nicht gleich auf meinen Schoß springen und mir deinen Hals hinhalten müssen.«

Trotz des eisigen Wetters stieg heißes Feuer in meine Wangen.

»Was meinst du damit?«

Er zuckte mit den Schultern, die Lippen gekrümmt.

»Dein Handgelenk hätte es auch getan.«

»Und das sagst du mir erst jetzt?!«

Ich sah stur nach oben und hoffte, dass mein Gesicht nicht heller leuchtete als der Mond, der uns in seinem silbrigen Schein badete. Zum Glück hatte es vor einer Weile aufgehört zu schneien.

Kas' raues Lachen sickerte warm über meine Wirbelsäule.

»Wenn sich mir eine schöne Frau anbietet, kann ich unmöglich Nein sagen.«

Mein Blick zuckte zu seiner selbstgefälligen Miene. Hatte er mich gerade als schön bezeichnet? Andererseits …

»Ich habe mich dir nicht angeboten!«

Kas wiegte den Kopf hin und her.

»Stimmt, du hast mich gleich bestiegen.«

»Du bist unmöglich!«

»Ich weiß.« Er schmunzelte. »Ich wollte damit aber nicht sagen, dass es mir nicht gefallen hat.«

»Das habe ich ganz eindeutig gespürt.« Die Worte waren meinem Mund entflohen, bevor ich sie aufhalten konnte. Ich tat so, als würde mein Gesicht gerade nicht verglühen und räusperte mich. »Was hast du gesehen?« *Als du von mir getrunken hast*, ergänzte ich den Satz in Gedanken. Er wusste ohnehin, wovon ich sprach, ich musste es nicht aussprechen. Traute mich nicht.

Kas zog die Schultern hoch, das Lächeln auf seinem Gesicht verblasste.

»Dass du kein leichtes Leben hattest.«

»Ich …« Für einen Moment biss ich mir in die Unterlippe, ließ seine Worte in mich einsinken. »Ich dachte, ihr Xathyr seht unsere Sünden und nicht unsere Leben, wenn ihr von unserem Blut kostet.«

»Oft lässt sich das eine nicht von dem anderen trennen und«, er holte tief Luft, »es ist mehr ein Gefühl denn ein wirkliches Sehen. Manchmal blitzen Fetzen von Bildern auf, Gesichter oder Gegenstände.«

»Dann hast du vermutlich viele Gesichter gesehen.«

Ich lehnte mich vor und verknotete meine Finger ineinander. Ich schaute weiter hoch in den Himmel, wollte Kas nicht in die Augen gucken, jetzt, wo er einen Teil meiner Vergangenheit kannte.

»Da waren zwei«, gab er zu, seine Stimme rauer als zuvor. »Einen von ihnen hast du getötet, nicht?«

Ich schluckte schwer und zuckte mit den Schultern. »Wer war der andere?«

Einige Sekunden der Stille spannten sich zwischen uns an wie das Herz in meiner Brust.

»Giftgrüne Augen«, sagte Kas nach einer Weile, und ein kalter Guss überschüttete mich wie ein Wolkenbruch.

»Jean-Paul«, gab ich zurück und hoffte dabei, dass es ungerührt klang. »Er war mein … mein Zuhälter.«

Ich grub die Nägel in die Finger meiner anderen Hand, als könnte der Schmerz mich davon ablenken, dass ich das gerade laut ausgesprochen hatte. Aber Kas musste ohnehin bereits geahnt haben, wie ich mein Geld verdient hatte. Im Theater schon hatte ich das angedeutet, weil mein Mund ihm gegenüber schneller reagierte als mein Hirn. Vorsichtig spähte ich zu Kas rüber, der die Geste beobachtete. Sofort lockerte ich meinen Griff.

Er zog die silbernen Brauen zusammen, bevor er seinen Blick auf mein Gesicht heftete.

»Du hattest kein leichtes Leben«, wiederholte er dann.

Da war etwas in seinen Augen, das meinen Schmerz aus seinen Tiefen zwang und an die Oberfläche spülte. Es entlockte mir meine Wahrheiten, und ein Teil in mir war erleichtert darüber. Ich wusste, dass Kas niemand war, der mich verurteilte. Dafür hatte er selbst zu viele Dinge getan, die sämtliche Grenzen der Moral sprengten.

Vielleicht würde er der Einzige sein, dem ich mich offenbaren konnte. Letztendlich war es mir egal, wie er über mich dachte.

»Manchmal, wenn wir allein waren, nannte er mich seine Blume«, sagte ich leise, während ich Jean-Pauls Stimme aus meinem Kopf zwang. Sein widerliches Grinsen, die Erinnerung an seine Berührungen. »Ich verstand erst später, wie viel Bedeutung hinter diesem einen Wort steckte. Wie eine Blume hatte er mich gepflückt, damit ich nur für ihn blühte.« Das Geständnis blutete von meiner Zunge wie eine Wunde. »Natürlich fand er groteske Freude daran, seine Errungenschaft herumzureichen. Er zeigte mich all jenen, die mich sehen wollten, und erlaubte ihnen, mir meine Blütenblätter auszureißen. Am Ende des Tages stand ich schließlich in Jean-Pauls Vase. War sein Eigentum. Sollte es bleiben, bis ich verdorrte, nicht in der Lage, ohne meine Wurzeln zu überleben. Ohne Wasser oder Sonnenlicht.«

»Manche Blumen sind widerstandsfähiger als andere«, sagte Kas langsam. »Und du machst auf mich den Eindruck, als gehörtest du zu der hartnäckigeren Sorte.«

Ich wich seinem Blick aus, weil sich meine Wangen verdächtig warm anfühlten. Dann deutete ich auf die Umrisse der Kirche.

»Warst du schon mal dort?«

Aus dem Augenwinkel erhaschte ich ein Grinsen auf Kas' Lippen. Er wusste genau, dass ich das Thema absichtlich wechselte.

»Ja. Ich habe sie ausgekundschaftet und kenne ihren Grundriss und die internen Abläufe.«

»Wieso hast du dir das Relikt dann nicht schon längst selbst geholt?«, hakte ich nach. »Da die Kirche nicht sein Schrein ist, sollte das für dich als Xathyr kein Problem darstellen, oder?«

Wenn ich an die ausweichenden Antworten von Nika oder

Alexei dachte, war ich mir beinahe sicher, dass Kas mir nicht antworten würde, doch er belehrte mich eines Besseren.

»Nein, das würde es nicht. Aber ich …«

Vorsichtig spähte ich zu ihm rüber. Er hatte die Augenbrauen zusammengezogen und fixierte einen Punkt irgendwo in der Ferne, als würden die Worte, die er suchte, dort geschrieben stehen. Das Mondlicht umschmeichelte seine Züge, zeichnete sie weich und hell vor dem finsteren Hintergrund.

»Ich möchte die Bilder nicht sehen, die es mir unweigerlich zeigen wird.«

Kas' Geständnis wob sich in die Luft um uns herum und hüllte uns in Stille. Ich verstand es. Ich verstand es gut. Bisher hatte ich mir noch keine Gedanken darüber gemacht, was mir die Kugel zeigen würde, wenn ich sie in die Hand nahm. Als Lebende war sie einfach nur ein gewöhnlicher Gegenstand für mich gewesen, doch jetzt, als Tote …

Das erste Relikt hatte mich Claires Tod ein weiteres Mal erleben lassen, und es war schrecklich gewesen.

Ich kam nicht umhin, darüber nachzudenken, was es war, das Kas zu Gesicht bekommen würde, wenn er das Relikt berührte, und doch war die Nachfrage zu intim. So weit war unsere Beziehung nicht, würde sie nie sein. Wir waren zwei Fremde mit einem gemeinsamen Ziel, nicht mehr. Das, was wir im Schnee miteinander geteilt hatten, änderte nichts daran.

Ich setzte mich wieder aufrecht hin und zog den Anhänger aus meiner Bluse. Sein Gewicht ruhte schwer in meiner Hand wie die Schatten auf meinem Herzen. Ich wand ihn zwischen meinen Fingern und beobachtete, wie Alexeis Blut unter den Sternen silbern schimmerte. Ich dachte an ihn. An das Gefühl, das er mir gab, jedes Mal, wenn er mich ansah, als wäre ich etwas Kostbares, das nie etwas Schreckliches getan hatte. Ob er das weiter tun würde, wenn er wüsste, was Kas und ich –

»Du hast nichts falsch gemacht«, hörte ich Kas hinter mir sagen.

Ich ließ einige Sekunden verstreichen, in denen ich den Anhänger weiter betrachtete.

»Was weißt du schon?«, murmelte ich.

Kas richtete sich auf, und sein Arm streifte meinen.

»Ich weiß, dass du alles riskierst, um etwas für Alexei zu tun. Und ich sehe dir an, dass du leidest, weil …« Er schnaubte leise. »Weil du denkst, du hättest ihn hintergangen.«

»Ich tue das hier nicht für Alexei«, korrigierte ich ihn. »Ich tue es für mich.«

Kas schien einen Moment nachzudenken.

»Was ist es, das er dir versprochen hat?«

»Nichts, worüber ich sprechen möchte.« Und das lag nicht nur daran, dass ich Kas nicht vertraute. Vielmehr war es die Enge in meiner Kehle, die mir das Sprechen erschwerte. »Kannst du –«, ich räusperte mich, »kannst du das mit dem … Du weißt schon. Die Ängste und das Leid nehmen?«

Es war das erste Mal, dass ich daran dachte, seit ich zurück auf der Erde war.

Als Kas nicht antwortete, schaute ich ihn an. Sein Blick ruhte auf meinem Gesicht, da war nichts Herausforderndes in seinen Augen, kein amüsiertes Glitzern und keine Überheblichkeit. Nur ein wachsames Beobachten. Einige Strähnen seines Haars waren ihm in die Stirn gefallen und warfen Schatten auf die markanten Linien seiner Miene.

»Ja«, sagte er nach einer Weile. »Nicht besonders gut, aber es wirkt für einige Stunden.«

Ich schluckte und sah erneut hinauf zum Himmel, zu den Sternen, zu der silbernen Sichel. »Ich weiß, du schuldest mir nichts, nur …« Meine Stimme brach, und Kas stieß seine Schulter gegen meine.

»Du müsstest mich nur darum bitten, und ich würde es

tun«, sagte er rau. »Schließlich ist es meine Schuld, dass du dich fühlst, wie du dich fühlst. Ich hätte dein durchaus verlockendes Angebot auch ablehnen können, wenn ich ein ehrenwerter Mann wäre.«

Seine Worte entlockten mir ein leises Lachen.

»Dann wärst du jetzt vor allem ein toter Mann.«

»Ein *ehrenwerter* toter Mann.«

Ich hörte das Grinsen in seiner Stimme und konnte meines nicht unterdrücken.

»Den Schmerz wegzuschieben, macht es für den Moment besser«, sagte er irgendwann. »Aber es lässt ihn nicht vergehen, im Gegenteil. Je öfter du ihn wegschiebst, desto wütender wird er. Lauter. Drängender. Er fordert seinen Raum, und er bekommt ihn früher oder später. Und ein wütender Schmerz ist verheerender als ein weniger wütender Schmerz.«

Die Reste des Lächelns schmolzen von meinen Lippen wie der Schnee zwischen meinen Fingern.

»Ich könnte dir aber auch anderweitig dabei helfen, deine Stimmung aufzuhellen, wenn du möchtest.«

»Ich sagte bereits, dass du unmöglich bist, oder?«

Kas lachte laut auf, und auch meine Mundwinkel zuckten verdächtig.

»Ich muss dich enttäuschen, aber *das* meinte ich nicht. Obwohl ich weiß, dass es dir auch gefallen hat.«

»Hat es nicht«, log ich.

Kas erhob sich und hielt mir seine Hand hin. Er hatte seinen schwarzen Lederhandschuh wieder angezogen.

»Komm mit mir.«

Licht fiel in dicken honiggoldenen Strahlen aus dem Fenster des doppelstöckigen Gebäudes, zu dem Kas mich geführt hatte. Wir waren bestimmt eine halbe Stunde durch den Schnee gestapft.

»Wo sind wir hier?«, wollte ich wissen und ließ meinen Blick an dem dunklen Gemäuer entlanggleiten. Musik drang an meine Ohren, Gelächter und Stimmen.

»Das ist die *Taverne du pèlerin*«, las er von dem Holzschild ab, das sich knarzend dem Wind beugte. »Direkt an der Stadtgrenze zu Domcourt.«

Ich riss erschrocken die Augen auf.

»Bist du lebensmüde? Wir sind in Domcourt, mitten am Abend! Was ist, wenn –«

»Chasseure sind Männer der Kirche. Sie treiben sich nicht in Tavernen herum«, gab Kas schulterzuckend zurück.

In jenem Moment wurde die Tür des Lokals geöffnet. Ich konnte beinahe spüren, wie warm und stickig die Luft im Inneren sein musste.

»Außerdem kann es nicht schaden, für ein paar Stunden aus der Kälte zu kommen. Gerade, wenn man sie nicht fühlt, kann sie gefährlich werden.«

Als zwei kichernde Frauen aus der Taverne traten, griff Kas nach meinem Ärmel, und wir schlüpften unbemerkt hinein, bevor die Tür hinter ihnen zufiel.

Die Musik erklang um einiges lauter. Sie hörte sich so fröhlich und vergnüglich an, dass ich unweigerlich lächeln musste. Überall wurde getanzt und gelacht. Bier schwappte aus Krügen, die in die Luft geschwungen wurden, Augen strahlten munter, bunte Röcke wirbelten Staub auf, der im Einklang mit den Leibern pulsierte.

So etwas hatte ich noch nie gesehen. Es war das genaue Gegenstück zu der Trostlosigkeit, die ich Tag für Tag zu Hause im Trou erlebt hatte.

»Hier entlang.«

Kas nahm meine Hand und manövrierte mich zwischen

den unbeschwert tanzenden Menschen hindurch. Hier und da kam es fast dazu, dass ich gegen jemanden stieß, und ich fragte mich, weshalb wir das riskierten.

»Was hast du vor?«, rief ich über das laute Gewirr an Stimmen und Instrumenten hinweg und unterdrückte das Bedürfnis, mich unter die sorglose Masse zu mischen und mich mit ihr zu bewegen. So, als könnte jeder freudige Schwung meines Körpers die Dunkelheit in mir ein Stück vertreiben.

Kas antwortete nichts, oder aber ich hörte ihn nicht. Er führte mich zu einer Treppe, die wir hinabstiegen.

»Du willst mit mir in den Keller?«

Ich warf einen letzten sehnsüchtigen Blick nach oben, wo Frauen und Männer auf den Tischen steppten. Doch auch hier unten hörte ich die ausgelassene Musik und erwischte mich dabei, wie ich meinen Oberkörper in ihrem Takt wiegte.

Kas pustete sich eine Haarsträhne aus dem Gesicht.

»Hier können wir niemanden stören.«

Er hob unsere miteinander verschränkten Finger und bewegte seinen Arm so, dass er mich in eine Drehung schickte. Ich kreischte erschrocken auf und musste kurz darauf auflachen.

»Was tust du da?«

Ohne meine Hand loszulassen, trat Kas einen Schritt zurück und verneigte sich tief. Als er sich erhob, funkelten seine Augen, und ein schiefes Grinsen lag einladend auf seinen Lippen. »Ich tanze mit dir.«

»Du bist verrückt.«

Kas' Blick ruhte weiter auf mir, dunkel, undurchdringlich, herausfordernd.

»Ich bin berauscht.«

Er sah weiter runter, zu meinem Hals, dorthin, wo ich plötzlich das Pochen seiner Fangzähne auf meiner Haut fühlen konnte. Meinte er etwa …

»Von der Musik«, fügte er hinzu, bevor er seine Hüften bewegte.

Ungläubig starrte ich ihn an. Er tanzte. Der gefürchtete Prinz Kaspar, der mörderische Ripper, stand hier mit mir im staubigen Keller einer Taverne und … tanzte.

Ich brach in schallendes Gelächter aus. Kas ließ sich nicht beirren. Er legte eine Drehung hin, und ich musste zugeben, dass es ziemlich gut aussah, wie er jeden seiner Muskeln beherrschte. Er mochte zwar groß sein, doch er wusste trotzdem, wie er seinen Körper einsetzen musste.

»Machst du mit, oder willst du mich nur bewundern?«

Kas streckte seine Hand nach mir aus, doch ich schüttelte den Kopf.

»Ich weiß nicht, wie.«

»Das ist ja das Schöne.« Seine Hüften zuckten noch immer zum Takt der Musik. »Man muss nichts können, nur Spaß haben. Den Rest überlässt du mir.«

Ich biss mir auf die Unterlippe.

»Nur einen Abend, Zoé. Schalte deinen Kopf nur für diesen Abend aus.«

Er hob die Augenbrauen und sah mich fragend an.

Ich verdrehte grinsend die Augen, zog den Mantel aus und ergriff seine Finger. Sofort wirbelte er mich herum, und als ich wieder zum Stehen kam, bewegte ich mich ohne sein Zutun.

Kas bedachte mich mit einem seltsam friedlichen Lächeln, dann nahm er auch meine andere Hand und überkreuzte unsere Handgelenke miteinander. Wir drehten uns und lachten, während die Klänge der Blasinstrumente von oben zu uns runterschallten.

Als der Rhythmus der Musik an Geschwindigkeit zunahm, zog Kas mich an seine Brust und legte eine Hand auf meinen unteren Rücken. Die Berührung überraschte mich, aber sie hatte nichts Anzügliches an sich. Ich genoss den Moment und ließ mich von ihm führen. Seine Schritte waren so schnell, dass wir beinahe über die eingestaubten Holzdielen schwebten, und jedes Mal, wenn ich ihm auf die Füße trat, warf ich den Kopf in den Nacken und prustete los.

Das hier war es, wofür ich all die letzten Jahre gekämpft hatte. Dieses Gefühl. Diese Momente der Unbeschwertheit. Des Glücklichseins. Das war es, was ich mir für mich und Maman wünschte.

»Ich brauche eine Pause«, keuchte Kas irgendwann.

Wir setzten uns auf eine der Treppenstufen, beide schwer atmend. Ich ließ meinen Kopf gegen das Geländer sinken.

»Das hat gutgetan.«

»Ja. Es war schön, einen anderen Ausdruck auf deinem Gesicht zu sehen als Schuld oder Trauer. Oder Wut – auf mich.«

Ich biss auf die Innenseite meiner Wange, als schon wieder ein Lächeln an meinen Lippen zerrte. Das war einer der schönsten Abende, die ich je gehabt hatte, doch ich sprach es nicht aus.

Eine Weile schwiegen wir, während oben noch immer getanzt und gefeiert wurde.

»Es tut mir leid, dass wir vorhin eine Grenze überschritten haben.«

Kas' Stimme war leise, aber fest. Ich wusste, dass er nicht unseren Tanz meinte. Meine Finger fanden wie von selbst zueinander, und ich zupfte leicht an der dünnen Haut um meine Nägel.

»Es ist ja nichts passiert. Du musstest dich nähren, und ich bin eine Nahrungsquelle.«

Noch während ich die Worte aussprach, beschleunigte sich mein Herzschlag erneut, dabei hatte er sich gerade erst erholt.

»Und doch stand dir die Qual auf dem Dach ins Gesicht geschrieben.«

Ich drehte mich zu ihm um. Seine Gestalt war schwach umrissen im Schein der Lampen.

»Weil du recht hattest«, flüsterte ich und ignorierte das wilde Hämmern in meinem Brustkorb. »Es hat mir gefallen.«

Kas schluckte und hielt meinen Blick fest, wortlos.

»Nur weiß ich nicht, was …« Ich schüttelte den Kopf. »Doch. Doch, ich weiß es. Ich weiß, zu was für einem Menschen mich das macht.«

Kaum hatte das Zwielicht des Kellers mein Geständnis verschluckt, bemerkte ich, wie Kas sich unter seiner Last anspannte.

»Du hältst dich für schlecht, da *ich* es bin«, schloss er, und die Bedeutung hinter seinen Worten sackte tonnenschwer in meinen Magen. »Der böse Kas, der dich dazu verleitet, schöne Dinge zu fühlen. *Spaß* zu haben.«

Nun war es an mir, schwer zu schlucken, aber die Enge in meinem Hals wollte sich nicht vertreiben lassen. Obwohl wir uns nicht lange kannten, konnte Kas unter meine Oberfläche sehen und Wahrheiten aufdecken, die ich sogar vor mir selbst verborgen hielt.

»Habe ich irgendetwas getan, das du nicht wolltest?«

Seine Stimme war ein gedämpftes Grollen, das eine leise Verletztheit durchblicken ließ.

Hatte er nicht, doch das machte es noch schlimmer. Weil alle anderen es gemacht hatten, immer und immer wieder.

Kas stand auf, und ich sah zu ihm hoch, meine Hände ineinander verschränkt, da sie inzwischen zitterten. Seine Miene war kalt, kälter noch als der Schnee dort draußen.

»Dann lass mich das nächste Mal einfach sterben, ehe du etwas tust, das du hinterher bereust.«

Jede einzelne Silbe ging auf mich nieder wie eine Peitsche, zerquetschte mich unter ihrem Aufprall. Wie hatte sich die Stimmung zwischen uns so schnell so verändern können?

Weil du selbstgerecht bist, wisperte eine Stimme in meinem Kopf.

Kas wandte den Blick von mir ab, und meine Gedanken schrien lauter. »Die Sonne geht bald auf. Wir müssen weiter deine Schatten trainieren, bevor wir zur Kirche der Heiligen aufbrechen.« Damit stieg er die Treppe nach oben, und jede Stufe, die er zurücklegte, baute sich wie eine weitere Mauer unüberwindbar zwischen uns auf.

KAPITEL 11

»Du musst lernen, dich selbst zu akzeptieren.« Kas umkreiste mich, ohne mich aus den Augen zu lassen. »Lass los, was dich davon abhält. Zerbrich die Vase.«

Ich zuckte zusammen, als er unser Gespräch über Jean-Paul aufgriff. Wir standen auf einem Feld unweit der Taverne, es hatte wieder angefangen zu schneien, und der Himmel war trüb. Ein trostloser Schleier überzog ihn. Die schwachen Umrisse der verblassenden Mondsichel erhellten unsere Umgebung, ließen Kas' Blick brennen wie silbrig blaues Feuer. Es fraß sich mit seiner Hitze unter meine Haut.

Ein frustriertes Seufzen polterte über meine Lippen.

»Das ist nicht so einfach.«

Er kam vor mir zum Stehen, und ich konnte ihn nicht ansehen. Nicht nach dem, was ich auf der Treppe zu ihm gesagt hatte. Ich starrte auf einen Punkt vor meinen Stiefelspitzen und bemerkte, dass unsere Schatten miteinander verschmolzen waren, Kas' und meiner. Ein dunkler Fleck auf dem weißen Schnee.

»Was ist es, das du dir nicht verzeihen kannst?«

Es war dieselbe Frage, die er mir auf der Veranda des *Théâtre Bellevue* gestellt hatte. Diesmal dachte ich darüber nach, statt mich zu sperren. Es blieb keine Zeit mehr, ich konnte es nicht weiter von mir schieben. Wir mussten in diese Kirche, und wir würden das Relikt holen. Heute noch.

»Da sind so viele Dinge, die ich falsch gemacht habe«, wisperte ich.

Kas bewegte sich nicht weg.

»Wer hat das nicht?«

Eine simple Frage, und doch wollte sich keine Antwort auf meiner Zunge formen.

»Fehler entstehen aus Gefühlen. Frei von ihnen zu sein, bedeutet auch, nichts zu empfinden«, sagte er.

Vorsichtig hob ich meinen Blick und begegnete seinem.

»Empfindest du denn etwas?«

Meine Stimme war kaum mehr als ein Flüstern, das sich als feine Wolke in der Luft verlor.

Kas starrte mich an. Lange.

»Ja.«

»Dann hast auch du dich von deinen Gefühlen leiten lassen, als … als du …«

»Ja«, wiederholte er, und es klang diesmal rauer. So, als zerrte er das Wort aus einem tief verborgenen Winkel seiner Seele. »Hass. Schmerz. Hunger.« Er neigte den Kopf, und für eine flüchtige Sekunde verdunkelten sich seine Augen. »Lust.«

Ich schluckte. Bruchstücke von Erinnerungen blitzten auf wie Scherben, die aus einem Spiegel gebrochen waren. Sie alle zeigten Nastya.

»Wir können nicht *nicht* fühlen. Wir können Fehler nicht vermeiden.«

Für einen Moment presste ich meine Lippen fest aufeinander.

»Dann bereust du sie?«

Sie.

Die Fehler.

Die Toten.

Nastya.

Kas ging erneut dazu über, mich zu umrunden, sein Gang wie immer aufrecht und elegant. Ich verschränkte meine Arme vor der Brust, als könnte ich die Kälte fühlen, die sich in unschuldig weißen Flocken auf mir niederließ.

»Nein.«

Mir entwich ein ungläubiges Schnauben. Wieso versuchte ich jedes Mal aufs Neue, an etwas Gutes in ihm zu glauben?

Weil du tief in deinem Inneren weißt, dass ihr euch ähnelt, flüsterte eine leise Stimme in meinem Kopf. *Oder bereust du es, Raoul eiskalt abgestochen zu haben?*

»Aber das war dir ohnehin klar, nicht wahr?«, raunte Kas.

Seine Frage holte mich zurück ins Hier und Jetzt, ließ die Erinnerungen an Raoul für den Moment verblassen. Dass er mein wortloses Geständnis von vorhin aufbrachte, glich einem Schlag in die Magengrube. Ich hatte es nicht so darstellen wollen, als wäre ich besser als er.

Nicht?

»Weißt du, wer der Erste war, den ich tötete?«

Erneut aus meinen Gedanken gerissen schüttelte ich matt den Kopf.

»Mein Vater.«

Überrascht sog ich die Luft ein und sah Kas an, der ein weiteres Mal vor mir stehen blieb. »Was hat er getan?«

Seine Lippen kräuselten sich zu einem finsteren Lächeln.

»Wieso guckst du so?«, fragte ich, als er nichts weiter sagte.

Das Grinsen wurde breiter, und er schob die Hände in die Taschen seiner schmal geschnittenen schwarzen Hose.

»Du hast mir gerade etwas über dich verraten, kleine Diebin.«

Irritiert zog ich die Brauen zusammen und rieb mir über die Arme, um die Phantomkälte zu vertreiben.

»Ist dir mein Blut zu Kopf gestiegen?«

Sofort bereute ich die Worte, weil Kas' Blick zu meiner Halsbeuge schoss und damit unweigerlich Erinnerungen in mir aufrüttelte, die in warmen Wellen gegen mein Herz schwappten.

Sein Lächeln verblasste.

»Das könnte es gar nicht.«

Kas kam noch näher, und aus sanften Wogen wurden peitschende Ströme, die den Duft von Rosen trugen.

»Selbst wenn ich jeden Tropfen von dir verschlänge, es wäre

nicht genug.« Sein Blick glitt über mein Haar, über mein Gesicht, meinen Mund. Er fühlte sich beinahe an wie eine Berührung, zog kribbelnde Spuren nach sich, wo immer er entlangfuhr. »Obwohl allein dein Geschmack noch immer all meine Sinne berauscht.«

Die letzten Worte drangen beinahe tonlos aus seiner Kehle und schnürten die meine zu.

Wie oft war ich einem Mann so nahe gewesen wie Kas in diesem Moment?

Zu oft.

Und doch hatte ich nicht die leiseste Ahnung, wie ich mich verhalten sollte. Was ich fühlte. Fühlte ich überhaupt etwas? Würde es mich dazu verleiten, einen weiteren Fehler zu begehen, jetzt, hier?

»Das sieht doch schon sehr gut aus«, sagte Kas, und sein Atem streifte warm über meine Lippen.

Ich folgte seinem Blick, da bemerkte ich sie. Dichte, dunkle Schatten, die mich umflossen.

»Es funktioniert«, stieß ich ungläubig aus, was Kas mit einem anerkennenden Nicken quittierte.

»Woran hast du gedacht?«

Mein Puls klopfte in einem verräterisch schnellen Takt gegen meine Haut.

»An gar nichts.«

Ein wissender Zug umspielte seinen Mund.

»Dann bist du wohl ein Naturtalent.«

Ich blinzelte. Wieder. Dann legte ich den Kopf in den Nacken und sah der Quelle des blendenden Lichts entgegen. Die ersten Strahlen der aufgehenden Sonne brachen durch den trüben Schleier der Dunkelheit. Wir hatten es geschafft.

Meine Aufmerksamkeit flog zurück zu Kas, der nach dem Anhänger an meiner Kette griff. Mein Herz machte einen Satz.

»Du solltest sparsam mit deinen Schatten umgehen, wenn wir in der Kirche sind.«

Alexeis Blut schwappte gegen die gläserne Fassung des Amuletts. Es war weniger geworden.

»Was ist, wenn es aufgebraucht ist?«, wollte ich wissen.

Kas zuckte mit den Schultern.

»Dann brauchst du neues Xathyr-Blut.«

Meine Augenbrauen schossen in die Höhe. »Aber wo …« Jetzt wanderten sie geradewegs in meinen Haaransatz. »*Deins*?«

»Ich fürchte, viel mehr Xathyr kennst du hier nicht«, gab Kas in einem beiläufig klingenden Tonfall zurück.

»Und wie?«

»Das zeige ich dir, wenn es so weit ist.« Er zwinkerte. »Wir wollen ja nicht, dass es dir zu Kopf steigt.«

Er ließ von dem Anhänger ab, da nahm ich ihn in die Hand. Er war noch ganz warm von Kas' Berührung. Ich wollte nicht, dass Alexeis Blut versiegte. Es war alles, was ich von ihm hatte, während ich hier war. An der Seite des Mannes, der ihm den größtmöglichen Schmerz zugefügt hatte. Ich schaute Kas hinterher, der bereits in Richtung der Stadt schlenderte. Wenn ich nicht wollte, dass Alexei noch mehr litt, durfte ich nicht zulassen, dass der Prinz mir je wieder so nahe kam wie heute.

Unsere harten Schritte hallten durch die Katakomben, die sich unter der Kirche der Heiligen auftaten. Wie ein Labyrinth formten sich Ziegelstein-Wände zu verwinkelten Gassen, die kein Ende fanden.

»Ihre kleinen Helfer können uns zu jeder Tageszeit spüren«, erinnerte Kas mich an die Lichter der Chasseure, die er Tentamièren nannte. »Die Jäger können uns zwar nach Sonnenaufgang nicht sehen, aber sie werden wissen, wenn wir irgendetwas in ihrer Welt bewegen.«

Das war der Grund, weshalb wir einen anderen Eingang in die Kirche nehmen mussten als eines der gut bewachten Haupttore. Die Chasseure waren gewieft genug, die Türen in das Innere ihrer Zentrale geschlossen zu halten, also gingen wir nun schon seit einiger Zeit durch diesen stillgelegten unterirdischen Steinbruch.

Wir bogen in einen Gang, dessen niedrige Decke von mehreren Säulen getragen wurde. Im Gegensatz zu den Wänden bestanden sie jedoch nicht aus gewöhnlichen Ziegeln, sondern …

»Sind das menschliche Schädel?«, fragte ich in die aufgekommene Stille, die mit einem Mal unheimlich wirkte.

»Ja«, sagte Kas und jagte mir damit einen Schauder über den Rücken. »Die *Église des Saints* ist auf den Gebeinen ihrer verstorbenen Brüder erbaut. Die Fanatiker glauben daran, dass ihre Macht so in die Kirche übergeht und sie mit jedem Toten stärker macht.«

Vor einer der Säulen blieb ich stehen. Ich betrachtete die unterschiedlich großen Schädel, die man aufeinandergestapelt hatte. So verschieden die Formen auch sein mochten, eine Gemeinsamkeit war nicht zu verkennen: die Vergänglichkeit, die sich in den leeren Augenhöhlen sammelte wie vertrocknete Blumen auf einem Grab. Sie ließ meine Haut kribbeln, als würden Tausende kleine Maden darüberkriechen.

»Wir sollten weiter.«

Ich sah zu Kas, der gerade um eine Ecke verschwand. Eilig schloss ich zu ihm auf, bevor ich ihn in diesem Irrgarten aus Toten verlor.

Gerade hatte ich ihn eingeholt, da deutete Kas auf die Decke, in die ein kreisförmiges Gitter eingelassen war.

»Ich hebe dich hoch, und du schiebst es weg.«

»Ich … *was?*«

Hatte er mir nicht vor zwei Minuten erst in Erinnerung gerufen, dass wir nicht mit der Welt der Lebenden interagieren durften?

»Es gibt keinen offenen Durchgang. Aber der Korridor, der über diesem Gitter liegt, wird kaum bewacht. Bis man unserer Spur nachgeht, sind wir schon in der Reliquienkammer.«

Kas betrachtete mich eindringlich, als wartete er auf einen Einwand. Mir lagen mindestens eintausend davon auf der Zunge, aber ohne einen besseren Vorschlag wäre es wohl kaum angebracht, auch nur einen davon laut auszusprechen.

»Auch dort drin werden alle Türen verschlossen sein«, führte er weiter aus. »Wir werden ihre Aufmerksamkeit also ohnehin erregen. Aber wir sind im Vorteil, weil sie uns nicht sehen können, wir sie jedoch schon. Warte nur einen Moment.«

Kas lauschte in die Stille, und ich tat es ihm gleich. Schritte erklangen über uns, und wie von selbst taumelte ich einen Schritt zurück.

»Gleich kommt noch einer«, sagte Kas und zeigte auf das Gitter.

Tatsächlich schob sich ein weiterer Schatten darüber, dicht gefolgt von einem hellen Licht. Der Chasseur trug eine Tentamière bei sich.

»Komm her.«

Ich schluckte, dann ging ich auf Kas zu. Er verschränkte seine Finger ineinander und drehte die Innenflächen seiner Hände nach oben.

»Tritt fest auf.«

Skeptisch betrachtete ich seine Hände. Ob sie mein Gewicht halten würden? Kas bedeutete mir mit einer Bewegung seines Kopfes, dass ich mich beeilen sollte.

Ich berührte seine Schultern, und als er keine Anstalten

machte, von mir wegzurücken, packte ich fester zu, um Halt zu finden. Ich hob meinen rechten Fuß und trat auf seine Hände, als wären sie die Sprosse einer Leiter. Einer atmenden, gut riechenden Leiter, die sich unter meinen Fingern verdammt fest und lebendig anfühlte.

»Bereit?«, fragte Kas, seine Stimme seltsam belegt.

Ich nickte, drückte mich hoch, während er mich gleichzeitig anhob. Ein erschrockener Schrei entrang sich mir, und ich stützte mich an der Wand hinter Kas ab, bevor ich das Gleichgewicht verlor.

»Du kannst auf meine Schulter treten. Mit dem linken Fuß.«

Es irritierte mich, dass er überhaupt nicht angestrengt klang. Ich leistete seinem Vorschlag Folge und fand einen sicheren Stand. Meine Hände krallte ich in das Gitter, das sich direkt über meinem Kopf befand.

»Kann ich?«, fragte ich erstickt.

»Bloß keine Eile«, gab er zurück. »Ich genieße noch die Aussicht.«

Irritiert schaute ich runter. Mein Schoß schwebte direkt vor Kas' Gesicht. Er müsste nur wenige Zentimeter überwinden, und sein Mund würde –

»Willst du nun hoch, oder sollen wir lieber etwas anderes tun? Ich überlasse dir die Wahl.«

Seine Lippen formten ein schiefes Grinsen. *Dort.* Unmittelbar zwischen meinen Beinen, wo es gerade ziemlich heiß wurde.

Ich gab einen undefinierbaren Laut von mir, und sofort spürte ich die Röte, die meinen Hals hinaufkroch.

Also packte ich die Gitterstreben fester, drückte das Gestell nach oben und schob es zur Seite.

Kas hob mich höher, bis ich den Kopf durch die Luke im Boden der Kirche stecken konnte. Er hatte recht gehabt. Der Gang war leer. Und vor allem war er dunkel. Eine Art Keller?

Ich manövrierte meinen gesamten Körper durch die Öffnung und half Kas nach oben, der eine verdammt starke Sprungkraft hatte.

»Ab jetzt zählt jede Sekunde«, sagte er ruhig, und ich blickte mich um.

Eine schmale Steintreppe führte zwischen zwei Wänden nach oben. Licht fiel von dort herunter, als würde es uns den Ausgang aus einem finsteren Tunnel weisen. Es warf unsere verzerrten Schatten in den engen Korridor.

Kas und ich sahen einander an. Ich zählte eins, zwei, drei, vier, fünf Herzschläge. Dann stürmten wir die Treppe hinauf, er voran. Hohe Fenster lagen eingebettet in dem alten Gemäuer, das uns oben empfing. Sie hatten bunte Scheiben, deren Farben sich auf unseren Weg ergossen wie ein schillernder Wasserfall. Die Kirche erinnerte mich an eine Kreuzung aus Kloster und Kathedrale.

Irgendwo in der Ferne hallten Stimmen durch den Bogengang. Wir tauschten einen gehetzten Blick, dann folgte ich Kas um eine Ecke. Sackgasse.

»Ich dachte, du würdest den Grundriss kennen«, sagte ich, mein Atem so flach, dass er kaum bis in meine Lungen vordrang. Stattdessen traf er in raschen Zügen auf Kas' Brust.

»Ja, tue ich auch«, gab er langsam zurück, und zum ersten Mal hatte ich das Gefühl, er würde nicht so selbstsicher klingen wie sonst. Etwas daran bereitete mir Sorgen. Ich hatte mich schließlich blind auf ihn verlassen. »Aber ich glaube, wir sind falsch abgebogen.« Er drehte sich einmal um sich selbst, mein Pulsschlag glich inzwischen mehr einem Donnergrollen direkt unter meiner Haut. »Hier entlang.«

Kas eilte los, und mir blieb nichts anderes übrig, als ihm zu folgen. Fein gearbeitete Säulen aus weißem Marmor rahmten einen hohen bogenförmigen Gang ein, der den Hall unserer Schritte in der ganzen Kirche erklingen ließ.

»Wir müssen quer über das Atrium«, rief Kas. Ich nickte bloß. Kurz darauf traten wir aus dem Korridor und waren im Freien. Drei weitere lange Gänge umschlossen das Stück Grün, das unter einer dicken Schneedecke verborgen lag. Die tief hängende Sonne ließ sie rotgolden schimmern. Wir hinterließen Spuren in dem unberührten Schnee, als wir das Atrium überquerten.

Zurück in der Kirche blieb mir beinahe das Herz stehen, und meine Füße taten es ihm gleich. Chasseure, zwei von ihnen, einer kam von links auf uns zu, der andere von rechts. Beide trugen eine Laterne mit einer Tentamière bei sich. Kas packte meinen Arm und zog mich weiter hinter sich her.

»Sobald sie in unsere Nähe kommen, musst du an deine Schatten denken.«

Ich bedachte seinen Rücken mit einem Stirnrunzeln.

»Ich dachte, sie können uns nicht sehen.«

Kas warf mir einen Blick über seine Schulter zu, als wir entlang einer hellen, breiten Marmortreppe nach oben rannten.

»Die Laternen können uns trotzdem einfangen.«

Ich spürte, wie meine Augen so riesig wurden, dass die Augäpfel beinahe aus ihren Höhlen fielen.

»Wann wolltest du mir davon erzählen?«

Wir bogen in einen weiteren Korridor und schlitterten über polierte Dielen.

»Es gab noch keine passende Gelegenheit dafür, schätze ich.«

Ich wusste nicht, ob mich sein lässiger Tonfall reizte oder erleichterte. So oder so kamen wir endlich zum Halten, beide schwer atmend. Eine Doppelflügeltür in glänzendem Elfenbein erstreckte sich vor uns. Goldene Ornamente verzierten ihren Rahmen.

»Dadrin ist sie.« Kas stand neben mir und sah mich eindringlich an. »Ich werde die Tür aufstoßen, dann wissen die

Chasseure endgültig, wo wir sind. Du rennst in den Saal, holst das Relikt, und ich bringe dich hier weg, bevor sie uns erreichen.«

Ich öffnete den Mund, um zu protestieren, da hob Kas eine Hand.

»Jede Sekunde zählt«, wiederholte er. »Du musst mir jetzt vertrauen.«

»Du sagst das so, als wäre es einfach«, konterte ich. Adrenalin rauschte kribbelnd durch meine Venen und ließ mich von innen heraus zittern.

»Hör zu, Zoé.« Kas legte seine Hände fest auf meine Schultern und intensivierte seinen Blick, der meinen förmlich durchbohrte. »Ja, ich bin ein Mörder. Ja, ich habe Alexei verletzt. Ja, ich habe dein Blut getrunken. Ich habe Tausende schlimme Dinge getan, aber …« Er holte tief Luft. »Das hier ist mir zu wichtig, um es zu vermasseln, indem ich dich in irgendeine Falle locke. Ich will zurück nach Xanthia, das ist alles. Ich bin es leid, ein Geist zu sein. Ich ertrage diese Einsamkeit nicht länger.« Seine Stimme brach, und ein seltsam glasiger Schleier legte sich auf seine Augen, das dunkle Blau der Iriden ein unergründlich tiefes Meer, das wellenschlagend um sich peitschte. »Ich will nach Hause. Nur nach Hause.«

Ich schluckte, als sich Kas' Geständnis einem Felsenbrocken gleich in meinem Magen versenkte. Wir wollten beide dasselbe, wenn auch unsere Ziele andere waren. Adrasteau gegen Xanthia. Xanthia gegen Adrasteau. Wir waren wirklich nicht allzu verschieden.

»Ich bin bereit«, sagte ich.

Kas nickte. Mit einem kurzen Blinzeln rückte seine Maske zurück auf ihren Platz und verbarg jegliche Emotionen. Ehe ich überhaupt darüber nachdenken konnte, welches seiner Gefühle der echte Kas war, stieß er die Türen auf.

Ich schaute in leuchtendes Gold, das zurückstarrte. Es

streckte sich in meine Richtung aus. Mit … Fingern. Nein, mit Tentakeln.

»Vorsicht!«, brüllte Kas hinter mir, aber da war es schon zu spät. Ich spürte einen Sog tief in meinem Inneren. Es fühlte sich an, als würde es meine Organe zerquetschen, um sie dann aus meinem Körper zu drücken.

Lautes Krachen und Scheppern ertönte, der Klang wurde mehrfach von den Wänden zurückgeworfen, die den kleinen Saal umschlossen. Ich wurde herumgewirbelt, und der Sog stoppte. Jetzt war da kein Gold mehr, sondern Blau.

»Geht es dir gut?«, fragte Kas.

»J-ja.«

Ich atmete tief und lange aus, dann schaute ich um mich, als könnte ich so begreifen, was geschehen war. Ein Tisch war umgekippt, ein kleiner Käfig lag auf dem Boden, seine Tür geöffnet, goldene Schlieren strömten heraus und flohen in die Luft.

»Sie ist nicht mehr hier.« Kas' Stimme klang so dunkel und belegt, dass ich erschrocken zu ihm herumfuhr. »Die Kugel.«

Ich folgte seinem Fingerzeig mit dem Blick und erfasste den Raum erst jetzt so richtig. Leere Regale und alte Bänke reihten sich aneinander, im Zentrum des Raumes ein kleiner runder Tisch, auf dem ein violettes Samtkissen lag.

»Was meinst du damit, *sie ist nicht mehr hier*?«, fragte ich panisch, weil die Erkenntnis bereits irgendwo in meinem Unterbewusstsein mit Fäusten gegen eine dünne Tür hämmerte. Ich schaute zwischen dem Samtkissen und Kas hin und her. Gerade wollte ich weiter in den Raum stürmen, da streckte Kas einen Arm aus, um mir den Weg abzuschneiden. Seine Miene war so kalt, dass ich in meiner Bewegung gefror.

»Sie haben das Relikt woanders hingebracht.« Er zog die Brauen zusammen, als würde er nachdenken. »Vielleicht wegen der anstehenden Messe.«

Ich schnappte nach Luft, als plötzlich laute Rufe und Schritte an mein Ohr drangen. Kas warf mir einen Blick zu, den ich sehr gut deuten konnte. Obwohl mich jede Faser meines Körpers anschrie, hierzubleiben, die Kugel in jeder noch so versteckten Schublade zu suchen, liefen wir los.

Ein enges Band schnürte sich um meinen Brustkorb, zog sich mit jedem Schritt, den wir uns von der Reliquienkammer entfernten, fester zu.

Sie ist weg. Die Kugel ist weg. Wie komme ich jetzt nach Hause? Wie, wie, wie, wie?

»Es hat die Tentamière befreit!«, rief einer der Chasseure einem anderen zu. Mit *Es* meinte er vermutlich Kas. Er musste den Tisch mit dem Käfig umgestoßen haben, damit mich das seltsame Licht nicht in die Laterne zog. Wenn ich daran dachte, wie es sich angefühlt hatte, verknoteten sich meine Eingeweide.

»Hier entlang!«

Wir sprangen die Stufen der geschwungenen Treppe hinunter, als wäre der Teufel persönlich hinter uns her. In gewisser Weise war er das ja auch, nur, dass er sich als Männer Gottes verkleidete.

Wir huschten in einen der Gänge, die einander glichen wie aus einem Guss, da wurde uns der Weg abgeschnitten. Zwei Chasseure mit ihren Laternen kamen uns entgegen.

Kas und ich wirbelten herum, doch auch hinter uns erschienen zwei Jäger. Wir waren eingekesselt.

KAPITEL 12

Was jetzt?«, fragte ich schwer atmend.

»Deine Schatten«, gab Kas zurück. »Wir hüllen uns ein, dann kriechst du zwischen ihren Beinen hindurch.«

Ich zog die Brauen hoch und sah an seinem Körper hinauf. »Und du?«

Er war viel zu groß.

Kas legte den Kopf schief, in seinen Augen funkelte etwas Animalisches. »Ich bringe sie um.« Kaum waren die Worte über seine Lippen geflossen, folgten ihnen seine Schatten. Sie umhüllten Kas, unsichtbar für die Augen der Chasseure.

Mein Brustkorb hob und senkte sich hektisch, als ich die Augen schloss und mich konzentrierte. Es fühlte sich kalt an, wie der Rauch zwischen meinen Augenlidern hervorquoll. Mit seidigen Berührungen strich er über meine Haut, wand sich um meine Arme, umschmeichelte meine Taille und meine Schenkel wie die Finger eines Liebhabers. Langsam, bedächtig, genüsslich. Als sich in meiner inneren Dunkelheit die feinen Linien von Kas' Gesicht nachzeichneten, seine vollen Lippen, die spitzen Eckzähne, riss ich meine Augen wieder auf. Es verstreute Kas' Miene jedoch nicht, stattdessen wurde sie deutlicher, denn er stand direkt vor mir. Sein Blick war dunkel. Wild. Mörderisch.

Ich dachte gar nicht weiter nach und ging mit festen Schritten auf die beiden Chasseure zu, die immer näher kamen. Im Schutz meiner Schatten fühlte ich mich sicher. Bevor uns weniger als ein Meter trennte, duckte ich mich und bewegte mich zwischen den beiden Männern hindurch.

Meine Bewegungen waren fließend. Geübt.

Kurz dachte ich an die Nächte zurück, in denen Claire und

ich Häuser ausgeraubt hatten. Mein Puls raste so heftig, dass ich kaum mehr hörte als das laute Rauschen seines Widerhalls in meinem Kopf. Es pochte und dröhnte und schrie, und doch funktionierte ich. Ich eilte den Gang weiter runter, aber drehte mich noch mal zu Kas um, ehe ich die Ecke erreichte.

Er stand da wie ein finsteres Phantom, das sich in Dunkelheit gehüllt hatte. Ein Assassine durch und durch. Mit einem kurzen Wink seiner Hand bedeutete er mir, in den Gang zu biegen, der mir jegliche Sicht auf das verwehren würde, das er jetzt im Begriff war zu tun.

Aber ich blieb stehen, entgegen jeder Vernunft. Das hier war nicht *seine* Sünde. Nicht seine allein. Sie gehörte uns beiden, also musste auch ich sie aushalten. Kas stieß ein frustriertes Knurren aus, das ich bis hierher hörte.

Auch das vertrieb mich nicht.

Als er das realisierte, reckte er das Kinn, und ich sah dabei zu, wie sich einzelne Schlieren seiner Schatten aus der dichten schwarzen Mauer, die ihn umschloss, lösten. Sie formten sich zu langen Fingern und schossen direkt auf die beiden Chasseure zu, die zwischen uns standen. Sie schlangen sich um ihre Handgelenke und Fußknöchel, hielten sie an Ort und Stelle fest, flossen in ihren Rachen, um sie zu ersticken.

Mein Magen sackte ab.

Die Laternen fielen den Männern aus den Händen, krachten zu Boden, Kas' Schlieren stießen sie außerhalb seiner Reichweite.

Keinen Wimpernschlag später bewegte sich Kas schneller als seine Schatten, bohrte die Finger in den Rücken des ersten Mannes und sein Gesicht in dessen Kehle. Ich gab einen erstickten Laut von mir, als das Reißen von Muskeln erklang wie die grausamste Melodie, die ich je gehört hatte.

Noch immer stand ich da.

Blut spritzte auf, sprenkelte die weißen Fliesen und Säulen. Ein Kunstwerk der Grausamkeit.

Ich bewegte mich nicht.

Das Geräusch, das folgte, war ein gieriges Trinken, begleitet von einem röchelnden Atmen. Als der Chasseur zu Boden sackte, die Augen im Angesicht seines Todes weit geöffnet, schoss Kas bereits zu dem anderen, der noch immer von den Rauchschwaden festgehalten wurde.

Ich blieb weiter stehen.

Wieder wurde Fleisch zerbissen, und mein Bauch rumorte. Ich war sicher, dass sich ein metallener Geruch in die Luft gemischt hatte, die durch das heilige Haus zirkulierte.

Ich keuchte, als der Kopf des Chasseurs nach hinten klappte wie ein Stück Pappe, weil er nur noch an wenigen Muskelsträngen hing. Sein Gesicht war eine verzerrte Fratze, zerfressen von blanker Todesangst. Kurz darauf fiel sein Körper zu Boden, nur noch eine leblose Hülle. Hinter ihm kam das wahre Ausmaß des Blutbads zum Vorschein. Und Kas. Nein, nicht Kas.

Der Ripper.

Tiefes Dunkelrot glänzte auf seinen Lippen, leuchtete auf der marmornen Haut wie ein Mahnmal. Der Blick aus seinen Augen war zugleich gehetzt und gefährlich ruhig. Er fand mich.

Und ich rührte mich nicht von der Stelle.

Für einige hektische Herzschläge herrschte Totenstille, während wir einander taxierten, bis die beiden anderen Männer, die sich von hinten angenähert hatten, aufschrien. Sie hielten abrupt inne, schauten um sich, als versuchten sie zu erfassen, was innerhalb weniger Sekunden geschehen war. Alles, was sie gesehen hatten, waren die beiden anderen Chasseure, die sich nicht gerührt hatten, als ihre Kehlen wie von Geisterhand aufgerissen worden waren. Blut, das dem Wasser eines Springbrunnens gleich aus den zerborstenen Arterien gesprudelt war und die Wände tränkte. Das erlöschende Leben in den vertrauten Augen.

Ein Massaker.

»Ich habe doch gesagt, du sollst gehen«, raunte Kas, als er mich erreicht hatte. Er lief geradewegs an mir vorbei, und ich holte ihn schnellen Schrittes ein.

»Das hast nicht du zu entscheiden«, gab ich zurück. Ich versuchte, ruhig zu klingen, obwohl in meinen Gedanken ein heilloser Aufruhr herrschte. Meine Arme schlangen sich wie von selbst um meinen Leib. »Wir arbeiten zusammen, schon vergessen?«

Kas' Miene war düster, der Kiefer angespannt. Er sah mich nicht an. Mit einer schroffen Bewegung seiner Hand verschmierte er die Spuren seiner Tat in seinem Gesicht. Ich erinnerte mich daran, wie auch ich das getan hatte im *Salon Rouge*. Mit Raouls Blut, das mich besudelt hatte. Es war ein Irrglaube zu denken, dass man damit irgendetwas ändern konnte.

»Du verurteilst mich ständig für genau das, was ich gerade eben getan habe, schon vergessen?«, konterte Kas.

Nein, das hatte ich nicht vergessen. Stattdessen fragte ich mich, wie gerecht das war. Wieso ich gedacht hatte, ich könnte ihn als Mörder abstempeln und damit wäre alles gesagt. Dass Menschen – oder Xathyr – nicht bloß schwarz oder weiß waren, hatte ich ausgeblendet. Dass ein jeder auch Grauschattierungen aufwies. Dass ein schwarzer Fleck auf seiner Seele nicht bedeutete, ich könnte ihn in eine Schublade stecken und sie fest verschließen. Doch genau das hatte ich getan. Aber vielleicht nur, weil ich Angst davor hatte, seine anderen Seiten zu sehen. Die von Kas statt die des Rippers. Aber das hatte ich bereits, und jetzt konnte ich ihn nicht mehr hassen. Ich hatte ihn noch nie gehasst, wenn ich ehrlich zu mir selbst war.

»Das Erste, was du bei unserem Zusammentreffen getan

hast, war, mir deinen Mantel um die Schultern zu legen«, sagte ich leise. Ich wusste nicht, weshalb ich die Worte überhaupt ausgesprochen hatte.

Kas warf mir einen Seitenblick zu, während unsere Schritte laut auf den Treppenstufen erklangen. Wir würden gleich den verlassenen Keller erreichen, der zurück in die Katakomben führte.

»Wieso?«, wollte ich wissen.

»Jetzt ist nicht der richtige Zeitpunkt, um sentimental zu werden, kleine Diebin.«

Dass er den lästigen Kosenamen verwendete, erleichterte mich auf eine Art und Weise, die ich nicht deuten konnte.

Wir kletterten durch die Luke im Boden und eilten durch die unterirdischen Gänge zurück ins Freie. Über uns ragte die Kirche der Heiligen auf wie ein gewaltiges Monster, das uns aus seinem Rachen gespuckt hatte.

Wir hatten das Relikt nicht gefunden. Ich konnte es nicht zu Alexei bringen. Die Erkenntnis sackte in meine Glieder und ließ sie bleischwer werden.

»Deswegen«, sagte Kas und bedachte mich mit einem nachdenklichen Blick. »Ich habe dir den Mantel gegeben, weil du gezittert hast. So wie jetzt. Was ist los?« Forschend betrachtete er mich. »Und jetzt sag nicht, dass du plötzlich Angst vor mir hast, weil du angefangen hattest, etwas Gutes in mir zu sehen. Ich werde mich nicht dafür entschuldigen, dass ich dieses Trugbild gerade endgültig zerstört habe.«

Ich schüttelte den Kopf, verdrängte die Tränen, die hinter meinen Augen drückten.

»Das ist es nicht.«

»Vernünftig. Denn ich habe nicht vor, irgendwelche Erwartungen zu erfüllen, die man immer nur an die Guten stellt.«

Ich erwiderte seinen Blick, versuchte zu verstehen, wie er die Worte meinte.

»Und deswegen spielst du den Bösen?«

Kas schnaubte und deutete auf die Kirche.

»Sah das dort drin für dich aus wie ein Schauspiel? Oh, verflucht«, setzte er hinterher.

Bevor ich sie sah, hörte ich die Rufe und Schreie, die hinter uns erklangen. Chasseure. Die beiden, die wir vorhin zurückgelassen hatten, aber diesmal waren noch mindestens zehn weitere bei ihnen. Sie alle trugen eine Tentamière in einer Laterne vor sich her, die Lichter darin so geschrumpft, dass sie wie Kerzen anmuteten.

»Kannst du sie töten?«

Kas stieß ein schnaubendes Lachen aus.

»Wenn ich dich austrinken darf, dann kann ich das, ja. Aber das wäre schade um dich.«

Meine Kinnlade klappte herunter. Wie gelang es ihm jedes Mal, aus einer ernsten Situation eine tragische Komödie zu machen?

»Trägst du keine *konventionelle* Waffe bei dir?«, erkundigte ich mich halb sarkastisch.

Kas zog ein Messer aus seiner Hosentasche, die Klinge gebogen, der Griff rosenverziert. Ich erkannte es, und ein Schaudern überlief meinen Körper.

»Habe ich. Aber um sie einzusetzen, müsste ich den Chasseuren nahe kommen.«

Und das gestaltete sich schwierig dank der Tentamièren, die ich bereits aus der Nähe kennenlernen durfte.

»Außerdem haben wir Gesellschaft. Sieht vermutlich merkwürdig aus, wenn ein Dutzend Männer gleichzeitig tot umfällt. Wir würden eine Hysterie auslösen, und dann suchen noch mehr Menschen nach uns«, erklärte Kas mit ruhiger Stimme.

Tatsächlich war der Platz vor der Kirche voller Passanten, die unruhig wirkten bei dem Anblick der vielen Geistlichen, deren Gesichtsausdrücke nicht unbedingt freundlich anmuteten.

»Wir sollten hier besser weg«, ergänzte er.

Ich nickte knapp, und wir bahnten uns einen Weg zwischen den Menschen hindurch, beide in unsere Schatten gehüllt. Mehrere kleine Gassen und breitere Passagen führten von dem Platz weg, hinter einigen Durchgängen sah ich zwischen verschiedenen Essensständen immer wieder Chasseure, die konzentriert um sich blickten. Von überallher kamen Menschen, rannten ineinander, Rufe waren zu hören. Es herrschte ein hektisches Durcheinander.

Zu meiner Linken flog plötzlich eine kleine Kellertür auf, die hinter hochgewachsenen Büschen versteckt lag. Ich hörte jemanden über eine Treppe poltern, schlang die Arme um meinen Körper, versuchte, mich auf meine Schatten zu fokussieren, damit sie nicht zu Rauch zerstoben.

Kas beschleunigte seine Schritte, und mit ihnen stieg das Tempo meines Herzschlags. Ich wurde zunehmend nervös und bemerkte die Frau zu spät. Als ich mich zu ihr herumdrehte, hatte ich sie bereits so hart gerammt, dass wir beide erschrocken zusammenzuckten.

Sie ließ ihren Korb fallen, Obst und Gemüse kullerten über das dreckige Pflaster. Panische Worte entflohen ihrer Kehle. Sie drangen kaum zu mir durch, hörte ich doch nur das aufgeregte Treiben der Leute um mich herum und meinen eigenen Puls, der die Geräusche begleitete wie eine penetrante Melodie. Die Menschen drängten in die kleinen Geschäfte, in dem Versuch, der aufgewühlten Masse zu entgehen.

Meine Füße hingegen fühlten sich an wie schwere Ziegel, ließen sich kaum noch anheben. Ich wollte nach Kas rufen, aber meine Zunge war wie betäubt, wollte sich nicht bewegen. Er ging weiter, bemerkte nicht, dass ich zurückgefallen war. Ich musste ihm hinterher, aber hier waren so viele Menschen, und meine Glieder zitterten zu stark.

»Dort drüben!«, rief einer der Chasseure.

Erschrocken stellte ich fest, dass er auf die Frau zeigte, die gerade ihr Hab und Gut zusammenräumte, der Ausdruck in ihrem Gesicht noch immer von Furcht gezeichnet.

Endlich reagierten meine Füße und bewegten mich vorwärts. Aber wohin?

Hektisch sah ich um mich, doch ich konnte Kas nirgendwo mehr entdecken. Ich ließ meinen Blick durch die Passage wandern, die hohen Wände hinauf, aus denen jeder Stein höher aufzuragen schien als der vorherige. Laken wehten im Wind, darüber ragten dunkle Dachkanten und Regenrinnen hervor. Noch während ich überlegte, ob ich irgendwie dort hochklettern konnte, schob sich ein helles Licht in mein Sichtfeld. Eines, das nach mir rief.

»Eine Tentamière«, keuchte ich. Ohne mich noch mal umzusehen, begann ich zu rennen, achtete darauf, niemanden mehr zu berühren. »Kas?«

Ich bog in eine der Gassen, lief hindurch, erreichte eine abgelegenere Ecke des Kirchplatzes und hielt inne. Kein Kas.

Chasseure. Vier.

Ich wirbelte herum.

Chasseure. Zwei.

»Zoé?«

Das war Kas, aber er klang so weit weg.

Zu weit weg.

»Ich bin hier!«, rief ich.

Die Chasseure hörten mich nicht, aber sie wussten, dass sie mich hatten. Ihre Tentamièren spürten es.

Entsetzt sah ich dabei zu, wie sie ihre Tentakel nach mir ausstreckten, hier, wo keine Zivilisten waren, die sie mit Argwohn beobachteten. Ich holte zittrig Luft, als mich die Erinnerung daran, wie sich der Sog in der Reliquienkammer angefühlt hatte, einholte.

Dann dachte ich daran, wie Kas sich in derselben Situation

in der Kirche verhalten hatte. Irgendwo in einem Winkel meines Bewusstseins hörte ich ihn meinen Namen rufen, aber ich reagierte nicht. Ich ließ alles, das ich hatte, in meine Schatten fließen, um sie zu verdichten und … Tatsächlich formten sich einzelne Schlieren, die sich aus meinem Schattenschild lösten. Wie Finger aus Rauch stiegen sie empor, tasteten vorsichtig in die Luft.

Mein Brustkorb hob und senkte sich schwer, während Müdigkeit mich überrollte wie eine Lawine. So plötzlich, dass ich für einen Atemzug wankte.

Aber meine Schattenschlieren wurden fester, sicherer, schneller. Wie Pfeile schossen sie auf die beiden Chasseure zu, die nur noch eine Armlänge von mir entfernt waren. Ich keuchte auf, als ich dabei zusah, wie sie tatsächlich auf die Kehlen der Männer zurasten und sich dann in Schlangen verwandelten, die ihnen die Atemwege zerquetschten. Sofort tasteten die Männer nach den unsichtbaren Angreifern, ohne Erfolg. Ihre Laternen fielen zu Boden, die Lichter darin entflohen und zerfielen zu Sternenstaub.

Ich nutzte die Ablenkung, stahl mich an ihnen vorbei, stützte mich an der Wand ab, als meine Beine immer langsamer wurden.

Mein wankender Blick fuhr hinab zu dem Amulett auf meiner Brust. Es war leer.

Ich wusste, was das bedeutete. Meine Schatten schwanden, verloren sich in schwarzen Partikeln, die wie Ascheflocken auseinanderstoben und den Tentamièren in den Himmel folgten.

»Verdammt, Zoé, was –«

Kas. Er stand am Durchgang zur Gasse und war sofort bei mir. Er packte meine Schultern und schob mich hinter sich. Dann sah ich Silber aufblitzen, bevor Rot mein Sichtfeld tränkte. Und die Gasse.

Beide Chasseure sackten gleichzeitig zu Boden, dann folgten die anderen vier.

»Komm mit.«

Kas zog mich aus der engen Gasse zurück auf den belebten Kirchplatz, manövrierte uns durch die Masse an Menschen, bis wir in eine andere, noch schmalere Gasse bogen, in der nichts als Müllsäcke deponiert waren.

»Du warst gar nicht mal so schlecht«, sagte er, als er mir dabei half, einen sicheren Stand zu finden. Eine Spur Sorge mischte sich in seinen amüsierten Tonfall, und ich ließ den Kopf gegen die Wand in meinem Rücken sinken. »Aber wir müssen später noch ein bisschen üben, ja?«

Seine Zähne glänzten im Halbdunkel, in das die Schatten der Hausmauern uns hüllten. Ich sah, wie er mit der Zunge über ihre Spitzen fuhr.

Mein Herzschlag geriet aus dem Takt, pumpte heiße Lava durch meine Venen. In meinem Bauch zog sich etwas zusammen, eine Mischung aus Adrenalin und … Meine Gedanken rasten zurück zu dem Augenblick im Schnee. Als Kas …

Kas senkte den Kopf und hob seine linke Hand an den Mund. Einige Strähnen fielen ihm schweißnass ins Gesicht.

Was tat er da?

Ich hörte, wie Fleisch durchstoßen wurde, kurz darauf lief ein Rinnsal Blut zwischen seinen Fingern hindurch. Er formte sie zur Faust.

»Wenn sie uns noch mal angreifen, musst du wieder kämpfen können.«

Kas' Stimme war dunkel, als er mich mit seinen schattenblauen Augen fixierte.

»Ich verstehe nicht …«

Ein Grinsen formte sich auf seinen Lippen, auf denen ein samtroter Schimmer glänzte. Er brauchte gar nichts zu erklären. Ich erinnerte mich.

Was ist, wenn es aufgebraucht ist?

Dann brauchst du neues Xathyr-Blut.

Mehr als ein zusammenhangloses Stammeln wollte nicht aus meiner Kehle dringen. Die Art, wie Kas mich ansah, als er seine Hand an meinen Mund führte, riss einen Abgrund in mir auf. Er war dunkel, aber vor allem war er verheißungsvoll. Flüsterte Versprechen, die sich mit brennenden Lettern in mein Innerstes schrieben.

Wie von selbst hob ich meine Hände und löste Kas' Finger aus seiner Faust. Einen nach dem anderen. Ich hörte seinen schnellen Atem, fühlte ihn auf meinem Gesicht. Ein letztes Mal sah ich hoch in Kas' überschattete Augen. Und ich hielt seinen Blick gefangen, als ich meine Lippen an seine Hand führte. Sie in das Blut tauchte, das sich in ihrer Innenfläche gesammelt hatte.

Kas stöhnte, und ich erbebte, als ich ihn kostete, ohne weitere Fragen zu stellen. Meine Zunge glitt über seine Haut, leckte Tropfen für Tropfen auf.

Ich schluckte. Kupfrig und unerwartet süß floss das Blut in meinen Rachen.

Kas ließ die Hand sinken, seine Brust vibrierte, als ein leises Knurren aus ihr emporstieg. Er trat näher, drückte meinen Körper mit seinem gegen die Wand in meinem Rücken. Er stützte die Unterarme neben meinem Kopf ab, und sein Gesicht fand einen Weg in meine Halsbeuge.

»Entschuldige«, raunte er an meinem Ohr. »Es ist nur … viel.«

»Was ist viel?«, flüsterte ich. Ich fühlte mich seltsam benommen. Kas' Geschmack, er war überall in mir. Der Gedanke löste ein Flattern in meiner Magengrube aus, das sich rasch in mir ausbreitete und warm zwischen meinen Beinen sammelte.

»Die Gefühle.«

Seine Finger schoben sich in mein Haar, sein Daumen strich über meine Wange, sandte Schauer über meine Wirbelsäule.

Ich fror ein. Nicht, weil ich Angst vor Kas hatte, sondern vor dem, was ich tun wollte. Mich in seine Hand schmiegen, an seinen Körper. Ihm geben, was er wollte. Alles. Alles von mir.

»Kas …«

»Nicht«, erwiderte er leise. »Das ist nur mein Blut in dir. Es ist nicht echt.«

Mein Herz schlug schmerzhaft schnell gegen meine Rippen.

»Was ist nicht echt?«

Er hob den Kopf, bis sein Gesicht dicht vor meinem schwebte.

»Was du gerade fühlst.«

Seine Mundwinkel zuckten, doch er sah seltsam gequält aus. Als ob er gegen etwas ankämpfte, das ich nicht sehen konnte.

»Aber es fühlt sich gut an«, wisperte ich und gab dem Drang nach, ihn zu berühren. Meine Fingerspitzen fuhren federleicht über seine Schläfe und die Narbe, die seine Augenbraue teilte.

Kas' Hand schloss sich fest um mein Handgelenk.

»Nein, kleine Diebin.«

Herausfordernd funkelte ich ihn an.

»Wieso nutzt du es nicht einfach aus wie jeder andere Mann es tun würde? Ich bin keine Jungfrau in Nöten, weißt du?«

Er lächelte schief.

»Das bist du wahrlich nicht. Wie du die Chasseure vorhin –«

»Hör auf, das Thema zu wechseln. Wieso?«, fragte ich mit Nachdruck. Das hier war doch alles, was ich zu geben hatte. Und er wollte es nicht.

Seine Kehle zuckte.

»Weil ich nicht das Arschloch bin, für das du mich so gerne hältst.«

Für einen Moment ließ ich seine Worte in mich einsinken.

»Ich halte dich nicht für ein Arschloch. Und mich zu ficken macht dich nicht zu einem.«

Kas' Augen weiteten sich, seine Brauen wanderten hoch.

»Du willst, dass ich dich *ficke*?«

Mit einem Mal kroch es warm meinen Hals hinauf. Warum ließ er das so klingen, als wäre es das Absurdeste, was er je gehört hatte? »Wovon haben wir denn sonst gerade gesprochen?«

Kas presste die Lippen aufeinander, bevor er meine Hand freigab. Sie sackte in die Leere.

»Davon, dass du dich verpflichtet fühlst, mir dein Blut zu geben, weil du meins getrunken hast. Das ist so ein Xathyr-Ding.«

Jetzt wurde die Wärme zu einer glühenden Hitze, die mich von innen heraus verbrannte.

»Gut«, sagte ich eine Spur zu hoch, meine Gedanken ein wirbelndes Chaos, das ich zu bändigen versuchte. Ich räusperte mich. »Ich wollte nur sichergehen. Du weißt schon, dass du kein – wie nanntest du es noch gleich? – *Arschloch* bist. Test bestanden. Ach, und mein Blut bekommst du nicht. Außer du verreckst schon wieder.«

»Das ist in Ordnung.«

Ein amüsiertes Funkeln trat in seinen Blick.

»Gut«, wiederholte ich und machte mich daran, aus der Gasse zu treten.

»Zoé, warte.«

»Nein. Lass uns gehen.«

Mein Gesicht musste leuchten, so heiß fühlten sich meine Wangen an. Ich konnte Kas nicht einmal mehr ansehen. Ich war so eine Närrin. Was zur Hölle hatte ich da gerade versucht?

»Ich hätte es gern getan, aber nicht hier«, sagte Kas hinter mir.

Sofort versteifte ich mich.

Er berührte meinen Arm und drehte mich zu sich herum. Der Ausdruck in seinem Gesicht war ernst, beinahe verzweifelt. Seine blutigen Finger griffen um mein Kinn, hoben es an. Mein Herz warf sich hart gegen meine Brust, nicht sicher, was es erwartete. Oder fühlte.

Kas beugte sich zu mir runter, sein Mund nur Zentimeter von meinem entfernt. Als er sprach, streiften seine Lippen meine, entzündeten Funken überall dort, wo sie einander berührten.

»Lass mich nur ein einziges Mal das Richtige tun.«

Ich rührte mich nicht. Konnte es nicht. Die Zeit blieb stehen. Aber Kas zog sich zurück und sah hinauf zu dem schmalen Streifen Himmel, der sich über der Gasse auftat.

»Die Straße runter ist ein Gasthaus.«

»Gut.« Mein Wortschatz schien sich auf dieses eine dämliche Wort beschränkt zu haben. Ich räusperte mich und suchte nach neuen. »Wir müssen uns verstecken, oder? Und wir brauchen einen neuen Plan. Für das Relikt.«

Die Silben flossen dankbar über meine Lippen, weil jede einzelne von ihnen Abstand zwischen uns brachte. Ich wollte nicht darüber nachdenken, weshalb Kas mich erst abgelehnt und dann so getan hatte, als wollte er mich küssen. Ich brauchte sein Mitleid nicht. Oder seine Spielchen. Oder irgendetwas von ihm.

»Ja«, sagte er, und es versetzte mir aus einem unerklärlichen Grund einen weiteren Dämpfer.

Ich ließ mich von ihm durch die Stadt führen, während die Sonne tiefer sank. Selbst ihr schwacher Schein ließ den schmelzenden Schnee zu unseren Füßen golden glitzern. Hier und da blitzte Pflasterstein zwischen den Eiskristallen hervor. Auf den Gehwegen hatte sich das edle Weiß zu braunem Matsch verfärbt, doch die mieden wir, um Passanten auszuweichen. Die Chasseure schienen unsere Spur verloren zu haben, da wäre es nicht klug, sie erneut auf uns aufmerksam zu machen.

Das Gasthaus, vor dem wir zum Stehen kamen, war ein unscheinbares Gebäude mit einer blassgrünen Fassade. Die Tür stand offen, als wollte sie Gäste einladen. Kas und ich nahmen die Einladung an.

Innen prasselte ein Kaminfeuer, dessen Knistern die Luft erfüllte. Natürlich spürte ich seine Wärme nicht, doch meine Finger fühlten sich gleich weniger steif an. Ein massiver Holzbalken trennte den Barbereich von den Tischen, um die sich einige Gäste gesammelt hatten und sich lautstark unterhielten.

»Vorsicht.« Kas schob eine Hand in meine Taille und zog mich an sich. Als ein Mann an mir vorbeiging, bemerkte ich, wie knapp ich einer Kollision entgangen war.

»Lass uns nach oben gehen«, sagte er, und ich ließ meinen Atem entweichen, den ich unwillkürlich angehalten halte. Die Berührung, war sie noch so unschuldig, hatte mich zurückgeworfen zu dem eigenartigen Moment, den wir in der Gasse geteilt hatten.

Oben angekommen, zog sich ein langer Flur durch die Etage, zu beiden Seiten geschlossene Türen.

»Die hinteren Räume werden eher selten belegt. Der Weg zum Bett erscheint zu lang, wenn man den Abend damit verbracht hat, Wein zu trinken.« Kas grinste, aber als ich es nicht erwiderte, sanken seine Mundwinkel wieder herab. »Zoé«, setzte er an, da ertönte ein Knarren, als sich Türangeln bewegten.

Sofort stürmten wir beide los und schlüpften in das Zimmer, das eine vermutlich alleinstehende Frau gerade verlassen hatte. Mit einem lauten Knarzen zog sie die Tür hinter sich zu.

Ich sah kurz hoch zu Kas, dann flog mein Blick durch das Zimmer, in dem wir gelandet waren. Seiner Größe nach zu urteilen war es mehr eine Kammer. Eine Kammer mit einem winzigen Fenster, hinter ihm der dunkelnde Himmel, aus dem letzte goldene Strahlen fielen und die Wände warm zeichneten.

Und darunter stand das Bett.

Ein einziges Bett.

Ein einziges *kleines* Bett.

KAPITEL 13

Ich würde ja sagen, dass ich mich auf den Boden lege, aber …«

Kas deutete auf den halben Meter, der sich neben dem Bett auftat. An seinem Fußende direkt neben der Tür türmte sich ein deckenhoher Schrank aus matter Esche auf. Man hatte kaum Platz, um sich zu bewegen.

»Kein Problem«, sagte ich. »Schlafen wird ohnehin schwierig –«

»Warum?«, fiel er mir ins Wort und funkelte mich vielsagend von der Seite an.

Ich verdrehte die Augen, obwohl mein Herz einen Satz machte.

»Weil wir Geister sind.«

»Ich habe dir doch gezeigt, wie es geht.«

»Ja, schon, aber wir *müssen* es nicht. Wir können die ganze Nacht –«

»Was?«, unterbrach er mich erneut.

Ich wollte ihm einen zornigen Blick zuwerfen, aber als er mich frech angrinste, verflog jegliche Wut.

»Sitzen und reden«, schloss ich leise.

Kas zog für einen Moment die Unterlippe ein und gab sie dann wieder frei. Die Geste erinnerte mich unweigerlich daran, wie sein Mund sich an meinem angefühlt hatte.

»Nach dem, was du mir vorhin in der Gasse gestanden hast, soll ich einfach neben dir sitzen und mit dir«, er legte den Kopf schief, *»reden?«*

Ich zog die Schultern hoch, als könnte ich so den Sturm in mir beruhigen.

»Woran hast du denn gedacht?«

Kas' Grinsen wurde breiter, und er lehnte sich lässig an den Schrank. Seine Arme waren verschränkt, die Pupillen fest auf mich gerichtet.

»Wir könnten da weitermachen, wo wir gerade eben aufgehört haben.«

Wieder sah ich zu seinen Lippen, und Hitze flutete meinen Körper. »Wo haben wir denn aufgehört?«, fragte ich trotzdem. Vielleicht wollte ich Zeit schinden, bis dieses Gefühl, das mich verzehrte, von mir abließ. Vielleicht wollte ich aber auch sichergehen, dass er mich nicht noch mal zurückwies.

Etwas in Kas' Augen glänzte auf, als er sie leicht zusammenkniff.

»Willst du Spielchen spielen, kleine Diebin?«

Ich schluckte und trat langsam auf ihn zu.

»Tun wir das nicht schon die ganze Zeit?«

Kas ließ die Arme sinken und riss damit die letzte Barriere zwischen uns nieder. Ich konnte sehen, wie sich sein Brustkorb in raschen Zügen auf und ab bewegte.

»Tun wir das?«

Wir tanzten miteinander. Nicht mit unseren Körpern, wie wir es gestern in der Taverne getan hatten, sondern mit unseren Worten. Als meine Brust seine berührte, blieb ich stehen und schaute zu ihm hoch.

»Was willst du, Kas?«

Sein Blick wurde dunkel, bevor er sich zu mir runterbeugte.

»Was willst *du*, Zoé?«

Mein Herz peitschte verzweifelt gegen meine Rippen, ich spürte seine Schläge mit jeder Faser meines Körpers. Mein Verlangen nach Kas wurde unerträglich, aber ich würde es nicht zugeben. Nicht, wenn er wieder bloß eine Hand ausstreckte, um mich aufzuhalten.

Alle Gedanken brachen ab, als ich Kas' Finger spürte, die sich mit sanftem Druck in meine Hüften pressten.

»Nimm es dir.«

Wie wild schlagende Wellen rauschten die drei Worte durch meinen Körper, spülten jegliche Zweifel fort, hinterließen ein Gefühl, das dominanter in mir brannte als jedes andere: Kontrolle. Kas überließ sie mir.

Sehnsuchtsvoll sog ich die Luft ein. Meine Hände fanden wie von selbst in seinen Nacken, zogen ihn weiter zu mir runter, bis der Geruch von Rosen in jede meiner Poren sickerte. Ich ließ meine Finger entlang der Haut über seinem Hemdkragen gleiten, hoch in sein Haar. Es fühlte sich weich an. Mein Körper drückte seinen gegen den Wandschrank, und Kas' Griff wurde fester, als würde er um Beherrschung ringen. Als würde er sich zurückhalten müssen, um mich nicht auf das Bett zu werfen und Dinge mit mir zu tun, die mir seinen gestöhnten Namen entrangen, immer und immer wieder.

Er grinste an meinen Lippen, und aus den Funken, die er in der Gasse überall in mir entzündet hatte, wurden Flammen, in die ich mich bereitwillig stürzen würde. Ich konnte nicht mehr warten. Ich reckte mich ihm entgegen, Kas' Arme schlossen sich um meinen Körper, hüllten mich in Wärme.

Vor allem an einer Stelle spürte ich sie ganz besonders. An meinem Schienbein, begleitet von einem leichten Vibrieren. Ich fror in meiner Bewegung ein, als mich die Erkenntnis übergoss wie ein Schwall kaltes Wasser.

»O Gott«, wisperte ich an Kas' Mund.

»Teufel wäre mir lieber«, gab er leise lachend zurück.

»Nein«, keuchte ich. »Es ist Alexei.«

Sofort spannte Kas sich unter meinen Fingerspitzen an.

»Was?«

»Der Spiegel.«

Die aufgekommene Panik ließ sich kaum aus meiner Stimme verbannen. Was … was tat ich hier?

Ruckartig zog Kas sich zurück, und ich taumelte einen

Schritt von ihm weg. Dabei stolperte ich gegen ein Bein des Bettes und fiel beinahe zu Boden. Kas fing mich auf. Sehnsucht stand in seinen Augen geschrieben und ließ etwas hinter meinem Herzen zerbrechen.

»Du musst hier raus«, flüsterte ich. »Bitte.«

Ich konnte dabei zusehen, wie sich seine Miene mit jedem weiteren Blinzeln verhärtete, bis sie wirkte wie aus Stein gemeißelt. Der Blick, mit dem er mich bedachte, war nicht länger weich und funkelnd.

»Soll ich zur Tür hinaus verschwinden, damit die Chasseure dich finden, oder wie hast du dir das vorgestellt?«

Hilfesuchend schaute ich mich um. Als Alexei sich im *Théâtre Bellevue* über den Spiegelsplitter gemeldet hatte, war seine Anweisung deutlich gewesen: Kas zurückzulassen. Es war unmöglich, dass er hierblieb. Außer … Ich deutete auf das Bett, das mir wie ein Rettungsanker in der aufkommenden Dunkelheit erschien.

»Du kannst dich da drunter verstecken.«

Kas schaute mich an, als würde er mich plötzlich in einem anderen Licht sehen. Eines, das weniger schmeichelhaft war, sondern ganz im Gegenteil all meine Unzulänglichkeiten offen vor ihm entblößte, ohne Schatten zu werfen, in denen ich mich verstecken konnte. Er sah, dass ich nicht die selbstbewusste Frau war, die ich gemimt hatte, sondern nichts weiter denn ein Bündel aus Angst. Ich hasste es. Und ich hasste die Kälte, die nun seine Züge durchsetzte.

Scham brannte auf meinen Wangen und drückte hinter meinen Augen. Als Kas von mir wegtrat, begann ich zu zittern. Wie von fremder Hand gesteuert fuhren meine Finger durch mein Haar, zupften meine Bluse zurecht. Ich konnte mir nicht angucken, wie Kas sich bückte und tatsächlich unter das Bett kroch. Meine Hand schoss zu meinem Mund, um einen aufsteigenden Schluchzer zurückzuhalten, der meine

Kehle emporkroch. Was auch immer da gerade zwischen uns stattgefunden hatte, musste sich lösen. Diese Anziehung, die er auf mich ausübte, musste verschwinden.

Aber erst wartete Alexei auf mich.

Ich atmete einige Male durch, bevor ich mich auf die Matratze sinken ließ. Dunkle Holzbalken bildeten eine Art Dach über dem Bett, Tücher hingen an ihnen herab wie ein Himmel in samtenen Grüntönen.

Mit zitternden Fingern griff ich in den Schaft meines Stiefels und zog den Spiegel hervor, der sich mit seinen scharfen Kanten in meine Handfläche drückte.

»Du lebst«, glitt es über Alexeis Lippen, kaum dass ich den Spiegel an mein Gesicht gehoben hatte. Ich konnte regelrecht beobachten, wie ein unsichtbares Gewicht von seinen Schultern abfiel. Alexei zu sehen, beruhigte mich auf eine Art, wie nur er es konnte. Ich musste lächeln.

»Ich habe mir Sorgen gemacht, weil du so lange gebraucht hast. Was war denn los?«

Für einen kurzen Moment schoss mein Blick auf den Boden, um sicherzugehen, dass kein Fuß oder blondes Haar darunter hervorlugte.

»Nichts, ich«, ich räusperte mich, weil meine Stimme kratzig klang, »ich hatte mich nur hingelegt.«

»Wo bist du?«, fragte er. Eine Mischung aus Fürsorge und Argwohn zeichnete seine Miene, die langen schwarzen Haare betonten die dunklen Ringe und Schatten, die sich um seine Augen gegraben hatten. »Ist das ein Bett?«

»Nur in einem Gasthaus. Allein«, antwortete ich und fühlte mich elendig dabei. »Gibt es einen Grund, weshalb du dich meldest?«, schob ich hinterher, um das Thema zu wechseln.

Alexei sah mich lange wortlos an, und mein Gesicht glühte unter seiner Musterung.

»Ich wollte dich sehen. Seit du fort bist, kann ich nicht aufhören, an dich zu denken.«

Meine Wangen wurden noch wärmer, als mir bewusst wurde, dass ich heute nicht ein einziges Mal an ihn gedacht hatte. Nicht beim Tanzen und auch nicht beim Fast-Küssen mit Kas.

»Ich habe auch an dich gedacht«, rollte es dennoch über meine Zunge.

Ein Lächeln formte sich auf Alexeis Gesicht.

»Aber nun sind wir hier. Es tut so gut, dich zu sehen. Du bist wunderschön.«

Jetzt war ich sicher, dass mein Gesicht rot leuchtete. Ob aus Verlegenheit oder Scham, vermochte ich nicht zu sagen. Vielleicht eine Mischung aus beidem.

»Danke«, gab ich leise zurück, und mein ganzer Körper summte in Aufruhr, weil Kas unter mir lag und jedes Wort mithörte.

Alexei lehnte sich zurück, und ich erkannte erst jetzt, wo er war. Er saß auf seinem Thron. Die obersten Knöpfe seines weißen Hemds standen offen, entblößten helle Haut, von der ich wusste, wie sie sich an meiner anfühlte.

»Vermisst du mich?«, wollte er wissen, und sein Grübchen blitzte auf.

»Natürlich.«

Alexeis Mundwinkel schob sich höher, das Grübchen vertiefte sich.

»Und was genau vermisst du?«

Ich atmete schneller.

»Ich –«

Mir entfuhr ein erschrockener Laut, weil sich die Matratze unter mir bewegte. Was zum …

»Was war das?«

Vermutlich Kas, der ungeduldig wurde. Verflucht.

»Gar nichts. Nur eine Spinne.«

Alexei zog die Brauen zusammen, Skepsis mischte sich in seinen Gesichtsausdruck.

»Sagtest du nicht, du wärst allein?«

Ich lachte, bis ich merkte, dass es viel zu unecht klang.

»Bitte entschuldige, dass ich die Spinne nicht bedacht habe.«

Er sah mich lange an, und ich hielt seinen Blick fest.

»Ich vermisse deine Nähe«, warf ich ein, um ihn abzulenken und seine Zweifel zu zerstreuen. Mein Herz pochte bis in meinen Hals hinauf. »Ich vermisse die Dinge, die wir getan haben, als du im Morgengrauen in meine Gemächer gekommen bist.«

Ein dunkles Grollen stieg aus Alexeis Kehle und fuhr als Beben durch meinen Leib.

»Ich habe oft daran gedacht, wie du mich berührt hast.«

Wieder bewegte sich die Matratze, und ich stand schnell auf. Um mich abzulenken, sah ich aus dem Fenster. Draußen stand ein hoher Baum, seine blattlosen Äste in schimmerndes Weiß gehüllt. Aus einem inneren Impuls heraus streckte ich eine Hand nach dem schiefergrauen Vorhang aus, da hielt ich inne. Stattdessen strich ich mir eine Haarsträhne hinters Ohr, um meine Finger nicht ins Leere greifen zu lassen.

»Wie habe ich dich berührt?«

Alexeis Stimme war von Verlangen getränkt, und als ich zurück in den Spiegel schaute, bemerkte ich, dass seine Hand zu seinem Schritt gewandert war. Ich konnte deutlich erkennen, dass sich eine Erektion durch seine Hose abzeichnete.

»Als wäre ich wertvoll«, flüsterte ich erstickt. Zu sehen, was allein meine Worte in ihm auszulösen schienen, erregte mich. Meine Hand fuhr zu meinem Dekolleté, und Alexeis Blick folgte ihr.

»Das bist du«, sagte er, und es klang beinahe wie ein Stöhnen. »Woran hast du noch gedacht, Zoé?«

»Daran, wie du mich genommen hast.« Ich ließ mich auf dem Bett nieder, als ich die feuchte Wärme spürte, die sich zwischen meinen Beinen breitmachte. Mein Unterleib zog sich bei den Erinnerungen verlangend zusammen. Ich wusste noch genau, wie sich sein Körper auf meinem angefühlt hatte. Wie er mich schwer in die Matratze gedrückt und mich ausgefüllt hatte. Und ich wusste, was ich gespürt hatte, als Alexei von mir trank. Im selben Atemzug wurde mir bewusst, dass es anders gewesen war als mit Kas.

Alexei stieß ein leises Knurren aus, das mich aus meinen Erinnerungen riss. Seine Hand war in den Hosenbund geglitten, und ich beobachtete, wie er seinen Schwanz herausholte. Sofort flogen meine Gedanken zu Kas, der alles mitbekommen musste. Mein Herz sank.

»Das werde ich wieder tun, sobald du zurück bist.« Alexei rieb sich über die Erektion. »Ich werde dich in mein Bett ziehen, dich in jeder erdenklichen Stellung vögeln, mich überall auf dir verewigen, bis du an nichts anderes mehr denken kannst als an mich.«

Ich keuchte. So besitzergreifend hatte ich Alexei noch nicht erlebt. Er war immer der zuvorkommende Gentleman gewesen. Der erste, dem ich je begegnet war. Und doch konnte ich mich nicht von seiner Hand abwenden, die an seiner Härte auf und ab glitt.

»Fass dich an, Zoé. Leg dich hin und stell dir vor, es wären meine Finger, die zwischen deine Beine tauchen.«

Mir entkam ein sehnsuchtsvoller Laut, und wieder dachte ich an Kas, der unter dem Bett lag. Ich konnte es mir unmöglich selbst machen, während ich mit Alexei sprach, nach allem, was vor wenigen Minuten erst zwischen uns geschehen war. Unruhig presste ich meine Schenkel zusammen und rutschte auf der Matratze herum.

»Ich will lieber dabei zusehen, wie du kommst«, hauchte ich.

»Öffne deine Bluse für mich.«

Schwer schluckend zog ich an der Seidenschleife an meinem Kragen. Dann lehnte ich den Spiegel so gegen den Bettpfosten, dass Alexei mir dabei zusehen konnte, wie ich meine Bluse Knopf für Knopf öffnete, bis meine Brüste freilagen.

»So ein braves Mädchen«, raunte er.

Gebannt beobachtete ich, wie Alexei sich über die Lippen leckte und den Kopf gegen seinen Thron sinken ließ, ohne den Blick von mir zu lösen. Er stöhnte laut, als seine Hand auf und ab fuhr, und erneut schlug Kas gegen die Matratze unter mir. So fest, dass der Spiegel vom Kissen fiel und auf den Holzdielen landete.

»Alexei!«, stieß ich aus, als hätte ich ihm damit wehgetan. Ich sprang vom Bett und bückte mich, um die Scherbe aufzuheben. Ein langer Riss zog sich durch seine Oberfläche, die meine verzweifelte Miene einfing. Kein Alexei.

»Er ist weg«, flüsterte ich leise. »Das hast du wirklich großartig gemacht, Kas.«

Enttäuscht ließ ich mich gegen die Wand sinken, schob den Stoff der Bluse vor meine Brüste und zog die Knie an. Kas kroch unter dem Bett hervor und funkelte mich zornig an. Graue Staubflocken bedeckten seine dunkle Kleidung und die Spitzen seines Haars.

»Hattet ihr Spaß?«, fragte er, während er sie abklopfte. »Oder besser gefragt: Hatte *Alexei* Spaß?«

Ich schnaubte, als ich mich erhob. Den Spiegel ließ ich auf dem Boden liegen.

»Was soll das jetzt wieder heißen?«

Kas hielt inne und funkelte mich finster an.

»Dass er sich einen runtergeholt hat, bevor er überhaupt ein einziges Mal gefragt hat, wie es dir geht. Lief es beim Sex zwischen euch auch so ab? Er hat sich genommen, was er brauchte, scheiß auf deine Bedürfnisse?«

Mein Mund klappte auf, und ich stemmte die Fäuste in meine Hüften.

»Sprich nicht über Dinge, von denen du nichts verstehst!«

Kas' Blick huschte zu meinen Brüsten. Eilig zog ich die Bluse wieder zu und hielt sie diesmal fest.

»Glaub mir, ich verstehe mehr davon, als Alexei in seinen fünfhundert Jahren versäumt hat zu lernen.«

»Tust du nicht«, gab ich zurück, weil mir auf die Schnelle nichts anderes einfiel. Ich war verflucht wütend.

»Das kannst du nicht beurteilen.« Er knöpfte sein Hemd auf und streifte es sich vom Körper.

»Was … was tust du da?«

»Staub und ich vertragen uns nicht sonderlich gut«, sagte Kas und warf das schwarze Hemd über den Bettpfosten. Mein Blick blieb auf seinem nackten Oberkörper haften. Er war nicht so breit gebaut wie Alexei, aber jeder Zentimeter bestand aus definierten Muskeln, die von schwarzer Tinte bedeckt waren. »Ich lege mich eine Weile hin. Später können wir über das Relikt sprechen.«

Ich sah dabei zu, wie Kas sich auf das Bett legte. Er schob einen Arm unter seinen Kopf und schloss die Augen.

»Ist das dein Ernst?«, keifte ich. »Du willst nicht weiter darüber reden?«

»Darüber, dass Alexei einen kleinen Schwanz hat? Nein danke.«

Frustriert seufzend setzte ich mich neben ihn und grub das Gesicht in meine Hände. Vermutlich war es besser, wenn wir erst mal nicht miteinander sprachen. Mein Kopf war ein heilloses Chaos.

KAPITEL 14

»Wir haben uns schon mal ein Bett geteilt«, erklang Kas' tiefe Stimme nach einer Weile. »Ist also halb so wild, wenn du dich auch für ein paar Minuten ausstreckst.«

Ich drehte mich langsam zu ihm um und zog meine Beine auf die Matratze.

»Ich werde dich schon nicht beißen«, ergänzte er.

Vergeblich wartete ich auf ein herausforderndes Grinsen, doch seine Miene blieb unbewegt.

»Da war alles noch anders«, entgegnete ich ruhig.

Kas zog eine Braue hoch und schielte zwischen halb gesenkten Lidern zu mir herüber.

»Das ist gerade mal vier Tage her.«

»Ja, aber … Wir hatten noch nicht … Heute ist …« Frustriert stieß ich die Luft aus. »Ich konnte dich nicht leiden, und jetzt kann ich es plötzlich.« Kaum waren die Worte meiner Kehle entschlüpft, senkte ich den Blick.

»Das trifft sich gut.« Er machte eine Pause, in der ich zu deuten versuchte, wie er die Worte meinte. »Ich mag dich nämlich auch. Falls du das vorhin nicht ohnehin gemerkt hast.«

»Als du mich in der Gasse zurückgewiesen hast?«

»Ist es das, was du denkst?« Kas stützte sich auf seine Ellenbogen und sah mich an. »Dass ich dich *zurückgewiesen* habe?«

Ich zuckte mit den Schultern.

»Ich weise dich nicht zurück, nur weil ich dich nicht in irgendeiner abgelegenen Gasse vögeln will, als wärst du nichts weiter als –«

»Eine Hure?« Ich sah ihn mit glühenden Augen an, mein Herz raste hart gegen meinen Brustkorb. Dann sah er nur *das* in mir? Natürlich. Und ich hatte ihn in seinem Denken bestätigt, indem ich mich ihm an den Hals warf. Wie ich mich ihm angeboten, mich auf seinem Schoß gewunden und gestöhnt hatte … Es hatte ihm alles über mich gesagt, was er wissen musste.

»Irgendeine Frau.« Kas' Stimme klang kratzig und dunkel und riss mich aus meinen Gedanken, die mich einen Abgrund hinunterstoßen wollten. »Als wärst du nichts weiter als irgendeine beliebige Frau, Zoé.«

Irritiert sah ich ihn an, wartete auf eine Erklärung, auf irgendetwas, das bestätigen würde, was ich in meinem Kopf schon längst zusammengesetzt hatte.

»Was bin ich dann?«, fragte ich leise, mein Herz trommelte aufgeregt.

Kas sah mich eine Weile an. »Was ist mit Alexei?«, fragte er, statt mir zu antworten.

Seinen Namen aus Kas' Mund zu hören, trieb meinen Puls in gefährliche Höhen, er erklang in meinen Ohren wie ein dumpfes Rauschen in der Ferne, wie eine Stimme, die unter der Meeresoberfläche gegen den Druck des Wassers ankämpfte.

»Was hat er damit zu tun?«

Kas schnaubte leise und ließ sich zurück in die Kissen fallen. Seine Bauchmuskeln streckten sich, die schwarzen Linien folgten.

»Ich dachte, ihr liebt euch.«

»So etwas hat er nie gesagt.«

Mein Geständnis erfüllte dickflüssig die Luft um uns herum, bereit, mich zu ersticken. Kas blickte hoch in den Betthimmel und nickte, als hätte er eine Erkenntnis gehabt.

»Was?«, hakte ich nach.

»Liebst *du* ihn denn?«

»Was tut das zur Sache?«

»Wieso sollte ich mich verstecken, wenn es dir gleich ist, was er denkt?«

Ich wusste es doch auch nicht. Was hatten meine Gefühle für Alexei mit denen zu tun, die ich für Kas empfand? Das zwischen uns war eine körperliche Sache. Es war das heiß pulsierende Verlangen zwischen meinen Beinen, das ich mit ihm stillen wollte. Das mit Alexei war etwas völlig anderes. Er hatte mir ein Zuhause geboten und mir eine Chance auf mein Leben geschenkt. Er trug mich auf Händen. So etwas tat nicht jeder, erst recht nicht für mich.

Aber hieß das wirklich …

Ich seufzte leise.

»Ich weiß nicht, ob ich ihn liebe, ich war noch nie –« Schnell presste ich die Lippen aufeinander, um mich am Weitersprechen zu hindern. »Außerdem hat es dich bei Nastya auch nicht daran gehindert, oder?«

Kas' Blick wurde finster.

»Nastya ist mir scheißegal.«

Ich versteifte mich und fühlte mich zugleich seltsam erleichtert.

»Und deswegen konntest du sie so einfach umbringen?«

Er lachte kurz auf, doch es klang freudlos.

»Das Gesprächsthema ist in eine andere Richtung abgedriftet, als ich erwartet habe.«

Ich erwiderte nichts, und auch Kas schloss die Augen. Unauffällig betrachtete ich ihn. Seine feste Brust, die sich unter ruhigen Atemzügen bewegte, und die schwarzen Linien, die sich bis zu seinem Hals hinaufzogen wie dunkle Schlangen. Sie ergaben kein Muster, keine Symbole, nichts, das Aufschluss darüber gab, was sie bedeuteten. Ich folgte ihnen über seine definierten Arme bis hin zu seiner Hand, die zwischen uns lag, nur Zentimeter von der meinen entfernt. Sie war beinahe doppelt so groß, und ich fragte mich unweigerlich, was für

Dinge er mich mit ihr fühlen lassen konnte. Allein der Gedanke ließ meinen Magen nervös flattern. Als wir im Theater nebeneinandergelegen hatten, hatte seine Präsenz nicht diese starke Wirkung auf mich gehabt. Jetzt verlangte alles in mir danach, den kleinen Abstand zwischen uns zu schließen.

»Woran denkst du?«

Ich schreckte hoch und fand Kas' Blick, der auf mir ruhte. Nachdenklich grub ich die Zähne in meine Unterlippe und überlegte für einige Sekunden, wie ich sagen konnte, was ich fühlte.

»Diese Anziehung zwischen uns. Ich hatte nur gedacht, dass …« Ich schluckte hart, als könnte das gegen meinen trockenen Hals helfen. »Sie steht unserer Mission im Weg. Sie steht mir und Alexei im Weg. Vielleicht verschwindet sie, wenn wir es tun.«

Kas sah mich weiter an, ein undeutbarer Ausdruck in seinen Augen.

»Du fühlst dich zu mir hingezogen? Oder ist das schon wieder ein *Test*, ob ich ein Arschloch bin?«

Ich zog fragend die Brauen zusammen, bis es mir dämmerte.

»Nein. Ich will es wirklich versuchen.«

Sofort stieg Angst in mir hoch, er würde mich ein weiteres Mal zurückweisen.

»Und wenn du Alexei damit verletzt, ist es dir egal?«

»Es ist nur Sex, Kas«, entgegnete ich. Wie viele Männer hatten mich mit ebenjenen Worten bestiegen? Allen voran Jean-Paul. »Ich halte hier nicht um deine Hand an.« Kaum hatte ich meinen Satz beendet, sah ich dabei zu, wie Leere hinter seinen Blick trat.

»Okay«, gab er zurück, rückte näher und beugte sich über mich.

Sofort machte mein Herz einen Satz, und Erregung rieselte durch meine Adern, als wäre sie nie fort gewesen.

»Dann lass mich beenden, was Alexei noch nicht einmal anzufangen vermochte.«

»J-jetzt?«

Kas' Lippen krümmten sich zu einem schiefen Grinsen. Es irritierte mich, weil es anders wirkte als sonst. Weniger echt. Weniger Kas. Seine behandschuhten Finger schlossen sich um mein Kinn, hoben es an, bis unsere Münder dicht voreinander schwebten. Meine Gedanken verloren sich, alles in mir zog sich flatternd zusammen.

»Und du fühlst gar nichts dabei?« Sein Atem traf auf meine geöffneten Lippen. »Es ist *nur Sex*?«

»Was sollte ich fühlen?«, fragte ich, während sich die Hitze zwischen uns beinahe von selbst entzündete.

Kas strich mit dem lederumhüllten Daumen über meine Unterlippe, ließ meine Nervenenden brennen, setzte mein Herz in Flammen. Seine Hand schob sich weiter runter, flog in federleichten Berührungen über meinen Hals. Meine Instinkte schrien auf, mahnten davor, mich Kas nicht derart auszuliefern.

Aber ich hatte keine Angst vor ihm.

Hatte ich nie gehabt.

Er hatte mir seine dunkelsten Seiten von Anfang an gezeigt. Da war nichts, das in seinen Schatten lauerte. Alles, wonach ich mich jetzt sehnte, waren seine Lippen auf meiner Haut. Und so, wie er mich ansah, ging es ihm nicht anders.

Kas' Finger glitten weiter an mir hinab, schoben sich in die geöffnete Bluse, schlossen sich um meine linke Brust, die sich voll und schwer an seine Hand schmiegte. Er nahm meinen Nippel fest zwischen Daumen und Zeigefinger und entlockte mir ein Stöhnen.

Ich wölbte mich ihm entgegen und spürte seine Haut an meiner. Sein Körper war hart, alles an ihm.

Kas' Gesicht sank herab, doch anstatt seinen Mund auf meinen zu pressen, folgten seine Lippen der Spur, die seine Finger wie Brandzeichen auf mir hinterlassen hatten. Zuerst über mein Kinn. Dann über meinen Hals. Bis …

Ich krallte meine Finger in sein Haar, hielt seinen Kopf dort fest, als seine Zunge die Spitze meiner Brust fand. Kurz darauf glitten Kas' Zähne kratzend über meine empfindliche Haut, und Feuchtigkeit sammelte sich zwischen meinen Beinen. Seine Hand war unterdessen weitergewandert und machte sich am Bund meiner Hose zu schaffen.

»Werden sie uns nicht hören? Die Chasseure?«, presste ich atemlos hervor.

Ein schelmisches Funkeln tanzte in Kas' Blick. »Willst du etwa laut sein, kleine Diebin?«

Ich verdrehte die Augen. »Ich meinte das Bett. Die Laken. Alles.«

Er hob mein Becken an, um mir die Hose von den Beinen zu streifen. »Solange wir nicht das Bett kaputt machen, sollten wir unauffällig genug sein.« Er warf meine Hose auf den Boden. »Möbel können wir ein anderes Mal zerstören«, fügte er hinzu, als er sich auf den Rücken drehte und mich mühelos auf seinen Schoß zog. Sein harter Schwanz pochte unter dem dünnen Stoff seiner Hose, und meine Gedanken verloren sich im Nichts. Meine Finger flogen zu der Schnürung am Bund, da hielt Kas meine Hand fest. Ich hob meinen Blick in sein Gesicht, suchte nach Anzeichen, ob sich etwas an unserer Vereinbarung verändert hatte. Doch noch immer brannte ein sengendes Verlangen in seinen Augen.

»Heute geht es um deine Bedürfnisse.«

Irritiert hob ich die Brauen.

»Um sie zu stillen, brauche ich das da in deiner Hose.«

Ich strich über seine Erektion, und Kas stöhnte.

»Ich habe auch andere Fertigkeiten, weißt du?« Seine Stimme war voll von dunklem Begehren. Ein anzügliches Lächeln formte sich auf seinen Lippen, als er ein Stück nach unten rutschte. »Würde es dir etwas ausmachen, dich auf mein Gesicht zu setzen?«

Meine Augen weiteten sich.

»Hast du gerade gesagt, ich soll …«

Ich deutete auf Kas' Gesicht. Das Grinsen darauf wurde breiter, meine Wangen heißer.

»Habe ich, ja.«

Er ließ seine Finger über meine Schenkel wandern und grub sie fest in meinen Hintern. Die beherrschte Zurückhaltung von vorhin, als wir am Schrank gestanden hatten, war verflogen. Kas hob mich an.

»Du hast die Zügel in der Hand, Zoé. Du bestimmst das Tempo.«

Er presste mich wieder auf seinen Schoß, und ich leistete keinerlei Widerstand. Seine Härte drückte gegen meine feuchte Mitte, und ein Stöhnen kam über meine Lippen. Kas fing es mit seinem Blick auf.

»Komm her«, raunte er, und ein Schauer rieselte durch mich hindurch. »Oder hast du es dir anders überlegt?«

»Habe ich nicht.« Meine Stimme klang belegt, als ich Kas betrachtete. Ich müsste übermenschlich stark sein, um ihm widerstehen zu können, so, wie er dalag und mich ansah. Nicht wie etwas Kostbares, das unter seiner Berührung zerbrechen würde. Mehr wie etwas, das ihm nach Jahren des Krieges Frieden schenkte.

Ich bewegte mein Becken und rieb mich an seinem Schaft, verborgen unter dem Stoff seiner Hose, wie ich es im Schnee getan hatte. Es fühlte sich gut an, und diesmal schämte ich mich nicht dafür. Kas erbebte unter mir. Es musste Jahre her sein, dass er jemanden auf diese Art gespürt hatte.

Sein Griff wurde gröber, hielt mich auf seinem Schwanz fest. »Willst du nicht, dass ich dich lecke?«

Ihn das sagen zu hören, ließ meine Wangen glühen. Den Männern im *Salon Rouge* war es immer nur um das schnelle Stillen ihrer Lust gegangen. Nie hatte mich einer von ihnen mit der Zunge berührt. Nicht dort unten. Und ich war zufrieden damit gewesen. Hatte nie das Bedürfnis verspürt, nach mehr zu verlangen. Aber hier und jetzt wollte ich alles, und Kas war bereit, es mir zu geben.

Ich strich über seine nackte Brust, dann stemmte ich mich hoch auf meine Knie, die in die Matratze neben ihm einsanken. Mein Herz flatterte wie einhundert aufstiebende Schmetterlinge. Ich rückte weiter vor, bis ich mich am hölzernen Kopfteil des Himmelbettes festhalten konnte und Kas' Gesicht unter mir auftauchte. Seine dunkelblauen Augen zwischen meinen Beinen taten sich auf wie ein tiefer Abgrund.

»Lass dich fallen, Zoé«, flüsterte er verheißungsvoll und schob den nassen Stoff meines Höschens beiseite. Meine Erregung sickerte warm an den Innenseiten meiner Schenkel entlang.

»Du kannst jederzeit ›stopp!‹ sagen. Aufstehen. Oder … dich tiefer sinken lassen.«

Sein Blick brannte und steckte mich an. Hielt mich gefangen. Ich spürte dem immer drängenderen Flattern in meiner Mitte nach, bis ich kaum mehr atmen konnte vor Verlangen, das sich beinahe schmerzhaft in mir verschärfte.

»Ich will, dass du die Handschuhe ausziehst, wenn du mich berührst«, presste ich hervor.

Stille mischte sich in die Luft, die nur von unseren schweren Atemzügen getragen wurde. Dann beobachtete ich, wie Kas seine Handschuhe abstreifte.

»Wieso trägst du sie überhaupt?«, wollte ich wissen.

»Das ist ein Thema für einen anderen Tag.«

Kas ließ einen Finger durch meine Schamlippen gleiten, und ich warf den Kopf in den Nacken.

»Schmeckt noch besser als dein Blut«, hörte ich ihn sagen und schaute gerade rechtzeitig zu ihm runter, um zuzusehen, wie er über seinen Finger leckte, der mit einem leichten Glanz überzogen war.

Mit *meinem* Glanz.

Er hielt meinen Blick fest, und ein sehnsüchtiges Zittern schüttelte meinen Körper. Als ich mich wieder in der Gewalt hatte, schob ich meine Knie weiter auseinander, und mein Becken wanderte hinab. Näher an seinen Mund.

Kas' Hände fanden einen Weg unter meine Bluse, strichen in fließenden Bewegungen über meinen Rücken. Anders als der wilde Blick in seinen Augen waren seine Berührungen nahezu sanft.

Die Art, wie er sich kontrollierte, trotz seiner Erektion, war mir ganz und gar neu. Wie er jeden einzelnen Moment auszukosten schien, obwohl ich ihm gar nichts gab.

Ich tat nichts, außer mit jeder Faser meines Seins zu fühlen, was Kas mich fühlen ließ.

Als seine Fingerspitzen eine der langen Narben fanden, versteifte ich mich. Doch Kas zuckte nicht zurück. Stattdessen hielt er mich fest, als seine Zunge über meine Schenkelinnenseite fuhr. Und höher. Wie zuvor sein Finger, strich Kas' Zunge durch meine erhitzte Mitte, teilte mich und fand die Stelle, an der meine Nervenenden zusammenliefen. Heiße Flutwellen der Lust überschwemmten mich, und überfordert von diesem neuartigen Reiz zuckte ich hoch.

»Zu viel?«, fragte Kas atemlos.

Ich schüttelte den Kopf, weil meine Stimme zu schwer war von all den Empfindungen, die noch immer warm durch meinen Körper rauschten.

»Gut«, flüsterte er. »Denn ich habe noch lange nicht genug von dir. *Sündige* für mich.«

Ja, das würde ich.

Langsam glitt ich wieder runter, bis ich sein Grinsen auf meiner Haut spürte. Ich krallte meine Finger fester in das Holz, sah hinab in Kas' lustverhangene Augen, die mich genaustens beobachteten. Seine Hand schob sich über meine Seite hoch zu meiner Brust. Und als seine feuchte Zunge erneut durch meine Schamlippen fuhr, zwirbelte er meinen Nippel.

Ich atmete scharf durch die Zähne ein und ließ meine Stirn gegen das Kopfteil des Bettes sinken. Ein Ansturm berauschender Gefühle schoss durch mich hindurch, erfüllte jeden Nerv in mir. Ich hielt mich fest und hörte das Bett leise knacken, als Kas in mich stieß. Mein Becken zuckte, und als ich es diesmal kurz anhob, ließ ich es ebenso schnell auf ihn hinabgleiten. Kas' Zunge drang tiefer in mich ein, trieb mich mit quälend langsamen Stößen in schwindelerregende Höhen.

Wieder hob ich meinen Schoß, und Kas leckte stöhnend über meine heiße Haut. Seine Lippen schlossen sich um meine Klitoris, küssten sie, saugten an ihr. Ich hatte das Gefühl zu schweben. Mit jeder weiteren Berührung pulsierte es drängender zwischen meinen Beinen, die Muskeln in meinem Unterleib zogen sich erwartungsvoll zusammen. In dem Moment schob Kas zwei Finger in mich, ohne mich aus den Augen zu lassen. Mit zunehmender Geschwindigkeit bewegte er sich in mir, leckte mich, reizte mich, *fickte* mich.

Ich zitterte unkontrolliert, als sich die Spannung in mir verschärfte und nach Erlösung verlangte. Würde Kas mich nicht halten, wäre ich schon längst in mich zusammengefallen. Alles in mir stand in Flammen, brannte, brannte lichterloh, und ich verglühte.

»Kas.« Ich stöhnte seinen Namen immer und immer wieder, seine Stöße wurden schneller und schneller, mein Zucken intensiver. Ich wiegte und wand mich verzweifelt auf ihm, rieb mich an seinem Gesicht. »Ich glaube, ich … Ich werde gleich kommen.« Mein Inneres war so sehr zum Zerreißen gespannt, dass ich kaum noch Luft bekam.

»Ich will es spüren«, raunte Kas unter mir. »Zeig mir, wie es sich anfühlt, was ich mit dir mache.«

Das war zu viel. Seine Worte, die auf meine feuchte Haut trafen, zerrissen mich. All meine Lust entlud sich in einem Orgasmus, der mich kehlig aufschreien ließ.

Kas' Finger krümmten sich in mir, seine Lippen hauchten weitere sehnsuchtsvolle Küsse, flüsterten ungehörte Versprechen zwischen seinen rauen Lauten.

»Ich …«, keuchte ich, als eine weitere Woge der Erregung in mir aufstieg. Ich wollte ihm sagen, dass ich gekommen war, dass er aufhören konnte, aber Kas machte weiter. Er hielt mich und drückte mich auf sein Gesicht, während mich die nächsten Wellen beinahe fortspülten.

Mein Körper bebte in Ekstase, und aus seiner Kehle drang ein befriedigtes Stöhnen. Ich musste mich am Bett festkrallen, konnte an nichts mehr denken, nichts mehr fühlen, nichts außer Kas' Berührungen überall auf und in mir.

Der zweite Orgasmus war intensiver als alles, was ich je gespürt hatte. Ich bestand nur noch aus heftigen Gefühlen, die mein Herz zum Explodieren brachten und meine heisere Stimme Kas' Namen rufen ließen. Drei Buchstaben auf meiner Zunge, die nach der puren Sünde schmeckten. Ich stöhnte sie, bis mein Höhepunkt abebbte.

Kas zog seine Finger aus mir heraus und kraftlos rückte ich ein Stück nach hinten, ließ mich auf seine Brust sinken und beobachtete ihn dabei, wie er die Spuren meiner Lust grinsend von seiner Hand ableckte, als sich meine vor Verlangen verschleierte Sicht langsam klärte. Kas' Haut fühlte sich warm und fest an, jeder seiner Herzschläge pochte in mir.

Sein Blick brannte sich in meinen. Dunkles Verlangen stand in Kas' Augen geschrieben, seine Lippen noch immer benetzt von mir. Eine berauschende Röte stieg mir zu Kopf. Kas stemmte sich hoch, wobei ich auf seinen Schoß rutschte, und er drehte uns herum, bis ich in die weiche Matratze sank, er über mir. Er sagte nichts, kein Wort, sah mich einen langen Moment an, ohne sich zu rühren, unsere Gesichter nur einen Hauch voneinander entfernt, beide schwer atmend.

Ich fühlte mich erschöpft, meine Beine zitterten und zuckten noch immer. Trotzdem hob ich sie, um sie Kas um die Hüften zu schlingen und ihn näher an mich zu ziehen. Wir keuchten beide, als sein Schwanz gegen meine erhitzte Mitte drückte. Er war steinhart.

»Ich will mehr«, flüsterte ich, noch immer nicht gesättigt. »Von dir.«

Kas legte seine Hand um meinen Nacken, stieß sein Becken vor und entlockte mir ein leises Aufseufzen. Er streckte seine Finger aus und strich mir eine nasse Haarsträhne aus der Stirn. Die Berührung war so zärtlich, so intim, dass sich ein eigenartiger Kloß in meinem Hals festsetzte. Wie absurd, wenn man bedachte, was er zuvor mit mir getan hatte.

»Von mir?«, hakte er nach, seine Stimme klang belegt. »Es war doch nur Sex, Zoé.« Er stieß seine Nasenspitze gegen meine, und alles in mir zog sich schmerzhaft zusammen. War ich gerade noch in den Wogen meiner Lust ertrunken, so waren es jetzt Kas' Worte, die mir den Atem entrissen.

Nein, nicht *seine* Worte. *Meine.* Es waren *meine* Worte, die er benutzte. Die Erkenntnis ließ meinen Körper endgültig erschlaffen, und meine Beine rutschten hinab, sanken in die Matratze.

Kas kletterte von mir runter und stieg aus dem Bett. Benommen schaute ich ihm dabei zu, wie er sich erst durchs wirre Haar fuhr und dann nach seinem Hemd griff, das über dem Bettpfosten am Fußende hing. Ich fühlte mich entblößt. Nicht, weil ich kaum Kleidung am Körper trug, sondern weil Kas eine Distanz zwischen uns geschaffen hatte, die sich schwer auf meine Brust legte. Der Kloß in meinem Hals wurde zu einem riesigen, spitzen Brocken, der mir das Schlucken unmöglich machte.

Kas drehte sich zu mir um, sein Mund formte erneut das schiefe Grinsen von gerade eben. Dieses, das nicht echt war. Nicht *Kas* war. Erst jetzt erkannte ich die Niedergeschlagenheit darin, die nicht zu ihm passte.

»Ist sie jetzt weg?« Er knöpfte sich das Hemd zu. »Die Anziehung zwischen uns?«

Meine Lippen teilten sich, doch es kam kein Laut zwischen ihnen hervor. Das hier war nicht einer der Abende im *Salon Rouge*, an denen einer meiner Freier von mir hinunterstieg, nachdem er mich benutzt hatte. Heute war es andersherum. Ich hatte Kas benutzt, und der Gedanke ließ eine Peitsche auf mein Herz niedergehen, formte einen weiteren Riss darauf, der sich wie eine Kerbe in den Muskel fraß und für immer als Narbe dort pulsieren würde.

Kas bückte sich, hob meine Hose hoch und warf sie zu mir aufs Bett. Eilig griff ich nach dem schwarzen Stoff, konnte ihn nicht schnell genug über meine Beine ziehen. Ich setzte mich auf, rutschte vor bis zur Bettkante und sah Kas an. Mein Mund formte Worte, die sich sogleich wieder in Luft auflösten, weil mein Kopf noch nicht wusste, was er sagen wollte.

Nur für den Bruchteil einer Sekunde spähte ich zu dem Spiegelsplitter, der zu Kas' Füßen lag. In dem Moment, als mich das schlechte Gewissen Alexei gegenüber durchzuckte, wurde mir klar, dass das gerade mehr gewesen war als nur Sex.

Ich sah hoch zu Kas, der meinem Blick gefolgt war. Seine Mundwinkel fielen herab, das Licht in seinen Augen wurde trüb. Erneut öffnete ich den Mund, doch in dem Moment flog die Tür auf.

KAPITEL 15

Die Tür rammte Kas, der durch den Aufprall zu Boden geschleudert wurde. Ich sah noch, wie er den Arm ausstreckte, um seinen Fall abzufedern, doch der knickte mit einem knallenden Geräusch ein.

Dass ihn die Tür getroffen hatte, statt durch ihn zu gleiten, konnte nur eins bedeuten …

Hektisch sprang ich vom Bett und stierte in den Flur. Tatsächlich. Dort kam ein Mann mit milchig weißen Augen zum Vorschein, unter seiner dunklen Jacke eine schneefarbene Uniform.

Man hatte uns gefunden.

Die Erkenntnis zerquetschte meine Eingeweide, und doch handelte ich geistesgegenwärtig. Ich beschwor meine Schatten, Kas zog sich unterdessen am Nachttisch hoch, versuchte, sich aufzurichten.

Mit den Schatten drangen Geräusche an mein Ohr, die mich in ihren dunklen Strudel zogen. Das Stöhnen verschiedener Männerstimmen. Besonders eine von ihnen stach hervor. Jene, die sich zu einem wütenden Raunen auftürmte und dann zu einem erstickten Gurgeln wurde. Ich hatte ihn getötet. Ich hatte sein Leben beendet. *Beendet.* Aber er hatte meines bedroht. Ein elektrisierendes Zittern schüttelte meinen Körper.

Ähnlich, wie ich es in der Gasse getan hatte, schickte ich einzelne schwarze Schlieren los, die sich aus meinen Schatten lösten, damit sie dem Chasseur die Kehle zuschnürten, bevor er irgendetwas tun konnte, das uns gefährlich wurde.

»Ausgeburten der Hölle!«, knurrte er, als er einen Dolch aus seinem Jackett zog und meinen Angriff blitzschnell parierte.

Ich keuchte bei dem Anblick des goldenen Stahls, der meine Schatten zu Rauch auflöste.

Der Chasseur machte einen großen Schritt ins Zimmer und schlug die Tür hinter sich zu, die nach dem Zusammenprall mit Kas eine tiefe Delle aufwies, durch die sich Risse zogen wie Kratzspuren in Haut. Vermutlich versuchte er, geheim zu halten, was hier passierte, um die tatsächlichen Motive seiner heiligen Kirche weiter vor den Augen des Volkes zu verbergen. Die Bevölkerung sollte wahrscheinlich weiter davon ausgehen, dass er und seine Brüder gewöhnliche Exorzismusformeln nutzten statt Magie.

»Er kommt unvorbereitet«, keuchte Kas, der sich die rechte Schulter hielt. Sie hing seltsam tief, was mir den Magen umdrehte. »Sonst wären weitere Chasseure bei ihm und eine Tentamière.«

Mein Blick zuckte zurück zu dem Jäger, der uns aus wilden Augen taxierte, als ob er überlegte, wie er zuerst angreifen sollte. *Wen.*

Ich verdichtete meine Schatten, weitete sie auf Kas aus, der so schwer verletzt zu sein schien, dass er seine Dunkelheit noch immer nicht gerufen hatte. Je größer die Wolke wurde, desto lauter schrien die Stimmen in meinem Kopf. Mein Herzschlag beschleunigte sich, als sich zu den Lauten auch Bilder gesellten, die meinen Geist durchdrangen. Bilder meiner Freier, die über mir aufragten. Bilder von Raoul, von seinem Blick, bevor er mit seinem Gürtel ausholte. Bevor er meinen Hals packte und mich an die Wand drückte wie einen Gegenstand, für den er bezahlt hatte.

Der Chasseur machte einen Satz, bis er dicht vor mir stand, den Dolch hoch erhoben. In dem Moment riss der Horrorfilm in meinen Gedanken ab, hinterließ nichts weiter als ein klebriges Gefühl, das meine Organe ummantelte. Ich ließ meine Schatten auf ihn los, doch es wirkte, als absorbierte seine Waffe sie. Der Mann stieß ein wahnsinniges Lachen aus und trieb die Klinge in den finsteren Rauch, der Kas und mich verhüllte.

Entsetzt sah ich dabei zu, wie Schwade um Schwade in seinen Dolch sickerte. Ich dachte nicht weiter nach und holte aus. Mein Fuß traf den Chasseur in die Weichteile und ließ ihn rückwärts taumeln. Er ächzte und ließ die Waffe sinken. Kas richtete sich neben mir endlich zu seiner vollen Größe auf und eilte in Xathyr-Geschwindigkeit zu dem Mann. Luft wirbelte auf und ließ meine Haarsträhnen tanzen.

Kas stieß den Chasseur gegen die Tür und senkte im selben Moment die Zähne in dessen zuckende Kehle. Gurgelnd schrie der Geistliche auf, ein widerliches Geräusch, bei dem sich mein Innerstes zusammenzog. Und als ich erkannte, wie er trotz allem die Hand mit dem Dolch wieder hob, war es bereits zu spät. Der Mann holte aus und ließ ihn krachend zwischen Kas' Rippen gleiten. Ich erkannte das Juwel, das als Knauf am Griff prangte, die gleiche Waffe wie die des Chasseurs, der mich durch das Trou gejagt hatte.

Nur, dass das Juwel diesmal glühend rot aufleuchtete, als Kas einen markerschütternden Schrei ausstieß.

»Nein!«

Ich beschwor neue Schatten, schickte sie auf den Chasseur los, der sie nun nicht mehr einfangen konnte. Die Schlieren schlossen sich um seinen Hals wie Seile, und ich ließ sie fest zudrücken. Benommen beobachtete ich, wie er die Klinge tiefer in Kas' Brustkorb schob, bevor seine Hände nach den Fesseln aus Rauch tasteten.

»Zoé, du …« Kas stöhnte schmerzerfüllt auf und sackte auf die Knie. Blut rann über seine Lippen und fiel mit ihm zu Boden. Es war nicht sein Blut, erinnerte ich mich, um mich zu beruhigen. »Du musst … ihn rausziehen.«

Gerade wollte ich ihm widersprechen, ihm sagen, dass er

verbluten würde, wenn ich die Waffe herauszog, da fiel mir ein, dass er als Xathyr sicher sofort heilte.

Also eilte ich zu ihm, umfasste den goldenen Griff, der zwischen seinen Rippen hervorlugte. Ich zog daran, so fest, dass er schmatzend herausglitt. Als ich den Dolch in meinen Händen hielt, zitterten diese. Meine Atmung ging flach, drang kaum in die Tiefen meiner Lungen vor, die sich schmerzhaft danach verzehrten. Blut tropfte von der Schneide. Dunkles rotes Blut, das über meine Finger lief.

Blut an meinen Händen.

»Zoé …«

Ich sah auf, doch es war nicht Kas, den ich fixierte. Ich schob mich an ihm vorbei und trat an den Chasseur, der verzweifelt gegen meine Schlieren ankämpfte, die ihn noch immer nicht erstickt hatten. Dann würden wir das eben auf andere Art beenden. Ich verdickte meine Schatten, ließ sie auf seine Schultern drücken, bis er vor mir auf die Knie ging. Ich hob den Dolch an seine Kehle, meine andere Hand griff in sein aschgraues Haar, das vor meinen Augen verschwamm.

»Dafür wirst du büßen«, zischte ich. Der Mann rang nach Luft, und etwas löste sich zwischen meinen Wimpern und lief warm über meine Wange. Ich presste die Klinge in sein Fleisch, bis sich ein Tropfen Blut aus dem Schnitt befreite und den Kragen seines weißen Hemds tiefrot tränkte. »Die Xathyr werden sich gut um dich küm–«

»Nicht.«

Mein Blick schoss zu Kas, der seine Hand auf meine gelegt hatte. Ich hatte nicht bemerkt, wie er aufgestanden war.

»Er hat dir wehgetan«, sagte ich, obwohl mein ganzer Körper bebte. »Ich kann das.«

Kas nickte. »Ich weiß.«

Nur eine Sekunde später fuhr seine Faust wie ein Donnerschlag auf das Gesicht des Chasseurs nieder, dessen Kopf gegen seine Schulter sank wie ein lebloser Sandsack. Er hatte das Bewusstsein verloren.

»Aber er hat Informationen. Wir können ihn noch gebrauchen.«

»Du willst ihn foltern?«

Die Worte taumelten über meine Lippen, während Kas schwer atmete. Der Schlag hätte ihn nicht derart anstrengen dürfen. Eilig sah ich zu der Stelle, an der er verletzt worden war. Die Klinge hatte sein Hemd zerrissen, was einen Blick auf die darunterliegende blutverschmierte Haut gewährte. Und auf die Wunde, die noch immer in seinem Fleisch klaffte.

»Du blutest immer noch«, sagte ich leise, »wieso heilt es nicht?«

Kas lachte kurz und freudlos, was in ein Ächzen überging.

»Weil wir hier nicht in Xanthia sind.«

Ein dumpfes Pochen breitete sich in meiner Magengegend aus.

»Dann lass mich sie verbinden. Deine Wunde.«

»Sorgst du dich etwa um mich?« In Kas' Augen blitzte es.

»Ich brauche dich«, stieß ich zwischen zusammengebissenen Zähnen aus. »Das Relikt und …« Ich hielt inne. Noch wusste ich nicht, ob ich ihm von meiner Mutter erzählen konnte. Ich ging sicher, dass der Chasseur wirklich außer Gefecht gesetzt war, dann warf ich den Dolch aufs Bett. »Zieh dein Hemd aus.«

Kas hob die Brauen, doch er erwiderte nichts. Sein Gesicht verzog sich, als er nach dem ersten Knopf tastete.

»Deine Schulter«, sagte ich. »Sie ist ausgekugelt.« Ohne eine Aufforderung beugte ich mich vor und half ihm. Knopf um Knopf löste ich, bis ich ihm das Kleidungsstück von den Armen streifen konnte. Bei jeder Berührung seiner Haut knisterten Funken in meinem Bauch. Kas war still geworden und tat nichts weiter, als mir dabei zuzusehen.

»Was denkst du, wie er uns gefunden hat?«, fragte ich leise. »Der Chasseur. Er hatte keine Tentamière bei sich.«

Ich dirigierte ihn zum Bett, und wir setzten uns. Mit fahrigen Fingern löste ich die Schleife meiner Bluse und zog das Seidenband vom Kragen.

»Ich nehme an, wir waren doch etwas zu laut«, gab Kas grinsend zurück, und ich war sicher, dass meine Wangen rot leuchteten. Das Bett hatte tatsächlich mehrere Male laut geknackt. Vorsichtig wickelte ich den Streifen Stoff um seinen Rippenkäfig. Ab und an, wenn er seinen rechten Arm bewegen musste, stöhnte er leise auf. Zum Schluss verknotete ich die Enden des provisorischen Verbands und bemerkte, dass sein Blick noch immer auf mir ruhte.

»Du musst meine Schulter einrenken.«

Die Worte durchbrachen die aufgekommene Stille zwischen uns.

»Ich weiß nicht, wie das geht.«

Mein Herz begann bei dem Gedanken daran zu rasen. Ich war keine Ärztin. Was, wenn ich es schlimmer machte?

»Ich leite dich an«, sagte Kas. »Du kriegst das hin.«

»Kas, ich –«

»Sonst bist du bald auf dich allein gestellt, Zoé. Das bisschen Fingergeschick traue ich dir durchaus zu.«

Ich spürte, wie sich meine Nasenflügel blähten, als ich tief Luft holte, nicht, ohne ihn für die Bemerkung anzufunkeln.

»Was soll ich tun?«

Kas bedeutete mir mit einer Bewegung seines Kopfes, aufzustehen. Ich erhob mich vom Bett und sah dabei zu, wie er sich auf den Rücken legte, das Gesicht zu mir gedreht, die Brust unter seinen nervösen Atemzügen angespannt. »Du musst meine Hand nehmen und fest ziehen.«

»Ich soll an deinem Arm ziehen?«

Ein unangenehmes Schaudern rieselte durch mich hindurch. Ich betrachtete seine Schulter. Sie hing eindeutig tiefer als die andere, das Gelenk wirkte leicht angeschwollen, die Haut darüber bläulich verfärbt.

»Das klingt schmerzhaft. Ich will dir nicht wehtun.«

Kas stieß ein heiseres Lachen aus. »Das kannst du gar nicht.«

Ich fühlte einen eigenartigen Stich in meiner Brust, dann packte ich sein Handgelenk und spreizte den Arm von seinem Körper ab.

»Langsam, aber fest«, wies Kas mich an. Da schwang etwas Raues in seiner Stimme mit, das mich unwillkürlich zu dem zurückwarf, das wir vorhin erst auf diesem Bett miteinander getan hatten. Was Kas mit mir getan hatte …

»Zoé?«

Der Klang meines Namens riss mich zurück in die Gegenwart.

»Auch wenn ich deine Berührungen wirklich sehr genieße, müssen wir uns beeilen.«

Ich schaute hinab auf meine Hände, die geistesabwesend über Kas' Haut strichen. Sofort hielt ich inne.

»Die Tentamièren werden unsere Spur schon aufgenommen haben«, führte er aus, und ich nickte. Wir hatten mit dem Chasseur interagiert.

»Zieh so fest du kannst«, wies Kas mich an und deutete mit dem Kinn auf seine Schulter.

Ich tat, was er verlangte. Ein dumpfes Geräusch erklang, das beinahe von dem Knurren übertönt wurde, das in Kas' Brust vibrierte. Mein Magen sackte ab.

»Hat es funktioniert?«

Kas richtete sich auf, schwang die Beine über die Bettkante. Auf seiner Stirn hatten sich glänzende Schweißperlen gebildet, von der einige über seine Wangen rannen, als die Schwerkraft an ihnen zerrte.

»Ich denke schon. Du musst mir trotzdem mit dem Hemd helfen. Bitte.«

Ich bückte mich nach dem Kleidungsstück und schob seinen rechten Arm durch den schwarzen Ärmel. Als Kas auch seinen gesunden Arm in das Hemd hineinbefördert hatte, beugte ich mich zu ihm und half mit den Knöpfen.

Kas blickte zwischen seinen dichten Wimpern zu mir auf, sein Atem traf in gleichmäßigen, ruhigen Zügen warm auf mein Gesicht.

»Du machst das gut.«

Ich konnte ein leises Lachen nicht unterdrücken.

»Es sind nur Knöpfe, Kas.«

»Ich meine nicht die Knöpfe«, sagte er rau.

Ich schluckte, bevor ich noch seinen Kragen richtete.

»Was meinst du dann?«

»Wie du dich um mich kümmerst. So etwas hat schon sehr lange niemand mehr für mich getan.«

Ich hielt seinen Blick fest, der bis in mein Innerstes fuhr. Unwillkürlich fragte ich mich, wer es zuletzt gewesen war, der Kas ein gutes Gefühl gegeben hatte. Wie viel Zeit seitdem wirklich vergangen war.

»Das vorhin«, flüsterte ich und verschränkte die Arme vor meinem Körper. »Ich wollte dich nicht benutzen.«

Kas stand auf und überragte mich jetzt wieder, sodass ich mein Gesicht heben musste, um in seines sehen zu können. Ich wusste nicht, was dieses Gefühl in mir war, jedes Mal, wenn ich ihn ansah, aber es wurde zu einem Ziehen hinter meinem Herzen. Da half es nur bedingt, dass ich mir in diesem Moment nichts mehr wünschte, als meine Arme um Kas zu legen. Ihm zu sagen – zu *zeigen* –, dass alles wieder gut werden würde.

Irgendwann.

Für uns beide.

KAPITEL 16

Kas und ich zuckten zusammen. Der Chasseur hatte sich bewegt.

»Zeit zu reden, alter Mann.«

Kas zog seine Handschuhe an und ging auf den Chasseur zu, der sich langsam aufsetzte und gegen den Schrank lehnte.

»Sag uns, wo ihr das Relikt hingebracht habt. Die Kugel aus Saint-Couère.«

Der Chasseur zog die Nase hoch und spuckte Kas vor die Füße, eine Mischung aus Rotz und Blut.

»Ich rede nicht mit Dämonen.«

Kas krümmte die Lippen zu einem dunklen Grinsen, schwarze Nebelschwaden krochen an ihm empor. Ich konnte die Bedrohung, die von ihm ausging, bis hierher spüren.

»Falsche Antwort.«

Innerhalb eines Augenaufschlags griff er nach dem Dolch auf dem Bett und stieß ihn dem Mann in die Schulter. Mit so viel Kraft, dass er bis zum Heft in dessen Fleisch versank. Der Chasseur riss den Mund auf, und Kas' Schatten strömten in seinen Rachen, um den Schrei zu ersticken, bevor er seiner Kehle entfliehen und uns verraten konnte. Dunkles Rot breitete sich auf der weißen Uniform aus wie ein Klecks Farbe im Wasser.

»Wieso leuchtet das Juwel nicht?«, fragte ich und trat an Kas' Seite.

»Weil er kein Geist ist«, erklärte er. »Das Scheißding füllt sich nur mit unserer Seelenessenz.«

Ich sah zu dem Loch in Kas' Hemd, durch das bereits jede Menge Blut in den Verband gesickert war.

»Dann hat er dir vorhin deine –«

»Er hat mir meine Seele nicht entzogen, dafür hat er den Dolch nicht tief genug in meine Brust gesteckt. Aber jetzt ist der falsche Zeitpunkt dafür, Sorge zu heucheln, kleine Diebin.«

Empört öffnete ich den Mund, um etwas zu entgegnen, da richtete Kas das Wort bereits an den Chasseur: »Hast du es dir noch mal überlegt, Jäger? Du bekommst eine zweite Chance. Antworte, oder das Nächste, das du spürst, ist meine Faust in deinem Gesicht. Der Schmerz sollte dir inzwischen vertraut sein.«

»Ich weiß nicht, wovon du sprichst«, knurrte der Geistliche schwer atmend. Er war so blass geworden, dass seine Gesichtsfarbe mit den vergilbten Tapeten konkurrierte.

»Das Relikt, von dem du und deine Sekte ganz genau wisst, dass es aus Xanthia stammt.«

Kas hatte recht, dämmerte es mir mit einem Mal. Wieso sonst hatten sie es nur von einer Tentamière bewachen lassen, die auf Geister aus Xanthia reagierte?

Der Mann schnaubte, kurz darauf ertönte ein lautes Knacken, dicht gefolgt von einem tiefen Stöhnen. Kas hatte ihm die Nase gebrochen und wischte über seine rechte Hand, als wollte er die Hautpartikel des Chasseurs nicht auf seinen Handschuhen wissen.

Dann bückte er sich zu ihm runter, griff an seinen Kragen, zog den Mann hoch und drückte ihn mit nur einem Arm gegen den Schrank in dessen Rücken. Ich wusste nicht, woher er die Kraft nahm, aber Kas schob ihn so weit hoch, dass seine Füße kaum mehr den Boden berührten. Er hing schlaff an dem spröden Holz hinab, nur getragen von Kas' Arm. Die Schattenschwaden, die in seinen Rachen drangen, wurden dichter.

»Ich schwöre bei deinem Egoisten von Gott, dass ich dich aufreißen und mich an deinen Gedärmen laben werde, wenn du nicht endlich sprichst.«

Gänsehaut jagte über meine Arme, als wäre Kas' Stimme ein eisiger Windhauch, der jedes noch so feine Härchen auf seinem Streifzug aufstellte.

Das Geräusch von brechenden Knochen folgte seiner geraunten Drohung, und kurz darauf beobachtete ich etwas, das ich noch nie zuvor gesehen hatte. Wie fremdgesteuert riss ich mir die Hände vors Gesicht, bedeckte Mund und Nase, als könnte ich den metallischen Geruch, der sich in diesem Moment in die Luft brennen musste, tatsächlich riechen.

Kas' rechte Hand steckte bis zum Gelenk im Bauch des Chasseurs, musste auf ihrem Weg seine Rippen zerbrochen haben wie dünne Zweige. Übelkeit regte sich in mir.

»Du hast drei Sekunden.« Er klang wie der Tod. »Danach reiße ich deinen Darm aus dir heraus, wickle ihn dir um den Hals und hänge dich damit an den nächsten Laternenpfahl.«

Der Mann riss die Augen auf, die in ihre Höhlen gesackt waren, und öffnete den Mund. Doch es stieg nur ein heiseres Röcheln aus seiner Brust. Kas zog seine Hand zurück, mein Herz blieb stehen, aber nahm seinen Takt wieder auf, als ich erkannte, dass seine Finger leer waren. Nichts als Blut klebte an ihnen. Er ließ von dem Chasseur ab, der auf den Boden fiel wie ein Haufen Elend.

»Oh ja, richtig.« Kas' Schatten strömten aus dem Mund des Mannes hervor. »Und jetzt sprich. Entweder wir zögern das hier weiter hinaus, oder ich gewähre dir einen schnellen Tod. Es liegt in deiner Hand.« Er leckte sich das Blut von den Fingern. »Ich kann dir auch schlimmere Bilder zeigen, die dich noch in Xanthia verfolgen werden, wenn es das ist, worauf du stehst.«

Erst jetzt realisierte ich, dass der Chasseur die ganze Zeit über nicht nur von den Schatten gequält wurde, die ihn fesselten und körperlich folterten, sondern auch von jenen, die auf unseren Gewissen lagen wie dunkle Wolken, die jedes Licht verschluckten. Unsere Sünden, die er in seinem Kopf gehört hatte wie die Melodie des Todes.

»Schatz…kammer«, krächzte er. Es gelang ihm nicht, seinen Kopf zu heben, und graue Haarsträhnen verteilten sich auf dem staubigen Fußboden. Ich horchte auf. »Villedeux.« Ein Hustenanfall schüttelte seinen Körper, und er sackte wieder in sich zusammen, krümmte sich.

Ich sah zu Kas, der den sterbenden Mann aus Eisaugen abschätzig musterte.

»Geht doch.«

Das musste eines der Dörfer im Umkreis von Domcourt sein. Wie viel Zeit würden wir brauchen, um dorthin zu reisen? Wie viel Zeit blieb mir noch bis …

»Warte!«

Ich hechtete zwischen Kas und den Chasseur. Kas legte den Kopf schief, als würde er versuchen zu ergründen, was für eine eigenartige Kreatur ich war.

»Meine Mutter«, keuchte ich und drehte mich zu dem Mann in meinem Rücken um. »Ihr habt ihr Haus markiert. Wann holt ihr sie?« Ich ignorierte Kas, der sich hinter mir versteifte.

Der Chasseur hustete schon wieder, und in der Hoffnung, ihm Linderung zu verschaffen, beugte ich mich zu ihm runter, um den Dolch aus seiner Schulter zu ziehen. Blut sprudelte aus der Wunde hervor, spritzte mir ins Gesicht.

»Sie wohnt in Aubervilliers, nahe dem Trou. Ein kleines Haus mit einem kaputten Fenster.«

Als unser Zuhause schemenhaft vor meinem inneren Auge zum Leben erwachte, schluckte ich schwer gegen die Enge in meiner Kehle an.

Kas berührte meinen Arm und drehte mich zu sich um.

»Wir haben nicht mehr viel Zeit.«

Er hatte recht. Die Tentamièren. Resigniert senkte ich für einen Augenblick die Lider.

»Du hast sie gehört«, sagte Kas lauter und trat an mir vorbei zu dem Chasseur, der sich nicht mehr rührte.

Ein qualvolles Stöhnen erfüllte den Raum und ließ meine Haare ein weiteres Mal zu Berge stehen.

»Aubervilliers ist zu Beginn der kommenden Woche an der Reihe.« Der Tonfall des Mannes klang so fest, so unbeschwert, dass ich mit heftig klopfendem Herzen herumwirbelte. Seine Gesichtszüge waren entspannt, kaum mehr ein Zeichen von Schmerz darin zu erkennen.

»Was …«, begann ich, bis ich verstand.

Kas, der vor ihm kniete, hatte ihm das Leid genommen.

Ich hielt die Luft an.

»Willst du noch etwas fragen?«

Obwohl Kas sich nicht umdrehte, wusste ich, dass er die Worte an mich gerichtet hatte. Ich schüttelte den Kopf und warf ein hastiges »Nein« hinterher.

Als Kas seine Hände an den Kopf des Chasseurs legte, wandte ich mich ab. Nur das Knacken von Knochen und das Verstummen des röchelnden Atmens verrieten mir, dass er ihm das Genick gebrochen und ihm damit wie versprochen den schnellen Tod gewährt hatte.

Die Stille, die daraufhin folgte, klang endgültig. Sie wurde nur durchbrochen von Kas' Ächzen, als er sich erhob und vor mich stellte.

»Deine Mutter also? An den Teil unserer Abmachung erinnere ich mich gar nicht.«

Hastig senkte ich den Blick. Schlechte Idee. Eine Blutlache hatte sich um den Körper des toten Chasseurs gebildet, die sich immer weiter in das Holz der Dielen fraß. Erinnerungen vernebelten meine Sicht.

»Vergiss es«, murmelte ich. Das würde ich auch allein

schaffen. Erst würden wir das Relikt in Villedeux holen, danach konnte ich nach Aubervilliers zurückfahren und meiner Mutter helfen.

Kas' Miene war hart geworden, bemerkte ich, als ich den Kopf hob.

»Du willst deine Mutter warnen, bevor sie von den Männern der Kirche abgeholt wird. Dafür musst du nach Aubervilliers, das gar nicht mal so weit entfernt ist von dem Ort, an dem sich der Eingang zu deinem Pfad befindet.« Er trat auf mich zu, bis er dicht vor mir zum Stehen kam. »Dass ich das vergessen soll, bedeutet, dass du nicht davon ausgehst, dass ich bei dir sein werde, wenn es so weit ist.«

Ich funkelte ihn an, hoffte, dass er die Unsicherheit nicht bemerkte, die in mir hochstieg.

»So, wie es aussieht, wird deine Wunde dich vorher dahinraffen. Ich muss zusehen, wie ich danach allein zurechtkomme.«

Ich atmete scharf ein, als Kas' Hand hervorschoss und sich um mein Kinn schloss. Er hielt mein Gesicht fest und schob seines direkt davor. Kälte brannte in seinen blauen Iriden.

»Wenn du denkst, dass du mich hintergehen kannst, hast du dich getäuscht.« Seine Stimme war ein Donnern, das durch meinen Körper grollte wie ein Sturm. »Komm ja nicht auf irgendwelche dummen Ideen, kleine Diebin. Ich hatte gerade angefangen, dich zu mögen.«

Ich hielt seinem Blick stand, auch wenn eisige Winde durch meinen Verstand tosten.

»Dann sieh zu, dass du nicht verblutest.«

Kas hielt mich noch einen Moment fest, seine Augen fuhren tastend über mein Gesicht, als würden sie versuchen, die als Wahrheit getarnte Lüge auf diese Art zu entlarven.

Ein knarzendes Geräusch ließ uns beide herumfahren. Die Tür stand einen Spaltbreit offen, und das Gesicht einer jungen

Frau schob sich ins Zimmer. Mit jeder verstreichenden Sekunde breitete sich mehr Horror in ihren Zügen aus, bis sie den Mann entdeckte, der zu ihren Füßen in seinem eigenen Blut lag. Ihre Lippen teilten sich zu einem Schrei, der ihr in der Kehle stecken blieb.

Wind kam auf, und Kas stand nicht länger vor mir, sondern vor der Frau, die ihn nicht sehen konnte. Umso entsetzter war der Ausdruck auf ihrem Gesicht, als Kas sie in das Zimmer zog, an die Wand drückte und seine Zähne in ihre Halsschlagader senkte. Seine Hand fuhr zu ihrem Mund, drückte fest zu, um sämtliche Laute aufzufangen, die ihren Lippen entkommen wollten.

Ich sog scharf die Luft ein, grub die Zehen in meine Stiefel, stand da wie eingefroren, während ich dabei zusah, was sich dicht vor meinen Augen abspielte. Kas, der eine wehrlose Frau gegen ihren Willen festhielt. Ihr wehtat.

Mit jedem weiteren Atemzug wurde meine Kehle enger, als wäre es Schlamm, der meine Luftröhre hinunterkroch. Ich musste mich bewegen. Musste ihr helfen. Musste mich aus meiner Starre lösen. Ich krümmte einen Finger meiner rechten Hand, und mit ihm brach der Bann, der mich festgehalten hatte. Ich stürzte auf Kas zu, griff nach seinem Arm und zerrte an ihm.

»Lass sie in Ruhe!«

Kas hob seinen Kopf aus ihrer Halsbeuge und betrachtete mich mit wildem Blick. Die Frau rutschte an der Wand zu Boden, in ihren Augen ein letzter entsetzter Ausdruck, die blassgelbe Tapete hinter ihr blutrot gesprenkelt. Sie war tot.

»Was hast du getan?«, schrie ich ihn an, meine Stimme erstickt.

Kas wischte sich mit dem Handrücken über den Mund. »Mich geheilt. Du hast doch gesagt, ich solle zusehen, dass ich nicht verblute.«

Ich schaute runter zu seiner Wunde, die ich unter dem Verband nicht länger ausmachen konnte.

»Du hättest von *mir* trinken können! Ich hätte dir mein Blut freiwillig gegeben! Du hattest nicht das Recht, sie zu töten!«

Sein Blick wurde finster, als er ihn mit meinem verhakte.

»Ich brauche dich, schon vergessen?«, stieß er aus. »Für meine Rückfahrt nach Xanthia.«

»Du hättest mich nicht getötet«, gab ich zurück, meine Wut inzwischen mehr Resignation. »Du kannst dich kontrollieren.« *Im Gegensatz zu Alexei*, dachte ich. »Sonst hättest du es getan, als du das erste Mal von mir getrunken hast.«

Kas ging an mir vorbei zum Bett und griff nach dem Mantel, den ich dort abgelegt hatte.

»Du solltest aufhören, mich so zu sehen, wie du mich sehen willst, Zoé. Stattdessen solltest du annehmen, was ich dir *zeige*.« Er neigte den Kopf und reichte mir meinen – *seinen* – Mantel. »Oder habe ich dir die Wahrheit über mich aus deinem hübschen Kopf gevögelt?«

Heißes Feuer loderte in meinem Bauch auf und stieg hoch bis in meine Kehle. »Wieso bist du jetzt so?«

Kas verengte die Augen. »Wie?«

»Ein eiskalter Wichser.«

Er hob einen Mundwinkel.

»Du hast doch die ganze Zeit über gewusst, wer ich bin. Gestern in der Taverne hattest du kein Problem damit, mir zu sagen, was du wirklich von mir denkst, nicht wahr?«

»Ich habe gar nichts gesagt!«

»Stimmt.« Kas nickte langsam. »Aber dein Schweigen hat es.«

Ich tat seine Worte mit einem Augendrehen ab. Vielleicht hielt ich mich damit auch selbst davon ab, vor ihm in Tränen auszubrechen. Ich sah zum Fenster, als könnte ich die Chasseure, die auf dem Weg zu uns waren, dort unten im Innenhof des Gasthauses erspähen. Dort standen lediglich Mülltonnen, und ich sah Ratten durch das Gebüsch hasten.

»Zieh dich an und vergiss deinen Geliebten nicht.«

Ich folgte Kas' Blick mit meinem und hob den Spiegelsplitter auf, der zu seinen Füßen lag. Der Riss auf der glatten Oberfläche war kaum verkennbar. Vorsichtig fuhr ich ihn mit der Fingerspitze nach.

»Keine Sorge, bald kannst du dich wieder in Alexeis starke Arme werfen. Wie gut, dass *er* kein eiskalter Wichser ist.«

Sarkasmus troff süß wie Gift von jedem einzelnen Wort und brannte sich ätzend in mein Herz.

KURZ ZUVOR
IM BLUTDISTRIKT
IN XANTHIA

KAPITEL 17

ALEXEI

»Zoé!«

Der Name entriss sich meiner Kehle wie ein Messer, das aus einem Bauch gezogen wurde. Mein Schwanz erschlaffte in meiner Hand wie mein Herz in meiner Brust. Blutrote weit aufgerissene Augen blickten mir entgegen, nicht länger die ihren, schwarzbraun und voller Zuneigung. Zoés Gesicht war fort, und nun guckte mich nur noch mein eigenes an. Ich sah sie nicht mehr. Was war geschehen? Sie war weg, sie war …

Meine rasenden Gedanken brachen ab, als ich etwas hörte. Zoé …

»Zoé, bist du noch da? Was ist passiert? Geht es dir –«

Ich hielt inne und spürte, wie sich mein gesamter Körper anspannte. Zoé, sie sprach mit jemandem.

Hattet ihr Spaß? Oder besser gefragt: Hatte Alexei *Spaß?*

Eis kroch in meine Venen, in jeden Winkel meines Körpers. Diese Stimme … Ich kannte sie beinahe so gut wie meine eigene.

Was soll das jetzt wieder heißen? Zoé.

Dass er sich einen runtergeholt hat, bevor er überhaupt ein einziges Mal gefragt hat, wie es dir geht. Lief es beim Sex zwischen euch auch so ab? Er hat sich geholt, was er brauchte, scheiß auf deine Bedürfnisse?

Das durfte nicht wahr sein. Das *konnte* nicht wahr sein. Sie hatte nicht auf mich gehört. Sie war bei ihm geblieben. Und jetzt tat dieser Bastard das, was er am besten konnte: Er redete schlecht über mich.

Sprich nicht über Dinge, von denen du nichts verstehst! Zoé, sie verteidigte mich.

Glaub mir, ich verstehe mehr davon, als Alexei in seinen fünfhundert Jahren versäumt hat zu lernen.

Beschissener Wichser! Mein Blut begann zu kochen, ließ die Eiskristalle in meiner Brust zu Lava schmelzen, die durch meine Adern rauschte wie ein reißender, alles verschlingender Strom.

Was … was tust du da?

Ich hörte das Zittern in Zoés Stimme, und es vibrierte in meinem gesamten Körper nach wie das Echo einer tödlichen Kakofonie. Wenn er ihr wehtat … Ich sprang vom Thron, zog mir die Hose über die Hüften und schnürte sie fest zu. Mit einem Schritt stand ich vor dem hohen Spiegel, der die Kalksteinsäule zierte.

»Zoé!«

Mein Brüllen hallte durch das Gewölbe, bis der golden verschnörkelte Rahmen vor mir erzitterte.

»Antworte mir!«

Ich drehte mich um und trat an einen der anderen Spiegel. Ich konnte sie nicht finden, nirgendwo.

»Zoé!«

Ich werde dich schon nicht beißen, tönte Kaspars Stimme durch das Throngewölbe. Ich stieß ein Knurren aus. Wenn die Zähne dieses gottlosen Hurensohns auch nur in die Nähe von Zoés Körper kamen, würde ich höchstpersönlich zum Geist werden, um ihm seinen verfluchten Kopf von den Schultern zu reißen!

Ich weise dich nicht zurück, nur weil ich dich nicht in irgendeiner abgelegenen Gasse vögeln will, als wärst du nichts weiter als –

Eine Hure?

Irgendeine Frau. Als wärst du nichts weiter als irgendeine beliebige Frau, Zoé.

Ein stechender Schmerz zog sich durch meine Faust, die ich in den verfickten Spiegel geschlagen hatte.

»NATÜRLICH IST SIE NICHT IRGENDEINE BELIEBIGE FRAU«, echoten meine Worte durch das Gewölbe. »SIE IST MEINE FRAU!«

Wieder holte ich aus, und wieder bohrten sich Splitter in mein Fleisch.

Und wenn du Alexei damit verletzt, ist es dir egal?

Dass er meinen Namen auch nur in seinen dreckigen Mund nahm –

Es ist nur Sex, Kas.

Dann lass mich beenden, was Alexei noch nicht einmal anzufangen vermochte.

J-jetzt?

»NEIN!«, brüllte ich den letzten Scherben entgegen, die sich verzweifelt an den Goldrahmen klammerten. Ein schweres Atmen ertönte um mich herum, drückte auf meine Ohren, und mir drehte sich der Magen um.

Und du fühlst gar nichts dabei? Es ist nur Sex?

Ich wollte ihre Antwort nicht hören. Zum Teufel, das wollte ich wirklich nicht. Ruckartig drehte ich mich zurück zu dem anderen Spiegel und versenkte meine Faust in ihm, zog sie heraus und schlug noch einmal zu und noch einmal. In dem Loch hinter meinem Herzen regte sich etwas, als ich Zoés leises Stöhnen hörte. Jenes, das *ich* ihr erst vor wenigen Tagen entlockt hatte. Es gehörte mir. *Sie* gehörte mir.

»GOTTVERFLUCHTER BASTARD!«, brüllte ich den Überresten meines eigenen Spiegelbilds entgegen, hinter denen Kaspar lauerte, als wäre er nie fort gewesen. Als säße er in den Windungen meines Hirns, um mich von innen heraus zu quälen.

»Es bedeutet gar nichts, dass du sie fickst, hörst du?« Blut tropfte von meiner Hand, Speichel spritzte von meinen Lippen. »DAS ÄNDERT GAR NICHTS!«

Der Mond schien klar und hell über meinem Kopf, eine Nacht ohne Wolken. Kein Wunder, hatten sie sich doch alle in meiner Brust gesammelt, um mein Herz zu ersticken. Ich schritt entlang des gepflasterten Wegs auf den Rosenbogen zu, der in Nastyas Garten führte.

In Zoés Garten, verbesserte ich meine Gedanken, weil mein Kopf ebenso schattendurchflutet war wie der Rest meines Körpers. Mein Blick flog über die Büsche hin zu der Mauer, die den Garten vom Hof trennte.

Zoés Gesicht blitzte vor mir auf, wie sie an ebenjener Steinmauer zu Boden gesunken war und mich angefleht hatte, ihr die Angst zu nehmen. Ich hatte es getan. Ich hätte alles für sie getan.

Meine Hände formten sich zu Fäusten, als ich den Kopf schüttelte, um ihn zu klären. Zu klären von dem Stöhnen, das immer und immer wieder in mir nachhallte, mich verhöhnte. Ich konnte nicht glauben, was sie mir antat. Nach allem, was ich ihr über Kaspar erzählt hatte.

Was ich ihr *gezeigt* hatte.

Sie war so naiv und beeinflussbar. Ganz anders als Nastya, die genau gewusst hatte, was sie tat.

Ich sah zu dem Schatten auf der Wiese direkt unter der hohen Tanne, die einen Teil ihrer blutroten Nadeln abgeworfen hatte. Nastyas gewiefter Verstand war die eine Sache an ihr gewesen, die ich nie hatte leiden können.

Als ich weiterging, fiel mir etwas auf. Die Hecke mit den Mitternachtsrosen war verdorrt. Die Blumen hatten ihre Köpfe gesenkt, als trauerten sie im stillen Einvernehmen. Ihre Blätter waren trocken und spröde, und zu ihren Wurzeln lagen Hunderte schwarzer Blütenblätter. Zwischen ihnen erhaschte ich einen Blick auf den Rasen, der … Ich presste meine Lippen hart aufeinander.

Pechschwarz.

Die Dunkelheit erstreckte sich über eine große Fläche der Wiese, reichte beinahe bis an meine Stiefelspitzen.

Die Dürre hatte keinen Halt vor den Schlossmauern gemacht.

»Ihr habt es entdeckt, mein Herr.«

Ich drehte mich langsam um und erkannte Ivan, einen der neuen Wächter.

»Ich hatte es Euch mitteilen wollen, nur –«

»Wer hat dir erlaubt, den Garten zu betreten?«

Ich verschränkte die Hände hinter meinem Rücken und stierte dem jungen Xathyr ins Gesicht. Er zeigte keine Spur von Nervosität, und ich machte mir irgendwo in meinem Unterbewusstsein eine Notiz, dass ich ihm Respekt beibringen musste.

Ivan neigte sein Haupt, ehe er mir in die Augen sah.

»Ledi Zoé hat mich letzte Woche hierhergebracht, kurz vor der Erntezeremonie. Ich habe nicht gewusst, dass ich nicht befugt bin –«

»*Du* hast sie zu der Zeremonie begleitet?«

Sein Kehlkopf bewegte sich auf und ab. Gut, da war sie. Seine Angst.

»Ja, mein Herr. Hätte ich das nicht tun sollen?«

»Hättest du nicht«, sagte ich ruhig, obwohl ich spürte, wie mein Puls an meiner Schläfe pochte. »Wo ist General Maxim?«

Ivans Lippen teilten sich erneut, und er schnappte nach Luft.

»Deswegen bin ich hier, mein Herr. Der General hat einen kleinen Trupp zusammengestellt, um die Tore zu schützen. Generalin Nika ist noch immer unauffindbar, sie –«

»Schickt nach General Maxim.«

Ich wandte mich wieder den Mitternachtsrosen zu und dachte an den Moment zurück, den Zoé und ich hier geteilt hatten. Sie war so zart und zerbrechlich unter meinen Fingern gewesen. Wie ihr Herz an meiner Brust gerast hatte, bevor ich sie küsste, und meines, als sie mich in ihren Mund nahm. Bei der Erinnerung durchlief mich ein angenehmer Schauer.

Natürlich hatte Nastya uns diesen Moment ruinieren müssen. Hatte meine Gedanken heimgesucht wie ein rachsüchtiger Geist, bis es ihr Name war, der mir von der Zunge rollte, obwohl immer nur Zoé durch meine Venen rauschte.

Nichts anderes passte zu diesem Biest.

Mein Blick klärte sich und offenbarte die vertrockneten Blüten, auf denen er haftete. Mit Zoés Fortgehen geriet alles außer Kontrolle. Ich wusste, wohin ich heute Nacht gehen musste, um dieses widerliche Gefühl noch im Keim zu ersticken.

»Das werde ich tun, aber ich bin hier, um Euch vorher eine andere Botschaft zu überbringen, Herr. Die Baroness ist hier. Sie erbittet eine Audienz.«

Miron hatte seine Tochter geschickt? Ich fuhr herum.

»Was will sie?«

»Das entzieht sich meiner Kenntnis, Herr.«

Für ein Friedensangebot des Schattendistrikts war es schon lange zu spät. Vielleicht würde ich Miron diese Botschaft mithilfe der kleinen Baroness übermitteln müssen.

»Hol Maxim«, wiederholte ich, bevor ich zurück ins Schloss ging. Vadim und Darya erwarteten mich am Tor und folgten mir bis vor den Thronsaal. Als die Türen geöffnet wurden, traf es mich wie ein Schlag.

»Oh«, tönte es glockenhell von meinem Thron, auf dem sich Mirons Tochter breitgemacht hatte, die riesigen silbernen Schwingen hinter sich ausgebreitet, als wollte sie Anspruch auf meinen Besitz erheben. »Ich habe nicht so schnell mit Euch gerechnet, Graf.« Sie kicherte.

Sie kicherte, und ich verspürte nichts als das Bedürfnis, ihr hier und jetzt die Kehle herauszureißen, ungeachtet der Tatsache, dass sie noch ein halbes Kind war mit ihren achtzehn Jahren.

»Sofort runter«, knurrte ich. Die ersten Schatten krümmten sich um meine Gestalt, bereit, die Baroness zu ersticken.

Alina streckte ihren Rücken durch, doch anstatt aufzustehen, überkreuzte sie die Beine, die in einem glänzenden Paar Hosen steckten. »Ich bin so weit geflogen.« Sie pustete sich eine silberne Locke aus dem Gesicht, die Lippen amüsiert verzogen. »Nur für Euch, Alexei. Gönnt mir einen Moment der Ruhe, hm?«

Ein Knochen an meinem Kiefer knackte. »Was hindert mich daran, Euch an den Haaren zu packen und aus dem Schloss zu schleifen? Oder Euch abzuschlachten, wie Euer Vater es mit meiner Bediensteten tun ließ?«

Das Theaterstück des Grauens war eine einzige Farce gewesen, die dazu gedient hatte, mich zu verhöhnen. Miron würde es büßen. Miron und Gregori, der mit ihm unter einer Decke steckte. Nikolaj war nicht mehr denn ein Mitläufer, der ihnen nach der Pfeife tanzte, aber auch ihn würde ich seiner Strafe zuführen.

Ich trat einen Schritt auf die Baroness zu, während ich mir vorstellte, was ich gleich mit ihr anstellen würde, um mich an ihrem Vater zu rächen.

Sie legte den Kopf schief und vertiefte das Grinsen, das auf ihrem Gesicht haftete wie ein Echo von Mirons Spott.

Innerhalb eines Augenaufschlags stand ich vor ihr, meine Hand um ihren zierlichen Hals geschlossen. Eine schnelle Bewegung, und er würde brechen wie ein dürrer Zweig. Der Gedanke ließ mich heftiger atmen.

Ich beugte mich vor, bis meine Lippen ihr Ohr berührten. »Na los, Alina. Nennt mir nur einen Grund, warum ich Euch nicht den Kopf abreißen und Eurem Vater zum nächsten Namenstag zukommen lassen sollte.«

Mit ihren langen schwarzen Fingernägeln tippte sie an meine Hand, als wäre sie nichts weiter als eine lästige Zumutung, die sie am Sprechen hinderte.

Ich lockerte meinen Griff, ohne meine Augen von ihren zu lösen. Sie hatten die Farbe von frisch vergossenem Blut, und etwas Durchtriebenes glänzte in ihnen. Es machte mich wahnsinnig.

»Einen Grund habe ich nicht«, sagte sie lächelnd, ihre kratzige Stimme das einzige Anzeichen dafür, dass meine Kraft sie nicht unberührt gelassen hatte. »Aber dafür bringe ich ein Angebot mit.«

VILLEDEUX IN DER RÉPUBLIQUE ADRASTEAU

KAPITEL 18

ZOÉ

Kurz nach unserer Ankunft in Villedeux war die Nacht hereingebrochen. Die letzte hatten wir am Bahnhof von Domcourt verbracht, bis unser Zug im Morgengrauen angerollt war. Seitdem hatten wir kein Wort miteinander gesprochen. Jedes Mal, wenn ich Kas anschaute, sah ich seine hasserfüllte Fratze vor mir, die er in den Hals der unschuldigen Frau gegraben hatte.

Ich wusste nicht, was es war, das Kas sah, wenn er mich anschaute. Es sollte mir egal sein, doch wer hatte schon die Macht über das, was er fühlte?

Wenn ich sie hätte, würde ich Kas hassen. Ich würde ihn mit allem hassen, das ich war. Aber ich konnte es nicht.

Wie denn auch, wenn ich ganz genau wusste, dass alles, was er tat, in dem Schmerz wurzelte, der in seinem Herzen herangewachsen war wie eine verkümmerte Rose?

Die zarten Blütenblätter mochten vertrocknet sein, die Dornen hingegen bohrten sich spitz in sein Innerstes. Ich konnte es beobachten. Ich bemerkte es immer, wenn einer der Stacheln in sein Fleisch drang. Erkannte es im Umschwung seiner Laune, in jeder noch so kleinen Regung seines Gesichts. Und dann schlug er um sich.

Während ich meinen Zorn auf die Welt gegen mich selbst richtete, zerstörte Kas die Dinge um sich herum, bevor er selbst daran zugrunde gehen konnte. Es war seine Art zu überleben.

Nein, ich konnte Kas nicht hassen. Doch ich war verdammt wütend auf ihn.

Dunkelgraue Wolken rollten über uns hinweg wie die Brecher einer aufgewühlten See. Sie bedeckten den Großteil des Himmels, doch hinter ihnen erkannte ich die ausgefranste Silhouette der aufgehenden Sonne. Wir hatten die Nacht verstreichen lassen und irrten nun mehr seit über einer Stunde durch den Ort. Endlich zeichnete sich in der Ferne das Gebäude ab, nach dem wir gesucht hatten. Die sogenannte Schatzkammer der *Église des Saints*. Wir hatten Gesprächen der Dorfbewohner gelauscht, waren Flugblättern und Schildern gefolgt, die eine Ausstellung wertvoller Artefakte während der heiligen Messe auswiesen.

Meine Gedanken drifteten zurück zu jener Nacht, in der Claire und ich das Relikt das erste Mal gestohlen hatten. Bis auf ihr fatales Ende war es leicht gewesen, die Kugel aus dem Museum zu entwenden. *Zu* leicht. Ich hatte nach der Vision, die mir das Relikt des Aschebarons gezeigt hatte, immer wieder darüber nachgedacht. Der Schlüssel, den man Claire ausgehändigt hatte, die offen stehende Vitrine, die spärlich anwesenden Wachleute. Als ob jemand gewollt hatte, dass wir erfolgreich waren.

Mein Blick fuhr über das schneeweiße Mauerwerk der Schatzkammer. Sie erinnerte an eine Art Kaserne, deren Eingang offen stand. Waren sie sich wirklich so sicher, dass keine verirrten Xathyr-Geister hierherfanden? Wie viele Geister gab es in Adrasteau wohl? Vermutlich nicht viele, sonst wären wir einem begegnet. Andererseits … Würden wir sie überhaupt erkennen? Kas und ich sahen in meinen Augen auch völlig normal aus. Und die Chasseure mussten ja irgendwie Erfahrung im Umgang mit Geistern haben …

»Warte.«

Ich hielt inne und drehte mich zu Kas um, der einige Meter hinter mir stehen geblieben war. »Was ist?«

»Dort drin müssen wir eine Einheit bilden, wenn wir das Relikt holen wollen.«

Ich verschränkte meine Arme vor der Brust, als könnte ich damit eine Barriere zwischen uns aufbauen.

»Das ist mir durchaus bewusst.«

»Und sobald wir die Kugel haben, verschwinden wir. *Gemeinsam.*«

Sein Blick traf auf meinen, versengte die Erinnerung, die zwischen den Zeilen mitschwang, mit Brandzeichen in meiner Haut. *Wehe, du haust ab, ohne deinen Teil der Abmachung einzuhalten.*

»Natürlich«, gab ich zurück, ohne mit der Wimper zu zucken. Ich atmete tief durch und ließ meine Arme sinken. »Wenn das Relikt meinen Geist absorbiert, musst du –«

»Ich weiß«, unterbrach Kas mich. »Ich werde auf dich aufpassen.«

Ich nickte.

»Zoé –«

»Ich glaube dir«, unterbrach ich ihn. Ich wollte nicht, dass er weitersprach. Seine Stimme hatte wieder diesen Ton angenommen. Den, den sie hatte, wenn eines der abgestorbenen Rosenblütenblätter in seinem Herzen traurig ins Bodenlose segelte. Den, der mich immer wieder hatte schwach werden lassen. An das Gute in ihm hatte glauben lassen.

Das Problem war nur, dass ich inzwischen wusste, es würde nicht mehr lange dauern, bis eine der Dornen zustach.

Und ich hatte selbst genügend davon.

Das Innere der Schatzkammer war so prunkvoll ausgestattet, wie der Name vermuten ließ. Eine hohe, abgerundete Decke erstreckte sich über unseren Köpfen. Schneeweiß und durchzogen von golden schimmernden Malereien. Der Boden zu unseren Füßen war ebenso glänzend gekachelt, als hätte man ihn wenige Minuten zuvor erst frisch aufpoliert, dabei schritten neben mir und Kas mindestens zwei Dutzend weiterer Leute durch den riesigen Saal.

Zwischen hohen Vasen und filigran gearbeiteten Skulpturen waren Schaukästen ausgestellt, um die sich einige der Besucher tummelten. Mit leuchtenden Augen bewunderten sie die alten Schätze, oft Schmuck oder Waffen.

»In keinem davon ist das Relikt«, raunte Kas, ohne sich zu mir umzudrehen. Sein Blick flog aufmerksam durch den Raum, analysierte jeden noch so kleinen Winkel, der vom Schein eines opulenten Kronleuchters erhellt wurde.

»Als ich es damals im Museum von Saint-Couère gestohlen habe, befand es sich in einem der Nebenräume.« Ich deutete zu den Rundbögen, die den Saal aufteilten. »Vielleicht sollten wir dort nachsehen.«

Kas nickte knapp, und wir traten zwischen zwei hohen Steinsäulen hindurch. Der Raum dahinter war deutlich kleiner als die Haupthalle, doch auch hier stand eine Vitrine. Während wir näher herangingen, schlug mein Herz immer schneller gegen seinen Rippenkäfig. So heftig, dass es wehtat. Ich spürte jeden seiner Schläge bis in meinen Hals hinauf.

Dort lag sie auf einem Bett aus königsblauem Samt. Die sandfarbene Kugel mit der roten Maserung. Oben glatt, unten porös.

»Das ist es«, hörte ich meine eigene Stimme wispern. Ich streckte meine Finger nach dem Glaskasten aus und berührte ihn. Sofort hörte ich das Flüstern, das meine Sinne erfüllte, und kurz darauf leuchtete das Relikt schwach auf.

»Wir müssen es dort rausholen.«

Ich sah hoch in Kas' Gesicht, das zu einer steinernen Maske erstarrt war. Er hatte die Hände hinter seinem Rücken verschränkt, lediglich in seinen dunklen Augen spielte sich etwas ab, das mich erahnen ließ, dass auch er etwas empfand, wenn er die Kugel betrachtete.

»Es sind keine Tentamièren anwesend«, sagte er langsam. »Wenn wir die Vitrine unbeobachtet öffnen, könnten wir davonkommen, ohne dass man uns verfolgt.«

Ich schaute um mich. »Wir sind allein.«

»Und sie ist verschlossen.«

Sofort sah ich zurück zu Kas, der an der Tür der Vitrine zog. »Wir brechen sie auf.«

Kas legte den Kopf schief und musterte mich eingehend. »Dann darf ich deinen bewusstlosen Körper durch die Gegend tragen, während die Chasseure mich jagen? Ich kann sie nicht alle töten.«

»Warte hier«, gab ich zurück und ging durch den Rundbogen in die Haupthalle.

Ich ließ meinen Blick umherschweifen und entdeckte eine ältere Frau, die interessiert eine der Skulpturen betrachtete. Sie hatte die Schultern leicht eingezogen und klammerte sich an dem roten Tuch fest, in das sie sich gehüllt hatte.

Mit festen Schritten trat ich auf sie zu und legte eine Hand an ihren unteren Rücken. Sie fuhr herum, und als sie niemanden entdeckte, taumelte sie einen Schritt zurück. Der Schrei, der sich ihrer Kehle entrang, ging unter in dem Lärm, den die Skulptur verursachte, als sie krachend zu Boden stürzte.

Ein Getümmel entstand, überall sprachen Leute durcheinander, ein Kind fing an zu weinen. Mein Blick schoss zu Kas, der blitzschnell reagierte. Er schlug mit der Faust in die Vitrine, und Glas splitterte. Ich eilte zu ihm, mein Herz rannte in meiner Brust, als wollte es fort von hier.

Kas zog sich Glasscherben aus der Haut, sein Blut tropfte auf die weißen Fliesen.

»Du musst dich beeilen.«

Ich funkelte ihn an. Natürlich musste ich mich beeilen, aber gleichzeitig war ich alles andere als bereit für das, was gleich passieren würde. Ich sah zur Kugel, und meine Atmung ging so hektisch, dass meine Kehle sich ausgetrocknet anfühlte. Tief in meinem Inneren wusste ich, was das Schlimmste war, das ich getan hatte. War es das, was das Relikt mir zeigen würde?

»Zoé.« Kas' Stimme klang gepresst. »Ich kann es nicht tun. Ich schaffe das nicht. Nur du hast diese Stärke.«

Ich hielt die Luft an und betrachtete sein Gesicht. Seine Züge waren durchsetzt von einer Mischung aus Angst und Hoffnung. Hinter uns ertönten Rufe, und ich wusste, dass Wachmänner eingetroffen waren.

»Du bringst mich hier weg?«

»Ich bringe dich hier weg, egal, was es mich kostet.«

Tränen traten in meine Augen, als ich meinen Blick wieder dem Relikt zuwandte. Ein Loch klaffte in dem gesprungenen Glas. Ich steckte meine Hand hindurch, wobei die scharfen Kanten über meine Haut kratzten. Blut quoll aus den Schnitten, doch ich ignorierte es. Ignorierte, wie es auf den Samtstoff tropfte und dann auf das Relikt. Wie es mit der roten Maserung verschmolz und an der glatten Oberfläche herunterrann.

»Du kannst das«, hörte ich Kas noch sagen, bevor ich meine Hand senkte und meine Finger um die kalte, schwarz leuchtende Kugel schloss. Ihr Flüstern wurde lauter, während der Saal um mich herum zu wanken begann.

Ein Strudel aus Farben drang in mein Sichtfeld, Weiß, Gold, Rot, Blau, Schwarz. Immer mehr Schwarz. Bis es nichts anderes mehr gab.

Undeutlich bemerkte ich, wie ich umkippte.

Und dann waren da zwei Arme, die mich hielten, bevor ich fiel.

Fiel und fiel und fiel.

Ein Sog zerrte an meinen Organen, saugte alles Leben aus mir hinaus. Ich schlang die Arme um meine leere Brust, krallte die Fingernägel in mein Fleisch, wollte nicht fühlen, was ich fühlte. Nichts als Grausamkeit. Ich kniff die Augen zu, damit ich nicht sah, welche Szenerie sich vor mir aufbaute, sobald ich auf dem harten Boden der Realität aufprallte.

Wie viele Sünden hatte ich begangen?

Und die schlimmste von ihnen …

KAPITEL 19

Papa ist da!«

Eine Tür fiel ins Schloss.

»Laurent, mein lieber Junge, ich habe dich vermisst!«

Mein Atem stockte in meiner Kehle, als ich die Stimme des Mannes hörte. Ich riss meinen Kopf hoch und meine Augen auf und …

»Du bist wieder zu Hause, mon cher.«

Aus den schwarzen Schatten formte sich eine Frau mittleren Alters. Sie hatte das aschblonde Haar zu einem Knoten hochgesteckt und trug eine Schürze über dem hellblauen Baumwollkleid.

Mein Blick zuckte zurück zu dem Mann, der erst seinem Sohn einen Kuss auf die Wange gab und dann seine Frau in die Arme zog.

»Ihr habt mir so gefehlt.«

Als er sich von ihr löste, bemerkte ich die wulstige Narbe, die seine Kehle teilte. Getrocknetes Blut klebte daran, doch es schien niemandem aufzufallen.

»Geh niemals mehr so lange fort, hörst du?«, flüsterte die Frau an seinem Ohr.

Ich fühlte mich wie eine Voyeurin, wollte wegsehen, doch das Relikt zwang mich dazu, dieser intimen Szene beizuwohnen. Mein Magen rebellierte, und ich presste eine Hand darauf, als könnte ich so verhindern, dass all meine Schuld aus mir herausbrach, um mich zu ersticken.

»Ich war krank vor Sorge«, fuhr die Frau mit belegter Stimme fort. »Und Laurent hat jeden Tag mit deinem Porträt gesprochen. Bleib bei uns, hörst du, Raoul?«

Das Brennen in meiner Kehle stieg in meine Augen, und

ich verschloss sie mit meinen geballten Fäusten. Das war ein verfluchter Albtraum. Ich wollte diesen Mann nicht sehen. Ihn und seine Frau und seinen Sohn und sein Haus.

»Konntest du nicht genug von mir bekommen, meine kleine Sünderin?«

Ich riss die Hände von meinen Augen und stolperte rücklings in eine Vitrine. Gläser fielen zu Boden und zersprangen zu meinen Füßen.

Raoul stand direkt vor mir, stierte in mein Gesicht.

Geh weg, wollte ich sagen, doch meine Stimme ließ mich im Stich. Stattdessen spürte ich kaltes Metall in meiner rechten Hand, und als ich hinabsah, entdeckte ich einen Dolch, den ich umklammerte, als hinge mein Leben daran. Ein weiterer Blick offenbarte, dass das nicht irgendein Dolch war. Es war der Dolch aus dem *Salon Rouge*. Jener, der auf dem Boden gelegen hatte, einfach so. Ich hatte in meiner Not nicht hinterfragt, was er dort zu suchen gehabt hatte. Hatte gedacht, dass er Raoul aus der Hosentasche gefallen sein musste, aber … Die Waffe sah edel aus. Zu edel für einen gewöhnlichen Mann, wie Raoul es gewesen war.

Ich schloss meine Faust fester um den Griff und verwarf jegliche Gedanken an diese furchtbare Nacht.

»Papa, Vorsicht!«, hörte ich den Jungen im Hintergrund noch schreien, aber da setzten meine Gedanken bereits aus. Wie fremdgesteuert machte ich einen großen Schritt nach vorne und stieß die Klinge tief in Raouls Brust.

»Papa, nein!«

Ich zog den Dolch aus dem Körper, ignorierte das schmatzende Geräusch, das er dabei machte, fühlte mich berauscht.

»Papa, Papa!«

Der Junge schlang die kurzen Arme um das Bein seines Vaters, und der Dolch zitterte in meiner Hand.

»Ich habe dir doch gar nichts getan!«, keuchte Raoul und

riss meine Aufmerksamkeit zurück auf sich. »Ich habe bezahlt. Ich durfte dich haben. Wieso hast du dich so gewehrt? Warum hast du mir das angetan?«

Mein Atem ging flach und versorgte mich nicht länger mit ausreichend Sauerstoff. Die Ränder meines Sichtfelds flimmerten, meine Knie bebten.

»Es war doch nur ein Spiel«, spie er, und Blut spritzte aus seinem Mund, benetzte mein Gesicht, meinen Hals, mein Dekolleté. »Ich wollte nur ein bisschen Spaß haben. Es tut mir leid!«

Der Atem, den ich ausstieß, kroch röchelnd über meine Lippen. Ich hatte das Gefühl, auf einer Klippe zu stehen, unter mir nichts als der flüsternde Tod.

Nur ein Schritt.

Nur ein Schritt.

Der Dolch in meiner Hand wog so schwer wie die Last, die mit jedem weiteren Wort auf meine Schultern drückte. Ich sah zu ihm runter, beobachtete, wie rotes Blut von der Klinge tropfte.

Ein tiefes Grollen drang aus Raouls Kehle.

»Du hättest dich einfach nicht so anstellen sollen!«

Ich wusste nicht, ob es diese Worte waren, die mich in den Abgrund stürzten. Aber ich fiel. Und in dieser Schwerelosigkeit gab es nur eins, das mir Halt gab. Ich holte aus, Rot und Silber blitzten auf, ehe sie zwischen Raouls Rippen glitten.

Ungläubig schaute er hinab auf die Wunde in seinem Brustkorb. Ich zog die Klinge heraus, bevor ich sie ihm erneut in den Leib rammte, Knochen zersplitterte, Adern zerfetzte. Wieder und wieder. Blut spritzte mir entgegen, warm und klebrig. Begleitet von Laurents Schluchzen stach ich auf Raoul ein, schrie und weinte, während der Dolch sich in meinen Händen wand, als wollte er mir entkommen.

Das wollte ich auch.

Mir entkommen.

Also stieß ich zu, tötete Raoul, tötete mich, tötete alles, was mich fühlen ließ. Denn fühlen hieß leiden. Fühlen hieß leiden. Fühlen hieß –

Zoé, wo bist du?

Es war, als würde ich eine Stimme in meinen Gedanken hören, die nicht zu mir gehörte, doch es war nicht die des Relikts.

Ich habe versagt. Ich habe euch beide im Stich gelassen.

Ich hob den Kopf und blickte an Raoul vorbei. Ein Schleier aus Tränen vernebelte meine Sicht, und doch erkannte ich die Silhouette, die sich dahinter abzeichnete. Groß und silberblond mit spitz zulaufenden Ohren und durchdringend blauen Augen. Augen, die überschattet waren von einem Gefühl, das sich mit seiner Intensität in meine Seele brannte, um für immer Spuren darin zu hinterlassen.

Was machst du hier?, wollte ich fragen. Aber anstelle meiner Zunge waren es meine Beine, die sich bewegten. Auf *Kas* zubewegten. Ich musste zu ihm. Er war das einzig Vertraute hier an diesem furchtbaren Ort.

Erst als ich vor ihm stehen blieb, erkannte ich, dass Kas nicht allein war. Er trug jemanden in seinen Armen. Eine Frau. Locken aus silbernem Gold ergossen sich beinahe bis zum Boden, ihre Lider waren gesenkt.

Ich sah hoch in Kas' Gesicht, und erst jetzt gelang es mir, das Gefühl in seinen Augen zu benennen.

Schmerz.

Schmerz in seiner reinsten, verheerendsten Form, von einem Ausmaß, das Welten zerstören könnte. Die meine löste sich auf. Alles um mich herum verschwand. Bis auf Kas und die fremde Frau.

»Kas, wer …«

Sein Kehlkopf zuckte.

»Sie ist tot.«

Ich wagte es nicht, mich von seinem Anblick zu lösen. Hatte Angst, dass auch er sich im Nichts verlieren würde, wenn ich es täte.

»Ich konnte nichts dagegen tun. Ich war hilflos. Schon wieder.«

Jetzt sah ich doch runter. Das knöchellange Kleid aus zartbrauner Baumwolle war blutbesudelt, vor allem am Saum und in Höhe des Schoßes der Frau. Mein Herz schlug schnell, immer schneller. Hatte Kas das getan?

»Wer ist das? Was ist –«

Ein rauer Laut drang aus Kas' Kehle, und wie benommen hielt ich inne. Als ich seinen Blick suchte und fand, erkannte ich den feuchten Glanz, der sich über seine Iriden gelegt hatte wie ein Fremdkörper, gegen den er ankämpfte.

»Aveline.« Der Name entwich seiner Kehle in einem erstickten Atemzug. »Meine Schwester.«

Seine Stimme war schwer vor Trauer, die tief in meine Haut schnitt. Ich wusste, ich würde verbluten, wenn er noch ein weiteres Wort ausstieß.

»Das ist nicht echt«, flüsterte ich. Ein Schluchzer verschluckte das Ende meines Satzes, aber ich wusste, er hatte es gehört. »Du musst loslassen, Kas.«

Er presste seine Kiefer so fest aufeinander, dass die Knochen hervortraten und sein Gesicht noch schärfer zeichneten. Harte Linien, die brechen wollten und sich doch zusammenhielten.

»Das ist es, was du immer zu mir sagst, nicht wahr?«, fügte ich noch leiser hinzu. *»Du musst loslassen. Hier ist nichts, das eine Gefahr für dich darstellt«*, wiederholte ich seine Worte aus dem Theater.

Kas schüttelte den Kopf. Eine kaum merkliche Regung, die mir dennoch sofort auffiel.

»Doch«, beschwor ich ihn und trat näher. Meine blutige Hand fand seine, die an Avelines bereits erkaltetem Körper ruhte. »Du kannst das. Ich verspreche es dir.«

Kas' Brustkorb hob und senkte sich schwer. Und mit jedem weiteren Atemzug wurde Aveline blasser in seinen Armen. Schwarz schimmerndes Licht warf seine Strahlen durch ihren Körper, zersetzte sie Stück für Stück, bis Kas' Arme verloren in die Leere sanken.

Ich hielt es nicht aus. Ich überwand den letzten Abstand zwischen uns und schloss meine Arme fest um seinen Oberkörper. Damit er nicht so verlassen aussah. Damit wir beide nicht so verlassen aussahen. Es dauerte einige Herzschläge, dann fühlte ich seine Hände an meinem Rücken.

»Es tut mir leid«, flüsterte er an meinem Ohr. »Ich werde nie dein Retter sein.«

Die Worte schlangen sich wie Seile um meine Eingeweide. »Das ist in Ordnung. Ich muss mich selbst retten.«

Hinter mir durchdrang ein Leuchten die Finsternis. Kas' Körper versteifte sich an meinem, und ohne mich von ihm zu lösen, wandte ich mich zur Quelle des Lichts um.

»Das Relikt«, hörte ich meine eigene Stimme krächzen. Nur wenige Schritte von uns entfernt lag die sandfarbene Kugel inmitten der Dunkelheit. »Wir müssen es holen.«

Kas hielt mich fester, und mein eingeschnürtes Herz machte einen Satz. »Bist du dir sicher?«

»Ja«, sagte ich, weil ich mich daran erinnerte, wie es beim Relikt des Aschebarons gewesen war. Alexei hatte mich durch den Spiegel angewiesen, den unförmigen Gegenstand an mich zu nehmen. »Wir machen es zusammen.«

Kas' Finger schoben sich zwischen meine, und gemeinsam schritten wir auf die Kugel zu, deren dunkles Licht genügte, um all die Schwärze um uns herum zu vertreiben.

»Bereit?«, fragte ich.

»Du?«, entgegnete er.

»Ja.«

Wir streckten beide unsere freie Hand aus und schlossen sie um die Kugel. Dann tat sich der Boden unter uns auf und zog uns in seinen Abgrund.

KAPITEL 20

DER MITTLER

Mein Kopf sinkt gegen die klamme Wand, und das Rasseln der Ketten erfüllt die Zelle. Das Metall scheuert an meinen Handgelenken, und ich stöhne, als es dabei in die offenen Wunden drückt.

Ich habe noch nie über meinen Tod nachgedacht, aber wenn ich das je getan hätte, so wäre mir dieses Szenario nicht einmal in meinen schrecklichsten Albträumen eingefallen. Verraten von jenem, dem ich einst mit meinem Leben traute.

Ich weiß nicht, was seine weiteren Pläne sind, aber ich ahne Verheerendes. Wenn man versucht, einen Unsterblichen zu töten, so zerbricht man selbst daran – oder man zerbricht die Welten. Letzteres würden meine Brüder niemals zulassen. Oder?

Knarrend wird die Zellentür aufgeschoben, und das Gesicht, in das ich blicke, ist mir beinahe so vertraut wie mein eigenes.

»Warum?«

Ich zerre das Wort aus dem Gestrüpp aus Dornen, das sich durch meine Eingeweide windet wie eine Schlange. Doch ich erhalte keine Antwort. Weitere Engel tauchen hinter Kyrios auf und zerren mich auf die Füße. Sie nehmen mir die Ketten ab, ich bin ohnehin zu schwach, um irgendeine Form des Widerstands zu leisten.

Meine Lider flattern, und doch suche ich *sie* zwischen ihnen. Ephemera. Ich kann sie nicht entdecken, und obwohl ich mir nichts mehr wünsche, als dass ihre Augen das Letzte sind, das ich sehe, bevor mein Leben ein Ende findet, so bin ich erleichtert, sie nicht als Teil dieses Komplotts zu wissen.

»Wir tun das, um das Himmelsreich zu schützen, Bruder.«

Kyrios geht neben mir her, während seine Engel mich durch einen finsteren Korridor schleifen. »Es gibt keine andere Möglichkeit.«

Ich will etwas sagen, doch ich bin zu erschöpft. Meine Kehle brennt, meine Zunge ist schwer und träge und viel zu groß für meinen Mund. Wovon spricht er bloß? Wen meint er mit *wir*?

Hinter meinen Lidern wird es heller, und als ich sie erneut aufschlage, erkenne ich, dass wir einen Steinbogen passieren. Wir sind wieder im Himmelspalast, hier, wo ich vor wenigen Tagen erst herkam, um meinem Bruder eine Nachricht aus der Hölle zu überbringen. Was auch immer auf diesem Pergament geschrieben stand, es führte mich in diese Lage.

Es ist nicht einmal mein Leben, um das ich mich sorge. Es sind die Leben der anderen.

»Endlich«, erklingt eine weitere Stimme, die mich aufhorchen lässt. Ich hebe den Blick und begegne den Augen meines Bruders. Meines *anderen* Bruders.

»Baal«, höre ich mich krächzen.

Mein Bruder grinst verschlagen. »Himmel und Hölle können nur existieren, wenn sie im Gleichgewicht sind. Solange mehr Seelen in die Hölle strömen als in den Himmel, ist unsere Existenz bedroht.« Er hält ein Glas an meine Lippen, flößt mir etwas ein, das meinen Körper so viel schwerer macht. »Wir tun das hier für das Wohl aller, Xanthos.«

Als ich meine Augen das nächste Mal öffne, liege ich auf kaltem Stein, über mir die vertrauten Gesichter von Kyrios und Baal. Der Gott des Himmels und der Herr der Hölle an einem

Ort. Nur vage erinnere ich mich an die letzten Worte, die Baal an mich gerichtet hat.

Gerade als ich die Bruchstücke in meinem Kopf zusammensetze, explodiert ein grauenhafter Schmerz in meiner Brust, und ich weiß, dass sie mich nicht nur *verraten* haben.

Sie haben mich auch *bestohlen*.

KAPITEL 21

ZOÉ

Als die Finsternis ihre Klauen aus meinem Herzen zurückzog, schlug ich die Lider auf. Eine tintenschwarze Decke schwebte über mir, funkelnde kleine Lichter waren darin eingestickt. Nachdem ich mehrere Male geblinzelt hatte, erkannte ich, dass es Sterne waren, die am Nachthimmel prangten und die Dächer der Stadt in der Ferne in Silber tauchten.

Mein Kopf lag auf etwas Weichem. Noch während ich überlegte, wo ich mich befand, fuhr ein Räuspern durch die drückende Stille um mich herum, die augenblicklich zerbrach.

»Geht es dir gut?«

Sobald ich die Stimme, die diese vier Worte an meine Ohren trug, hörte, *erkannte*, drangen alle Erinnerungen in meinen Geist zurück. Die Schatzkammer, die Kugel, *Raoul.*

»Kas«, krächzte ich und stemmte mich hoch, doch ich wurde sanft zurückgehalten.

»Sag mir erst, wie du dich fühlst«, verlangte Kas über mir, sein Blick ruhte auf meinem Gesicht. Erst jetzt wurde mir bewusst, dass ich auf seinem Schoß lag, inmitten von Sand und Steinen zwischen Bäumen.

»Ich bin okay«, gab ich zurück und versuchte erneut, mich aufzusetzen. Diesmal ließ er es zu. »Wo ist es?«

Kas verengte die Augen, und meine Atmung ging schneller. Das Relikt, wir hatten es doch geholt, oder nicht? War etwas schiefgelaufen? Hatte ich es verloren? Schon wieder?

»Mir geht es auch gut, danke der Nachfrage.«

Kas stand auf und klopfte sich den Sand von der schwarzen Hose.

»Himmel«, stieß ich aus, als weitere Bilder durch meinen Kopf rasten. »Du warst auch dort!«

Sofort sprang ich auf und bereute es sogleich. Mir wurde schwarz vor Augen, und ich konnte mich gerade rechtzeitig fangen, ehe ich zurück auf dem Boden landete.

»Du warst dort, Kas!«

Kas schob seine Hände in die Hosentaschen und wich mir aus. Er schaute in die Ferne, und ich tat es ihm gleich. Dunkles Wasser schwappte in seichten Wellen gegen einen Strand aus Steinen.

Ich hatte noch nie das Meer bei Mondlicht gesehen. Seine Oberfläche glitzerte im gehenden Wind, als hätte jemand Diamantenstaub darübergestreut. Häuser und Bäume rahmten es ein. Und der Himmel, der die gleiche Farbe hatte. Sternengesprenkeltes Schwarz traf auf sternengesprenkeltes Schwarz, verschmolz zu einer Unendlichkeit aus leuchtender Dunkelheit.

»Kas«, versuchte ich es noch mal. Seine Augen tauchten in meinem Geist auf, die schattenblauen Iriden überzogen von einem Glanz, der aus Schmerz gewoben war.

»Aveline«, flüsterte ich, da zuckte sein Kopf zu mir herum. »Es tut mir so leid.«

Die Konturen seines Gesichts wirkten weich unter dem silbernen Licht des Mondes, und der Blick aus seinen Augen war so durchdringend, dass ich das Bedürfnis verspürte, mich in die Schatten der umstehenden Bäume zu hüllen, damit er nicht in mir lesen konnte wie in einem offenen Buch. Damit er nicht erkennen konnte, wie es sich für mich angefühlt hatte, ihn mit seiner toten Schwester in den Armen zu sehen.

Andererseits … zeigte Kas sich mir auch, ganz ohne Versteckspiel. Wann hatte er damit angefangen, seine Maske zu vernachlässigen? Die Anspannung wich aus meinen Gliedern, kroch aus meinen Zehenspitzen, und ich bemerkte, dass ich meine Fingernägel so fest in meine Handflächen getrieben hatte, dass sie schmerzhaft pochten.

»Wieso warst du dort?«, fragte ich leise.

Er hatte das Relikt all die Jahre gemieden, weil er seine Visionen fürchtete, und doch …

»Du bist ganz blass geworden«, sagte Kas mit rauer Stimme, »hast gezuckt und gekrampft und geweint.«

Langsam bewegte er sich auf mich zu, es war ohnehin nur eine Armlänge, die uns voneinander trennte. Jetzt würde nicht einmal mehr eine Hand zwischen uns passen. Ich legte meinen Kopf in den Nacken, um seinen Blick festzuhalten. Die langen Wimpern warfen Schatten auf seine scharfen Wangenknochen.

»Ich hatte Angst, dass du nicht mehr aufwachst.«

Kas' Geständnis traf mich mit der Wucht einer Lawine.

»Weil du«, ich schluckte, »mich brauchst? Um nach Xanthia zurückzukehren?«

»Weil ich dich brauche«, wiederholte er, »um nach Xanthia zurückzukehren.«

Kas beugte sich zu mir, und im ersten Moment blieb mein Herz einfach stehen, weil ich fürchtete, er wollte mich küssen. Mit dem nächsten Atemzug realisierte ich, dass es keine Furcht war, die mich lähmte. Und dann begriff ich, dass er nur in die Tasche des Mantels griff, den ich noch immer am Körper trug.

Enttäuschung rieselte leise flüsternd über mein Rückgrat, und mein Herz nahm seinen Takt wieder auf. Er beschleunigte sich sogar, als ich schließlich erkannte, was es war, das Kas aus der Tasche gezogen hatte. Die Kugel, oben glatt, unten porös, nicht länger leuchtend.

»Wir haben es geschafft«, stieß ich aus. Ein Lachen stieg in mir auf und befreite sich aus meiner Kehle.

Auch Kas' Lippen formten ein Lächeln. Er griff nach meinen Händen und legte das Relikt hinein.

»Es gehört dir.«

Mein Lachen brach ab, stattdessen musterte ich Kas, weil ich wusste, was er mir mit seinen Worten wirklich sagen wollte.

Jetzt bist du an der Reihe.

Vielleicht war ich naiv, aber ich hatte noch nicht darüber nachgedacht, wie ich ihn abhängen wollte, bevor ich nach Xanthia zurückkehrte, um Alexei das Relikt auszuhändigen. Danach würde nur noch eines fehlen. Nur noch das Relikt des Schattenbarons trennte mich von Maman.

Und die Tatsache, dass du Kas loswerden musst, meldete sich meine innere Stimme.

Als ich ihm daraufhin ins Gesicht sah, sank mein Herz. Ein Leuchten glomm in seinen Augen, vertrieb die gequälten Schatten darin, an die ich mich gewöhnt hatte.

Ich will zurück nach Xanthia, das ist alles. Ich bin es leid, ein Geist zu sein. Ich ertrage diese Einsamkeit nicht länger. Ich will nach Hause. Nur nach Hause.

Schuldgefühle legten sich über mich, versuchten, mich in die Tiefe zu reißen. Hastig zog ich eine Mauer um mich hoch, verbarrikadierte mich, bevor mein Gesicht verriet, welche widerstreitenden Emotionen in mir tobten.

»Was hat er dir angetan?«

Für einen Moment senkte ich die Lider, um mich zu beruhigen.

»Was meinst du?«

Kas musterte mich eingehend.

»Weißt du noch, wie du mich nach meinem Vater gefragt hast, nachdem ich dir erzählte, dass ich ihn getötet habe?«

Ich ließ meinen Blick über die dunklen Baumkronen schweifen, während ich versuchte, mich an das Gespräch nach unserem Tanz zu erinnern.

»Du wolltest wissen, was er mir angetan hat, weil du ahntest, dass ich ihn nicht grundlos umgebracht habe. Und jetzt frage ich dich, was dieser Mann …«

Sein Kiefer mahlte, und etwas Dunkles nistete sich zwischen seinen zusammengezogenen Augenbrauen ein. Er sprach von Raoul. Übelkeit regte sich in mir, und ich sah runter auf meine miteinander ringenden Hände, als Kas meine Wange berührte. Vorsichtig hob er mein Gesicht an seines.

»Was hat er dir angetan, Zoé?«

Ein Schluchzen stieg tief aus meiner Brust empor und schnürte mir die Kehle zu, bis ich kaum mehr richtig atmen konnte.

»Er hat mich fast vergewaltigt.«

Sofort spürte ich das Rasen hinter meinen Rippen, das mein Herz aus meiner Brust treiben wollte. Meine Fingernägel fanden zurück in die Kerben, die sie zuvor bereits in meinem Fleisch hinterlassen hatten. Die Worte zum ersten Mal laut auszusprechen, ließ sie tiefer in mich einsinken und ihre Schwere spüren, die zuvor nicht mehr als ein Phantomschmerz gewesen war. Irgendwie da, irgendwie nicht. Zu ungreifbar.

Weil da noch immer dieses kleine Wörtchen war, das nicht zugelassen hatte, dass ich unter dem Gewicht zerbrach.

Fast.

Er hatte mich *nur fast* vergewaltigt.

All die Wochen hatte es sich beinahe wie ein Verbrechen angefühlt, deswegen durcheinander zu sein. Verletzt, verstört, verängstigt.

Aber jetzt, hier, vielleicht auch schon während der Vision, wurde mir klar, dass er es zwar nicht zu Ende geführt hatte, aber er hatte mich damit dennoch einer Sache vollends beraubt: meines Seelenfriedens. Das Gefühl tief in meinem Inneren, dass ich mir selbst vertrauen konnte. Ich hatte es verloren. Nein, Raoul hatte es mir entrissen, auf die grausamste Art und Weise. Ich konnte nichts dafür. Ich hätte es nicht ändern können, wie denn auch, wenn ich nicht ahnte, was er geplant hatte?

Meine Sicht klärte sich, und hinter dem Schleier kamen Kas' Augen zum Vorschein. Sie waren wie Glasplitter, scharf und tödlich.

»Was hast du?«, krächzte ich.

Er stieß ein Schnauben aus.

»Ich wünschte, du hättest ihn nicht getötet.«

Eis knisterte in meiner Brust, als es sich mit kalten Fingern um mein schnell schlagendes Herz schloss. Meine Lippen teilten sich, doch Kas kam mir zuvor.

»Dann könnte ich ihn bei lebendigem Leibe häuten, ihm seinen beschissenen Schwanz abreißen und in seinen Rachen stopfen.«

Die Worte waren kaum mehr denn ein Knurren, das an meiner Haut vibrierte.

»Es würde nichts ändern«, erwiderte ich niedergeschlagen. »Er ist jetzt in Xanthia. Dort wird er –«

»Hat Alexei ihn gekauft?«

Ich zog irritiert die Augenbrauen zusammen und schüttelte dann mit dem Kopf.

»Er weiß nichts davon.«

Wieder schnaubte Kas, diesmal klang es mehr ungläubig als verächtlich.

»Alexei ist der verdammte Graf der verfluchten Vorhölle. Natürlich weiß er es.« Er nagelte mich mit seinem Blick fest. »Das ist das Erste, was wir tun werden, wenn wir zurück in Xanthia sind. Wir holen uns den Bastard.«

Wir.

Ich schluckte, doch meine Kehle fühlte sich viel zu eng an.

»Ich konnte Aveline nicht helfen. Aber bei dir wird es mir gelingen«, sagte Kas in einer Tonlage, die mein Herz ein Stück einreißen ließ.

»Ist ihr etwas Ähnliches zugestoßen?«, fragte ich und dachte an das blutbesudelte Kleid, das sie in der Vision an ihrem toten Körper getragen hatte.

Kas nickte, und der Riss wurde größer.

»Söldner. Sie stürmten unser Dorf.« Er unterbrach sich selbst, Schatten huschten über sein Gesicht. »Ich will keine verletzenden Erinnerungen in dir wecken«, fügte er mit leiser Stimme hinzu, die wie mit heilenden Fingerspitzen über mein zerschrammtes Herz fuhr.

»Sie haben nie geschlafen«, flüsterte ich und berührte seinen Arm. Er zuckte nicht zurück. »Willst du es zu Ende erzählen?«

Kas schwieg, vielleicht zehn oder zwölf Sekunden lang. Dann schüttelte er den Kopf und trat einen Schritt zurück. Seine Augen schimmerten dunkel, bevor seine Züge sich glätteten. Ich wusste, was er getan hatte. Sich abgeschottet. So, wie ich es von mir selbst kannte, wenn alles zu viel wurde. Ich sah zu Boden, bis sich ein Haufen Stoff in mein Sichtfeld schob.

»Was tust du da?«

Mein Blick glitt zurück zu Kas, der sich die Hose von den Beinen gestreift hatte. Sie sammelte sich neben seinen Schuhen zu seinen Füßen, legte seine Männlichkeit frei. Ich starrte ihn ungläubig an.

»Mir das Blut vom Körper waschen und … andere Dinge.«

Ein leichtes Grinsen zeichnete sich auf seinen Lippen ab. Ganz der feixende Prinz.

»Was ist mit den Chasseuren?«

Kas zog sein Hemd aus. Er trug nichts mehr bis auf den provisorischen Verband, den ich um seine Rippen gewickelt hatte, und den Mondschein, der seine Haut schimmern ließ wie Porzellan.

»Sie und ihre Tentamièren werden in der Stadt nach uns

suchen. Und solange der Wind das Meer bewegt, fällt es nicht auf, wenn zwei Geister darin baden.«

»Zwei?«, fragte ich, wobei meine Stimme in die Höhe schoss.

Ein dunkles Lächeln erschien auf seinem Gesicht.

»Willst du meinen Geruch nicht von deiner Haut waschen? Er ist überall auf dir.«

Ich konnte nicht sagen, ob es der raue Ton war, der seine Worte untermalte, oder die Bilder, die sie zeichneten, doch bei ihrem Klang zog sich alles in mir zusammen. Ich ließ das Relikt zurück in die Manteltasche fallen und zog ihn aus. Meine Finger flogen zu den Knöpfen meiner Bluse, und Kas' Blick folgte ihnen.

Als ich den Stoff von meinen Schultern gleiten ließ, beobachtete ich, wie ein Muskel in seinem Kiefer zuckte.

»War *er* das?«

Ich wusste, dass er die Abdrücke von Raouls Händen an meinem Hals meinte, und nickte.

Kas blähte die Nasenflügel, Zorn sammelte sich in den Falten seiner Stirn. Er atmete tief durch, bevor er seinen Blick über den Rest meines nackten Oberkörpers gleiten ließ.

»Du musst es mir sagen, wenn ich weggucken soll«, raunte er.

Ein Luftzug umschmeichelte meine Haut und stellte die Spitzen meiner Brüste auf, obwohl ich seine Kälte nicht fühlte.

»Du kannst sehen, wohin du willst.«

»Was ist mit deinem Rücken?«

Ich zuckte kurz zusammen.

»Dein Körper ist steif geworden, als ich ihn berührt habe«, sagte Kas, und ich konnte nicht fassen, dass er das bemerkt hatte.

»Den darfst du auch sehen«, flüsterte ich. Weil ich wusste, es würde ihm nichts ausmachen. Sonst hätte es das im Gasthaus schon getan, als er Linie um Linie auf meiner Haut mit seinen Fingerkuppen nachgefahren war.

»Narben sind nichts, wofür du dich schämen solltest.« Er legte den Kopf schief, und sein Haar glänzte mehr silbern denn blond. »Sie erzählen deine Geschichte.«

»Ich mag Geschichten«, erwiderte ich leise. Dann zog ich den gesprungenen Spiegelsplitter aus meinem Stiefel und bettete ihn auf meine abgelegte Kleidung. Nach einem letzten Blick hinein – ich sah nur mich und den sternklaren Himmel über mir – streifte ich mir die Stiefel von den Füßen.

Kas hatte sich unterdessen dem Meer zugewandt und ließ nun auch den Verband zu Boden fallen. Darunter klebte getrocknetes Blut auf verheilter Haut.

»Ich auch«, sagte er.

Mit klopfendem Herzen folgte ich ihm über die Kieselsteine, bis das Wasser über meine Zehen spülte. Kas ging weiter, und ich sah dabei zu, wie das dunkle Meer ihn Zentimeter für Zentimeter verschluckte. Ich öffnete meine Hose und zog sie aus. Ich war nackt. In dem Moment drehte Kas sich zu mir um, inzwischen steckte er bis zu den Schultern im Wasser.

Ein nervöses Zittern fuhr durch mich hindurch, als sein Blick über mein Gesicht wanderte, dann runter zu meinen Brüsten, zu meinem Bauch und tiefer.

Kas' Miene blieb ausdruckslos. Da war keine Ungeduld, keine Gier, kein Hunger. Er musterte mich schlicht, als wollte er ergründen, wer ich war. Unter meiner Haut.

Ich musste schlucken, bevor ich einen weiteren Schritt ins Meer tat. Die Steine unter meinen Füßen fühlten sich rau und kantig an, und ich begrüßte die Ablenkung, die sie boten.

Mit den Blicken meiner Freier hatte ich gelernt umzugehen. Doch Kas schälte meine Schutzschichten eine nach der anderen von mir runter. Ich wollte nicht, dass er in den Abgründen wühlte, die dahinter zum Vorschein kamen.

Aber hatte er das nicht schon längst getan? Und trotzdem sah er mich an, als wäre ich richtig, so, wie ich war. Wie ich damit umgehen sollte, wusste ich nicht.

»Guck weg«, bat ich heiser.

Die Meeresoberfläche kräuselte sich, als Kas sich wieder dem Horizont zuwandte, ohne ein Wort zu sagen. Erleichterung schwappte in warmen Wellen gegen mein Herz. Ich ging weiter, bis auch ich beinahe vollständig im Meer versunken war. Es vermochte nicht, mich zu verstecken, wie ich es mir erhofft hatte. Noch immer hatte ich das Gefühl, dass Kas sich nur zu mir umzudrehen brauchte, um all das zu sehen, was ich zu verbergen suchte.

»Komm mit«, durchbrach seine Stimme die idyllische Stille, die uns in eine Blase gehüllt hatte.

»Ich kann nicht schwimmen«, gab ich leise zu.

Kas grinste, erkannte ich in seinem Profil, aber es war nicht sein übliches spöttisches Grinsen.

»Ich könnte dich tragen.«

Meine Augenbrauen schoben sich in meine Stirn.

»Und dann schwimmst du mit mir aufs offene Meer, um mich dort loszulassen, damit ich elendig ertrinke?«

Er drehte sich zu mir um und sah mir einige Sekunden lang fest in die Augen.

»Ich lasse dich nicht los, Zoé.«

Mein Herz machte einen Satz.

»Weil du mich brauchst«, gab ich zurück. »Um nach Xanthia zurückzukehren.«

»Weil ich dich brauche«, sagte er und legte seine Hände an meine Taille. »Um nach Xanthia zurückzukehren.«

Er hob mich hoch, und instinktiv schloss ich meine Beine um seine Hüften, meine Arme um seinen Nacken. Meine Brüste drückten gegen seine harten Muskeln, Haut an Haut.

»Vertraust du mir?«

Ich schüttelte den Kopf.

»Kluges Mädchen.«

Ich verdrehte die Augen, dann zog ich scharf die Luft ein, als sich Kas mit mir auf seinen Armen durch das Meer bewegte.

»Du musst auf meinen Rücken klettern.«

Entsetzt starrte ich ihn an.

»Nein!«

»Das ist es wert, ganz sicher. Du wirst dich frei fühlen und unbesiegbar.«

Zwei Gefühle, die ich nicht kannte. Aber bis vor ein paar Tagen hatte ich auch nicht gewusst, dass ich trotz meines Todes in einen schlafähnlichen Zustand driften konnte. Kas hatte es mir gezeigt.

Skeptisch betrachtete ich unsere Umgebung.

»Also gut«, sagte ich. »Wehe, wenn nicht.«

Mit wenigen Handgriffen beförderte Kas mich auf seinen Rücken. Ich krallte mich an seinen Schultern fest und stieß einen erschrockenen Laut aus, als er sich vom Boden abstieß. Seine Arme teilten das Wasser, während ich das Spiel seiner Muskeln unter mir fühlen konnte. Meter um Meter bewegten wir uns durchs schwarze Meer, immer weiter weg vom Strand, der mehr und mehr in die Ferne rückte. So, als wollten wir den Horizont erreichen, der doch unerreichbar war.

»Wir werden erfrieren«, sagte ich, als mir einfiel, dass es Winter war. Ich hatte mich bereits daran gewöhnt, die Kälte nicht zu spüren. Immerhin hatte es seit einiger Zeit nicht mehr geschneit, die Reste der weißen Flocken waren geschmolzen und in die Erde gesickert.

»Enger Körperkontakt hilft dagegen«, entgegnete Kas über seine Schulter hinweg. Ich war froh, dass er nicht sah, wie mein Gesicht mit Sicherheit rot anlief. Vor Entrüstung natürlich.

»Bist du bereit?«, fragte er und wurde langsamer.

Ich nickte und glitt von seinem Rücken. Erneut entfuhr mir ein spitzer Schrei, weil da kein Boden unter meinen Füßen war und das Nass bis an meinen Hals reichte, und sofort klammerte ich mich an seine Brust.

Kas bewegte seine Arme, um uns über Wasser zu halten.

»Spürst du das nicht? Die Schwerelosigkeit?«

»Ich spüre gerade ganz viel, aber keine Schwerelosigkeit«, erwiderte ich.

Kas lachte leise.

»Wenn du mir weiter deine Brüste ins Gesicht drückst, spüre ich gleich ebenfalls etwas anderes. Und du unweigerlich auch.«

Ich sah runter, und hastig brachte ich ein wenig Abstand zwischen uns, ohne ihn loszulassen. Das Lächeln rutschte von seinem Gesicht, und jetzt war da wieder diese ausdruckslose Miene, mit der er mich bedachte.

Bevor ich auch nur die Gelegenheit bekam, sie näher zu ergründen, tauchte Kas ab. Nicht tief, sodass ich mich weiter an ihm festhalten und oben bleiben konnte, aber dennoch überkam mich eine irrationale Angst. Nur ganz kurz, dann war er zurück.

Sein Haar wirkte dunkel, jetzt, da es nass war, und Wasser lief über sein Gesicht, tropfte von seiner Nasenspitze.

»Tu das nie wieder«, fuhr ich ihn an.

»Was denn?« Er schüttelte den Kopf, bis seine Haarsträhnen wirr in alle Richtungen abstanden. Ich unterdrückte das Bedürfnis, mit der Hand hindurchzufahren, um sie noch unordentlicher zu machen.

»Einfach verschwinden«, gab ich stattdessen zurück. »Und mich allein lassen«, setzte ich hinterher, leiser diesmal.

Ein amüsiertes Funkeln stahl sich in seine Augen.

»Dann komm mit runter.«

Irritiert sah ich ihn an.

»Unter Wasser? Wieso sollte ich das tun?«

Kas hob eine nasse Hand an mein Kinn und strich über meine Haut, was mir den Atem raubte.

»Weil du meinetwegen mit Blut besudelt bist.«

Mein Puls ging schneller, als ich an die Frau dachte, die Kas in wenigen Zügen leer getrunken hatte. Ich wollte mir übers Gesicht wischen, um die Erinnerungen zu vertreiben, aber ich konnte ihn nicht loslassen.

»Ich passe auf dich auf«, beschwor Kas mich leise. »Dir geschieht nichts, ich verspreche es.«

»So etwas kann man nicht versprechen«, konterte ich, wohl wissend, dass ich dasselbe zu meiner Mutter gesagt hatte.

Ich passe auf dich auf. Ich werde immer auf dich aufpassen.

Was für eine bodenlose Lüge.

»Zoé.« Kas' Stimme holte mich zurück in die Gegenwart. »Lass los. Wie du es in der Taverne getan hast.«

Ich schluckte, als ich an unseren Tanz in dem schummrig beleuchteten Keller dachte. Dann nickte ich.

»Ich zähle bis drei.«

Wieder ein Nicken.

»Eins, zwei, …«

Ich holte tief Luft, bevor wir beide unter Wasser sanken, nur für ein paar flüchtige Sekunden. Im ersten Moment fühlte es sich unheimlich an, im nächsten gut. Ich hatte mich meiner Angst gestellt. Schnell rieb ich mir übers Gesicht, um die Blutspuren loszuwerden.

Als wir auftauchten, lachten wir. Ich schloss meine Arme fester um Kas, sah lächelnd hoch in den Himmel, an dem eintausend Sterne prangten, und fühlte mich seltsam befreit. Er hatte recht gehabt.

»Siehst du«, sagte Kas atemlos, während er weiter mit den Beinen strampelte, »es ist nichts passiert.«

Er strich mir einige verirrte Haarsträhnen aus dem Gesicht. Danach blieb sein Blick auf meinem Mund hängen. Nicht länger ausdruckslos. Vielmehr so, als ob er daran dachte, Dinge zu tun, die wir nicht miteinander tun sollten.

»Was heckst du gerade aus?«, hakte ich nach, mein Herzschlag ein drängendes Trommeln, das durch meinen ganzen Körper vibrierte.

»Ich habe nur an etwas gedacht.«

»An was?«

Ich wand meine Beine enger um seine Hüften. Es war absurd, dass er mir das Gefühl gab, sicher zu sein. Hier, inmitten des tiefen, schwarzen Gewässers, in dessen Abgründen nichts als Ungewissheit lauerte. Wie in meinen eigenen.

»Daran, dass du noch schöner bist, wenn du lachst.« Sein Atem traf auf meine nasse Haut. »Und daran, wie es wohl schmecken würde, das Sternenlicht von deinen Lippen zu trinken.«

Mir schwirrte der Verstand von der Frage, was das bedeutete. Gleichzeitig polterte mein Herz, das schon längst begriffen hatte. Meine Finger fanden wie von selbst einen Weg über Kas' Nacken und hoch in sein feuchtes Haar. Sein Blick fing Feuer.

»Weil du mich brauchst«, sagte ich leise, und es klang beinahe wie eine Frage. »Um nach Xanthia zurückzukehren.«

»Weil ich dich brauche«, wiederholte Kas.

Dann küsste er mich.

KAPITEL 22

Kas küsste mich, als würde er ertrinken, wenn ich nicht wäre. Dabei war es doch umgekehrt. Er war es, der mich festhielt in einem unendlichen Meer aus Finsternis und Sternenlicht. Der mich herausforderte und an mich glaubte. Der mich fliegen ließ und trotzdem unten wartete, bereit, mich aufzufangen, wenn ich es brauchte.

Ich küsste Kas, als würden wir beide ertrinken. Als würde die Dunkelheit des anderen der eigenen Gesellschaft leisten. Als wäre sie alleine zu viel, aber zusammen genau richtig. Als bräuchten wir die des anderen, um in ihr aufzublühen, weil sie doch nie gänzlich verschwinden würde. Nicht für uns.

Mein ganzer Körper summte und schmiegte sich an Kas. Jeder Quadratzentimeter meiner Haut berührte ihn. Ich grub die Finger verzweifelter in sein Haar, schlang meine Beine enger um seine Mitte, presste meine Lippen fester auf seine. Sie waren so weich. So verdammt weich.

Kas vertiefte den Kuss, und als ich seine Zunge spürte, die sanft gegen meine stieß, und das Salzwasser schmeckte, fragte ich mich, ob man im Meer verbrennen konnte. Denn ich war sicher, dass alles in mir in Flammen stand.

Kas' Mund zwischen meinen Beinen hatte mich vor Verlangen beinahe verzehrt, aber sein Mund auf meinem Mund ließ mein Herz verglühen.

»Zoé«, flüsterte er an meinen Lippen, und ich schlug die Lider auf. Ein atemloses Grinsen umspielte seinen Mund. »Ich kann nicht mehr.«

»Ich auch nicht«, sagte ich und beugte mich erneut vor, um weiterzumachen.

Kas zu küssen, war alles, das ich je gebraucht hatte, ohne dass ich wusste, wie sehr.

Er lachte leise, und sein Atem jagte eine Gänsehaut über meinen nassen Körper.

»Ich meine, dass wir zurück ans Ufer müssen.«

»Oh.«

»Das ist keine Zurückweisung«, setzte er hastig hinterher, und seine Augen glommen unter dem Licht der Sterne. »Wenn du glaubst, ich könnte jetzt noch aufhören, was wir begonnen haben, vergiss das besser schnell wieder.«

Glühende Hitze schoss meine Wirbelsäule hinauf, weil ich ganz genau wusste, warum er das sagte. Und ich musste mir eingestehen, dass es sich gut anfühlte, die Worte zu hören.

»Sobald wir am Strand sind«, fügte er mit rauer Stimme hinzu, »gehörst du mir.«

Ich nickte. Zu wissen, was gleich passieren würde, brachte mich beinahe um. Kas half mir, auf seinen Rücken zu klettern, und ich starrte sehnsuchtsvoll zum Ufer, das immer näher kam.

Doch wir schafften es gar nicht bis dorthin, denn sobald Kas Boden unter den Füßen hatte, zog er mich an seine Brust, legte seine Hände an mein Gesicht und küsste mich. Wieder und wieder und wieder. Ich schlang meine Arme um seinen Körper, ließ meine Finger über das Muskelspiel seines Rückens wandern, bohrte sie in seine Schultern, als seine Zunge erneut in meinen Mund glitt.

Kas presste sich enger an mich, und ich spürte, wie hart er war. Ich schob meine Hand zwischen uns und umfasste ihn, was Kas kehlig aufstöhnen ließ.

»Ich will dich in mir spüren«, keuchte ich zwischen zwei Küssen und rieb mit dem Daumen über seine Eichel.

Wellen schwappten gegen uns, trugen uns weiter in Richtung Strand. Eine von ihnen schlug über unseren Köpfen zusammen und riss uns mit sich. Ich fühlte die Steine in meinem Rücken, aber Kas zog mich sofort aus dem seichten Wasser, und dann waren es nur noch wenige Schritte, bis wir uns hinlegen konnten, ohne dabei zu ertrinken.

Statt Luft zu holen, küssten wir uns. Kas hatte sich über mich gebeugt und schob meine Beine mit seinen auseinander. Eine Sekunde später spürte ich seine Finger, die über die Innenseiten meiner Schenkel fuhren, dann zwischen meine Schamlippen tauchten. Ich war so feucht, dass ich es *hören* konnte. Und das lag ganz eindeutig nicht an unserem Bad im Meer.

»Nicht deine Hand«, presste ich zwischen seinen Stößen und Küssen hervor und suchte seinen Blick. »Ich will *dich*, Kas. Ich will dich ganz.«

Sein Gesicht war überschattet von einer Mischung aus Unglaube und Ehrfurcht und sah trotzdem perfekt aus. Seine Schönheit hatte etwas Kaltes, Gefährliches, aber jetzt betrachtete er mich aus sanften Augen, in denen geschrieben stand, dass er bereit war, mir mehr zu geben als Lust oder Schmerz.

»Dann hol dir, was du willst, kleine Diebin.«

Kas grinste herausfordernd, bevor er sich auf den Rücken sinken ließ und mich auf seinen Schoß zog. Ich wollte protestieren, aber seine Härte so plötzlich unter mir zu spüren, ohne auch nur den Hauch einer Barriere zwischen uns, verschlug mir die Sprache.

»Keine Spielchen mehr«, raunte er, ohne mich aus den Augen zu lassen. Seine Finger strichen meine Seiten entlang und zogen Spuren aus brennender Lava nach sich, bevor er meinen Hintern packte und zudrückte.

Ich grub meine Knie tiefer zwischen Sand und Kieselsteine.

»Keine Spielchen mehr.«

Ich hob mein Becken leicht an und positionierte mich so,

dass ich seine Spitze zwischen meinen Beinen fühlte. Mir gefiel, wie Kas die Luft anhielt, und ich schenkte ihm ein atemloses Lächeln.

Ich stützte meine Hände auf seine Brust, dann ließ ich mich langsam auf ihn sinken, Zentimeter für Zentimeter. Ein bebendes Stöhnen entrang sich meinen Lippen, und Kas fluchte leise. Sein Schwanz dehnte mich und füllte mich aus, auf eine Art, wie ich es noch nie gespürt hatte.

Zwei Körper, die ineinandergehörten.

Zueinander gehörten.

In diesem Moment konnte es nichts geben, das sich richtiger anfühlte.

Ich erschrak, als ich die Tränen bemerkte, die mir in die Augen stiegen.

»Zoé, warte.« Kas hielt meine Hüften fest, sodass ich mich nicht weiter auf ihm bewegen konnte. »Du weinst.«

»Ich will nicht aufhören«, erwiderte ich erstickt und wand mich auf ihm. Zwischen meinen Beinen pochte es verlangend, und ich würde es keine Sekunde länger aushalten, diesem schwindelerregenden Gefühl nicht nachzujagen. Ich sah dieselbe Anspannung in Kas' Gesicht und doch …

»Wir können zuerst darüber reden.«

Ein raues Lachen stieg aus meiner Kehle, begleitet von einem leisen Schluchzen.

»Das macht es nicht besser.«

Er zog die Brauen zusammen und ging wieder dazu über, mich zu streicheln. Meine Schenkel, meinen Hintern, meinen Rücken. Diesmal zuckte ich nicht zusammen, als seine Finger in federleichten Berührungen über meine Narben flogen. Stattdessen beugte ich mich zu ihm runter und legte meine Lippen auf seine. Kas erwiderte den Kuss, und ich regte mich wieder auf ihm.

»Bist du dir sicher?«, fragte er leise und schloss seine Arme um mich, bis da nur noch sein Rosenduft war, der mich einhüllte.

»Ja.«

Kaum hatte ich das Wort ausgesprochen, hob Kas mir sein Becken entgegen und stieß sich in mich. Er keuchte in den Kuss, der sich so zart, so zerbrechlich anfühlte, dass ich mich in ihm auflöste. Mein Name floss über seine Lippen, bei jedem Stoß, mit dem er mir einen Teil von sich gab und einen Teil von mir bekam. Es war mehr, als ich einem Mann je von mir gegeben hatte. Geben wollte.

Aber Kas hatte mich ohnehin von Anfang an durchschaut. Es war nur natürlich, dass unsere Reise uns hierhergeführt hatte. An diesen verlassenen Strand an einem schwarzen Meer unter einen Himmel, an dem Sterne schimmerten wie silberne Tränen.

Unsere Körper wiegten sich im selben Takt, und mit jedem Mal, mit dem ich meine Hüften auf Kas senkte, baute sich das flatternde Gefühl in meinem Unterleib weiter auf. Es stieg bis in meine Brust, die sich warm anfühlte, weil mein Herz noch immer brannte, so sehr, dass es wehtat.

Ich richtete mich auf, um noch mehr von Kas in mich aufzunehmen, presste mich so fest auf ihn, dass ich ihn bis in meinen Bauch hinein spürte. Er stieß ein Knurren aus, das unter meinen Fingerspitzen vibrierte und heiße Schauer durch mich jagte. Trunken vor Lust sah er zu mir hoch.

»Du vor dem Nachthimmel«, flüsterte er mit rauer Stimme. »Das ist so perfekt. *Du* bist perfekt, Zoé.«

Die Worte fuhren mir mitten ins Herz und ließen mich von innen heraus glühen. Kas' Hände fanden zu meinen Brüsten, und er drückte sie jedes Mal, wenn ich mein Becken bewegte. Abgesehen von unseren schweren Atemzügen war da nur das Rauschen des Wassers, das mit jedem Windstoß an unseren Körpern leckte.

Langsam ließ ich meinen Oberkörper auf ihn sinken, vergrub mein Gesicht an seiner Schulter.

»Komm in mir«, keuchte ich, als ich müde wurde von all den Emotionen, die mit ihrer Intensität an mir zerrten. Ich wusste bereits, dass ich keinen Orgasmus erleben konnte. Nicht so. Es war noch nie passiert, während ich mit einem Mann schlief.

Außer, er benutzte dafür seinen Mund …

»Du zuerst«, gab Kas zurück, sein Blick dunkel vor Verlangen. »Aber du musst wieder hoch. Ich will dein Gesicht sehen, wenn du für mich stöhnst.«

Seine Finger umkreisten die Spitzen meiner Brüste, was mir ein weiteres Aufstöhnen entriss. Ich setzte mich auf, und da schob er sie zwischen uns, dorthin, wo unsere Körper miteinander verschmolzen. Er fand meine empfindlichste Stelle, die sich so überreizt anfühlte, dass ich das Gefühl hatte, ich würde implodieren, wenn ich mich nicht endlich über diese Klippe warf.

Doch es war nicht ich, die mich darüberstieß. Es war Kas. Es waren seine Berührungen, sein schwerer Atem. Verflucht, allein sein Anblick trieb mich an.

Ich bewegte mich hemmungsloser, Kas rieb mich schneller, stieß tiefer in mich und keuchte immer lauter unter mir.

Und dann flog ich endlich. Als mein Orgasmus mich überwältigte, warf ich meinen Kopf in den Nacken. Meine Fingernägel bohrten sich verzweifelt in Kas' Brust, überfordert von der Ekstase, die meinen Körper erbeben ließ.

»Sieh mich an«, raunte er, und ich konnte nicht anders, als zu tun, was er verlangte. Kas hielt meinen Blick fest, während ich stöhnte und meinen Höhepunkt ausritt, bis er abklang.

Kas drehte uns herum. Ich spürte zuerst die Steine in meinem Rücken und dann seinen Körper, der noch immer mit meinem verbunden war. Er ließ sich auf mich sinken, winkelte mein linkes Bein an und drückte es grob in den Sand, um sich tiefer in mir zu vergraben.

Kas fing mein Stöhnen mit seinen Lippen auf, als er unsere Münder miteinander versiegelte. Seine Zunge berührte meine, ließ mich alles, was er mit meinem Körper – *mit meiner Seele* – machte, noch hundertfach intensiver fühlen, obwohl ich nicht sicher war, wie das möglich sein konnte.

»Du fühlst dich so gut an.« Kas nahm meine Unterlippe zwischen die Zähne und biss sanft zu, bevor er darüberleckte, als der Geschmack von Blut meinen Mund erfüllte.

Jede seiner Berührungen trieb mich erneut in schwindelerregende Höhen. Ich hielt es kaum mehr aus.

Mein ganzer Körper kribbelte und pochte, von meiner Kopfhaut bis in meine Zehenspitzen, und jeder Nerv in mir war angespannt. Kas stieß sich noch einige Male hart und fest in mich, und dann – als hätte sich mit meinem Orgasmus vorhin ein Knoten in mir gelöst – kam ich noch mal. Zusammen mit ihm.

Mein Kopf ruhte auf Kas' Brust, und ich lauschte seinem Herzschlag, der sich allmählich beruhigte. Es war ganz anders gewesen als vor zwei Tagen. Kas hatte mir nicht nur seinen Körper gegeben. Ich hatte ihn nicht benutzt. Das hier war … Ich wusste es nicht. Ich wusste nur, dass ich mir wünschte, es würde niemals enden.

Kas bewegte sich unter mir und hauchte einen Kuss auf meinen Scheitel. Die Berührung seiner Lippen schoss durch meinen gesamten Körper, jagte Funken aus Glück in jeden noch so dunklen Winkel. Es war das erste Mal, dass ich solche Dinge mit jemandem teilte. Das erste Mal, dass ein Mann an meiner Seite blieb, obwohl er sich genommen hatte, was er brauchte. Ich spürte eine unerwartete Enge in meiner Kehle.

Vorsichtig sah ich zu ihm hoch. Er hatte seinen Blick in den Himmel geheftet, an dem die Mondsichel mit jeder verstreichenden Minute verblasste und uns näher zu der Tageszeit brachte, die uns vor den Augen unserer Jäger schützte.

»Willst du mir sagen, weshalb du geweint hast?«, fragte Kas mit belegter Stimme, und ich zuckte erschrocken zusammen, als die Stille zerplatzte.

»Ich …« Kurz presste ich die Lippen aufeinander, nicht sicher, wie ich meine Gedanken formulieren sollte. »Es hat sich irgendwie schön angefühlt. Mit dir. Zu … schön.« Die letzten Worte waren kaum mehr denn ein heiseres Flüstern.

Kas' Brust vibrierte leicht, als er leise lachte. Er strich über mein Haar und spielte mit einzelnen Strähnen.

»Und ich dachte schon, ich wäre nach all den Jahren so eingerostet, dass du es einfach nur zum Heulen fandest, mit mir zu schlafen.«

Ich stieß gegen seinen Arm und konnte mich eines Lächelns nicht erwehren.

»Wie lange ist es denn schon her?«, fragte ich nach einer Weile.

Mein Herz schlug schneller, weil es mir gar nicht um die Tatsache ging, wann er zuletzt Sex gehabt hatte – obwohl mich der Gedanke an Kas mit einer anderen Frau seltsam aufwühlte. Viel mehr wollte ich eigentlich wissen, seit wann er hier war. Als Geist.

»Seit ich zurück in dieser Welt bin, habe ich dreitausendeinhundertvierzehn Monde gezählt.«

Mein Körper wurde ganz steif. Ich konnte niemals ausrechnen, wie viele Jahre das waren, aber es hörte sich verdammt lang an.

»Acht«, sagte Kas und schob mein Haar hinter mein Ohr. »Acht Jahre.«

Meine Eingeweide verknoteten sich, als zu viele Gedanken gleichzeitig durch meinen Kopf rasten.

Kas hatte seit acht Jahren mit niemandem mehr gesprochen, niemanden mehr gefühlt.

Er hatte Nastya vor acht Jahren getötet.

Alexeis Herz war seit acht Jahren gebrochen.

Und jetzt hatte ich mit dem Mann geschlafen, der ihm das angetan hatte. Mit seinem Feind. Mehrmals.

Meine Wangen glühten bei der Erinnerung an alles, was Kas und ich miteinander geteilt hatten, und ich kam nicht umhin, daran zu denken, wie es mit Alexei gewesen war. Er hatte mein Verlangen geweckt. Mir gezeigt, wie Sex sein konnte, wenn ich jemanden *wirklich* wollte. Denn das hatte ich. Ich hatte ihn gewollt, so sehr. Mein Körper hatte sich nach ihm verzehrt, nach seiner Nähe, nach seinem Schutz, nach jeder seiner Berührungen.

Doch das, was gerade hier am Strand passiert war, war mehr als all das. Es war mehr als zwei Körper, die einander berührten.

Auch wenn ich nicht wusste, was das für Alexei bedeutete, bereute ich es nicht, Kas so nah an mich herangelassen zu haben, konnte es gar nicht. Denn wie sollte etwas, das sich so gut, so richtig anfühlte, falsch sein?

Ich blickte zu ihm hoch und dachte daran, dass ich ihn nach acht Jahren des Alleinseins zurück nach Hause bringen könnte. Ich könnte nicht nur mich, sondern auch ihn retten. Und das war alles, was für mich zählte, jetzt, hier, in diesem Augenblick.

Ich stemmte mich hoch, und der Mantel, den Kas über unsere Körper gelegt hatte, rutschte von meinen Brüsten. Wir sahen einander an, und ich beugte mich vor, um ihn zu küssen. Ich legte meine Hand an seine Wange, strich vorsichtig über die kalte Haut.

Niemals konnte ich innerhalb weniger Sekunden gutmachen, was er acht Jahre lang vermisst hatte, aber ich war bereit dazu, ihm zumindest einen Bruchteil von dem zu geben.

Kas erwiderte den Kuss zunächst zaghaft, fast so, als fragte er sich, womit er ihn verdient hatte. Es zerbrach mein Herz. Dann schlang er seinen Arm um mich, zog mich auf sich, und unsere Münder trafen in einem weiteren, diesmal fieberhaften Kuss aufeinander. Kas' Zunge öffnete meine Lippen und wand sich um meine. Er schmeckte nach Meer und Wind.

»Du hast mich gefunden«, flüsterte er, bevor er eine Reihe von Küssen auf meinem Gesicht verteilte. Seine Worte fuhren mir unter die Haut, seine Fingerspitzen strichen über unsichtbare Muster auf meinem Rücken, in seinem Blick standen Wünsche und Versprechungen, die sich in meine Seele brannten.

In dem Moment wusste ich, dass ich ihn niemals hier zurücklassen konnte.

KAPITEL 23

Wir hatten noch ein weiteres Mal miteinander geschlafen, und erst als Kas bemerkte, dass meine Lippen blau angelaufen waren, hatten wir unsere Kleidung eingesammelt und uns angezogen. Es war weniger emotional gewesen als zuvor, dafür aber noch intensiver. Kas konnte mit seinem Körper umgehen, wie ich es noch nie zuvor bei einem Mann erlebt hatte. Und er konnte mit *meinem* Körper umgehen.

Er hatte mich zum Höhepunkt gefickt. Mit seiner Zunge und mit seinen Fingern *und* mit seinem Schwanz. Es konnte nicht daran gelegen haben, dass ich mich aus freien Stücken dafür entschieden hatte, Sex mit ihm zu haben, ganz ohne Gegenleistung. Denn das hatte ich zuvor schon einmal getan.

Meine Gedanken drifteten erneut zu Alexei, während der Zug uns zurück in den Bahnhof von Rivière fuhr.

Ich hatte etwas gefühlt, als der Graf von Xanthia mich mit seinem schweren Körper in die Matratze gedrückt hatte. Als er mir gesagt hatte, es würde nie mehr etwas geschehen, das ich nicht wollte, solange ich bei ihm war. Dass er mir eine zweite Chance für mein Leben schenken würde, damit ich dieses Mal mich selbst wählte.

Aber dieses Gefühl war ein anderes als jenes, das ich gerade in diesem Augenblick empfand, wenn ich Kas unauffällig betrachtete. Mein Herz machte ganz andere Dinge. Dinge, die es noch nie getan hatte. Es fühlte sich fast an wie …

Nein. Nein, dieses Wort würde ich noch nicht einmal denken. Denn immer, wenn man etwas Gutes fühlte – sei es auch nur für die Dauer eines einzelnen Augenaufschlags –, fand das Schicksal einen Weg, es zu zerstören. Und ich bestand bereits aus lauter Trümmern.

»Du starrst mich an.« Kas hatte meinen Blick aufgefangen, ehe ich das Huschen seiner Iriden bemerkt hatte. Ein Schmunzeln umspielte seine gekräuselten Lippen.

Ich fühlte mich ertappt, wich aber nicht aus. Zu wissen, dass er mich genauso sehr wollte wie ich ihn, ließ mich meiner selbst sicherer sein.

»Wir müssten gleich da sein«, sagte ich, ohne auf seine Bemerkung einzugehen. Den Gedanken, dass ich in wenigen Stunden meine Mutter sehen würde, schob ich hastig beiseite, bevor mein neu gewonnenes Selbstvertrauen in sich zusammenfallen konnte wie ein Kartenhaus.

»Hast du dir schon überlegt, wie es danach weitergeht?«

Er lehnte sich in seinen Sitz und ließ seinen Hinterkopf gegen die Wand dahinter sinken, die Arme verschränkt. Wie konnte allein diese unschuldige Bewegung so heiß aussehen?

»Zoé?«

Ich richtete mich auf und ignorierte die Hitze, die sich in meinem Unterleib sammelte.

»Wir hinterlassen meiner Mutter eine Nachricht, und dann gehen wir zu dem Pfad, der uns nach Xanthia bringt.« Ich zog die Schultern hoch. »Die Chasseure werden nicht genug Zeit haben, uns einzuholen.« Denn sie oder ihre Tentamièren würden unsere Anwesenheit mit Sicherheit spüren, wenn ich eine Notiz für Maman hinterließ. Aber das Schafott auf dem Marktplatz von Rivière, dort, wo sich der Eingang zum Pfad befand, war keine Stunde von unserem Haus entfernt. Wir konnten das schaffen, ehe sie unsere Fährte aufnahmen. Und dann –

»Und dann?«, fragte auch Kas, was mich erneut kalt erwischte. In seinen Augen war ein dunkler Sturm aufgezogen.

»Und dann können wir tun, worauf auch immer wir Lust haben«, wich ich aus. Ich wollte die Stimmung zwischen uns nicht kaputt machen, indem ich ihm erzählte, dass ich zu

Alexei musste, um ihm das Relikt zu bringen. Kas wusste es doch ohnehin. Wenn auch nicht, worin genau unser Pakt bestand ...

»Wenn wir in Xanthia sind, müssen wir uns nicht mehr verstecken. Wie war das mit dem Zerstören von Möbeln noch gleich?« Ich streckte einen Fuß aus, stieß ihn leicht gegen seinen Unterschenkel und strich die Innenseite seines Beins nach oben, bis ich seinen Schritt erreichte, ohne ihn aus den Augen zu lassen. Kas zeigte keine Regung, zuckte noch nicht einmal mit der Wimper.

»Fang nichts an, das du nicht beenden willst«, raunte er dunkel.

Ich zog meinen Fuß zurück und ließ meinen Blick an ihm nach unten wandern. Die Beule in seiner Hose war unverkennbar.

»Wer sagt, dass ich es nicht beenden will?«

Ich wusste, dass er etwas anderes meinte, aber als Kas nichts zurückgab, glitt ich von der Sitzbank und kniete mich zwischen seine Beine. Ich ließ meine Hand über seinen Oberschenkel fahren, immer höher, behielt seine lustverschleierten Augen im Blick, um jede mögliche Schwankung seiner Laune zu erkennen.

Als meine Finger seine Erektion fanden, keuchte Kas leise, und mir entging nicht, wie er ein Stück nach vorne rutschte. Ein Grinsen stahl sich auf meine Lippen, weil er mir so zeigte, wie sehr er mich begehrte. Immer noch.

Meine Hand schob sich in seinen Hosenbund und umfasste seinen Schwanz, der sich meiner Berührung entgegenreckte. Kas stöhnte auf und ich mit ihm. Ihn zu halten, gab mir das Gefühl der vollkommenen Kontrolle. Ihn fühlen zu lassen, was ich wollte.

»Hast du nicht gesagt, wir sind gleich da?«

Seine Stimme war schwer vor Verlangen.

Ich spürte, wie sich das Grinsen auf meinen Lippen vertiefte.

»Wir brauchen nicht lange.«

Kas lief stillschweigend neben mir her, während ich uns durch das Trou führte. Es war seltsam, ihn an diesem Ort zu sehen, an dem sich mein ganzes Leben abgespielt hatte. Bei den Geschäften, in denen Maman und ich eingekauft hatten, bevor sie krank wurde. Und jenen, in denen ich gestohlen hatte, nachdem das Unglück seinen Lauf genommen hatte.

Ich beobachtete Kas dabei, wie er die Umgebung betrachtete, die Hände in den Hosentaschen, sein Blick beinahe unbeteiligt und doch aufmerksam.

Als wir den *Salon Rouge* passierten, musterte er die rote Tür einen Moment zu lang, als dass ich ihm die Beiläufigkeit abnahm, doch ich sprach ihn nicht darauf an. Mir war nicht danach, über diesen Ort zu reden.

Wir bogen in die schmale Gasse unter dem *Théâtre Bellevue*, und sofort kamen die Erinnerungen an die Chasseure zurück, die mich hier eingekesselt hatten. Ich warf einen nervösen Blick über meine Schulter, mein Herz stolperte. Aber da war niemand.

»Ist alles okay?«, erklang Kas' tiefe Stimme neben mir. Er musterte mich von der Seite.

»Ja.«

Es war riskant, in der Abenddämmerung durch die Welt zu wandeln, aber sobald der Morgen anbrach, würde er auch den Anfang einer neuen Woche mit sich bringen. Jener Woche, in der die Chasseure die rot markierten Häuser in Aubervilliers aufsuchen würden. So lange durften wir nicht warten – nicht, wenn Maman ihre markierte Tür jedes Mal wieder vergaß, sobald sie über die Schwelle ins Haus trat.

Ich schlang die Arme um meinen Leib und schaute nach oben zur Feuerleiter. Vor zehn Tagen erst war ich dort hochgeklettert, direkt in Kas' Arme.

Ein penetranter Schmerz zuckte durch meine Schläfe und pulsierte dort wie ein Geschwür. Ich fluchte innerlich. Da war man tot und ein Geist und hatte trotzdem verfluchte *Kopfschmerzen.*

Auch Kas sah hoch, erst in den dunkelvioletten Himmel, dann zu der Leiter. Ich konnte förmlich sehen, wie die Erinnerungen auch durch seine Gedanken rasten, als wir an dem Theater vorbeiliefen.

Es war so unwirklich, wie viel wir in dieser kurzen gemeinsamen Zeit erlebt hatten. Miteinander. Ich spürte ein ersticktes Flattern in meinem Bauch. Es war, als stoben zum Tode verdammte Schmetterlinge darin auf, die sich gegen ihr Schicksal aufzubäumen versuchten, obwohl sie doch einer nach dem anderen ins Bodenlose fielen.

Nach Hause zu kommen, fühlte sich nicht so an, wie nach Hause zu kommen. Seit jener schicksalhaften Nacht auf dem Diebesplatz waren Monate vergangen. Erst hatte ich drei Wochen im Kerker gesessen – die Narben auf meinem Rücken prickelten, als würden sie einen weiteren Peitschenhieb erwarten. Und dann waren hier weitere vier Wochen ins Land gezogen, während ich in Xanthia festgesteckt hatte, und seit meiner Rückkehr schon wieder fast zwei weitere.

Alles war anders, obwohl sich doch nichts verändert hatte.

Als wir näher kamen, erkannte ich im Schein der einsamen Laterne, dass die Tür unseres Hauses offen stand. Obwohl ich wusste, dass Maman oft vergaß, sie zu schließen, grub sich Angst in meinen Bauch. Was, wenn die Geistlichen sie bereits geholt hatten? Wenn sie schon längst damit begonnen hatten, sie zu quälen? Wenn –

»Lass mich zuerst reingehen«, sagte Kas und riss mich damit zurück in die Gegenwart. Noch während ich ihn anstarrte, umschwirrten ihn die ersten Schwaden aus dunklen Schatten.

Ich nickte und sah dabei zu, wie er durch den Spalt ins Innere des Hauses schlüpfte. Mein Puls raste an meiner Haut, und ich wartete keine drei Schläge, bevor ich ihm mit zugeschnürter Kehle folgte.

Es war beinahe, als könnte ich die Kamille in der Luft riechen. Und das Badewasser von Maman. Den leicht modrigen Geruch, der sich vor Ewigkeiten in die unverputzten Wände gestohlen hatte und noch immer in ihren Rissen verweilte. All das war mein Zuhause, und ich würde es gegen nichts eintauschen, solange nur meine Mutter hier war.

»Es geht ihr gut«, sagte Kas, bevor ich direkt nach ihm ins Schlafzimmer stürzte. In dem Moment, wo ich meine Mutter in ihrem Bett liegen und atmen sah, war es, als würde auch ich wieder Luft bekommen. Kas zog mich an sich und hielt mich fest, während mein Körper unaufhörlich zitterte.

»Es geht ihr gut«, wiederholte er leise und drückte mein Gesicht an seine Brust. Ich krallte die Finger in sein Hemd, und mit jedem meiner Atemzüge strömte sein Duft in meine Lungen, bis das Zittern schwächer wurde.

»Sie ist krank«, flüsterte ich in den schwarzen Stoff. Erst war ich nicht sicher, ob Kas mich hörte, aber vielleicht sagte ich die Worte ohnehin mehr zu mir selbst denn zu ihm. »Ich hatte solche Angst, dass sie ohne mich … Ich dachte, sie … Ich wusste nicht, ob –«

»Es geht ihr gut, Zoé.«

Kas' Hände fanden zu meinen Wangen und hoben mein Gesicht an. Unsere Blicke trafen aufeinander, und ich stellte erschrocken fest, dass ich nicht das Bedürfnis verspürte, meine Tränen wegzuwischen. Sollte er sie doch sehen. Sie kamen mir so klein und unbedeutend vor nach allem, was wir miteinander geteilt hatten. Nach allem, was jeder von uns überlebt hatte.

Ich nickte langsam.

»Ja.«

Kas beugte sich zu mir, und ein Meer aus Funken durchströmte mich, als unsere Lippen aufeinandertrafen. Nur kurz, vielleicht für die Dauer einer flüchtigen Sekunde, aber es genügte, damit aus dem angsterfüllten Zittern ein aufgeregtes Flattern wurde, dessen Wärme bis in meine Fingerspitzen reichte. Ich legte sie an seinen Hals, fuhr die tintenschwarzen Linien nach und beobachtete, wie die Spuren eine Gänsehaut nach sich zogen. Irgendwann musste ich ihn fragen, was sie bedeuteten.

Kas lehnte seine Stirn gegen meine.

»Fühlst du dich bereit?«, fragte er mit belegter Stimme. Er musste gar nicht mehr sagen, damit ich verstand. Wir mussten uns um die Notiz für Maman kümmern.

»Ja, ich … Ich weiß nur nicht, wo sie ihre Feder hat.«

Ein Stück Papier würde ich nicht brauchen, denn ich hatte von Anfang an gewusst, wo ich die Worte hinterlassen würde, damit sie sicher sein konnte, dass sie wirklich von mir waren. Das Bild, das ich ihr einst als Kind gemalt hatte, stand noch immer auf der Kommode im Wohnzimmer.

»Wenn du möchtest, leg dich zu deiner Mutter und ruh dich ein wenig aus«, sagte Kas. »Ich kann mich umsehen.«

Mein Blick glitt zu Maman, die mit geschlossenen Lidern auf ihrer Matratze lag.

»Vielleicht bleibe ich ein wenig an ihrer Seite.«

Kas nickte, dann löste er sich von mir und ging aus dem Zimmer.

Vorsichtig ließ ich mich auf das Bett sinken, ganz an den

Rand, damit Maman nichts spürte. Sie schlief so friedlich, da wollte ich ihr keinen Schrecken einjagen.

Während ich ihr Gesicht betrachtete, die feinen Linien, die sich tief in ihre blasse Haut gegraben hatten, dachte ich darüber nach, wie sie die Zeit nach meinem Verschwinden wohl erlebt hatte.

Dass sie gedacht haben musste, ich hätte sie ohne ein Wort verlassen, fühlte sich an, als würde ich fallen. Als wäre ich von einer Klippe gestürzt, hinab in einen Schlund, der keinen Boden hatte. Als würde ich immer tiefer und tiefer in die Dunkelheit sinken, die mich einzusaugen versuchte, ihre Tentakel um meinen Hals wand wie eine Schlinge, die sich mit jedem weiteren Herzschlag enger um mich zuzog.

»Es tut mir so leid«, flüsterte ich erstickt, dabei wusste ich, dass sie mich nicht hören konnte. »Ich komme bald zurück, ich verspreche es. Ich komme zu dir zurück.«

Ich streckte eine Hand aus, ließ sie über dem silbrig schwarzen Haupt meiner Mutter schweben, so dicht, dass ich ihre Wärme spüren könnte, wäre ich kein Geist. Aber ich wagte nicht, sie zu berühren. So verharrte ich einige Atemzüge, bis …

Maman schlug die Augen auf, und das helle Blau ihrer Iriden traf auf das Braun der meinen. Ich hielt die Luft an, rührte mich nicht, tat nichts, außer sie anzustarren.

Und sie starrte zurück.

»Zoé, bist du das?«

Meine Brust zog sich zusammen, so eng, dass mein Herz unter dem Druck beinahe zerplatzte.

»Maman? Kannst du mich sehen?«

Meine Mutter setzte sich auf, und instinktiv rückte ich ein Stück weg. Denn was auch immer hier gerade geschah, ich konnte nicht riskieren, dass sie von der Existenz von Geistern erfuhr, wenn ich mich auch nur ein einziges Mal falsch bewegte. Ich musste sie schützen. Nach allem, was diese Frau ihr Leben lang hatte erdulden müssen, wollte ich sie von allem abschirmen, das ihr noch mehr Angst und Schmerz zufügen konnte.

»Zoé?«, fragte sie in die Stille des Zimmers, und dann glitt ihr Blick wieder durch mich hindurch. »Zoé, mein Kind? Bist du hier? Zoé?«

»Ich bin hier«, sagte ich erstickt und presste eine Hand auf meinen Mund.

»Zoé«, flüsterte sie.

Als ihre verzweifelte Stimme brach, zerriss es mir das Herz. Ich erhob mich vom Bett, weil ich nicht länger hier sein konnte, es nicht länger ertrug, ihr nah zu sein und doch so unendlich weit entfernt.

Kas kam zurück. Er sah zu meiner Mutter, die noch immer kerzengerade auf der Matratze saß und verwirrt durch das Zimmer blickte.

»Sie hat mich gesehen«, sagte ich. »Sie hat mir direkt in die Augen geschaut.«

Kas trat näher, und erst jetzt bemerkte ich den Stapel Papier, den er in der rechten Hand hielt. In der anderen hatte er eine Feder und ein kleines Tintenfässchen.

»Vielleicht spürt sie deine Anwesenheit. Ihr scheint durch ein enges Band verbunden zu sein.«

Dass er das so schnell erkannt hatte, trieb mir erneut die Tränen in die Augen.

»Wir haben nur einander.«

Er nickte, als würde er verstehen.

»War das mit dir und Aveline …«, begann ich, ohne zu wissen, wie ich den Satz beenden wollte.

»Ja«, antwortete Kas. »Meine Schwester war alles, das ich hatte.«

»Was war mit euren …« Als mir einfiel, dass Kas seinen eigenen Vater getötet hatte, setzte sich das Wort *Eltern* in meiner Kehle fest wie ein Stein. »Mit eurer Mutter?«, endete ich schwach.

»Sie zerbrach an dem Tod unseres Vaters.«

Bei den Schuldgefühlen, die ich in seiner Stimme hörte, riss Traurigkeit ein Loch in meine Brust. Furcht vor dem, was er mir gleich gestehen würde, strömte hinterher, füllte es aus.

»Er drohte damit, Aveline an den Höchstbietenden zu verkaufen, weil das Geld, das ich verdiente, nicht genügte.«

Ich hielt die Luft an, doch der Satz schien eine Tür in seinem Inneren aufgestoßen zu haben, und jetzt konnte er die nächsten Worte, die über seine Lippen flossen, nicht länger zurückhalten.

»Ich wurde als Sklave von Land zu Land verschifft, habe mich ausbeuten lassen, war trotzdem nie gut genug, dass mich ein Lord länger bei sich behielt als einen Monat.« Kas schnaubte. »Jedes Mal kehrte ich zurück und drückte meinem Vater das blutige Geld in die Hand. Zu spät bemerkte ich, dass er es nur für Wein und Glücksspiel verprasste.«

Ich sah, wie sich seine Finger um den Stapel Papier krampften und fühlte denselben Druck in meinem Herzen.

»Ich erinnere mich nicht mehr an alles«, gab er schließlich zu. »Ich weiß nur noch, wie wütend ich war, als ich es herausfand. Dachte an all die Demütigungen, die ich über mich hatte ergehen lassen müssen, damit dieser Mann jeden verfluchten Groschen versaufen konnte, nur um dann meine Schwester verkaufen zu wollen. Ich spürte den Schmerz in meinen Knöcheln, die immer wieder auf etwas einschlugen. Ich wollte sie beschützen. Aveline. Aber ich machte es nur schlimmer. Ich machte alles so viel schlimmer.«

Der Schmerz in seiner Stimme hallte in meinen Knochen wider. Ich wusste, was Avelines Schicksal war, hatte ihren leblosen Körper mit eigenen Augen gesehen.

»Es warst nicht du, der ihr wehgetan hat«, sagte ich und legte meine Hand auf seine Brust.

»Ich konnte es nicht mit ihnen allen aufnehmen.« Die letzten Laute erstarben in seiner Kehle. »Drei von ihnen habe ich getötet, aber es waren zu viele. Sie haben Aveline festgehalten und …«

Die Söldner, erinnerte ich mich. Kas hatte mir am Strand davon erzählt. Unter meinen Fingern fühlte ich seine Brust beben, und eine düstere Vorahnung zog sich wie Ketten um meine Glieder fest. Seine Schultern sanken herab.

»Ich musste dabei zusehen. Ich musste zusehen, wie sie … einer nach dem anderen …«

Die Ketten schnitten in mich ein, schnürten mir die Luft ab.

»Kas«, flüsterte ich. Meine Hände fanden hoch in sein Gesicht, fuhren über seine Haut. »Das ist schrecklich.«

»Und es ist ungerecht, dass ich mich deswegen furchtbar fühle. Es war Aveline, die Qualen durchlebte, nicht ich. Sie war es, die wimmernd auf dem Boden lag und ihre letzten Atemzüge tat, als sie mit ihr fertig waren.«

Kas zog sich zurück, und meine Hände fielen ins Leere. Ich folgte ihm in den Flur, doch er hielt mir nur den Stapel Papier hin.

»Kas –«

»Ich glaube, es sind Briefe. Alle ungeöffnet.«

Noch während er die Worte sprach, drückte er sie mir in die Hand. Ich nahm den obersten Umschlag zwischen meine Finger und betrachtete ihn genauer. Nur drei Worte standen darauf:

Für Zoé. Maman.

Mein Herz begann gegen meinen Brustkorb zu hämmern wie mit Fäusten. Eilig sah ich zurück zu meiner Mutter. Sie hatte sich wieder hingelegt.

Kas räusperte sich.

»Ich will nicht drängen, aber wir haben nicht viel Zeit.«

»Ich weiß«, flüsterte ich.

Kas hatte vermutlich einige Schubladen geöffnet und somit die Chasseure auf unsere Spur gebracht. Vielleicht waren es noch Stunden, bis sie uns umstellten, vielleicht hatten wir aber auch nur ein paar Minuten, sollten sie bereits in der Gegend sein. Ich schob die Briefe in die Tasche des Mantels und versuchte, sie zu vergessen, bis wir genügend Abstand zwischen uns und das Haus gebracht hätten.

Ich sah hoch in Kas' Augen, die aus Schatten gemacht zu sein schienen. Er wollte nicht weiter über das sprechen, was sich wie ein Sack Ziegel in meinem Bauch versenkt hatte, das erkannte ich sofort.

»Ich kümmere mich um die Notiz«, sagte ich also.

Kas ging zurück zu meiner Mutter, um darauf achtzugeben, dass sie mich nicht dabei erwischte, wie ich das Bild von der Kommode im Wohnzimmer nahm. Jenes mit den Rosen.

Ich holte es aus seinem zersprungenen Rahmen und strich mit den Fingerspitzen über die alten, verblassten Farben, die ich vor über einem Jahrzehnt aufgetragen hatte. Erinnerungen rauschten durch meinen Geist wie Fetzen von Pergament, auf die ich viel zu kurze Blicke erhaschte. Und doch hinterließen sie Gefühle in mir, als würden sie sich mit Pigmenten auf mein Herz malen. Ich setzte die Feder an, und das Kratzen ihrer Spitze auf dem Papier erfüllte den Raum.

Maman, sobald du das liest, musst du von hier fort.
7 Allée Soutine.

Die Buchstaben waren verwackelt, aber man konnte sie lesen. Es war Maries Adresse, und ich fühlte einen Stachel in meiner Brust, während ich sie betrachtete. Aber das Haus musste leer sein, jetzt, da sie … Ich schluckte und schob mir eine Haarsträhne aus der Stirn. Ihre Tochter hatte man inzwischen sicher bei einer anderen Familie untergebracht. Wenn ich sie doch nur sehen könnte. Marie erzählen, dass es Louise gut ging.

Aber weder wusste ich, ob das stimmte, noch konnte ich Marie je wieder unter die Augen treten.

Langsam schaute ich ein letztes Mal durch das kleine Zimmer. Wie oft Maman und ich hier gesessen und gemeinsam zu Abend gegessen hatten. Wie oft ich ihr vor dem Zubettgehen das Haar gekämmt hatte.

Bald, schoss es mir durch den Kopf, *bald werde ich das wieder tun können. Mit ihr hier sitzen und essen und ihr Haar bürsten.*

Einem inneren Impuls folgend senkte ich die Spitze der Feder erneut auf das Papier.

Ich komme bald zurück. Z.

»Bist du fertig?«

Ich zuckte erschrocken zusammen, als Kas' tiefe Stimme über mir ertönte. Er spähte über meine Schulter, und ich drehte das Bild hastig herum.

»Ich verstehe, dass du dich um sie sorgst, aber ist es nicht makaber, falsche Hoffnungen in ihr zu wecken?«

Ich sah zu ihm hoch, wusste, dass wir dieses Gespräch irgendwann würden führen müssen.

»Sie sind nicht falsch.«

»Du bist tot, Zoé«, gab er zurück, und ich spürte das Kratzen von Dornen auf meiner Haut. Ganz sanft, doch es war da. »Oder gibt es etwas, das du mir noch erzählen willst?«

Ich erhob mich und zupfte meine Bluse zurecht, während verschiedene Gedanken in viel zu schneller Geschwindigkeit durch meinen Kopf rasten. Ich versuchte, sie zu sortieren, und dann stolperten die ersten bereits über meine Lippen, als hätte mein Verstand beschlossen, dass Kas die Wahrheit kennen musste.

»Deswegen brauche ich die Relikte.« Ich machte eine kleine Pause und sah Kas an, um seine Reaktion zu deuten. Doch er zeigte keine. Starrte mich nur an aus dunklen Augen, die wie Eissplitter wirkten. »Sobald wir in Xanthia sind, gehe ich zu Alexei und –«

»Du gehst zu *Alexei*?«

Er betrachtete mich mit einem Blick, in dem so viele Emotionen tobten, dass sie sich alle gleichzeitig in mein Innerstes brannten. Allen voran Enttäuschung. Sie schmerzte mich am meisten.

»Das wusstest du doch«, gab ich kühl zurück. Eigentlich galt der Tonfall in meiner Stimme mir selbst, weil ich mich dafür verabscheute, Kas wehzutun. *Und* Alexei.

Kas stieß ein Geräusch aus, das eine Mischung aus Lachen und Schnauben war.

»Wie dumm von mir, dass ich gedacht habe, die Nacht am Strand hätte irgendetwas zwischen uns verändert. Aber du bleibst dir selbst treu, kleine Diebin. Es war nur Sex, nicht wahr?«, spottete er herausfordernd.

Ich beeilte mich, den Kopf zu schütteln, während sich ein Band aus Eis um meine Eingeweide knotete.

»Du weißt genau, dass es mehr war.«

»Dann sag mir, dass du *ihn* nicht mehr willst.«

Kas' Miene wurde finster. So finster, dass ich unwillkürlich zusammenzuckte.

»Ich muss ihm das Relikt bringen, Kas. Ich habe dir davon erzählt.«

»Was hat er dir versprochen?«

Er klang so resigniert, dass ich mir sicher war, er ahnte die Antwort bereits.

Ich schluckte gegen die Enge in meiner Kehle.

»Er schickt mich zurück ins Leben. Nach Hause.«

Stille hüllte uns ein. Ich strich über den Stoff meiner Hose, als könnte ich so die Falten glätten, die sich hineingefressen hatten, und mit ihnen die aufgeladene Stimmung zwischen uns.

»Wieso sagst du nichts?«

Aus dem Augenwinkel sah ich, wie Kas sich dem kaputten Fenster zugewandt hatte und mit ausdrucksloser Miene hinausstarrte.

»Weil du gerade alles gesagt hast.«

Ich grub meine Fingernägel in den weichen Stoff, mein Herz nicht mehr denn ein schmerzhaftes Pochen in meiner Brust. Ich hatte es gewusst. Ich hätte nicht so weit gehen und mich auch nur für den Bruchteil einer Sekunde dem Glück hingeben sollen.

Andererseits war mir klar, wie Kas war. Rosen hatten Blütenblätter, aber eben auch Dornen.

»Ich nehme dich mit nach Xanthia«, erwiderte ich ruhig. Wenn ich meine Stimme kontrollierte, dann war da zumindest eine Sache, die in meiner Beherrschung lag. »So lautet unsere Vereinbarung.«

Sein Kopf zuckte zu mir herum.

»Was, wenn ich inzwischen mehr will? Was, wenn mir diese zehn Tage mit dir nicht gereicht haben?«

Seine Brust bewegte sich unter den Wellen seines Geständnisses, die Tränen in meine Augen spülten.

»Du willst, dass ich in Xanthia bleibe?«

Fort war die Ruhe, die meinen Ton gezeichnet hatte. Meine Lippen bebten mit jedem Laut, den ich zwischen ihnen hervorpresste.

»Ich bin ein Narr«, entgegnete Kas lediglich, die Züge um seinen Mund angespannt. »Weil ich gedacht habe, dass du dasselbe fühlen würdest wie ich.«

Die plötzliche Kälte in seiner Stimme traf mich wie eine Ohrfeige. Ich schwieg. Weil ich nicht wusste, was ich dazu sagen sollte. Einerseits war das etwas, nach dem ich mich mein Leben lang gesehnt hatte. Dass jemand – jemand wie Kas – mich wirklich wollte, um meinetwillen.

Andererseits konnte ich das niemals in Erwägung ziehen. In Xanthia zu bleiben. Zwischen Xathyr wie Pavel.

Alexei hatte mir zwar sein Versprechen gegeben, dass mir nichts zustoßen würde, aber würde er weiterhin dazu stehen, wenn er erfuhr, was ich getan hatte? Dass ich Kas mitbrachte? Dass ich mit ihm geschlafen und seltsame Gefühle für ihn entwickelt hatte, die mich in diesem Moment von innen heraus zerfraßen?

In der Zeit nach meinem Tod hatte sich vieles getan. Aber eines blieb nach wie vor unverändert: Meine Zukunft war ein schwarzes Loch, in dem die Ungewissheit wie eine tiefe Wunde klaffte.

KAPITEL 24

»Wann hattest du vor, mir davon zu erzählen?«

Ich sah stur geradeaus, behielt den Weg im Blick, dem wir folgen mussten, um nach Rivière zu kommen. Der Marktplatz mit den kleinen Ständen war zum Glück nicht gut besucht. Mir fiel auf, dass das große rote Zelt fehlte, in dem die Ausstellung stattgefunden hatte. Vermutlich war sie bereits in den nächsten Ort weitergezogen.

»Keine Ahnung, Kas«, gab ich zurück und zog den Mantel enger um meinen Leib. »Ich möchte jetzt nicht darüber reden.«

»Weil du Angst hast, dann etwas Wahres zu sagen?«

»Du bist ungerecht.«

»Und du hast mich benutzt.«

»Ach, und du mich nicht?«, konterte ich, mein Blick schoss zu ihm hoch. »Ich bin deine Rückfahrkarte nach Xanthia.«

Unsere klackernden Schritte erfüllten die Pause, bis er auf meine Worte reagierte.

»Ich habe dir lediglich einen Deal angeboten. Meine Karten lagen von Anfang an offen auf dem Tisch.«

»Ist das so?«, höhnte ich. »Und wieso hast du die Replik des Relikts mit dir herumgetragen?«

Kas schnaubte, bevor er die Lippen zu einem ungläubigen Lächeln krümmte.

»Weil ich wusste, dass Alexei früher oder später jemanden schicken würde, um nach dem Scheißteil zu suchen.«

»Wie praktisch«, entgegnete ich. »Du brauchtest ein Druckmittel, um jene arme Seele in einen Pakt zu verwickeln, dem sie zustimmen musste.«

»Statt einer armen Seele bin ich einer spitzzüngigen kleinen Diebin begegnet, die mich austricksen wollte.«

»Du bist ein Arschloch, Kaspar.«

»Und du wirst trotzdem feucht, wenn ich dich anfasse.«

Ich warf ihm einen zornigen Seitenblick zu, den Kas ignorierte. »Ich soll verdammt sein, wenn ich noch ein einziges Mal zulasse, dass du mich berührst.«

Er lachte trocken.

»Ich habe kein Problem damit, dich zu verdammen. Sag nur ein Wort.«

Ich hasste mich dafür, dass ich mir in diesem Moment nichts mehr wünschte, als dass er es tat. Natürlich sprach ich das nicht aus, und so schwiegen wir uns an, bis sich das Schafott in der Ferne abzeichnete. Es ragte mitten aus dem Marktplatz empor, darüber der dunkle Himmel in seinen düsteren Blautönen. Schon bald würde der Himmel über mir blutrot sein.

Auch als wir das hölzerne Podest bestiegen, sagte Kas nichts. Die Guillotine ragte über uns auf, das Fallbeil glänzte bedrohlich. Sofort blitzten Erinnerungsfetzen in mir auf. All die Dinge, die mich an diesen Punkt geführt hatten. Das erste Mal, das ich etwas gestohlen hatte – Schokoladenkuchen, hier auf dem Marktplatz. Ich hatte so großen Hunger gehabt, dass ich ihn mir gleich hinter dem Stand in den Mund gestopft hatte. Mit neu gewonnener Kraft war ich aufgesprungen und hatte noch ein Stück für Maman mitgehen lassen.

Mein Blick fuhr über das scharfe Beil, und ich dachte daran, wie es sich angehört hatte, als es auf Maries Nacken hinabsauste. Und dann sah ich Claire vor mir, die ein ebenso ungerechter Tod ereilt hatte.

Ich ballte die Hände zu Fäusten.

»Wenn wir schon dabei sind, offen über alles zu sprechen«, begann ich langsam, »sag mir, wer bei dir war in der Nacht, als du versucht hast, uns das Relikt wegzunehmen. Claire und mir.«

Kas' Ausdruck verfinsterte sich.

»Wer ist Claire?«

Ich schnaubte, konnte nicht anders.

»Immerhin leugnest du den ersten Teil der Geschichte nicht.«

»Ich habe nie etwas geleugnet, Zoé«, gab er ruhig zurück. »Du hast mich nur nie danach gefragt. Wieso jetzt? Suchst du nach einem Grund, mich hier stehen zu lassen?«

Der Blick in die gequälten Schatten in Kas' Augen traf mich mitten in die Brust.

»Das hatte ich vor«, gestand ich matt und rieb mir über die Gänsehaut an meinen Armen. »Bis gestern war ich fest davon überzeugt gewesen, ich würde dich irgendwie loswerden, ehe ich abreise.«

Die Schatten, die Kas' Iriden überzogen, wirbelten aufgeregt umher. Er verschränkte die Arme vor der Brust, wie er es immer tat, wenn er etwas abwehren wollte.

»Was hat dich umgestimmt?«

Ich zuckte mit den Schultern und legte meinen Kopf in den Nacken, um ein letztes Mal – vorerst – in einen blauen Himmel zu sehen.

»Deine Ehrlichkeit, schätze ich.«

Kas schwieg einen Moment, doch ich vernahm ein anderes Geräusch, das sich immer lauter in mein Bewusstsein schob.

»Hörst du das auch?« Ich drehte mich zu ihm um.

Er blickte mir skeptisch entgegen.

»Was?«

»Das Rauschen«, flüsterte ich, war jedoch sicher, dass selbiges meine Worte verschluckte.

Kas betrachtete mich, als hätte ich den Verstand verloren.

»Da ist kein Rauschen, Zoé, nur –«

In dem Moment brach seine Stimme ab, und weißer Nebel schob sich zwischen uns. Nein, er schob sich nicht zwischen uns, er verhüllte mich. Nur *mich*. Wie zuletzt in dem blutroten Wald im Schattendistrikt in Xanthia. Zwischen den Schlieren aus hellem Rauch blitzten meerblaue Augen auf, durchsetzt von einer Mischung aus Entsetzen und tiefstem Schock.

»Kas!«, rief ich durch das Rauschen.

»Verflucht, was tust du?«, brüllte er. »Nimm mich mit!«

Seine verzweifelten Worte schnitten wie Messer in meine Brust. Der Pfad zog mich zurück und ihn nicht? Wie … warum … was … Ich wollte das nicht! Ich hatte mich doch dagegen entschieden, ihn zurückzulassen. Stopp. Stopp! Das hier musste aufhören.

»Halt mich fest!« Meine eigene Stimme drang nur dumpf zu mir durch, als befände ich mich unter Wasser. »Du musst mich festhalten! Ich will nicht weg!« *Von dir*, dachte ich.

Nur einen rasenden Herzschlag später spürte ich, wie sich etwas Warmes um meine Taille schloss. Es zerrte an mir, wie auch der offene Pfad. Ich zerriss. Ich war mir sicher, dass mein Körper das nicht überstehen würde.

Und dann hörte es auf. Ich gab dem Druck nach, der von Kas ausging und krachte gegen ihn.

Kas berührte meine Schultern und schob mich von sich, um mir ins Gesicht zu sehen.

»Was hast du getan?«

»Gar nichts!«, gab ich überfordert zurück.

Ein Kloß bildete sich in meiner Kehle, weil es ungerecht war, dass er auch nur denken konnte, ich würde solch einen Verrat immer noch in Betracht ziehen.

Kas sah mir noch lange stumm in die Augen, dann schob er sich an mir vorbei und trat an jene Stelle, auf der ich bis gerade eben noch gestanden hatte.

»Ich kann ihn nicht allein passieren, weil es dein Pfad ist«, erklärte er. »Aber wir müssten ihn zusammen gehen können, ich verstehe das nicht.« Er streckte die Hand aus, tastete in der

Luft herum, als wäre der Pfad eine Tür, die man mit den bloßen Fingern berühren und öffnen konnte. »Außer …«, begann er langsam.

»Außer?«, hakte ich nach, weil er in Gedanken versunken schien.

»Außer wir sind zu spät, und es passt nur noch eine Person hindurch.« Kas drehte sich zu mir um, sein Gesicht getränkt von Bitterkeit. »Du. Es ist der Pfad *deiner* Seele.«

Ich merkte erst, dass ich unablässig mit dem Kopf schüttelte, als Schwindel meine Sinne erfasste.

»Nein«, sagte ich, um meine Antwort zu unterstreichen. Ich ging auf Kas zu, ergriff seine Hände. »Ich gehe nicht ohne dich, ich –«

»Das klang vorhin noch ganz anders, Zoé«, unterbrach er mich beinahe tonlos. »Du willst mich nicht. Du willst deine eigene Haut retten. Du willst leben, und ich kann dir noch nicht einmal einen Strick daraus drehen.«

»Ich werde aber nicht in dem Wissen leben können, dass du hier gefangen bist – irgendwo zwischen den Welten!«

»Was ist mit Claire?«, fragte er, und ich hörte mein Herz einreißen. »Ich erinnere mich an deinen gequälten Schrei, als der Schuss fiel.«

Ich schluckte gegen die aufsteigenden Tränen an.

»Ich weiß, dass du das so nicht geplant hattest. Ich habe dich in den letzten Tagen kennengelernt, Kas. Es war ungerecht, dass ich dich für ihren Tod verantwortlich machen wollte. Genauso ungerecht, wie mir selbst die Schuld dafür zu geben.«

Diesen Gedanken das erste Mal laut auszusprechen, befreite einen Schluchzer, der fest in meiner Brust gesessen hatte. Er kam zunächst stolpernd über meine Lippen, dann laut und qualvoll.

Kas schloss mich in seine Arme, küsste mich auf den Scheitel. Ich schluchzte noch lauter, als ich realisierte, dass er seinen Groll gegen mich begraben hatte.

»Das Leben ist ungerecht«, sagte er an meinem Haar. »Die kleinsten Sünder tun die größte Buße.«

Ich krallte mich in sein Hemd.

»Was machen wir jetzt? Ich gehe nicht ohne dich«, wiederholte ich eindringlich. Das war das Einzige, dessen ich mir in diesem Moment sicher war.

»Wir können nicht lange hierbleiben.«

Er blickte umher, da fiel auch mir ein, dass die Chasseure hinter uns her sein mussten, nachdem wir in Mamans Haus Dinge verändert hatten.

Ich dachte einen Moment nach.

»Was ist mit dem Theater?«

Kas' Lippen teilten sich zu einer Antwort, da trat ein irritierter Ausdruck auf sein Gesicht.

»Du bist heiß.«

Ich erwiderte seine fragende Miene, bis ich es selbst spürte. Sofort dachte ich an den Spiegel und Alexei, doch diese Wärme war anders. Und sie kam nicht aus meinem Stiefel, wo ich den gerissenen Splitter nach unserem Bad im Meer wieder verstaut hatte. Sie kam aus dem Mantel – aus seiner Tasche. Ich griff hinein und berührte das Relikt. Es glühte. Ich holte es heraus, und Rauch stieg aus ihm empor. Hektisch legte ich die Kugel auf den Boden und trat einen Schritt zurück, als würde sie jeden Moment in Flammen aufgehen.

»Was passiert hier?«, stieß ich erstickt aus, mein Herz raste gegen meine Rippen. War das Relikt kaputt? Das durfte nicht sein, auf keinen Fall, sonst …

Weiter kamen meine Gedanken nicht. Kas packte meinen Arm und zog mich weg.

In dem Moment erkannte ich es. Es formte sich eine Gestalt. Eine Gestalt, die aussah wie ein Geist aus Rauch – wie jene Wesen, die Claire und mich heimgesucht hatten. Inzwischen wusste ich, dass eines davon Kas gewesen war. Nur einen Augenaufschlag später erstrahlten honiggoldene Augen in einem schmalen Gesicht umrahmt von haselnussbraunem Haar, darunter herzförmige Lippen.

»Unmöglich«, wisperte ich. Denn sie stand hier, hier vor mir. Claire. »Das muss eine weitere Illusion des Relikts sein.«

Kas, der neben mir stand, schüttelte den Kopf.

»Keine Illusion«, sagte er ruhig. »Ihre Seele.«

Zoé.

Claires Stimme hallte durch meinen Kopf wie ein Echo vergangener Zeiten, riss Wunden auf, die zu Narben geworden waren, und heilte sie im selben Atemzug. Ich machte einen Schritt nach vorn, spürte Claires Präsenz so deutlich, als wäre sie nie fort gewesen.

»Warst du die ganze Zeit dadrin?«, fragte ich, mein Herzschlag ein Trommeln, das ohrenbetäubend laut durch meinen Brustkorb vibrierte.

Sie nickte. Sie nickte, und mein Magen sackte ab. Drei Jahre.

Ich hatte vergessen, wer ich war. Aber mit meinen Erinnerungen konnte ich mich befreien.

»Wie hast du dich erinnern können?«, flüsterte ich.

Claires Blick schweifte zu Kas.

Die Präsenz des dunklen Prinzen und … Ihr werdet gejagt. So wie wir damals. Bis … Ein Schatten überzog ihre Augen. Schmerz erfüllte ihre Züge. *Es hat so wehgetan, Zoé. Danke, dass du bei mir geblieben bist.*

Tränen vernebelten meine Sicht, aber ich wischte sie weg, weil ich Claire sehen wollte. Weil ich jede noch so kleine Regung ihres Gesichts in mein Herz prägen wollte.

»Ich bin abgehauen. Ich hatte Angst. Ich bin einfach gegangen, Claire. Es tut mir so leid, bitte verzeih mir.«

Meine Stimme brach.

Du bist so lange geblieben, wie du konntest. Es gibt nichts zu verzeihen.

Zwischen Claires Worte mischten sich andere Laute, und Kas griff nach meiner Hand, seine Miene hart.

»Die Chasseure«, sagte er. »Und sie haben Tentamièren dabei.«

Panik schoss durch meine Nervenbahnen, als ich meinen Blick über den Marktplatz schweifen ließ. Sie hatten uns gefunden, ihre milchig weißen Augen offenbarten, dass sie uns sehen konnten.

»Ich kann sie nicht noch einmal zurücklassen«, stieß ich heiser aus und sah zu Claire. »Komm mit uns.«

Claires hellbraune Haarsträhnen streiften ihre Schultern, als sie den Kopf schüttelte.

Ich bin tot, Zoé. Aber du kannst leben.

Ich riss die Augen auf, als Claires Seele aufstieg und in einer Wolke aus Licht explodierte. Genau dort, wo mein Pfad mich vor wenigen Minuten hatte einsaugen wollen.

In der Ferne hörte ich die Chasseure aufschreien, Kas hielt sich den Arm vors Gesicht, und auch ich blinzelte heftig gegen die blendende Helligkeit an.

Für den Bruchteil einer Sekunde erkannte ich einen Riss in der Luft, dort, wo Claire verschwunden war. Instinktiv wusste ich, was passiert war. Ich griff nach dem Relikt, stopfte es zurück in den Mantel und schloss meine Hand fester um die von Kas. Dann zog ich ihn mit mir.

Der Riss – *der Pfad* – verschluckte uns.

IN DER NÄHE DES BLUTDISTRIKTS IN XANTHIA

KAPITEL 25

ZOÉ

Das Erste, das ich spürte, waren die eisigen Finger des Windes, die über jeden freien Zentimeter meiner Haut strichen. Sie trugen den Geruch des Waldes mit sich. Ich sog ihn tief in meine Lungen und bemerkte eine weitere, herbere Note darin, die ich nicht zuordnen konnte, obwohl sie mir doch seltsam vertraut vorkam. Langsam öffnete ich meine Augen.

Rot.

Xanthia-Rot.

Der Nebel in meinem Kopf zog seine Schwaden zurück und hinterließ nichts als eine dunkle Leinwand, gesprenkelt mit der Farbe von frischem Blut. Ich war tatsächlich zurückgekehrt. Ein Gedanke schlug mitten in meiner Brust ein und trieb meinen Herzschlag an.

Das Relikt.

Sofort fuhren meine Finger in die Tasche des Mantels, den ich noch immer am Körper trug, und ich atmete erleichtert auf. Es war hier. Und Claires Seele … Sie war nicht länger darin eingesperrt. Tränen schnürten mir die Kehle zu. Wie hatte ich nie bemerkt, dass sie die ganze Zeit über dort drin gewesen war? Drei verfluchte Jahre. Und wo war sie jetzt? Sie hatte meinen Pfad genommen und ihn für Kas und mich vergrößert. Dann musste auch sie hier irgendwo sein, oder? Schließlich war sie eine Diebin gewesen. Eine *Sünderin*.

»Claire?«, fragte ich heiser.

Ich blinzelte einige Male, bis sich das Gespinst aus dünnen weißen Fäden gänzlich auflöste und Bäume entblößte, die sich mit ihren knochigen Ästen in den Himmel erstreckten. Blut klebte an ihnen, tropfte dickflüssig hinab, um die aufgewühlte Erde zu tränken. Hinter ihnen erhoben sich dunkle Dächer, deren Spitzen in düsterroten Wolken versanken. Ich meinte, dünne Rauchschwaden auszumachen, die zwischen den Gebäuden emporstiegen, und als ich mich nach ihrer Quelle umsah, ließ ich meinen Blick zwischen die dicken Baumstämme gleiten. Stattdessen entdeckte ich die Silhouette eines Häuschens. Davor stand Kas.

»Sie ist nicht hier«, sagte er, ohne mich anzusehen.

Ich stemmte mich hoch und ging auf ihn zu. Kas hatte die Hand an die Tür gelehnt und starrte das alte Holz an, als wäre es etwas so Kostbares, dass er der Berührung gar nicht würdig war.

»Was ist das für eine Hütte?«, fragte ich und betrachtete sie genauer. Ein eckiges Fenster war neben der gerundeten Tür eingelassen, sein Glas so schmutzig, dass ich kaum ins Innere schauen konnte. Das Häuschen war mir gar nicht aufgefallen, als ich vor all den Wochen das erste Mal hier erwacht war. Und auch nicht, als Nika mich hierhergebracht hatte, um als Geist in die Welt der Lebenden zurückzukehren.

»Keine Ahnung.« Etwas Nachdenkliches wirbelte in Kas' Blick. »Aber ich spüre die Kälte, die sich in das Holz gesetzt hat, und«, er zog die Brauen zusammen, verstärkte den Druck seiner Finger, die nicht länger in Handschuhen steckten, »ich kann die Tür öffnen, ohne Angst vor den Konsequenzen haben zu müssen.«

Sein Geständnis fuhr mir unter die Haut und ließ mich kurz erzittern. Ich zog den Mantel fester um meinen Körper.

»Dann tu es.«

Er grinste matt und wirkte niedergeschlagen.

Ein Quietschen durchschnitt den roten Wald und stellte die Härchen in meinem Nacken auf. Als Kas in das Häuschen trat, folgte ich ihm.

Die Kälte hatte sich hier drin gestaut, saß fest in der kargen Einrichtung. Das Haus bestand nur aus einem einzelnen Zimmer. Ein Tisch stand in der Ecke, und daneben befand sich ein Kamin, in dem man verkohlte Überreste alten Feuerholzes zurückgelassen hatte. An den Wänden hingen eingestaubte Bilderrahmen, und ein grauer Teppich lag auf den rissigen Holzdielen. Mehr gab es hier nicht.

Mein Blick wanderte zurück zu Kas, der eines der Bilder betrachtete. Ich musterte sein mir zugewandtes Seitenprofil. Kummer tränkte sein Gesicht, spiegelte sich in meiner Seele. Wir wussten beide, dass unsere gemeinsame Zeit hier endete.

Ich schob die Hand in den Mantel, umklammerte den Stapel ungeöffneter Briefe, grub die Finger in das raue Papier.

»Bleibst du noch bei mir, während ich sie lese? Die Briefe?«

Erst jetzt spürte ich den Kloß in meinem Hals, an dem sich die Worte vorbeischoben, bevor sie als ersticktes Flüstern über meine Lippen drangen.

Kas drehte sich zu mir um, setzte erneut die kunstvolle Maske auf, die seine Emotionen verbarg.

»Du meinst zum Abschied?«

Seine Stimme schoss direkt in mein Herz, wanderte von dort durch meine Eingeweide wie eine Schrotkugel.

»Es muss kein Abschied sein. Nicht jetzt schon. Nicht für immer.«

Kas schnaubte, und ich zuckte zusammen.

»Dann soll ich hier auf dich warten, solange du bei Alexei bist und ihm die Relikte aushändigst, damit er dich aus Xanthia fortschicken kann?« Er legte den Kopf schief, und einige seiner hellen Haarsträhnen fielen ihm in die Stirn. »Ich soll hier sitzen und mir ausmalen, was ihr miteinander treibt, wenn ihr allein seid?«

Bittere Galle stieg mir in den Rachen.

»Ich werde nichts mit ihm *treiben*«, sagte ich leise.

Kas lachte freudlos auf.

»Du bist eine erwachsene Frau. Ich werde dich nicht aufhalten.«

»Vielleicht will aber ein Teil von mir, dass du mich aufhältst!« Die Worte entrissen sich mir, ohne dass ich ihnen die Erlaubnis erteilt hatte. Sofort führte ich meine Finger an meinen Mund, als könnte ich sie so zurücknehmen und wieder in dem verborgenen Winkel meines Herzens verstecken, aus dem sie gekrochen waren.

Kas' Fassade bekam Risse.

»Ein einzelner Teil von dir reicht mir aber nicht, Zoé.«

Sengende Hitze brannte hinter meinen Lidern, schnürte mir die Kehle weiter zu. Ich stieß ein Wimmern aus, das ich hasste.

»Bleib, bitte.«

Er schaute mich aus Augen an, die dunkel waren wie ein Nachthimmel ohne Sterne. In dem Moment realisierte ich es, als würde ein Schloss in meinem Unterbewusstsein einrasten. Alle hatten mir gesagt, wie böse und grausam Kas war. Aber wenn ich ihn ansah, erkannte ich einfach nur Schmerz.

»Ich bleibe«, sagte er rau. »Für einen Brief.«

Ein erleichterter Schluchzer entwich mir und mit ihm eine einzelne Träne. Ich zog den obersten Umschlag hervor. Meine Hand zitterte, und ich musste einige Male blinzeln, bis seine Umrisse scharf wurden. Ich öffnete ihn ganz vorsichtig, wollte das Papier nicht zerreißen. Und wenn ich ehrlich zu mir selbst war, wollte ich auch den Moment des Abschieds hinauszögern.

Als ich das gefaltete Stück Papier aus dem Umschlag zog, strömte mir ein blumiger Duft entgegen, eine Mischung aus Lavendel und Kamille. Ich kniff die Augen fest zu, als meine Sicht erneut verschwamm.

»Soll ich?«

Kas' Stimme vibrierte an meiner Haut, so nah musste er sein. Sein Rosenduft mischte sich in jenen meiner Mutter, und in diesem Moment hätte ich schwören können, dass ich alles hatte, was ich brauchte.

Langsam hob ich die Hand und legte den Brief in die seine. Kas entfaltete das Papier und räusperte sich, bevor die ersten Worte meiner Mutter aus seinem Mund flossen.

»*Meine liebe Zoé. Ich bedauere, dass ich dir heute nichts Schönes erzählen kann, aber auch schlechte Zeiten gehören zum Leben. Bevor ich am Abend zur Arbeit ging, habe ich dir versprochen, einen Schokoladenkuchen mitzubringen, wenn ich am Morgen wiederkomme, damit du etwas hast, auf das du dich freuen kannst, solange ich fort bin.*« Kas sah kurz auf, und ich erhaschte eine kaum erkennbare Regung um seine Mundwinkel. Er grinste, und ich tat es ihm gleich.

»Ich glaube, ich erinnere mich an diesen Tag«, hörte ich mich sagen. »Ich kann es nicht fassen, dass sie mir diese Briefe geschrieben hat.«

Kas nickte langsam.

»Sie sind eine wertvolle Erinnerung.«

»Ja«, sagte ich zögernd, als mir bewusst wurde, wie wertvoll sie wirklich waren. Vor allem, weil meine Mutter sich nie mehr an diese Dinge würde erinnern können. Sie hatte sie aufgeschrieben, ohne zu wissen, dass sie sie danach für immer verlieren würde.

»*Mir fehlte nur ein Centime, doch der Händler jagte mich fort.*«

Ich lachte erstickt auf.

»Wie oft ich diesen Typen später bestohlen habe. Jetzt tut er mir nur noch halb sosehr leid.«

»Böses Mädchen«, gab Kas mit tadelnd hochgezogener Augenbraue und einem schiefen Lächeln zurück, bevor er weiterlas. »*Ich wünsche mir so sehr, dass du später einmal alles ha-*

ben wirst, was du verdienst, mein liebes Kind. Und bitte vergiss eine Sache nie. Ich …« Er hielt einen Moment inne und suchte räuspernd meinen Blick. »*Ich liebe dich, Zoé.*«

Mein Herz blieb stehen, und mit ihm die Zeit. Eine schwere Stille senkte sich zwischen uns, keiner von uns rührte sich. Da waren nur Kas' Worte, die in der Luft nachklangen.

Nein, es waren nicht seine Worte, rief ich mir ins Bewusstsein. Es waren die meiner Mutter.

»*Für immer, Maman*«, las er leise fertig vor, ehe er die Hand mit dem Brief sinken ließ. Seine Augen hielten mich noch immer gefangen.

»Verlass mich nicht«, wisperte ich und legte eine Hand an seine Brust. Sein Herz schlug so heftig, dass meine Finger darüber bebten.

»Sag mir, dass du nicht zu Alexei gehst, und ich bleibe.«

Ein leises, gequältes Seufzen kam über meine Lippen.

»Du weißt, dass ich das nicht kann.« Ich rieb mir über die Augen. »Du hast meine Mutter doch gesehen. Sie braucht mich. Ich kann nicht einfach aus ihrem Leben verschwinden.«

Er trat einen Schritt zurück und sah runter auf den Boden. Ich hörte die Scherben in seiner Brust, die seine Stimme zum Klirren brachten.

»Dann musst du aus meinem verschwinden.«

Ich wusste, dass er sich damit nur selbst zu schützen versuchte. Mich wegstieß, bevor ich ihn zurücklassen konnte. Was nutzte es, sich an diese einzelnen Teile zu klammern, die ich ihm gab, wenn er am Ende nicht den Rest bekam? Aber es linderte meinen Schmerz nicht. Hielt meine zerreißende Seele nicht zusammen. Ich konnte die Qualen nicht aufhalten, die aus den entstandenen Rissen sickerten, und bohrte meine Finger in meine Oberarme, in dem Versuch, sie in mir einzusperren. Aber es gelang mir nicht.

»Das kann ich auch nicht!«, schleuderte ich Kas entgegen.

Als würden die Worte endgültig den Schleier von meinen Gefühlen reißen, spürte ich sie alle gleichzeitig. Traurigkeit und Hilflosigkeit, aber vor allem Wut. Da war so viel davon in mir. So viel verdammte Wut, die sich über die letzten Jahre angestaut hatte. Wut darüber, dass meine Mutter krank geworden war. Wut darüber, dass ich kein Kind sein durfte. Dass ich nicht zur Schule gehen und Freunde haben durfte. Dass ich mich nie verlieben und träumen durfte, von besseren Zeiten.

»Ich habe nie gewusst, dass sich leben schön anfühlen kann. *Leicht.* Und dann kamst du, Kas.« Meine Stimme brach und meine letzte Zurückhaltung mit ihr. »Du hast mir meine Dunkelheit nicht genommen, aber du hast mir das Licht gezeigt. Von Anfang an hast du jeden Teil von mir gesehen, und doch bist du geblieben. So, als wäre ich es wert. Aber wenn du jetzt gehst –«

»Nehme ich dir nichts davon weg.« Kas hatte die Hände zu Fäusten geballt, wich mir noch immer aus. »Es ist alles da, Zoé. Es ist in dir, du musst nur –«

»Sieh mich an, verdammt!« Jetzt schrie ich, und Kas zuckte zusammen. »Sieh mich verfickt noch mal an, wenn du beschließt, mich wegzuwerfen!«

Er hob seinen Blick, Feuer brannte darin, so intensiv, dass mein Atem meiner Lunge entwich. Für einige Sekunden starrten wir einander an, und ich wusste nicht, wer von uns den größeren Schmerz in sich trug. Sein Blick fiel auf meine Lippen, und diese kleine Bewegung schlug in meinem Herzen ein.

»Wer wirft hier wen weg?«

Kas' Frage ging auf mich nieder wie ein Hieb, und ich rang zitternd um das letzte Stück Beherrschung, während meine Welt ein letztes Mal auseinanderbrach.

»Ich stehe hier mit den Resten, die von mir übrig sind, und

flehe dich an, zu bleiben. Wenn dir das nicht reicht – wenn *ich* dir nicht reiche –, dann geh.«

Ich konnte beobachten, wie Kas mit jedem weiteren meiner Worte in sich zusammenfiel. Wie er die Brauen zusammenzog, wie sich tiefe Falten in seine Stirn gruben. Leere trat hinter seinen Blick, ließ ihn in Schwärze aufgehen.

»Verflucht, ich kann das nicht«, sagte er mehr zu sich selbst als zu mir. Nur einen Wimpernschlag später schloss er seine Hände um meine Taille, drückte mich an die Wand und küsste mich. Fordernd und verzweifelt, als wollte er meine Seele kosten.

»Kas«, stieß ich zwischen zwei Küssen aus, da glitt seine Zunge zwischen meine Lippen. Ich stöhnte und wölbte mich ihm entgegen, weil ich nicht anders konnte. Weil es das Einzige war, das mein Körper tun wollte, wenn Kas mich berührte. Ich war süchtig nach ihm, und ich wusste, ich würde verloren sein, sobald er sich mir entzog.

Kas drückte mich fester gegen die Wand, seine Finger schlossen sich um meine Handgelenke und fixierten sie über meinem Kopf.

»Hast du gerade auch ein Déjà-vu?«, fragte er mit dieser kaum beherrschten Spannung in seiner Stimme.

Selbst seine grobe, besitzergreifende Berührung sandte nichts als elektrisierende Schauer durch meinen Körper, der an seinem weich wurde.

»Schon in diesem dunklen Zimmer habe ich mich gefragt, wie es sich anfühlen würde, dich einfach gegen das Regal zu drücken und zu nehmen. Der Hass in deinen Augen hat mich angemacht.«

Sein raues Lachen streifte meinen Hals, jagte eine Gänsehaut darüber.

»Wieso hast du es nicht einfach getan?«, presste ich hervor. Erregung schoss durch mich hindurch und sammelte sich warm und pochend zwischen meinen Beinen.

»Weil ich so etwas nie tun würde, wenn du es nicht willst.«

Gott, er sollte seinen scheiß Mund halten, damit ich weiterhin wütend auf ihn sein konnte. Ich reckte das Kinn.

»Wer hat behauptet, dass ich es nicht gewollt hätte?«

»Du hast nichts dergleichen gesagt.«

»Muss ich es wirklich aussprechen?«

Kas nickte, seine blauen Augen unergründlich und tief.

»Es ist mir wichtig.«

Es war, als öffnete seine Antwort eine längst vergessene kleine Kiste irgendwo in meinem Unterbewusstsein. Befreite die Emotionen, die ich fein säuberlich darin verschlossen hatte. Befreite jedes *Nein*, das ich all den Männern, die mich bezahlt hatten, ins Gesicht hatte brüllen wollen. Stattdessen hatte ich sie nur in mir selbst gesammelt. Mich selbst angeschrien. *Nein, nein, nein, nein.*

»Ja«, sagte ich. »Ich will es.«

Kas presste seine Erektion gegen mich, und ich keuchte.

»Jetzt?«

»Immer.« *Und für immer*, dachte ich. Aber das war nicht möglich. Nicht in diesem Leben.

Kas beugte sich zu mir runter und küsste mich, nicht wissend, wie tief er bereits in mich eingedrungen war. In mein Herz, in meine Seele, in die Reste meines verkümmerten Lebens.

Ich wand mich unter seinem schweren Körper, der mich noch immer gegen die Wand gedrückt hielt, wollte meine Hände befreien, um ihn zu berühren, überall. Um ihn auszuziehen, an mich zu ziehen, in mich zu ziehen.

Doch Kas gab nicht nach und hielt mich weiter fest. Zumindest mit einer Hand. Die andere fuhr unter meine Bluse, umfasste meine rechte Brust, strich über die empfindsame Haut an ihrer Spitze, bis ich in den Kuss wimmerte, weil ich nicht wusste, wohin mit all der aufgestauten Lust.

Kas ließ von mir ab, zerrte mir ungeduldig den Mantel von den Schultern, riss mir die Bluse vom Körper und drehte mich herum, bis meine Brüste gegen die eiskalte Wand drückten. Meine Nippel waren so hart, dass es wehtat.

Dann hörte ich sein Hemd zu Boden fallen, spürte seine nackte Haut an meinem Rücken und seine steinharte Erektion an meinem Hintern. Ein Stöhnen entrang sich meinen Lippen. Jeder seiner Atemzüge in meinem Nacken schrieb mit feinen Strichen über die Erinnerungen, die Raoul in mich eingebrannt hatte, als er mich damals in diese ausgelieferte Position zwang.

Kas' Finger fuhren über meinen Bauch nach unten, streichelten mich, lösten die Schnüre meiner Hose, schlüpften hinein, direkt zwischen meine Beine. Er glitt, ohne zu zögern, in mich.

»Du bist so feucht für mich.«

Kas atmete schwer, sein Mund strich warm meine Halsbeuge entlang, seine Zähne kratzten über meine Haut.

Ich keuchte und hielt mich an der Wand fest, als meine Knie zu beben begannen. Er bewegte seine Finger in mir, erst spürte ich zwei, dann einen dritten. Er zog sie raus und schob sie wieder rein, krümmte sie vorsichtig. Sein Daumen strich unablässig in gleichmäßigen, immer festeren Bewegungen über meine pulsierende Klitoris, und er rieb seinen harten Schwanz an meinem Hintern. Verlangend wölbte ich mich ihm entgegen.

»So ist es gut«, raunte Kas, und ich spürte sein Grinsen an meiner erhitzten Haut. »Zerfließ in meinen Händen.«

Er biss leicht in meinen Hals, und mein Unterleib krampfte sich zuckend um seine Finger, als ich kam, sein Name auf meinen Lippen.

Noch bevor der Orgasmus abgeklungen war, packte Kas meine Hüften, hob mich hoch, wirbelte uns herum, und ich hörte Geschirr zu Boden fallen und zerbrechen. Kurz darauf setzte er mich auf den Tisch, ich bemerkte nur flüchtig, wie er mir Stiefel und Hose auszog und dann endlich – *endlich* – meine Beine auseinanderdrückte. Eine Sekunde später kniete er zwischen ihnen, sein Blick verschmolz mit meinem.

»Du bist so verdammt schön, Zoé.«

Als Kas' Worte sich über die Risse in meinem Herzen legten, machte seine Zunge dort weiter, wo seine Finger aufgehört hatten. Kas sah mich an, während er mich leckte, und ich fragte mich, ob man an diesem Gefühl, das er in mir auslöste, sterben konnte.

Ich beobachtete ihn, sah dabei zu, wie sich die schwarzen Linien auf seinem Oberkörper gemeinsam mit seinen Muskeln für mich bewegten. Wie dieser Mann für mich auf den Knien war.

Ich bohrte meine Fersen in seinen Rücken, hob ihm meine Hüften entgegen, um ihn tiefer zu spüren, und Kas kam meiner stummen Aufforderung nach. Wimmernd bäumte ich mich auf. Allein die Geräusche, die er von sich gab, während er mich verschlang, brachten mich meinem nächsten Höhepunkt gefährlich nahe. Ich war kurz davor, an seiner Zunge zu zerspringen.

»Bist du dir immer noch sicher?«

Sein abgehackter Atem traf auf meine nasse Mitte, reizte mich weiter.

»Was?«, keuchte ich.

Kas erhob sich und zog sich die Hose aus, bis er vollständig entkleidet vor mir stand. Schweiß rann über seine tätowierte Brust, die sich schnell hob und senkte. Sein Schwanz war groß und hart. Ich betete, dass er mich gleich damit weiten würde, und spürte, wie sich allein bei dem Gedanken daran alles in mir zusammenzog. Ein schelmisches Funkeln glitzerte in seinen Augen.

»Ja«, stieß ich aus, als seine Frage zu mir durchdrang. »Ja. Ja, ja, ja.«

Ich spreizte meine Beine weiter und beobachtete, wie er bei dem Anblick noch härter wurde. Ein befriedigtes Kribbeln schoss meine Wirbelsäule hoch.

Kas gab einen Laut aus tiefster Kehle von sich, dann krallte er seine Hand in mein Haar, bog meinen Kopf nach hinten, presste seinen Mund auf meinen und rammte sich in mich.

Ich schrie auf vor Lust und Schmerz, der sich gut anfühlte, aber seine Zunge dämpfte jedes Geräusch, das ich machte. Ich schmeckte mich selbst auf seinen Lippen, und meine Beine schlangen sich verlangend um seine Hüften. Kas zog sich ganz aus mir zurück, bevor er erneut in mich stieß, so fest, dass die Tischkante gegen die Wand hinter mir krachte. Putz rieselte von der Decke.

»Ich werde dich so hart ficken, dass du jedes Mal, wenn du *ihn* ansiehst, an mich denken musst.«

Das Geräusch seiner Haut, die in raschem Tempo gegen meine schlug, folgte seinen Worten, mischte sich in unser Keuchen und Stöhnen und das Knarzen des Tisches. Mit jedem Stoß krallte ich meine Fingernägel tiefer in seine Rückenmuskeln, weil die Lust mich beinahe überwältigte. Alles an meinem Körper zitterte.

Kas packte meine Hüften, um mich noch härter zu nehmen, und als er sich ein weiteres Mal vollständig in mir vergrub, spürte ich ein Beben unter mir. Nur eine Sekunde später schrie ich erschrocken auf, als der Tisch nachgab und in sich zusammenkrachte. Kas hielt mich fest, und ich klammerte meine Beine enger um seinen Unterleib, zog ihn tiefer in meine Hitze.

»*Daran* werde ich auf jeden Fall noch öfter denken«, stieß ich keuchend aus.

Kas küsste mir das Grinsen von den Lippen, trug mich

durch die Hütte und lehnte mich gegen das Fenster, durch das rot gefärbtes Mondlicht auf uns fiel. Es fühlte sich kalt an, wie sich die Scheibe an meine verschwitzte Haut schmiegte, aber das gefiel mir.

Kas ließ mir kaum einen Moment, mich an diese Position zu gewöhnen, da vögelte er mich weiter. Die gerahmten Bilder knallten bei jedem Stoß gegen die Wand, ich hörte einige zu Boden fallen und Glas zerbrechen.

Ich spürte den Orgasmus, der sich in mir aufbaute, und mit ihm einen Kloß in meinem Hals, weil es danach vorbei sein würde. Kas würde gehen.

Ich verschränkte meine Finger in seinem Nacken und lehnte meine Stirn gegen seine Brust, als ich die verfluchten Tränen nicht länger zurückhalten konnte. Verzweifelt sog ich seinen Geruch ein.

»Versprich mir, dass wir uns irgendwann wiedersehen.«

»Ich verspreche es«, gab Kas zurück, und es erinnerte mich an längst gesprochene Worte in einem dunklen Raum, zwischen Prinz und Sünderin. Damals hatte er das Fenster hochgeschoben, um sicherzustellen, dass sich sein Versprechen erfüllte.

»Aber dann wird alles anders sein, kleine Diebin.«

Noch ein Stoß, der das Gegenteil des sanften Kosenamens war, und die Spannung in mir baute sich weiter auf.

Ich hob den Kopf und suchte seinen Blick, wollte fragen, wie er das meinte, da schloss er seine Hand um meine Kehle. Zunächst vorsichtig, als wollte er um Erlaubnis bitten, doch die brauchte er nicht. Er durfte mit mir machen, was er wollte, schon lange.

Kas schien zu verstehen, und ich erkannte in seinen Augen, dass er wusste, was er tat.

Ich erschrak über diese Erkenntnis, aber ich vertraute ihm. Er drückte fester zu, während die dunkle Lust in seinem Blick zu einem wilden, rohen Verlangen wurde, das direkt in meinen Unterleib schoss.

Ich war ihm gänzlich ausgeliefert, und ich genoss es. Das hier war *meine* Entscheidung.

Unter seinem Griff ging meine Atmung flacher, und der Nervenkitzel jagte ungezügeltes Adrenalin durch meine Adern. Ich wusste schon jetzt, dass ich gleich heftiger kommen würde als jemals zuvor.

Kas hielt meine Kehle weiter gepackt, fickte mich mit unkontrollierten Stößen gegen das Fenster, bis ich jeden Halt in der Realität verlor. Bis da nur noch unsere zuckenden, ineinander verschlungenen Körper waren, die den anderen mit jeder Faser brauchten. Bis seine Finger die roten Male um meinen Hals vollständig überschrieben.

»Brenn für mich«, flüsterte Kas, und ich ging in Flammen auf.

KAPITEL 26

Ich saß noch immer auf dem Boden unter dem Fenster, wo Kas mich zurückgelassen hatte, bevor er gegangen war. Die vormals kühle Luft war nun warm und stickig, aufgeladen von dem Geruch nach Schweiß und Sex.

Meine Hose lag irgendwo zwischen den auseinandergebrochenen Teilen des Tisches. War es nicht ironisch, dass er eine Art Sinnbild meiner Seele darstellte? Kas war weg, und er hatte ein Bruchstück von mir mit sich genommen.

Ich würde nie mehr ganz sein.

Mit einer schroffen Bewegung meiner Hand wischte ich mir die dämlichen Tränen von den Wangen. Langsam zog ich mich an der Wand nach oben, spürte, wie weich sich meine Beine noch immer anfühlten, eine weitere Erinnerung an das, was wir hier kurz zuvor getan hatten.

Ich sammelte meine Hose auf und fand meine Bluse neben der Tür. Sie war zerrissen. Direkt daneben lag ein Haufen schwarzen Stoffes. Der Mantel. Kas hatte ihn mir dagelassen. Ich zog mich an, schnürte den Mantel zu, spürte das Gewicht des Relikts in seiner Tasche.

Ich trat aus der Hütte, und da war nur der Mond, der mich begrüßte. Draußen war es kälter geworden, die Finsternis, die zwischen den Bäumen lauerte, bedrohlicher. Irgendwo aus den Tiefen des Waldes erklangen Laute, die sich anhörten wie die Schreie verzweifelter Menschen. Meine Kehle wurde eng, als ich wahllos eine Richtung einschlug und versuchte, mich zu orientieren.

Wenn auf der Erde zehn Tage vergangen waren, dann musste es in Xanthia etwa drei Tage her sein, dass Nika mich hierhergeführt hatte. Die Zeit im Reich der Toten verstrich beinahe viermal so schnell wie jene in der Welt der Lebenden.

Ich schaute durch die Gegend, suchte nach irgendetwas, das mir vertraut vorkam. In der Ferne erspähte ich den gebogenen Baum, der den Durchgang zur Brücke formte, die Nika und ich aus dem Blutdistrikt hierher genommen hatten.

Bevor ich mich auf sie zubewegen konnte, spürte ich ihn zum ersten Mal. Einen Sog. Doch es war nicht die Art Sog des Pfads, der mich hier in Xanthia ausgespuckt hatte. Dieser Sog kam tief aus meinem Inneren. Irgendwo hinter meinem Herzen. Meine Hand schoss zu meiner Brust, und ich strich darüber, als könnte ich dieses eigenartige Gefühl wegwischen. Es blieb.

Am Himmel zeichneten sich die Silhouetten etlicher spitzer Dächer ab, finster und unnachgiebig. Wolken hingen zwischen ihnen, tauchten sie in einen Nebel, der das Mondlicht verschluckte. Ich ging ein Stück, und wieder drang der herbe Duft des Windes an meine Nase.

Nein, das waren keine Wolken und auch kein Nebel. Ich kniff die Augen leicht zusammen, um meine Sicht zu schärfen. Ascheflocken rieselten vom Himmel wie Schnee, hüllten die roten Äste der Bäume in mattes Grau, bedeckten die Brücke zu meinen Füßen, ließen sich kitzelnd auf meiner Haut nieder. Ich machte mir nicht die Mühe, sie fortzuwischen, starrte ich doch viel zu gebannt auf das, was sich am Eingang der Stadt vor mir abspielte.

Hohe Flammen leckten an Gebäuden, ihre Hitze brannte auf meinem Gesicht. Menschen und Xathyr irrten durch die Straßen, schrien, weinten, starben. Ihr Anblick löste nichts in mir aus, denn binnen Sekunden hatte sich die altbekannte Taubheit um mein Herz geschlossen. Ich brauchte sie, wenn ich den Blutdistrikt bis zu Alexeis Schloss durchqueren wollte.

Meine Beine trugen mich die letzten Meter über die Brücke. Ich passierte den Eingang des Distrikts, ohne meine Augen von der Zerstörung zu nehmen, die sich in rasantem Tempo vor mir ausbreitete. Bei genauerem Hinsehen erkannte ich, dass nicht jeder vor dem Feuer davonlief. Xathyr in silbernen Rüstungen bewegten sich durch die Stadt wie die Ruhe selbst. Gerade flog einer von ihnen über meinem Kopf hinweg, wirbelte einzelne Strähnen meines Haars auf, sodass eine Aschewolke aufstob, die mir ein heiseres Husten entlockte.

Der Blutdistrikt brannte. Das Regierungsviertel. Alexeis Zuhause. Nur für die Dauer eines Blinzelns schlug Panik in meiner Brust ein wie ein Blitz und verschwand jäh, als ich die Sorge um Alexei beiseiteschob.

Es geht ihm gut.

Er war der Graf, sein Schloss eine Festung.

Es musste so sein.

Aber was war hier passiert?

Ein Ruck fuhr durch meinen Körper, und ich bemerkte eine Frau, die sich an mir vorbeigedrängt hatte, um über die Brücke in den Wald zu flüchten. Wenn die Flammen die Bäume erreichten, wäre sie dort drin hoffnungslos verloren.

Ich wollte sie warnen, aber sie war bereits zwischen den Büschen verschwunden.

Als ich mich zurück zur Stadt drehte, stieß ich erneut mit jemandem zusammen, der mich nur anfauchte, ehe er mich zu Boden stieß und davonrauschte.

Schmerz schoss durch mein Steißbein und ließ mich zischend die Luft einziehen. Ich wollte mich gerade zurück auf die Beine kämpfen, da schob sich etwas in mein Sichtfeld. Eine Hand. Ich blickte auf, bemerkte eine silberne Armschiene, an der Blut und Ruß klebten. Ich erkannte meine verzerrte Reflexion darin, meine geänderten Augen und das wirre Haar.

Dann sah ich weiter hoch in das Gesicht, zu dem sie gehörte.

»Darf ich Euch aufhelfen?«

Spitze Zähne glänzten auf, ebenso spitze Ohren lugten unter einem Silberhelm hervor.

»Danke«, sagte ich. »Aber ich kann allein aufstehen.«

»Ich fürchte, ich muss darauf bestehen, ledi Zoé.«

Überrascht hob ich die Brauen, Fragen wirbelten durch meinen Verstand wie die Ascheflocken in der Luft. Bevor ich es schaffte, einen klaren Gedanken zu fassen, bückte der Xathyr sich zu mir runter und griff nach meinem Oberarm.

Mir entwich ein Wimmern, als er fester zupackte.

»Lasst mich sofort los!«

Doch er machte keine Anstalten, von mir abzulassen. Stattdessen schenkte er mir ein Grinsen, bei dem seine Lippen verschwanden.

»Verzeiht, moia ledi, aber das werde ich nicht.«

Seine Hand zuckte zu seinem Schwert, er holte aus, und dann … wurde alles schwarz.

Es war weniger so, dass ich aufwachte, sondern eher, als würde mich jemand mit einem Schlag ins Gesicht gewaltsam in die Realität reißen. Raus aus dem tauben Schwarz und der endlosen Stille.

Ein stetes Pochen pulsierte in meinem ganzen Kopf. Ich stöhnte, mein Kiefer knackte, und jedes dieser Geräusche krachte gegen die Wände meines Schädels wie ein Vorschlaghammer.

Ich wollte mit meiner Hand nach dem Ursprung des Schmerzes tasten, doch ich merkte schnell, dass ich sie nicht bewegen konnte. Ich konnte gar nichts bewegen bis auf meinen Kopf und meine Zehen.

Langsam öffnete ich die Augen.

Wo war ich?

Ich saß auf einem Stuhl. Erschöpft blickte ich durch den leeren Raum, über die schlichten grauen Wände, an denen irgendwelche metallenen Gegenstände hingen, die ich in dem vorherrschenden Zwielicht nicht identifizieren konnte.

Es gab keine Fenster, nur eine Tür aus dickem Stahl. Ein quadratischer Ausschnitt war mit Gitterstäben versehen, hinter denen sich nichts als Schatten kräuselten. Als ich fragend die Brauen zusammenzog, schoss erneut der stechende Schmerz durch meine Schädeldecke und saß dort fest wie ein Splitter, der sich nicht herausziehen ließ.

Ich versuchte, die Lücken in meinem Gedächtnis aufzufüllen, doch es fiel mir schwer, den dichten Nebel zu durchdringen, der sich in meinem Kopf gesammelt hatte. Was war das Letzte, an das ich mich erinnerte? Kas … Seine Lippen, die erst Küsse auf mir verteilten und dann Worte des Abschieds flüsterten. Mein Herz wurde schwer.

Weitere Bildfetzen blitzten in mir auf.

Qualm.

Tote.

Feuer.

Ein Xathyr in seiner Silberrüstung.

Panik flutete meinen Verstand, rauschte wie ein reißender Strom durch meine Nervenbahnen, durchbrach alle Dämme, die ich über die letzten Jahre errichtet hatte.

»Ah, du bist wach.«

Die Tür war aufgegangen und ließ ein Stück von der Dunkelheit herein, die draußen nur darauf gelauert hatte, sich auszuweiten. Als sie sich teilte, gab sie die Sicht auf eine Frau frei, die mich mit einem Lächeln begrüßte. Es war kein freundliches Lächeln. Mehr das einer Katze, die drauf und dran war, sich auf die Maus zu stürzen, die sie zuvor in ihre Falle gelockt hatte.

»Ledi Ana«, krächzte ich heiser. Mein Mund glich einer trockenen Wüste, die viel zu lange keinen Regen mehr gesehen hatte. Ich schmeckte Blut auf meiner Zunge, vermutlich war meine Lippe aufgeplatzt.

Mirons Frau kam näher, und ihre Schatten umschmeichelten den Schwung ihrer Hüften, die in einem veilchenblauen Kleid steckten. In dem Moment fragte ich mich unwillkürlich, ob es den Herrn der Spiegel verärgerte, dass seine Baronin nicht versilbert war wie sein restlicher Besitz.

Eine Schwade ihrer schwarzen Schatten löste sich und streckte ihre Finger nach mir aus. Kühl strich sie über meine pochende Wange.

Ich versuchte, mich ihr zu entziehen, wurde jedoch sogleich daran erinnert, dass ich mich kaum rühren konnte. Ich saß nicht nur auf dem Stuhl, ich war an ihn gefesselt, meine Hände hinter meinem Rücken verschnürt. Und meine eigenen Schatten gehorchten mir nicht, hier, wo ich wieder nur ein Mensch war.

Ana schnalzte tadelnd mit der Zunge.

»Sie wollen dir nur helfen. Dein Gesicht sieht etwas mitgenommen aus.« Mit schief gelegtem Kopf musterte sie mich, als sie vor mir stehen blieb. »Ich frage mich, wieso du nicht heilst.«

Ihre Worte brannten ein Loch in meine Gedanken.

»Wo bin ich hier?« Mein Blick flog über alte Spinnweben, die von der Decke hingen, blieb dann in einer Ecke haften, in der Dutzende zerbrochene Knochen unter einer Staubschicht begraben lagen. »Was ist das?«

Die Xathyr folgte meinem Blick.

»Nur eine ungehorsame Sklavin.« Sie zuckte mit den Schultern und sah zurück in mein Gesicht. »Wir sind im Haus des Aschebarons. Er war so frei, uns seine kleine, aber feine Folterkammer zur Verfügung zu stellen.«

Die Panik in meiner Brust schwoll an, bis ich fürchtete, sie würde meine Adern zerfetzen. Ich erinnerte mich an diese Tür.

Meine Schwester. Sie hat Angst.

Die Worte des kleinen Valentin vergifteten meinen Verstand, ließen ihn taumeln, zersetzten ihn. Jetzt ergaben auch die waffenartigen Gegenstände an den Wänden einen makabren Sinn.

»Was habt Ihr mit mir vor?«

Anas Grinsen vertiefte sich, das Rot ihrer Augen wurde dunkler, die schlanken schwarzen Brauen darüber schoben sich höher.

»Endlich stellst du die richtigen Fragen.«

Sie umrundete mich, als wollte sie mit mir spielen, ehe sie mich fraß. Ich dachte an die Spiegelscherbe, die ich als Waffe benutzen könnte, aber ich spürte ihr Gewicht nicht länger in meinem Stiefel.

Ich hörte ein leises Klirren, und nur eine Sekunde später schloss sich etwas Kaltes von hinten um meinen Hals. So fest, dass ich nicht mehr atmen konnte. Ich zappelte auf dem Stuhl, versuchte mit aller Kraft, meine Hände zu befreien, doch ich fühlte mich genauso machtlos wie damals im *Salon Rouge*.

Anas Stimme erklang an meinem Ohr und ließ die Tränen auf meinem Gesicht zu Eis gefrieren.

»Ich weiß nicht, was Alexei an dir findet, aber ich weiß, dass du wertvoll für ihn bist.«

Ich rang um Atem, wand mich weiter. Es war zwecklos.

»Und wie ich sehe, haben wir dich gerade noch rechtzeitig gefunden.« Sie zog noch ein letztes Mal fest an der Kette, bis ich das Gefühl hatte, zerteilt zu werden. Dann ließ Ana von mir ab, und ich röchelte benommen. »Was wäre nur aus Xanthia geworden, wenn du unserem Grafen das letzte Relikt ausgehändigt hättest?«

Ihre Worte ergossen sich über mich wie geschmolzenes Metall, das sich heiß in meinen Schädel senkte. Ich sah an mir hinab, betete inständig, dass ich mich irrte.

Vergeblich.

Sie hatten mir den Mantel abgenommen. Den Mantel mit der Kugel in seiner Tasche.

Ana trat dicht an mich heran. »Dachtest du, du könntest einfach in unser Zuhause kommen und es zerstören? Die einfache, sündenbefleckte Seele, die du bist? Oder gab unser werter Graf dir das Gefühl, du wärst etwas *Besonderes*?« Beim letzten Wort verzog sie angewidert das Gesicht.

Ich schüttelte den Kopf, obwohl ich das Gesagte kaum mehr wahrnahm. In meinem Schädel war nur ein einziger Gedanke, der mich aufrieb: Das Relikt war weg.

Ihr prüfender Blick fuhr meinen Hals entlang, der sich zerquetscht anfühlte.

»Tatsächlich«, schloss sie mit neugieriger Miene. »Du heilst kein Stück. Also doch nicht rechtzeitig«, murmelte sie mehr zu sich selbst. »Du hast dein Verfallsdatum erreicht. Aber wie …?« Sekunden verstrichen, dann dämmerte so etwas wie Verstehen in ihren Augen. »Du warst auf der Erde.«

Mein Herz klopfte immer schneller, aber meine Kehle fühlte sich zu zermürbt an, als dass ich versuchen konnte, einen Ton hervorzubringen. Anas Frage war ohnehin mehr eine Feststellung.

»Bisher habe ich noch nie davon gehört, dass eine geflohene Seele zurück nach Xanthia kam. Die Auswirkungen sind unverkennbar.« Wieder ließ sie ein grässliches Lächeln aufblitzen. »Ich fürchte, dein Anblick würde Graf Alexei eher erzürnen statt friedlich stimmen. Aber du wärst ein großartiges Abschiedsgeschenk für sein Abdanken. Ob er dafür auch eine Zeremonie abhält?«

Ich hörte ihre höhnenden Worte, wollte sie in meinem Kopf

zusammensetzen, als wäre jedes von ihnen Teil eines Puzzles. Aber keines passte an das andere, egal, wie ich sie drehte und wendete. Einige Teile fehlten.

Wichtige Teile.

Essenzielle.

Ana warf sich das dunkle Haar über die Schulter, und ihr schwerer Duft nach teurem Parfum senkte sich in meine Poren wie klebriger Teer. Ich wandte mich von ihr ab, da fuhren ihre Schatten über mein Gesicht und drehten es ihr wieder zu.

Die Schönheit ihrer Hülle war grotesk, wenn man bedachte, was darunter lauerte. Und ich ahnte, dass ich bisher nur einen Bruchteil davon kennengelernt hatte.

Ihre Zunge schnellte hervor und leckte über meine Lippen. Ich zuckte zusammen und erschauderte innerlich.

»Dein Blut schmeckt noch nicht einmal außergewöhnlich«, raunte Ana mit gekräuselter Nase, bevor sie sich zurückzog. Dann drehte sie sich um und marschierte aus dem Raum. »Sie gehört euch«, hörte ich ihre Stimme säuseln, ehe die Tür ins Schloss fiel.

Ich war noch nicht dazu gekommen, auch nur einmal durchzuatmen, da wurde sie ein weiteres Mal geöffnet.

Diesmal war es nicht Ana, die eintrat.

Ich erkannte den Xathyr wieder, der mich an der Grenze zum Blutdistrikt abgefangen hatte. Er hatte seinen Helm abgenommen, und sein platt gedrücktes aschbraunes Haar thronte auf seinem Schädel wie ein Vogelnest. Doch er war nicht allein. Zwei weitere Xathyr waren bei ihm, Männer. Beide einen Kopf größer als er. Das Gesicht des einen war von einer wulstigen Narbe zerteilt, die er aus seinem früheren Leben mitgebracht haben musste. Der andere stierte mir grimmig in die Augen. Die seinen waren von einem kalten Grau.

Mein Herz klopfte so heftig, dass ich Angst hatte, es würde meinen Brustkorb zerreißen. Seine Schläge hallten in meinem ganzen Körper nach. Meine Brust bewegte sich hektisch auf und ab, dennoch hatte ich das Gefühl, nicht annähernd genügend Luft zu bekommen. Die Gesichtsausdrücke der Männer sagten alles, das ich wissen musste. Ich steckte in einer weitaus gefährlicheren Situation, als ich bis gerade eben noch gedacht hatte.

KAPITEL 27

Bis zu dem Tag, an dem ich Raoul begegnete, war ich mit gefährlichen Situationen immer nur auf eine Art umgegangen: Ich hatte sie ausgehalten. Hatte gewartet, bis der Sturm zu Ende gewütet hatte und über mich hinweggezogen war.

Willst du nicht für mich winseln, kleine Sünderin?, hallte es unablässig in meinem Kopf wie ein bösartiges Echo.

Nein, antwortete ich ihm. Das würde ich nicht. Das würde ich nie mehr.

Der Xathyr mit der Narbe im Gesicht zog die Tür hinter sich zu.

»Wir dürfen mit ihr machen, was wir wollen«, teilte er den anderen beiden mit. »Die Baronin sagt, ihre Wunden würden sich nicht schließen.«

Ein dunkles Lachen stieg aus der Brust des Braunhaarigen, der mich hierhergebracht hatte.

»Ich würde sagen, wir überprüfen, ob das stimmt.«

Mit jedem Schritt, den er sich auf mich zubewegte, setzte mein Herz einen Schlag aus.

»Ich darf zuerst.«

Er roch an mir, und sein abgestandener Atem schlug mir ins Gesicht. Sein Blick fuhr über meinen Oberkörper, an dem die Reste der weißen Bluse in Fetzen an mir herabhingen, dann wieder hinauf.

Mir blieb nur eine halbe Sekunde des entsetzten Verstehens, als der Mann ohne Vorwarnung in mein Haar griff. Dann schlug er seine Zähne in meinen Hals. Direkt über der Stelle, die noch immer von den Ketten brannte, mit denen Ana mich stranguliert hatte.

Ein Schrei kroch aus meiner aufgerissenen Kehle, rieb sie auf wie Sandpapier.

»Ah«, machte er, und Ekel überzog meine Haut.

Ich wünschte mir so sehr, ich könnte ihn abwaschen.

»Ich sehe, was du bist«, säuselte er und streckte die Hand nach dem Grauäugigen aus. »Sergej, gib mir ein Messer.«

Angst verstopfte meine Arterien. Ich wollte mich auflösen, aber wer auch immer über meine Seele herrschte, er gab sie nicht frei. Schmutziges Silber blitzte auf, als der Mann namens Sergej dem Xathyr vor mir eine stumpfe Klinge in die Hand drückte.

Nur eine Sekunde später explodierte roher Schmerz auf meiner Brust und allumfassende Pein dahinter. Ein heulender Schrei quälte sich aus den Tiefen meiner Seele.

»Ich will nur sichergehen, dass man deine Leiche richtig identifiziert.«

Nach jedem Schnitt, den er setzte, leckte der Xathyr über das Blut, das daraus hervorquoll, und der Horror in mir schwoll zu einer Größe an, die nicht länger in mich passte. Ich schrie noch lauter, bis ich innerlich zerriss.

Aber er hörte nicht auf.

Noch ein Schnitt.

Noch ein Schnitt.

Noch ein Schnitt.

Ich kann nicht mehr.

Ich will nicht mehr.

Ich schaffe das nicht mehr.

Gerade als ich dachte, die Agonie würde mich aus dem Leben reißen, trat er einen Schritt zurück. Betrachtete sein Werk. Die anderen beiden spähten über seine Schulter und grinsten selbstgefällig.

»Hure«, sagte Sergej auf meine Brüste starrend. Er las das Wort dort ab, wurde mir mit schrecklicher Gewissheit klar.

Sein Freund hatte es in mein Fleisch geritzt, wo es für immer ein Teil von mir sein würde.

Ich sehe, was du bist.

Eine Träne lief heiß über mein Gesicht. Schenkte mir Wärme, während ich innerlich erfror.

»Jetzt ich.« Sergej lief um mich herum und blieb hinter mir stehen.

Ihn nicht zu sehen, machte es noch schlimmer. Die Ungewissheit darüber, wann er zuschlagen würde, betäubte meinen Verstand, doch mein Körper fühlte. Fühlte alles. Xathyr waren Meister im Foltern.

Eine heiße Zunge leckte über mein Ohr, zog eine widerlich feuchte Spur über meine Wange, wo sie die Tränen auffing.

Ich begann zu würgen, kniff die Augen zu, versuchte, mich ihm zu entziehen. Er zog seine schwammartige Zunge zurück, und dann spürte ich seine Zähne, die über meinen Kiefer schrammten, runter zu meinem Hals, meiner Schulter. Sergej biss zu.

Mehr als ein Schluchzen drang nicht aus mir heraus, meine Stimme versagte.

Ein Ruck ging durch Sergej, als er von mir fortgerissen wurde, mein Fleisch noch in seinem Maul. Schmerz brannte in meiner linken Schulter. Das nächste Gesicht schob sich vor meines, die dicke Narbe tanzte bei jedem Wort, das der Mann ausstieß.

»Ich will auch was von ihr!«

Sergej schubste ihn weg, dann kam der Braunhaarige wieder. Ohne auf die anderen beiden einzugehen, biss er in meinen Arm.

Der Raum begann sich zu drehen, meine Welt geriet aus dem Gleichgewicht. Bohrender Schmerz war alles, was ich fühlte. Tränen strömten über meine Wangen, ließen mich schwach zurück. Ich konnte nicht mehr sehen, was die Männer taten. Ich spürte es nur. Spürte, wie spitze Zähne mein Fleisch durchstießen, erst in meiner Halsbeuge, dann weiter darunter direkt über meiner Brust, wo die vier Buchstaben, die mich seit der dunkelsten Zeit meines Lebens begleiteten, nun für jeden sichtbar auf meiner Haut glühten wie Feuer.

Ich konnte jeden Tropfen Blut, den sie aus meinem Körper saugten, fühlen, wusste, dass ich das nicht viel länger überleben würde. Mein Blickfeld verengte sich, als Schwärze seine Ränder tränkte.

»Hat jemals jemand eine Abgelegte des Grafen gefickt?«, fragte einer von ihnen so plötzlich, dass meine Gesichtszüge entgleisten und eine neue Flutwelle der Übelkeit in mir aufstieg.

Wieso nur war ich dazu verdammt, die Gier von Männern auf diese Art auf mich zu ziehen?

»Nein«, gab ein anderer zurück.

Aber der Xathyr, der sein blutverschmiertes Maul aus meiner Halsbeuge zog, wiegte seinen Kopf hin und her.

»Nicht ganz richtig«, sagte er, die grauen Augen auf mich gerichtet. »Der dunkle Prinz hat die heimliche Gräfin gevögelt, bevor er sie abgeschlachtet hat. Und man munkelt, dass Alexeis Generalin auch ein Auge auf sie geworfen hatte.«

Es lief mir in heißen und kalten Schauern den Rücken runter. Er sprach von Kas und Nastya und … Nika? Das trommelnde Pochen in meinem Kopf würde meinen Schädel jeden Moment zerbersten lassen.

Gleichzeitig sah ich Kas' Gesicht vor mir, und es schenkte mir Frieden. Dann Qualen.

Wenn ich doch nur mit ihm in dieser Hütte im Wald sein könnte. Wieso war er gegangen? Wieso hatte ich ihn gehen lassen? Wieso musste ich immer wieder Entscheidungen treffen, die mich an den Rand einer Klippe führten? Und wieso – *wieso* – stürzte ich nicht endlich hinab in die Tiefe? Zerbrach, zerschmetterte, zerfiel ein letztes Mal?

»Bind sie los.« Das Knurren des braunhaarigen Xathyr riss mich aus meinen scharfkantigen Gedanken und setzte mich unter Schock. »Damit wir sie über den Stuhl beugen können.«

Entsetzen schlug über mir zusammen. Sie kam nicht. Die Taubheit. Sie kam nicht. Warum ließ sie mich im Stich?

Als sie an meinen Fesseln zu zerren begannen, wurde mir speiübel. Ich hatte immer wieder Aussetzer. Und dann war da noch immer dieser Sog, der an meinen Eingeweiden zog und zerrte. So, wie die Xathyr an mir zogen und zerrten, bis sie mir die Hose ausgezogen hatten.

Ich fühlte ihre schwieligen Hände an meinen Brüsten und meinem Hintern, ihre Zähne, ihre Zungen. Ich bäumte mich auf, versuchte, mich zu wehren, jetzt, da sie mich losgebunden hatten, aber ihre Griffe waren noch unnachgiebiger als die Ketten.

Tränen verstopften meine Kehle, trotzdem versuchte ich zu schreien, spuckte sie an und wand mich auf dem Stuhl. Selbst wenn ich schon lange wusste, dass ich ihnen ausgeliefert war, würde ich es nicht still über mich ergehen lassen. Ich würde es ihnen schwer machen. Ich würde nicht aufgeben. Nie mehr.

»Halt still, Miststück«, keifte einer von ihnen an meinem Ohr.

Ich war viel zu benommen, um ihre Stimmen auseinanderzuhalten.

»Sonst schneide ich dir die Zunge ab.« Als wollte er seine Worte untermalen, ließ er das blutverkrustete Messer vor meinem Gesicht tanzen. »Oder wir fangen mit deinen verhurten Lippen an. Wie viele Männer haben schon an ihnen gesaugt, hm?«

»Lass mich von ihnen kosten.« Sergej trat vor mich, seine Augen fast schwarz vor Verlangen. »Vielleicht fühle ich mich dann auch mal wie ein Graf.«

Er lachte, und die anderen lachten mit, während ich auf einem Fluss der Hilflosigkeit trieb, nicht in der Lage, mich selbst dort herauszuziehen.

Ich kann nicht mehr. Ich kann nicht mehr. Ich –

Die Tür wurde geöffnet, und ich sackte zurück auf den Stuhl, als alle Männer gleichzeitig von mir abließen, mein Körper unfähig, sich angesichts der Schmerzen auf den Beinen zu halten. Es blieben nur meine Tränen, die brennende Spuren über meine Wangen zogen. Durch ihren Schleier hindurch sah ich einen Umriss, der sich vor den Schatten abzeichnete.

Kas? War er zurückgekommen? Ich wollte nichts mehr, als in seine Arme zu fallen und seinen Duft in meine Lungen zu ziehen, der mein Leid überdecken würde. Zumindest für jetzt. Und *jetzt* reichte mir. *Jetzt* war alles.

»Sofort raus hier.«

Die Stimme schnitt wie ein Springmesser durch die Luft. Sie gehörte nicht zu Kas. Zu niemandem, den ich kannte. Der närrische Funken Hoffnung erlosch flackernd wie ein Kerzendocht. Dann kam die Panik zurück.

»Baroness«, säuselte der Braunhaarige in einem lieblichen Singsang, der mich beinahe brechen ließ. »Eure Mutter hat –«

»Ist mir egal«, unterbrach die Frau ihn harsch.

Ich sah seinen Kehlkopf trotzig zucken, ehe er sich vor ihr verneigte. Ablehnung brannte in seinen Augen, und doch bedeutete er seinen Männern mit einer Kopfbewegung, abzuziehen.

Ich schluchzte so heftig, dass mein Körper bebte. Was würde sie mir antun? War sie die Schlimmste von ihnen?

Sie kam näher, und ich zuckte zusammen, als etwas Warmes meine Schultern berührte. Ein Umhang. Ich zog ihn fest um meinen nackten Körper, um mich zu bedecken. Scham stieg in mir empor und krallte sich an meine Kehle.

»Es tut mir leid, was diese Bastarde Euch angetan haben.«

Ihr Ton klang so weich, dass ich es endlich wagte, aufzusehen, direkt in das Gesicht der Frau, die sie *Baroness* genannt hatten. Sie hatte die Lippen zusammengekniffen und begegnete meinem Blick aus ihren rubinroten Augen. Silberne Locken rahmten sie ein, die auf eine seltsame Art und Weise zu leuchten schienen. Ich musste mehrere Male blinzeln, um zu mir zu kommen, während mein Körper nur noch aus Schmerzen bestand.

»Danke«, erwiderte ich knapp und krallte mich in den glatten Stoff des Umhangs, um das Zittern meiner Finger zu verbergen. »Wieso habt Ihr mir geholfen?«

Die Baroness schenkte mir ein mitfühlendes Lächeln.

»Ich hasse Männer.«

Ich hatte mit vielem gerechnet, aber nicht mit so einer Antwort. Vielleicht wollte sie Geld, hatte ich gedacht. Mich verkaufen oder benutzen.

»Ich auch«, gab ich leise zu.

Sie grinste breiter.

»Was ist mit Graf Alexei? Hasst Ihr ihn auch?«

Die Frage traf mich unerwartet, und der Gedanke an Alexei ließ mich nur noch mehr zittern. Nicht vor Angst diesmal. Mehr, weil ich mir wünschte, bei ihm zu sein. In seinem Schloss. In Sicherheit. Dort, wo er alles Böse von mir fernhalten würde. Ich hätte nicht ohne sein Wissen fortgehen sollen. Ich hätte mir jede Menge Kummer und Qualen erspart.

»Nein«, gab ich leise zu. »Ihn nicht.«

»Das trifft sich gut.« Die Xathyr nickte, wobei ihre Locken sich auf und ab bewegten. »Denn der Graf schickt mich, um Euch zu holen.«

Irritiert starrte ich sie an, wartete darauf, dass sie mir ins Gesicht lachte. Sich lustig darüber machte, dass ich doch tatsächlich glaubte, sie wollte mir helfen. Gebannt starrte ich auf ihre Lippen, die sich langsam teilten.

»Mein Name ist Alina, und ich arbeite mit Alexei zusammen.« Sie verbeugte sich in meine Richtung, und als sie sich erhob, glitzerte es vielsagend in ihren Augen. »Und ganz nebenbei finde ich es hervorragend, meine Mutter zu verärgern.«

»Die Baronin«, schloss ich. Ledi Ana. Ich wollte Alina sagen, dass ich das Gleiche tun würde, wenn sie meine Mutter wäre, doch ich hütete meine Zunge. Wer konnte schon sagen, ob sie die Wahrheit sprach oder ob das hier nicht doch irgendeine Art sadistischer Test war?

Sie rümpfte die Nase und wirkte mit einem Mal sehr jung. Ich schätzte sie auf höchstens neunzehn Jahre – wäre sie ein Mensch.

»Ich sehe, Ihr habt Bekanntschaft mit ihr gemacht. Mein herzliches Beileid.«

Ich lächelte matt und bereute es sogleich. Meine Lippe riss ein, und erneut trat der Geschmack von Blut auf meine Zunge. Alinas Blick flog über meinen Mund, doch sie fing sich schnell wieder.

»Wie lange seid Ihr hier? In Xanthia, meine ich.«

Ich brauchte einen Moment, um mich zu konzentrieren, doch ich bekam es nicht ganz zusammen.

»Etwa eine Woche. In eurer Zeitrechnung. Zwischendurch war ich … woanders.«

Alina nickte langsam, während sie die Wunden an meinem Körper begutachtete. Jene, die sich nicht unter dem Umhang verbergen ließen. Gerade als sie etwas sagen wollte, keuchte ich auf. Der Sog in meinem Inneren zerrte so stark an mir, dass ich das Gefühl hatte, mich am Stuhl festhalten zu müssen, damit er mich nicht davonriss. Wohin auch immer.

»Ich habe den leisen Verdacht, dass wir uns beeilen müssen«, sagte Alina. Sie reichte mir eine Hand und half mir auf die Beine. Ich fiel sofort in mich zusammen, aber sie stützte mich. »Lasst mich Euch helfen.«

Ich spürte ihre Arme, den einen an meinem Rücken, den anderen unter meinen Schenkeln. Alina hob mich hoch, als würde ich aus nichts denn Luft bestehen, und trug mich aus der Kammer, die zu einem weiteren Albtraum geworden war, den ich überlebt hatte.

KAPITEL 28

Der Himmel war trüb. Ein trostloser Schleier hatte sich darübergelegt, als fühlten selbst die Wolken, dass Xanthia blutete. Das Nächste, das ich spürte, war das Kitzeln von Ascheflocken auf meinem Gesicht.

Für einen Augenblick dachte ich darüber nach, ob ich bewusstlos geworden war und nicht gemerkt hatte, wie Alina mich zurück in den Blutdistrikt gebracht hatte, der vermutlich noch immer in Flammen stand. Dann erinnerte ich mich an das, was Ana gesagt hatte.

Wir sind im Haus des Aschebarons. Er war so frei, uns seine kleine, aber feine Folterkammer zur Verfügung zu stellen.

Dann war das Rieseln der Aschepartikel nicht dem wütenden Feuer geschuldet, sondern der Tatsache, dass wir uns im Aschedistrikt befanden.

»Ist Euch kalt?«, drang Alinas weiche Stimme an meine Ohren. Sofort verknotete Übelkeit meinen Magen.

»Mein Mantel!«

Ich wollte mich in ihren Armen winden, doch die Schmerzen in meinen Gliedern zwangen mich zur Ruhe. Frustration stieg in mir auf.

»Ich brauche ihn!«

Alinas prüfender Blick streifte mich nur flüchtig.

»Befand sich das letzte Relikt dort drin?«

Mein Herz blieb stehen und blockierte jeden Atemzug, der über meine Lippen dringen wollte. Hatte Alexei ihr davon erzählt? Oder ihre Mutter? Dann fiel mir ein anderes Detail auf, von dem bereits Ana gesprochen hatte.

»Wieso das letzte?«, hakte ich nach.

Das des Aschebarons hatte ich Alexei gegeben, und das verschwundene des Knochenbarons war gemeinsam mit meinem Mantel nun im Besitz von Mirons Frau. Das Relikt von Spiegelbaron Miron selbst hatte ich nicht. Nicht mehr. Ich hatte es im Kabinett der Albträume verloren, als es über den verspiegelten Boden geschlittert war.

Alina blieb im Innenhof stehen, und ich erkannte den schwarzen Zaun wieder, der ihn umschloss. Hier war ich mit Nika und Roman entlanggegangen, bevor sie an Gregoris Tür geklopft hatte. Valentins Gesicht hatte sich durch den geöffneten Spalt geschoben, hinter dem sich nichts als Dunkelheit offenbarte.

»Nun, keines der Relikte ist mehr in seinem Schrein. Zwei von ihnen müssen in Alexeis Besitz sein, und das dritte …« Alina legte den Kopf schief. »Meine Mutter sorgt vermutlich gerade dafür, dass es ganz weit weg vom Grafen ist.«

Das ergab keinen Sinn. Alexei hatte nur das des Aschebarons. Wo war Mirons Relikt? Und …

»Wieso soll Alexei es nicht bekommen? Ich dachte, er hätte Euch beauftragt, mich zu holen? Heißt das nicht, dass er Euch vertraut? Was sind diese Relikte?«, sprudelten die Fragen aus mir heraus.

Sie musterte mich aufmerksam.

»Niemand darf alle drei Relikte jemals zusammenführen.« Schatten stoben hinter ihr auf und formten sich zu riesigen silbernen Schwingen. »Aber das kann Alexei Euch gleich selbst erzählen. Wir –«

»Nicht so schnell!«

Mein Atem entwich schlagartig meiner Lunge, als Nikas vertraute Stimme durch den Hof schallte.

»Sie gehört zu mir.«

Ich wand meinen Kopf zur Seite und sah, wie Alexeis Generalin auf uns zumarschierte, ihre Feueraugen sprühten Funken. Mein Blick schoss zurück zu Alina, weil ich wissen musste, wie sie auf Nika reagierte. Für mich bedeutete Nika Sicherheit, und wenn Alina sie ablehnte, war sie die Gefahr und nicht meine Retterin.

Alina verengte die Augen, ihr Mundwinkel hob sich zu einem Schmunzeln.

»Hat dein Herr dich zum Spielen aus dem Käfig gelassen?«

Nika war erzürnt. Wenn Alina mich nicht noch immer fest in ihren Armen halten würde, wäre ich hinter sie gesprungen, um Schutz zu suchen.

»Und was ist mit dir?«, rief sie, während sie näher kam. Ihre in Leder gewundenen Hüften wiegten sich bei jedem Schritt, das blauschwarze Haar glänzte rötlich im Schein der untergehenden Sonne. »Musst du nicht längst im Bettchen sein, Prinzesschen? Es ist doch schon so spät.«

Ich spürte, wie sich Alinas spitze Fingernägel leicht in meine Haut drückten, als sich ihr Körper an meinem versteifte.

»Ich sehe, du hast nicht genug Prügel bekommen. Immer noch so ein vorlautes Mundwerk, Generalin.«

Nika war jetzt so nah, dass der Wind ihren Honigduft zu mir herübertrug. Meine Brust zog sich schmerzhaft zusammen, alles in mir schrie danach, mich von ihr zu Alexei bringen zu lassen.

Schließlich blieb Nika vor uns stehen und reckte das Kinn.

»Sie ist das Eigentum des Herrn. Ich rate dir, ihr nicht wehzutun.«

Sprach sie von *mir*?

Alina ließ ein Lächeln aufblitzen, das ihre Reißzähne offenbarte.

»Das ist mir bewusst«, sagte sie ruhig. »Was meinst du, wohin ich sie gerade bringen wollte?«

Nikas linke Braue zuckte kaum merklich in die Höhe, dann sah sie zu mir.

»Was ist mit ihr passiert?«

Ihre roten Augen hafteten auf mir, aber die Worte galten Alina.

Die Baroness räusperte sich.

»Meine Mutter und ihre Lakaien.«

»Das meine ich nicht.« Nikas Blick fuhr prüfend über meinen Hals, hin zu meinem Dekolleté, bis der Umhang ihr weitere Einsicht verwehrte. »Sie heilt nicht.«

Mir wurde flau im Magen.

»Das könnte durchaus ein Problem darstellen«, gab Alina zu.

Ein Schauer überlief mich, und die Kälte drang bis in meine Knochen, um sich zwischen meinen Wirbeln einzunisten.

»Kann vielleicht eine von euch auch *mit mir* sprechen statt *über mich*?«, entfuhr es mir heiser. »Was bedeutet das? Was ist falsch mit mir? Wieso heile ich nicht mehr?«

»Du stirbst.« Es war Nika, die die Worte ungerührt in meine Richtung sprach. »Warum, das weiß ich auch nicht.«

»Aber ich …« *Ich bin doch schon tot,* wollte ich sagen. Meine Stimme brach und mit ihr mein Wille, mich länger zusammenzuhalten. »Bringt mich zu Alexei. Irgendeine von euch. Sofort.« Ein tonloses Schluchzen schüttelte mich. »Bitte.«

Ich sah, wie Nika und Alina einen Blick tauschten, dann senkte Alina das Kinn.

»Sag dem Grafen, dass ich sie gefunden habe.«

Nika nickte knapp.

»Gib sie mir.«

Alina verdrehte die Augen.

»Du hast es vermutlich nötiger, die Gunst deines Herrchens zurückzuerobern.«

Sie atmete tief durch und überreichte mich der Generalin, die bereits die Arme nach mir ausgestreckt hatte. Mein Stolz wand und krümmte sich in mir, aber ich wusste, dass es zwecklos war, zu protestieren. Ich hatte zu viel Blut verloren und konnte mich kaum auf den Beinen halten. Wieso also die Starke spielen?

»Der Blutdistrikt ist voll mit den Soldaten meines Vaters«, erklärte Alina. »Seid vorsichtig.«

Nika hielt ihren Blick fest.

»Wir gehen über die Aschewüste.« Für den Bruchteil einer Sekunde bekam ihre beherrschte Überheblichkeit einen Sprung. »Habt ihr gebrochen, du und dein Vater?«

Alina grinste, und es wirkte nicht länger reißerisch.

»Kann man so sagen, ja.«

Nikas Kehlkopf bewegte sich langsam auf und ab, als sie schwer schluckte.

»Dann pass auf dich auf, wenn du in dein Spiegelschloss zurückkehrst, kleine Prinzessin.«

»Oh, Nika.« Alina schnalzte mit der Zunge und warf sich das silberne Haar über die Schulter. »So klein bin ich nicht mehr.« Sie zwinkerte der Generalin zu, dann stieß sie sich vom Boden ab und schraubte sich flügelschlagend in die Höhe. Ihre glänzenden Schwingen zerteilten die Luft und trugen sie fort. Ich fragte mich, welche gemeinsame Geschichte die beiden Frauen verband.

»Diese nervige Göre«, murmelte Nika zwischen meinen Gedanken. »Ein verdammtes Rätsel, was sie schon wieder ausgeheckt hat.«

Sie trug mich über den Innenhof, wobei ihre Schritte immer wieder feine Aschewolken aufwirbelten.

»Willst du mir erzählen, was sie dir in dem Haus angetan haben?«

Ihre Frage traf mich so unvorbereitet, dass sie mir die Luft aus den Lungen presste.

»Nichts, was mir nicht andere schon angetan haben«, antwortete ich ausweichend.

»Darüber zu sprechen, kann helfen.«

Unauffällig musterte ich Nikas Gesicht, doch ihre Miene ließ keinen Aufschluss darüber zu, was sie dachte.

»Das Schlimmste war, dass ich mich hilflos gefühlt habe«, flüsterte ich. »Mir ist schon mal etwas Ähnliches passiert. Noch vor dem Überfall von Pavel.« Erneut schaute ich hoch, um eine Regung in ihren Zügen zu erhaschen, aber Nika fixierte stur den Weg vor uns. Also sprach ich weiter, während Erinnerungen meine Gedanken verdunkelten. »Es ist, als ob sich mein Körper eingeprägt hätte, wie er sich damals verhalten hat. Als würde diese Reaktion wie von selbst wieder abgerufen, wenn Gefahr droht. Das dort drin …« Ich stockte, holte zittrig Luft. »Es hat sich so angefühlt, als hätten sich Vergangenheit und Gegenwart überlagert. Als würden mir all diese schlimmen Dinge gleichzeitig passieren. Und ich … Ich konnte nichts tun, um mich aus dieser Situation zu befreien.«

Stille senkte sich zwischen uns, nur unterbrochen vom Wind, der sanft über das Kopfsteinpflaster strich.

»Peiniger waren oft einst selbst Gepeinigte.« Nika sprach langsam, als wählte sie ihre Worte mit Bedacht. »Jene von ihnen, die ihr Schicksal an anderen wiederholen, neigen dazu, ihr eigenes nie zu vergessen. Ihre Erinnerungen werden zu einem Gefängnis. Das ist die schlimmste Strafe von allen.«

Irgendetwas an ihrem Ton ließ mich vermuten, dass Nika genau wusste, wovon sie sprach, und doch ließen ihre Worte mir keine Ruhe.

»Eine Entschuldigung für das Handeln eines Täters zu suchen, rechtfertigt nicht den Schmerz, den er jemandem zugefügt hat.« Ich hielt einen Moment inne und beobachtete, wie sich Nikas Kehlkopf hob und senkte. »Du versuchst, eine Erklärung dafür zu finden, weshalb dir wehgetan wurde. Aber die Wahrheit ist, dass es nie einen Grund geben wird, der gut genug ist, um Ungerechtigkeit aufzuwiegen. Irgendwann wirst du das erkennen, und dann wirst du bereit sein, die Person, die dich verletzt hat, von ihrem Thron zu stoßen. Nur so kannst du dich befreien.«

Die Vase zerbrechen, hallten Kas' Worte in mir nach.

»Manche Personen sitzen viel zu fest auf ihrem Thron«, gab Nika zurück, wobei ihre Stimme an meinem Körper vibrierte.

»Niemand herrscht für immer«, flüsterte ich. »Auch nicht über dich.« *Oder mich.*

Wenn Nika über meine Worte nachdachte, so zeigte sie es nicht. Stattdessen starrte sie stur auf unseren Weg, und ich warf einen prüfenden Blick über ihre Schulter. Sie hatte ihre Schwingen noch immer nicht hervorgerufen.

»Wieso fliegen wir nicht?«

»Weil du aussiehst, wie du aussiehst, und ich keinen von Romans Tränken bei mir habe.«

»Aber Alina wollte auch –«

Ein genervtes Seufzen drang über Nikas Lippen.

»Alina hat eine andere Stellung als ich. Als Tochter des Schattenbarons – der Mann, der das Regierungsviertel angreift – hätten die Soldaten sie passieren lassen.«

Ich ließ nicht locker.

»Warum hast du mich dann nicht mit ihr gehen lassen?«

»Weil …« Ich bemerkte ihr Augenrollen. »Ich schätze, das bin ich dem Herrn schuldig.«

Stirnrunzelnd betrachtete ich sie, ehe mich die Erkenntnis überrollte.

»Alexei ist wütend auf dich, weil du mich zur Erde geschickt hast.«

Nika sagte nichts. Musste sie auch nicht. Ich verstand es trotzdem. Las die Antwort in ihrer Mimik und dem angespannten Körper, an den sie mich gedrückt hielt, während sie mich durch den Aschedistrikt trug. Der Ort wirkte wie ausgestorben. Mit der untergehenden Sonne schienen sich auch die Xathyr in ihre Häuser zurückzuziehen. Andererseits fürchteten sie vielleicht die Gefahr, die hinter der Grenze zum Blutdistrikt lauerte. Ich roch den Qualm und die knisternden Flammen bis hierher.

»Was ist hier eigentlich passiert?«, fragte ich irgendwann. »Wieso hat Miron angegriffen?«

Ich erinnerte mich daran, dass Alexei während der Erntezeremonie von Rebellen aus dem Schattendistrikt gesprochen hatte, aber das verheerende Ausmaß des Angriffs fühlte sich nach so viel mehr an als einem rebellischen Akt. Ich verstand nicht viel von Politik, doch das hier kam einer Kriegserklärung nahe.

Nika bog in eine Gasse, die zwischen zwei Hauswänden entlangführte. Der gepflasterte Weg war uneben und schien leicht bergab zu verlaufen.

»Siehst du das?«

Mit ihrem ausgestreckten Kinn deutete sie auf die Hauswand zu unserer Linken. Das dunkle Gemäuer war überwuchert von kletternden Rosen, die sich bis zum Dach erstreckten und dann ihre Köpfe hängen ließen. Sie waren von einem matten Schwarz, als hätte man sie verkohlt, ein großer Teil ihrer Blütenblätter pflasterte den Weg zu Nikas Füßen.

Ich nickte.

»Sie sind verdorrt. Aber was –«

»Blutarmut«, fuhr sie unbeirrt fort, als wir unter einem Fallgatter hindurchtraten. Seine spitzen Eisenstreben glänzten dicht über unseren Köpfen, was mir ein Schaudern entlockte. Der Durchgang hatte uns in eine überdachte Passage mit rissigen Wänden geführt.

»Teile von Xanthia trocknen aus, weil die Erde nicht genügend Mineralien aus dem sündenbehafteten Blut der Seelen bekommt«, erklärte Nika.

Ich zog die Brauen zusammen und dachte an die Glasbehältnisse, die das Blut der Sünder in die Erde führten. Ich hatte dabei zugesehen, wie Alexei die Blutrubine in jene Behälter geworfen hatte. Wie sie sich in der klaren Flüssigkeit aufgelöst hatten.

»Dann kommen zu wenig Seelen hierher? Nach Xanthia?«

Während Nika zu überlegen schien, wie sie meine Frage beantwortete, sah ich mit einem mulmigen Gefühl im Bauch um mich. Das Kopfsteinpflaster auf dem Boden war an einigen Stellen aufgeplatzt wie verbrannte Haut. Wurzeln wucherten aus der roten Erde, die Nika elegant umging.

»Nein. Davon gehe ich nicht aus.«

Der Hauch eines frustrierten Zischens kam über meine Lippen.

»Was ist es dann? Erzähl es mir ganz oder lass es bleiben!«

»Du lässt mich ja doch nicht in Ruhe, wenn ich beschließe, nichts zu sagen.« Ihr Ton war glatt und kühl, aber ich sah ihr Lächeln, das an eine gebogene Klinge erinnerte. »Es gibt Xathyr in den Adelsfamilien, die denken, dass der Herr nicht genug Blut in die Erde abführt. Dass er einen Teil des Ertrags für sich behält.«

Ich biss die Zähne aufeinander, und all meine Muskeln spannten sich an.

»Aber das ist nicht wahr, oder?«

Wieder dachte ich an die Erntezeremonie. Alexei war ein großzügiger Herrscher. Er hatte einige der Blutrubine sogar in die Menge der Zuschauenden geworfen.

»Nein.« Nika ging unbeirrt weiter. »Zumindest, wenn man ihm Glauben schenkt.«

Ihre Aussage traf mich mit heftiger Wucht. Ich wagte kaum zu blinzeln.

»Zweifelst du etwa daran?«

Schatten durchsetzten ihren Blick, den sie nur kurz über mein Gesicht gleiten ließ. »Nach den vergangenen Tagen bin ich sicher, dass der Herr zu Dingen in der Lage ist, die ich ihm zuvor nicht zugetraut hätte.«

»Was …«, begann ich, doch dann hallten Alinas Worte in meinem Kopf wider.

Hat dein Herr dich zum Spielen aus dem Käfig gelassen?

Nein. Das musste eine andere Bedeutung haben. Alexei konnte nicht … Er hatte Nika nicht eingesperrt. So wütend konnte er gar nicht gewesen sein, nicht meinetwegen.

Manche Personen sitzen viel zu fest auf ihrem Thron.

Ich wollte sie fragen, aber in dem Moment traten wir aus der überdachten Passage, und ich keuchte. Wir standen auf nichts als einer breiten Mauer, tief unter uns der Abgrund.

Kein Abgrund, korrigierte ich meine Gedanken, *eine Wüste.* Eine schwarze Wüste, aus der abgebrochene Bäume und trockenes Gestrüpp wuchsen. Ich klammerte mich an Nika.

Sie räusperte sich, und mit dem Klang fand ich gedanklich zurück zu unserem Gespräch.

»Ich kannte jemanden, der mir Geschichten über den Herrn erzählt hat. Ich habe ihr nicht geglaubt.«

Als ihre Stimme ins Wanken geriet, spürte ich einen Stich in der Brust, der mich endgültig vergessen ließ, wo wir uns gerade befanden. Und dann, quälend langsam, dämmerte es mir.

Man munkelt, dass Alexeis Generalin auch ein Auge auf sie geworfen hatte.

»Nastya?«, traute ich mich vorsichtig zu fragen, meinen Blick auf einen hohen Felsen geheftet, der aus dem trockenen Boden ragte wie ein riesiges Ungetüm.

Nika erwiderte nichts. Nicht sofort. Dann teilten sich ihre roten Lippen.

»Ja.«

»Ihr Tod war auch dein Verlust, nicht wahr?«

Wieder schwieg Nika, bevor sie mit einem kurzen Neigen ihres Kopfes antwortete.

»Alexei … Weiß er –«

»Nein. Es gab nur einen, der davon wusste. Jemanden, den ich einst für meinen Freund hielt.«

»Kas«, flüsterte ich.

Ich bemerkte meinen Fehler erst, als sich Nikas Fingernägel fest in meinen Körper bohrten.

»Kaspar. *Prinz* Kaspar«, korrigierte ich hastig, aber es war zu spät.

»Du bist auf ihn hereingefallen«, schloss Nika mit rauer Stimme. Ihre Schritte klapperten auf der Steintreppe, die uns runter in die dunkle Wüste führte.

Meine Kehle war wie zugeschnürt.

»Nika, ich weiß, ich sollte mich von ihm fernhalten, nur …« Ich suchte nach den richtigen Worten, die sich zwischen all meinen umherwirbelnden Gedanken verloren wie Geister. »Kas ist mehr als der Ripper, er –«

»Hast du mir gerade nicht zugehört?«, zischte sie. »Er hat Nastya getötet, obwohl er wusste, dass ich sie …« Nikas Mund wurde schmal. »Dass sie mir wichtig war. Sei froh, dass du ihn nie wieder sehen musst. Kaspar ist ein Betrüger, der nur auf seinen eigenen Vorteil aus ist. Und auf seinen versessenen Wunsch nach Rache. Als könnte irgendjemand etwas dafür, dass er sein armseliges kleines Leben vermasselt hat. Am Ende hätte er dich genauso hintergangen, glaub mir.«

Ihre Worte fühlten sich unheildrohend an, und ich spürte ein unangenehmes Kribbeln in meinen Adern. Aber ich wusste, was ich wusste. Und Kas war nicht der Bösewicht. Nicht nur.

»Das, was zwischen dir und ihm passiert ist, sollte der Herr niemals erfahren, wenn du ihn nicht gegen dich aufbringen willst«, fuhr sie ungerührt fort. »Und erspare mir bitte die Details eurer *Zusammenkunft*.« Bei dem Wort rümpfte sie angewidert die Nase.

Die Finsternis unserer Umgebung sammelte sich in meinem Herzen. Ich hatte nicht nur mit Kas geschlafen, ich hatte ihn auch mit mir nach Xanthia gebracht. Mir war bewusst, dass Alexei ihn hasste, doch gerade fragte ich mich, ob ich die Situation nicht unterschätzt hatte.

Ich kam nicht dazu, weiter darüber nachzudenken, denn von einem der Felsen nicht weit von uns löste sich ein Schatten. Innerhalb von Sekunden baute er sich vor uns auf, und er war nicht allein.

Durch dichte Wolken warf der Mond karmesinrote Lichtstrahlen auf drei gekrümmte Gestalten, und die Haare in meinem Nacken sträubten sich wie das Fell einer Katze.

Xathyr. Aber keine gewöhnlichen.

»Ghule«, knurrte Nika.

KAPITEL 29

Nikas Herz raste an meinem Körper, aber ihre Miene blieb ungerührt. Sie drückte mich fester an sich und trieb ein Knurren aus ihrer Brust.

»Was wollt ihr?«

Die Xathyr – oder Ghule, wie Nika sie genannt hatte – stießen keifende und knarzende Laute aus.

»Bluuuut«, säuselte einer von ihnen und trat näher. Sein Kopf war nicht viel mehr als ein knochiger Schädel, über den sich eine dünne Schicht grauer Haut spannte. Das Loch, das sein Mund zu sein schien, bewegte sich, als er dasselbe Wort ein weiteres Mal sagte. »Bluuuut.«

Ein anderer Ghul schob sich an ihm vorbei, sein Kopf hing so schief, dass er beinahe auf seiner Schulter auflag. Knochen und Sehnen ragten aus seinem Hals.

»Huuunger«, krächzte er. Es war die einzige Warnung, bevor er sich mit einem Satz auf uns stürzte. Ich schrie auf, und Nika holte aus, um ihm ins Gesicht zu treten. Der Ghul flog zurück und landete hart auf dem Rücken.

»Ich gebe euch Blut, und dann verpisst ihr euch.«

Nikas Worte landeten zu den Füßen der Ghule wie ein Peitschenschlag.

»Viiiel Bluuuut«, zischte der dritte zwischen lautem Keuchen. Er hatte etwas in der Hand, das aussah wie ein Speer. »Viiiel Huuunger.«

Zittern erfasste meine Glieder. Ich war die einzige Nahrungsquelle weit und breit.

»Was sind das für Wesen?«

Meine Stimme klang so dünn, als würde sie jeden Moment zerreißen wie meine Nerven.

»Ausgetrocknete Xathyr«, gab Nika zurück, ohne die Ghule aus den Augen zu lassen. »Noch ein unschönes Nebenprodukt der Dürre.«

Entsetzt sah ich dabei zu, wie sie die Hand über meinem Kopf hinwegschob und sich ins eigene Fleisch biss. Rot quoll es aus den Einstichstellen ihrer spitzen Zähne.

Nika streckte den Arm aus, formte eine Faust und ließ das Blut zu Boden tropfen. Ich klammerte mich fester um ihren Hals, jetzt, da sie mich nur noch mit einem Arm hielt.

Die Ghule zögerten keine Sekunde und stürzten sich auf die kleine Pfütze, die sich zu ihren Füßen bildete.

Einen Herzschlag später rief Nika ihre Schatten, die sich auf ihrem Rücken zu riesigen ledernen Schwingen formten. Fliegen war gerade vermutlich doch das geringere Risiko.

»Halt dich gut fest«, raunte sie mir zu. Aber gerade als sie sich vom Boden abdrücken wollte, entfuhr ihr ein Schrei, der mir durch Mark und Bein ging. Ich wand mich auf ihren Armen und sah den Ghul, der ihr den Speer in die Flügel gestoßen hatte.

Nika ließ mich runter, bevor sie selbst auf die Knie fiel. Mit ihrem Ellenbogen holte sie aus und traf ihren Angreifer in die Kehle.

Ich wankte und taumelte und konnte mich nicht auf den Beinen halten. Kaum lag ich auf dem Boden, stürzten sich die beiden anderen Ghule auf mich. Panisch stemmte ich mich hoch, versuchte wegzukriechen, aber sie hatten bereits nach mir gegriffen. Einer packte meinen Stiefel, der andere zerrte an meinem Arm.

Sofort tauchte Nika über mir auf und zog einen der Ghule von mir runter. Ihre Schatten umschwirrten uns und schlossen sich um die Kehle des Angreifers. Aus dem Augenwinkel sah ich, wie sich ein weiterer Ghul aus den Schatten löste und auf uns zustürmte. Ich zeigte auf ihn.

»Nika, Vorsicht!«

Die Xathyr wirbelte herum und schlug dem Ghul ins Gesicht. Ich nutzte den Moment, um den Speer aus ihrem Flügel zu ziehen. Sie grollte auf, doch riss sich schnell zusammen. Ich bohrte die Speerspitze in die trockene Erde und zog mich daran hoch, gerade rechtzeitig, um einem fünften Ghul auszuweichen, der hinter einem Baumstumpf hervorsprang.

Nikas Schatten formten sich zu Pfeilen und durchstießen einen Ghul nach dem anderen.

»Ich habe nicht mehr viel Kraft«, sagte sie in meine Richtung. Natürlich, so wie Kas auch, brauchte sie Blut, wenn sie ihre Schatten rief. Und ich hatte keins mehr übrig, das ich entbehren konnte.

»Kannst du fliegen?«, fragte ich heiser. Mein Blick raste über ihre Schwingen, die nur langsam heilten.

»Wir müssen es versuchen«, sagte Nika, während mehr und mehr Ghule aus ihren Verstecken traten. »Die Mistviecher sind sonst nicht so angriffslustig«, erklärte sie und bohrte dem nächsten einen Schattenspieß ins Herz. Ich konnte deutlich erkennen, wie schwer sie atmete.

Aus der Ferne sah ich einen weiteren Speer direkt auf Nika zusausen, doch diesmal blieb mir der Schrei im Hals stecken. Nikas Augen wurden groß, als der Speer in ihr Sichtfeld kam, und es war zu spät, um ihm auszuweichen. Er würde sich in ihr Herz bohren.

Schwarzes Licht schoss aus dem Himmel wie ein Blitz und ließ den Speer in der Luft zu Staub zerschellen.

Ich stieß den Atem aus, den ich zu lange angehalten hatte, und sah nach oben, auf der Suche nach einem Riss in der Dunkelheit, aus dem das Licht gekommen sein konnte. Aber da war nur ein Paar silberner Flügel, das den roten Mondschein reflektierte.

Weitere schwarze Blitze regneten auf die Ghule nieder, und

zwischen den Einschlägen landete die Xathyr direkt vor mir und Nika.

»Ich dachte mir, dass du die Aschewüste unterschätzt. Das ist einfach deine Art, nicht wahr?«

Ein dunkles Grinsen folgte den Worten, bevor Alina ihre Hand nach Nika ausstreckte.

Nika würdigte die Hand der Baroness keines Blickes. Stattdessen sah sie um sich, und ich tat es ihr gleich. Dutzende Ghule lagen auf dem Boden verstreut wie die vertrockneten Blätter eines Baums, der sich auf den Winter vorbereitet. Ihre Leichname waren verkohlt und qualmten.

Ich schlug mir eine Hand vors Gesicht, als der beißende Gestank ihrer Überreste an meine Nase drang. Mir wurde schwindelig.

»Seit wann sind sie so gierig?«, fragte Nika und deutete mit dem Kinn auf den Ghul, der ihr am nächsten lag. »Und so viele?«

Alina zuckte mit den Schultern.

»Das ist es, was mein Vater dem Grafen schon lange versucht mitzuteilen. Es steht schlecht um Xanthia. Zumindest um jenes Xanthia außerhalb der Grenzen des Regierungsviertels.«

Sie legte den Kopf schief. Vielleicht sah es aber auch nur so aus, weil mir der Schaft des Speers entglitt. Der Himmel stürzte, der Boden kam näher.

Ich ertrinke, dachte ich, denn die nächsten Worte aus Nikas Mund drangen kaum zu mir durch. Es war, als steckte mein Kopf unter Wasser.

»Zoé!«

Ich konnte mich nicht daran erinnern, wann sie mich das letzte Mal bei meinem Namen genannt hatte. Es musste schlecht um mich stehen. Wirklich schlecht.

»Lass mich dir helfen!«

Zumindest klang es so, als würde Nika das sagen. Ich meinte, ihre Hand unter meinem Kopf zu spüren, versuchte blinzelnd, ihr Gesicht einzufangen, das sich über mich beugte.

Rot.

Und dann Schwarz.

In der Bewusstlosigkeit zu versinken, war die einzige Gnade, die mir zuteilwurde. Jedes Mal wünschte ich, die Stille in meinem Kopf würde für immer anhalten, doch jedes Mal ließ sie wieder von mir ab. Zog ihre verführerisch weichen Finger von meinen Augen und stieß mich zurück ins Chaos.

Ein Chaos aus brennenden Buchstaben auf meiner Haut und drei Männern, die mich über einen Stuhl beugen wollten.

Ich sog scharf die Luft ein, als ich die Lider aufriss. Mein Kopf zuckte hin und her, suchte nach den Xathyr, nach irgendwem, der hier war, um mir wehzutun. Panik rollte einem Donner gleich durch meine Brust, doch der Schrei erstarb noch in meiner Kehle. Hier war niemand. Ich war allein.

Ich traute mich zu blinzeln. Nur langsam erkannte ich, wo ich war. Nicht länger in einer Folterkammer. Bilder einer schwarzen Wüste zogen an mir vorbei. Nika und Alina und …

Sie hatten mich in meine Gemächer gebracht.

»Wo ist sie?«

Alexeis Stimme grollte durch die Tür und ließ das Bett unter mir vibrieren. Eine Mischung aus Erleichterung und Scham stieg in meinem Bauch zu einer Welle an, die über mir zusammenschlug. Nur langsam richtete ich mich auf, bemühte mich, den Kopf über Wasser zu halten.

»Ich habe sie in ihr Bett getragen, mein Herr.«

Nika.

Ich hatte kaum Zeit, mir das wirre Haar aus dem Gesicht zu

streichen, da flog die Tür bereits auf. Alexei stand da, die Hand noch an der vergoldeten Klinke, und atmete schwer. Das schwarze Hemd klebte an seinem Körper, und ich konnte unmöglich sagen, ob es von Schweiß oder Blut getränkt war.

»Zoé.«

Alexeis Stimme brach mit dem Klang meines Namens.

Ich wollte lächeln. Wollte ihm sagen, dass es mir gut ging, damit er aufhörte, mich anzusehen, als würde ich im Sterben liegen. Aber ich hatte keine Kraft. Nicht für ein Lächeln und nicht für eine weitere Lüge. Stattdessen drang ein tonloses Schluchzen aus meinem Mund. Sofort war Alexei bei mir, ließ sich neben mich in die Matratze sinken. Sein Blick fuhr über meinen Hals. Dann schob er die Decke zurück und erstarrte.

Tränen schossen in meine Augen, weil ich in seinen lesen konnte, was er über dem Ausschnitt des Nachtkleids sah. Das, was ich war.

»Nenn mir ihre Namen«, sagte er so ruhig, dass sich die Haare in meinem Nacken sträubten. »Nenn mir ihre Namen, und keiner von ihnen wird dich je wieder anfassen.«

Weitere Tränen schnürten mir die Kehle zu, und es fiel mir schwer, zu schlucken. Ich hob eine Hand, legte sie auf Alexeis. Er durfte sich nicht meinetwegen einer Gefahr aussetzen und seine Heimat weiter spalten.

»Ich kenne sie nicht.«

Alexeis dunkle Brauen schoben sich zusammen.

»Dann werde ich den gesamten Schattendistrikt niederbrennen und anschließend Gregoris heruntergekommenes Haus.«

Seine Worte legten sich schwer um mein Herz.

»Tu das nicht«, wisperte ich. »Es ändert nichts. Und ich fühle mich schon besser.«

Die Ruhe musste meinem Körper geholfen haben, sich zu erholen.

Seine Nasenflügel bebten.

»Wieso bist du gegangen?«

Die Frage kam so unerwartet, dass sie mich mitten in die Brust traf.

»Du hättest mit mir reden können«, fuhr er fort, »hättest mir sagen können, dass das Relikt auf der Erde ist. Dass dieser gottverfluchte Sohn einer *Hure* es gestohlen hat!«

Mit jedem weiteren Wort gewann Alexeis Stimme an Wut, und die vier Buchstaben auf meiner Brust glühten, glühten, glühten.

»Ich hätte dich beschützen können!«

»Das weißt du nicht!«, entfuhr es mir eine Spur zu laut. Ich blinzelte gegen die Tränen an. »Jede Macht hat ihre Grenzen. *Alles* hat seine Grenzen!«

»*Ich nicht!*« Finsternis überzog Alexeis Miene, ließ seine Augen dunkel werden wie endlose Abgründe, in denen lediglich Schmerz flackerte. »Solange ich lebe, werde ich jede dieser Grenzen niederreißen, wenn sie mich davon abhalten, das zu beschützen, was *mir* gehört!«

Bedeutungsschwere Stille senkte sich zwischen uns.

»Du weißt nicht, wie viel ich verloren habe«, sagte Alexei irgendwann. »Nach Nastya habe ich mir geschworen, dass das nie wieder passieren wird. Dass ich mir nie wieder jemanden wegnehmen lasse.«

Seine raue Stimme kratzte über meine Haut und tränkte mein Herz. Er hatte mir in seinen Gemächern bereits gesagt, dass er meinen Verlust nicht ertragen könnte.

»All das wofür? *Wofür*, Zoé? Das Relikt ist weg, und jetzt muss ich zusehen, dass wir es zurückbekommen. Schon wieder.«

»Alexei, ich … ich wollte nicht … Es tut mir leid.«

»Dafür ist es zu spät!« Er entriss mir seine Hand und deutete auf meine Brust. »Sieh doch, was sie dir angetan haben!

Und ich habe es nicht verhindern können, weil du mir die Möglichkeit geraubt hast, für dich da zu sein!«

Schock und Entsetzen rauschten verheerend durch meine Adern. Ich war sicher, dass sie mich langsam von innen heraus zersetzten. Beschämt senkte ich den Blick, hörte Alexei geräuschvoll ausatmen.

»Ich wollte nicht laut werden, verzeih mir. Das alles ist Nikas Schuld«, sagte er dann ruhiger »Sie hätte dich nicht von hier wegbringen dürfen.«

Ich schluckte und schluckte, doch die Enge in meinem Hals ließ sich nicht vertreiben.

»Es ist die Schuld der Männer, die mir das angetan haben«, flüsterte ich. Ihre Gesichter blitzten in mir auf, und ich schlug die Augen zu, als könnte ich sie so aus meinem Bewusstsein verbannen. Aber das ging nicht. Erinnerungsfetzen prasselten gegen meine Lider, zeigten mir einzelne Szenen, verhöhnten mich in jeder wachen Sekunde. Und davon hatte ich hier in Xanthia genug. Wie sollte ich aus diesem endlosen Albtraum aufwachen, wenn ich noch nicht einmal schlief?

Ich dachte an Kas und das Theater und wie er mir dabei geholfen hatte, zumindest für einige Stunden zu vergessen. Ich versuchte, mich an die Atemtechnik zu erinnern, die er mir gezeigt hatte, doch ich war viel zu aufgewühlt, viel zu durchsetzt von all dem Schmerz. Und sein Gesicht vor meinem inneren Auge tat beinahe noch mehr weh als alles andere.

Alexei räusperte sich, bevor er sich erhob.

»Wieso ist kein Heiler bei ihr?«, fragte er in Richtung der Tür, hinter der Nika noch immer stehen musste, denn sofort entstand Gemurmel und erklangen Schritte. Dann verzog Alexei das Gesicht. »Und lasst ihr ein Bad ein.«

Ich zuckte zusammen.

»Sobald deine Wunden versorgt sind«, sagte er mit Blick auf mich, »brechen wir auf. Du wirst mir jeden Einzelnen dieser Männer zeigen, und ich werde sie ihrer gerechten Strafe zuführen.«

»Alexei«, begann ich, doch sein harscher Blick ließ mich verstummen.

»Keine Widerrede, Zoé. Sie werden büßen für das Leid, das sie über dich gebracht haben. Niemand – *niemand* – wird je wieder so mit dir umgehen. Das lasse ich nicht zu, und wenn ich dich zu deinem eigenen Wohl hier in diesem Zimmer einsperren muss.«

Eisige Kälte erfasste meine Glieder, schlängelte sich hoch bis in meinen Rachen. Ich gefror wie ein seichter Teich bei Einbruch des Winters.

Vielleicht hatte er recht, erkannte ich. Vielleicht waren die Gefahren der Welt zu viel für mich. Warum sonst passierten mir immer wieder schreckliche Dinge, wenn ich allein war?

KAPITEL 30

Alexei erwartete mich im Innenhof. Er hatte sich das schulterlange schwarze Haar am Hinterkopf zusammengebunden und trug ein dunkles Lederwams über einem weißen Hemd. Es betonte seine breite Brust und die Schwingen, die sich zu seinen Seiten erhoben. Sie hatten die Farbe von Obsidian und glänzten ebenso sehr. Alexeis Gesichtszüge wirkten undurchdringlich, ließen ihn anmuten wie einen Todesengel – bis sich sein linker Mundwinkel leicht nach oben verzog und das Grübchen offenbarte, das ich viel zu lange nicht mehr zu Gesicht bekommen hatte.

»Du siehst besser aus«, begrüßte er mich mit seiner Stimme, die mich an Samt erinnerte.

Ich lächelte, während ich näher kam. Mein frisch gewaschenes Haar wiegte sich im Wind, das karmesinrote Seidenkleid, das Alexei mir hatte schicken lassen, schmiegte sich an meinen Körper. Es berührte die brennenden Lettern auf meiner Brust, streifte die Bissspuren an meinen Armen, doch der Stoff war angenehm kühl und drückte nicht so fest gegen meine Wunden wie es eine Korsage getan hätte.

Als ich vor Alexei stehen blieb, ließ er die Arme sinken, die er zuvor vor seiner Brust verschränkt hatte.

»Du wirkst so vorsichtig. Hast du mich denn gar nicht vermisst?«

Er neigte den Kopf zur Seite, seine Augen funkelten unter dem roten Licht des Mondes wie kostbare Rubine. Für den Bruchteil einer Sekunde flackerten Erinnerungen an die Erntezeremonie in meinem Geist auf. An die kleinen glitzernden Edelsteine, die sich mit Blut gefüllt hatten. An Alexei, der sie aus den Wunden der Sünder gerissen und seinem Volk zugeworfen hatte.

Ich hielt inne.

»Doch, natürlich.« Es stimmte. Das hatte ich. Auf eine Art. Anders jedoch als jene, mit der ich Kas mit jedem meiner Atemzüge vermisste, als wäre er ein verloren gegangener Teil meiner selbst.

Alexei schob sich eine schwarze Haarsträhne hinter das spitze Ohr, dann breitete er die Arme aus. Sein Umhang bewegte sich im Wind, das Hemd spannte an seinem Oberkörper.

»Komm zu mir, Zoé.«

Ich atmete geräuschvoll ein und wieder aus, und dann setzte ich mich in Bewegung. Uns trennten vielleicht noch zehn Fuß voneinander. Als ich Alexei beinahe erreicht hatte, trat er den letzten Schritt auf mich zu und zog mich an sich. Sofort strömte mir sein vertrauter Duft entgegen, dunkel und betörend wie die Nacht selbst.

»Du hast mir so sehr gefehlt«, flüsterte er an meinem Ohr, und ich konnte nichts anderes tun, als in seinen Armen zu zittern. All die Anspannung fiel von mir ab, gleichzeitig schrie mein Gewissen mich an, wie ich es wagen und ihm wehtun konnte. Wie zur Hölle sollte ich ihm sagen, was ich getan hatte? Dass ich Kas zurückgebracht hatte? Dass ich mit ihm, seinem größten Feind, *geschlafen* hatte?

Ich hob meine Arme und schloss sie um Alexei. Meine Finger schmiegten sich an seinen Rücken, strichen über den kühlen, glatten Stoff seines Wamses.

»Bist du bereit?«

Ich wusste, dass er nicht nur den Flug meinte. Trotzdem glitt mein Blick über die Gargoa, die den Hof säumten. Viele ihrer Plätze waren leer, und ich fragte mich schaudernd, ob sie gerade kämpften oder den Kampf bereits verloren hatten. Auch der Gargoa, auf dem ich Nika hinterhergeflogen war, fehlte.

»Ich denke schon«, sagte ich leise und verdrängte die Gesichter der drei Xathyr aus meinen Gedanken.

»Du wirst dabei zusehen, wie das Leben in ihren Augen erlischt, und danach wirst du sicher sein.« Seine Worte waren kaum mehr als ein geflüstertes Raunen an meinem Ohr. »Dafür werde ich sorgen.«

Ich unterdrückte ein zitterndes Schluchzen. Ich wollte ihm glauben. Ich wollte ihm so sehr glauben, obwohl ich es doch besser wusste.

»Es tut mir leid, dass ich das Relikt verloren habe.«

»Ich weiß. Wir holen es zurück.«

Alexeis Atem streifte sanft mein Gesicht und überzog es mit einer Gänsehaut, die bis über meine Zehen schoss.

Ich dachte daran, wie er reagiert hatte, als ich ihm erzählt hatte, dass ich das Relikt des Herrn der Spiegel verloren hatte. Wie abweisend er geworden war. Konnte man sich innerhalb so kurzer Zeit so verändern?

Ich legte meine Wange an seine Brust und schloss die Augen, als Alexei über mein Haar strich.

»Gilt unser Pakt noch?«, fragte ich vorsichtig, mein Herz hämmerte einer Trommel gleich gegen meine Rippen.

»Natürlich«, gab er, ohne zu zögern, zurück.

Ich spürte, wie das Gewicht von unzähligen Steinen von meinen Schultern fiel.

»Dann akzeptierst du es, wenn ich gehe?«

Das Streichen seiner Finger brach ab, und ich hob den Kopf, um ihm ins Gesicht zu sehen. Er hatte die Brauen zusammengezogen, ein nachdenklicher Ausdruck zeichnete seine Miene.

»Natürlich«, wiederholte er. »Alles, was dir guttut, Zoé. Das weißt du doch. Daran wird sich nie etwas ändern.«

Mein Blut begann zu kribbeln, und ich krallte meine Finger in Alexeis Rücken, damit sie endlich aufhörten, so sehr zu zittern.

Alexei hob mich hoch. Instinktiv schloss ich die Arme um seinen Nacken.

»Was tust du?« Mein Blick fuhr auf der Suche nach einer Antwort tastend über sein Gesicht, und als ich mir der plötzlichen Nähe zwischen uns bewusst wurde, machte mein Herz einen Satz.

Alexei legte die Stirn in Falten.

»Dich festhalten«, sagte er mit einer solchen Selbstverständlichkeit, dass meine Wangen warm wurden. Warm wie sein Körper an meinem. Als Alexei seine Flügel weitete, dämmerte mir, wovon er sprach.

»Ich fliege mit *dir*?«

»Nur bei mir bist du sicher.«

Ich spürte, wie sich die Röte in meinen Wangen vertiefte.

»Und du bist sicher, dass du jetzt hier wegkannst? Wegen der Aufstände, meine ich?«

»Ich habe meinen General instruiert. Er hat alles im Griff und wird dem Volk ins Gedächtnis rufen, dass ein solcher Angriff nicht toleriert wird.«

Mir entging nicht, dass Alexei nicht von seiner General*in* sprach. Von Nika.

»Und wie wird er das tun?«, hakte ich nach, meine Gedanken wirbelten. »Will er ein Exempel statuieren?«

Alexei strich mir eine Haarsträhne aus dem Gesicht.

»Zerbrich dir nicht deinen hübschen Kopf darüber, Zoé. Du verstehst ohnehin nichts von Politik.«

Ich verstummte beschämt.

Alexei drückte mich fester an seine Brust und erhob sich mit mir auf seinen Armen in die Luft. Das Gefühl der Schwerelosigkeit ließ meinen Magen springen. Gleichzeitig zerrte der Wind an mir, während wir uns weiter in den Himmel schraubten. Alexeis Flügelschläge waren kräftig, katapultierten uns immer höher. Seine Muskeln bewegten sich an meinem Körper, bis er sich leicht nach vorne neigte, um sich auszurichten. Seine Arme hielten mich fest, aber unter mir war nichts mehr denn ein Versprechen des freien Falls.

Ich krallte meine Finger in Alexeis Nacken, hörte ihn bei der Berührung leise aufseufzen, bevor er mich noch enger an sich zog. Das Geräusch war mir ebenso vertraut wie seine Nähe, und doch fühlte es sich eigenartig an, diesen Moment mit ihm zu teilen. Ein bisschen so, als wäre nie etwas passiert, nachdem wir miteinander geschlafen hatten, aber auch so, als wäre seitdem *zu viel* passiert.

Die Häuser und Berge und Bäume unter uns zogen so schnell vorbei, dass mir schwindelig wurde, je länger ich hinabschaute. Aber aus irgendeinem unerklärlichen Grund wollte ich nicht aufsehen, nicht in Alexeis Gesicht. Das Bewusstsein, dass ich ihn verraten hatte, nagte an meinem Gewissen. Wieso war es mir so leichtgefallen, ihn zu vergessen, während ich mit Kas zusammen gewesen war? Wieso war es mir leichtgefallen, seinen größten Feind aus der Verbannung zurückzuholen, direkt in sein Reich?

Und wieso fühlte es sich jetzt so schwer an?

»Ist alles in Ordnung, Zoé?«, drang Alexeis Stimme durch den peitschenden Wind, der an meinen Wangen scheuerte.

»Ja.«

Es war nicht ganz gelogen. Immerhin ging es mir körperlich besser, und auch den seltsamen Sog hatte ich eine Weile nicht mehr gespürt.

»Wir sind bald da«, sagte er.

»Wo fliegen wir eigentlich hin?« Bei dem Gedanken an das Haus des Aschebarons zog sich alles in mir schmerzhaft zusammen. Ich hatte nur furchtbare Erinnerungen an diesen Ort.

»Sie sind zurück in Mirons Spiegelschloss«, erwiderte Alexei, und ich nickte erleichtert, weil alles besser war als Gregoris Folterkammer.

Die Häuser unter uns kamen näher. Ich erkannte sogar die Mauer, die sich aus der Erde drückte wie eine Wirbelsäule durch die Haut. Sie trennte die Distrikte voneinander. Das Herz von Xanthia – das Zentrum – stand noch immer in Flammen, Alexeis Schloss ein Knochensplitter, der ungebrochen aus der Zerstörung ragte. Und doch waren sie überall, die Aufstände. Gruppen von Xathyr plünderten die Stadt, demolierten Monumente und Bauten auf dem großen Platz in ihrer Mitte.

Und dann schob sich ein weiteres Schloss mit seinen aufstrebenden Türmen in mein Sichtfeld. Ein silbernes, das aus Spiegeln erbaut war. Das Zuhause des Schattenbarons und seiner Baronin. Ich wusste, dass die Gänsehaut auf meinen Armen nicht von dem kalten Wind herrührte, der Tränen aus meinen Augen riss und sie danach getrocknet zurückließ. Es war, als schmeckte ich noch immer Anas Zunge an meinen Lippen. Wenn Alexei auch sie töten wollte, so würde ich es sicher nicht verhindern.

Wir stürzten durch die Wolken, beißende Kälte drang in meine Knochen, bis wir am Eingang von Mirons Spiegelschloss landeten. Sofort griffen die Wachen nach ihren Schwertern. Als sie erkannten, dass es der Graf von Xanthia war, der auf ihrer Türschwelle stand, froren beide in ihrer Bewegung ein.

Einer der Silberhelme trat vor und neigte den Kopf.

»Der Baron ist nicht anwesend, mein Graf.«

»Zu ihm will ich nicht.«

Alexeis Tonfall war ruhig. Ich hatte bereits gelernt, dass das kein gutes Omen war. Die Männer tauschten einen irritierten Blick, wobei mir nicht entging, wie sie flüchtig zu mir herübersahen, als Alexei mich runterließ.

»Erwartet die Baronin Euch, Graf Alexei?«, fragte der andere Silberhelm.

»Nein.« Alexei legte den Kopf schief und beäugte die Xathyr, als überlegte er, welchen von beiden er zuerst fressen sollte. »Aber als ihr Herrscher muss ich mich wohl kaum vorher anmelden, nicht wahr?«

Gänsehaut preschte über mein Rückgrat. Die Männer hatten nicht mehr viele Sätze frei, bevor Alexei die Beherrschung verlieren würde, das spürte ich bis ins Mark.

»Nein, Herr«, schlossen sie beinahe gleichzeitig. Der Linke hob vorsichtig einen gekrümmten Finger und zeigte auf mich. Nur ganz kurz. »Mein Graf, sie … Wer …«

»Sie gehört zu mir.« Alexei legte einen Arm um meine Taille und zog mich an sich. »Nicht, dass diese Information für euch noch irgendeine Relevanz hätte.«

Schatten folgten seinen Worten, strömten zwischen seinen Lippen hervor und schossen rasend schnell auf die Männer zu. Bevor ich auch nur blinzeln konnte, drangen sie in die geöffneten Münder der Xathyr ein und ließen sie von innen heraus verrotten. Anders konnte ich es nicht beschreiben.

Ihre Haut schmolz, die Muskeln darunter zerrissen, ihre Knochen knackten, bevor sie zu Boden bröckelten. Die flüssigen Organe quollen auseinander und verteilten sich auf dem Stein, rannen bis an meine Stiefelspitzen. Blutgeruch wob sich in die Luft.

Ich war froh, dass Alexei mich hielt, denn mein Verstand schwirrte von der Frage, was gerade passiert war. Wenn Kas tötete, war es anders. Ich wollte Mitleid mit den beiden Toten haben, aber hinter meinem Herzen bewegte sich nichts. Es fühlte sich fast so an, als hätten sie das verdient. Dabei wusste ich, dass es nicht sie waren, die mein Leid verursacht waren.

Und ich bekam ohnehin keine Zeit, über all das nachzudenken, denn Alexei bedeutete mir mit einem Druck seiner Hand, ihm zu folgen.

Wir traten zwischen den zerflossenen Leichnamen der

Wachmänner hindurch in Mirons Spiegelschloss, und als hätten wir einen durchsichtigen Schleier passiert, legte sich ein kaltes, klebriges Gefühl auf meine Haut und meine Sinne. Zu frisch waren die Erinnerungen an den Abend der Soiree. Das Irren durch das verspiegelte Labyrinth, die Narrenmaske, die mich verfolgte, das Zusammentreffen mit Miron im Kabinett der Albträume … Mikayla.

»Du brauchst keine Angst zu haben, solange ich an deiner Seite bin«, sagte Alexei, der mein Zittern falsch deutete. Er geleitete mich zielsicher durch die spiegelbehangenen Gänge.

Weitere Xathyr in Rüstungen kamen uns entgegen, die keine Gelegenheit bekamen, auf uns zu reagieren. Sofort wurden sie von Alexeis Schatten gefangen genommen und ihre Körper zersetzt, während ihre Münder sich zu stummen Schreien verzerrten.

Hinter ihnen stürmten weitere Männer und Frauen aus den Gängen, ihre Angriffe prallten an Alexeis Schatten ab, die er um uns herum formte wie einen Schild. Ich hörte Schreie und Rufe, ein Alarmzustand wurde ausgerufen. Nichts davon bedeutete mir etwas.

Rot sprenkelte die Wände, Leichen pflasterten den Boden. Türen flogen zu, Bedienstete flüchteten, stießen Möbel und Vasen und Spiegel um. Es dauerte nicht lange, bis die Szenerie dem Schauplatz eines Krieges glich.

Und niemand von der Gegenseite konnte Alexei auch nur ein Haar krümmen.

»Sie werden versuchen, Ana hier wegzubringen«, sagte er ruhig. »Aber ich will zuerst die Männer finden, die dich gefoltert haben.«

Mein Herz pulsierte auf meiner Zungenspitze, während ich versuchte, die Pfützen aus Blut und Gedärmen zu meinen Füßen zu umgehen.

»Ana ist wichtiger«, erwiderte ich. »Sie hat das Relikt.«

Doch Alexei ging nicht weiter darauf ein, stieß eine Tür nach der nächsten auf, tötete weitere Xathyr, die ihm nichts entgegensetzen konnten. Ich hatte gewusst, dass er mächtig sein musste, um ganz Xanthia unter seiner Kontrolle zu halten, aber er schien unbesiegbar zu sein. Er brauchte nur mit den Fingern zu schnipsen, und jemand fiel tot zu Boden.

Die Erkenntnis drehte mir den Magen um, aber ich vergrub sie irgendwo in meinem Hinterkopf, dort, wo sie mich nicht davon abhalten konnte, Alexei zu vertrauen.

Wir schritten durch einen Gang, der über einen Innenhof in eine Art Baracke führte. Weitere Bedienstete lebten hier, starrten Alexei aus großen, angstgeweiteten Augen an.

Er tötete sie alle.

Durch eine Tür gelangten wir in die nächste Baracke, und auch hier überlebte keiner. Es mussten bereits an die einhundert Tote sein, die wir auf unserem Weg hinter uns ließen.

Als wir die nächste und letzte Baracke erreichten, blieb ich im Türrahmen stehen. Alexei bemerkte es.

»Wer von ihnen?«

Er blickte durch die Unterkunft, suchte zwischen Bediensteten, Wachen und … Folterknechten. Ich hatte Sergej sofort erkannt. Und als sich die beiden anderen Männer umdrehten, die mit ihm an einem Tisch saßen, fühlte ich die Schnitte auf meiner Haut so deutlich, als würden sie mir gerade frisch zugefügt.

Ich hob meinen Arm, streckte ihn aus und zeigte mit dem Finger auf die Gruppe in der hintersten Ecke der Baracke. Die drei Xathyr sprangen auf ihre Füße und hoben die Hände. Sie wussten, dass ihre Schatten an Alexei abprallen würden, wenn sie auch nur versuchten, ihn anzugreifen. Aber sie wussten noch nicht, was ihnen blühte.

»Wir dachten, dass Ihr sie nicht mehr braucht, mein Graf.«

Sergej machte ein Gesicht, das Alexei wahrscheinlich von seiner Unschuld überzeugen sollte.

»Was soll ich mit ihnen tun?«

Alexeis Worte galten mir und schickten einen Schauder über mein Rückgrat, der mich aus einer Art Trance zog.

»Ich will einfach nur, dass es vorbei ist«, sagte ich leise.

Nur einen Wimpernschlag später stoben Schatten auf, und es knackte. Ein Aufschrei folgte. Ein Knochen ragte aus Sergejs Arm. Noch ein Knacken, noch ein Knacken, noch ein Knacken. Seine Finger standen unnatürlich von seiner Hand ab.

Die anderen beiden Männer taumelten, bis sie mit dem Rücken zur Wand standen wie all die anderen Xathyr, die das Schauspiel mit angehaltenem Atem verfolgten.

Mein nervöser Blick flog über ihre Gesichter, traf auf angstgeweitete Augen.

»Soll ich ihn von seinem Freund ficken lassen?«, fragte Alexei ungerührt. »Und von allen anderen in dieser gottverfluchten Baracke?«

Meine Aufmerksamkeit schoss zurück zu ihm, meine Brust bewegte sich in raschen Zügen auf und ab. Ich betrachtete Sergej. Sah in seine kalten grauen Augen, die auf mir geklebt hatten, während sein Freund Buchstabe um Buchstabe in meine Haut geritzt hatte.

»Danach sind die anderen beiden dran.« Alexeis Stimme war beinahe ein Knurren.

»Nein«, sagte ich schließlich. Nicht, weil sie es nicht verdient hatten, sondern weil ich es nicht mit ansehen wollte. Mein Blick glitt durch die Baracke, bis er fand, was ich suchte.

Ich machte einen Schritt auf die Frau zu, die allem Anschein nach eine der Folterinnen war. An ihrem Gürtel hingen mehrere verschiedene Waffen. Eine davon verlangte nach mir. »Gib mir den Dolch.«

Mit vor Abscheu verdunkelten Augen musterte sie mich einige Sekunden, dann zog sie die Waffe aus ihrem Gürtel und übergab sie mir wortlos.

Ich schritt auf die Gruppe von Xathyr zu, die mich gepeinigt hatten, Alexei folgte mir wie mein Schatten.

»Lass mich es tun«, raunte er.

Ich schüttelte den Kopf.

»Ich muss das machen.« Bei Sergej angekommen, blieb ich stehen. »Zieh dich aus.«

Sein Blick zuckte von mir zu Alexei und wieder zurück.

»Ich bin sicher, wir können eine andere –«

»Ausziehen!«, grollte Alexei an meiner Seite.

Der Mann zuckte zusammen, dann schossen die bebenden Finger seiner gesunden Hand zu seinem Hemd, öffneten es Knopf für Knopf.

»Was sind seine Sünden?«, fragte ich, damit ich wusste, was ich ihm gleich mit seinem eigenen Blut über die Brust schreiben musste.

Alexei neigte den Kopf.

»Dass er verwandelt wurde, bedeutet, er hat bereits Buße getan, und die Sünden sind aus seinem Blut getilgt. Ich könnte es dir nicht sagen, selbst wenn ich von ihm trinken würde.«

Der Dolch in meiner Hand zitterte.

Er hatte *Buße getan.*

»Aber er begeht doch neue Sünden. Er foltert –«

»Sünder, ja. Nichts, das du in Xanthia tust, verändert deine Sündenliste. Das können nur deine Handlungen auf Erden.«

Ich krampfte meine Finger so fest um den Griff der Waffe, dass meine Knöchel weiß hervortraten.

»Dann ist es an der Zeit, den Kreislauf zu durchbrechen«, sagte ich leise. Ich rammte die Klinge in Sergejs Halsschlagader. Blut spritzte auf, traf in nassen, warmen Sprenkeln auf mein Gesicht. Sergej stieß einen schmerzerfüllten Schrei aus, doch seine Stimme brach in dem Moment, in dem er auf die Knie fiel.

Alexei holte aus, seine Krallen schossen hervor, dann schlug er Sergejs Kopf mit bloßer Hand von dessen Schultern. Ich zuckte zusammen, aber fing mich wieder.

»Kniet vor ihr«, befahl er den anderen beiden Xathyr in eisigem Ton. Die Männer ließen keinen Atemzug verstreichen und sanken vor mir zu Boden, die Häupter geneigt.

»Und nun seht ihr ins Gesicht. Seht in die Augen, die euren Tod besiegeln.«

Ich schluckte, mein Herz polterte. Die Blicke der beiden hefteten sich auf mich. Der Mann mit der Narbe flehte mich stumm an, der andere bebte am ganzen Körper. Dasselbe Gefühl wie damals im *Salon Rouge* erfasste meine Glieder, schüttelte mich. Das Gefühl von Macht. Von absoluter Kontrolle. Sie hatten mit mir getan, was sie wollten, und nun tat ich dasselbe mit ihnen. Ich bestimmte über sie. Über ihre *Leben*. Sie konnten mir nichts tun. Nicht mehr. Nie wieder.

»Ist es nicht faszinierend, dass wir im Angesicht des bevorstehenden Todes alle gleich sind?« Alexei taxierte die Xathyr. Dann trat er vor, und mit einer Bewegung seiner Hand schlitzte er die Kehlen der beiden auf. Ihre Köpfe kippten zuerst nach hinten, legten offenes Fleisch und Sehnen frei, bevor ihre blutüberströmten Körper folgten.

Ich keuchte, als mir bewusst wurde, dass Alexei mir zuvorgekommen war. Der Dolch fiel aus meiner Hand und landete klirrend zu meinen Füßen.

Stille legte sich über den Raum wie eine Decke, die alle Emotionen dämpfte. Es dauerte einige Herzschläge, bis sie irgendwo in einer Ecke hinter mir ein Mann durchbrach. Er schrie auf in Agonie. Ich musste es nicht wissen, ich spürte, dass er einen dieser Xathyr geliebt hatte, und es erschütterte mich bis ins Mark.

Bilder des kleinen Laurent blitzten in mir auf. Ich sah, wie er sich an das Bein seines Vaters klammerte. An das meines Peinigers.

Alexei machte kurzen Prozess mit ihnen allen. Schlachtete sie ab wie Vieh, als hätte er jegliche Beherrschung über sich selbst verloren. Es war kein kontrolliertes Töten, wie er es zuvor mit seinen Schatten getan hatte. Das hier war persönlich. Er schien es zu genießen, wie sein weißes Hemd sich blutrot färbte.

Köpfe und Gliedmaßen flogen durch die Baracke, seelenlose Körper sackten zu Boden. Wenn es jemand wagte, sich Alexei in den Weg zu stellen, wurde er besonders bestialisch getötet. Einem Mann griff Alexei in die Brust und riss sie zu beiden Seiten auseinander, bis seine Gedärme aus dem Körper fielen und auf dem Boden aufklatschten. Es dauerte keine Minute, dann befanden wir uns in absoluter Stille. Keiner der Xathyr am Hofe des Schattenbarons hatte überlebt.

»Jetzt holen wir uns Ana und das Relikt.«

Alexei wischte sich mit dem Handrücken über den Mund und verschmierte das Blut, das sich scharlachrot von seiner weißen Haut abhob. Mein Kopf versuchte noch immer, die Bilder zu verarbeiten, die sich mir geboten hatten und noch immer vor uns erstreckten. Ich hatte nicht den leisesten Schimmer, wie lange ich sie noch von mir schieben konnte.

Ich sah zu Alexei und sprach meine Zweifel nicht aus, dass die Baronin sich noch im Schloss aufhielt. Was wusste ich schon?

Stattdessen folgte ich ihm zurück ins leichenübersäte Schloss. Er hatte all diese Leute getötet, ohne einen Kratzer davonzutragen.

»Du bist unbesiegbar«, flüsterte ich.

»Ich bin der Graf von Xanthia«, gab er schlicht zurück, als wäre das die Antwort auf alle Fragen.

Alexei kannte einen Geheimgang, der sich hinter einem der unzähligen unscheinbaren Spiegel verbarg. Wir gingen ihn entlang, bis wir in einem riesigen Gemach ankamen, in dem ein Feuer im Kamin prasselte. Auf dem Sims stand ein Gemälde, das Miron, Ana und ein kleines Mädchen zeigte, dessen kantige Gesichtszüge denen des Barons ähnelten, eingerahmt von denselben silbernen Locken.

Das musste Alina sein.

»Sie ist nicht hier«, schnitt Alexeis Stimme durch die unheimliche Totenstille. Mein Blick huschte über den massiven Schreibtisch mit der verspiegelten Oberfläche, der Stuhl dahinter war leer. Alles hier wirkte, als hätte man diesen Ort fluchtartig verlassen.

Alexei ging auf einen Spiegel zu, der sich perfekt in die Wand gegenüber dem Kamin einfügte, und enthüllte einen weiteren Geheimgang.

»Ich habe meine Leute überall«, raunte er mir als Erklärung zu.

Wir passierten den engen Gang mit der niedrigen Decke, und er führte uns aus dem Schloss hinaus in eine Art Hinterhof, der über einem Abhang thronte.

Und da stand sie. Ledi Ana, die von zwei ihrer eigenen Männer in Silberrüstung festgehalten wurde. Ihre Flügel waren zerschlissen, das Gesicht vor Pein verzogen.

Alexei blieb kurz vor ihr stehen, die Muskeln in seinem Rücken wölbten sich, als er die Arme verschränkte.

»Wie schön, dass ich Euch vor Eurer Abreise noch erwische, Baronin.«

KAPITEL 31

»Ich bin überrascht, Euch hier anzutreffen, Graf Alexei.« Ana lächelte wie eine Viper, die kurz davor war, ihr Opfer mit Gift zu überziehen. Dass sie selbst in ihrer misslichen Lage eine solche Arroganz ausstrahlte, wunderte mich nicht.

»Es ist schön, Euch zu sehen. Und *Euch*, ledi Zoé.« Sie entriss sich einem der Wächter, um eine spöttische Verbeugung in meine Richtung auszuführen. Der Mann packte erneut zu. »Ich hatte nicht damit gerechnet, dass sich unsere Wege so bald wieder kreuzen würden.«

»Weil Ihr dachtet, Eure Handlanger hätten mich getötet?« Ich reckte das Kinn und zwang mich, ihrem Blick standzuhalten. »Ihr hättet die Drecksarbeit selbst ausführen sollen, wenn Ihr sichergehen wolltet, dass ich endgültig tot bin, ledi Ana.«

Die Baronin schnalzte mit der Zunge, ein gehässiges Schmunzeln umspielte ihre Lippen.

»Ich glaube, das wird die Zeit für mich erledigen.«

Alexei knurrte.

»Ihr habt eine Grenze überschritten, Ana. Und ich bin hier, um den Preis dafür einzutreiben.«

Anas Schlangenblick zuckte zu Alexei, und für den Bruchteil einer Sekunde flackerte so etwas wie Unsicherheit in ihren roten Augen.

»Euer Distrikt wird gerade dem Boden gleichgemacht, und Ihr kommt hierher, in mein Zuhause, um Euch für eine Hure einzusetzen?«

Wind stob auf, und schon stand Alexei direkt vor Ana, umschloss mit einer Hand ihre Kehle.

»Sagt mir, Ana, wieso ich Euch nicht an Ort und Stelle töten sollte.« Seine Stimme wehte eisig durch die Halle.

»Weil ich Euch die Kugel zurückgebe, die Zoé bei sich trug.«

Ein Schaudern erfasste mich und ließ mich einen Schritt auf die beiden zutaumeln.

Alexei hielt die Baronin noch immer in seinem eisernen Griff.

»Schwört es.«

»Wenn Ihr schwört, mich nicht umzubringen«, konterte sie krächzend.

Alexei stierte ihr noch einige Sekunden fest in die Augen, dann ließ er sie los.

»Wo habt Ihr sie hinbringen lassen?«

Ana röchelte und hustete, dann zeigte sie auf den Torbogen, durch den Alexei und ich gerade getreten waren.

»Sie liegt in der Schublade meines Schreibtisches«, krächzte sie nach Luft ringend.

Alexei legte den Kopf schief, als wäge er ab, ob das sein konnte.

»Sieh nach«, befahl er mir.

Sofort ging ich den Weg zurück in Anas Gemächer. Rotes Licht schnitt durch die Vorhänge, das Knistern des Feuers begleitete meine Schritte zum verspiegelten Schreibtisch.

Mit trommelndem Herzen riss ich eine Schublade nach der nächsten auf, bis ich das kugelförmige Relikt erspähte, direkt neben der Spiegelscherbe, die sie mir ebenfalls abgenommen haben mussten.

Ich streckte die Finger aus und holte die Kugel heraus. Erleichterung durchströmte mich, als ich an all die Strapazen dachte, die Kas und ich durchgemacht hatten, um sie zu holen. Zittrig atmete ich aus, schloss meine Finger fester um die kühle, glatte Oberfläche.

Mein Herzschlag setzte aus.

Ich sah runter auf die Kugel. Betrachtete sie genauer. Ihre glatte Oberfläche.

Rundherum glatt.

Sie war rundherum glatt.

»Nein«, wisperte ich, konnte nicht wegsehen, konnte meinen Blick nicht lösen von dem Relikt, das keines war. Ich spähte in die nun leere Schublade, öffnete weitere, wühlte in ihnen, fand nichts. »Nein, nein, nein, nein, *nein.*«

»Was ist los?«

Als Alexeis Stimme von der Geheimtür zu mir herüberdrang, wirbelte ich herum, die Luft in meiner Kehle wurde zu glühender Kohle.

»Was hast du?«, fragte er kühl und war sogleich bei mir. Er riss mir die Kugel aus der Hand. Hinter ihm kamen Ana und die beiden Silberhelme aus dem Gang.

»Was habt Ihr mit dem Relikt gemacht?«, fragte Alexei an Ana gewandt. »Ich kann seine Macht nicht spüren.«

Ich wollte ihm an ihrer statt antworten, doch ich brachte keinen Ton hervor. Mein Herz schlug so heftig, dass es mir jeden Moment das Trommelfell zerreißen würde.

»Ich habe nichts gemacht«, gab Ana zurück und trieb damit die Gewissheit wie einen Stachel in meine Brust. »Es ist nicht Nikolajs Relikt. Nur eine Fälschung. Eure neue Diebin scheint nicht so gewieft wie die vorige.«

Mein Herz sank ins Bodenlose.

»Das kann nicht sein«, flüsterte ich. »Ich hatte es. Ich hatte das echte Relikt bei mir. Es war in meinem Mantel, Alexei, das musst du mir glauben!«

Ich hatte es überprüft, gleich nachdem Kas und ich in Xanthia angekommen waren. Kas …

Siedend heiße Glut brannte in meinem Magen, rauschte durch meine Venen.

Nein.

Nein, nein, nein.

Nein.

Unmöglich.

Unmöglich.

Und doch …

Versprich mir, dass wir uns irgendwann wiedersehen.

Ich verspreche es. Aber dann wird alles anders sein, kleine Diebin.

»Wo ist es dann jetzt?«, donnerte Alexeis Stimme gegen die Spiegelwände. Er sah zwischen mir und Ana hin und her, die unbeteiligt mit den Schultern zuckte.

»Ich habe Euch gesagt, dass ich Euch die Kugel zurückgebe, die Zoé bei sich trug, als meine Männer sie gefangen nahmen. Dem bin ich nachgekommen. Und sosehr ich Eure Anwesenheit schätze, Graf Alexei, möchte ich Euch jetzt bitten, Eure Spione zurückzuziehen und zu –«

Anas Worte ertranken in ihrem Gurgeln. Alexei hatte ihren Kehlkopf in der Hand.

Als würde dieses morbide Bild mich aus einem tauben Dämmerzustand zerren, entfuhr mir ein erschrockener Schrei, der gedämpft wurde von dem Geräusch, das Anas Körper machte, als er leblos zu Boden sackte. Ich presste mir die Hände auf den Mund.

Alexei ließ den blutigen Kehlkopf neben die röchelnde Baronin fallen.

»Du hast dich von ihm an der Nase herumführen lassen.«

Er hatte mir den Rücken zugekehrt, doch ich wusste, dass er mit mir sprach. Klirrende Kälte sickerte in meine Glieder, wurde zu Eis, das mich an Ort und Stelle gefrieren ließ.

»Sag, Zoé«, sprach er weiter, seine Stimme eisiger als der Schnee Adrasteaus. »Hat er dich so gefickt, wie du es wolltest? Bist du für ihn gekommen? Hattest du wenigstens *Spaß*, bevor er dich weggeworfen hat wie ein benutztes Taschentuch?«

Nur langsam drehte er sich zu mir um. Mein Körper fühlte sich taub an. Mein Herz, mein Verstand, meine Seele. Alles war taub. Alexeis Blick war so kalt, dass ich sicher war, er würde gleich Eiszapfen auf mich niederregnen lassen.

»Wovon sprichst du?« Die verlogenen Worte stolperten dünn über meine Lippen. Er konnte es nicht wissen, er –

»Von Kaspar!« Wut schäumte vor seinem Mund, und ich erstarrte. Wurde niedergestreckt von jeder Silbe, die mich traf wie eine Kugel.

»Für den du die Beine breit gemacht hast wie die dreckige kleine Hure, die du allem Anschein nach immer noch bist!«

Ich zuckte zurück, als hätte er mich geschlagen. Im selben Moment trat Entsetzen in Alexeis Miene.

»Nein«, sagte er leise. »Das wollte ich nicht sagen. Zoé …«

Er kam näher, doch ich wich ihm aus. Ich zitterte. Ich zitterte am ganzen Körper. Die eingeritzten Buchstaben auf meiner Brust brannten und pochten, und ich unterdrückte den Drang, sie mir von der Haut zu kratzen.

Er hatte recht. Sie alle hatten das. Ich hatte mit Kas geschlafen. Hatte mich von ihm verführen lassen wie eine Närrin. Wie eine *Sünderin*.

Sündige für mich.

»Woher weißt du es?«, flüsterte ich gequält.

»Was denkst du, woher ich wusste, wo Ana steckt?«, fragte er ruhig. »Der Spiegel. Ich habe nichts mehr durch ihn gesehen, aber Stimmen gehört. Unterhaltungen gehört. *Alles* gehört.« Seine Miene bröckelte und mit ihr mein Herz. Er sprach von dem Gasthaus. Vielleicht sogar vom Strand und von der Waldhütte. Als Kas und ich …

»Das wollte ich nicht«, stieß ich heiser aus. Tränen brannten in meinen Augen und trübten meine Sicht. »Wieso hast du es mir nicht sofort gesagt?«

»Weil ich dachte, dass es mir egal wäre.«

Ich presste meine Lippen fest aufeinander, zwang mir die Fingernägel in meine Handflächen.

»Aber das ist es nicht, weil *du* mir nicht egal bist, Zoé.«

Schluchzend blickte ich auf und begegnete seinen traurigen Augen.

»Und was du dir selbst damit angetan hast, ist Strafe genug.«

»Nein!«, entgegnete ich schnell. »Ich finde Kas, ich hole das Relikt zurück, ich –«

»Das meine ich nicht. Du hast sicher gemerkt, dass deine Wunden nicht mehr heilen.«

Mein Herz schlug bis in meinen Hals hinauf.

»Aber ich … Es geht mir besser!«

Noch ein mattes Kopfschütteln.

»Du hast deine Sündenliste verändert, als du auf der Erde warst, und jetzt ist deine Seele verloren.«

Erst als seine Worte nach und nach in meine Brust drangen, erschloss sich mir ihre Bedeutung, ergoss sich über mich wie eine klebrige Masse, die mich am Atmen hinderte. Es war beinahe, als spürte ich die Flammen des Fegefeuers an meiner Haut lecken.

»Ich werde in die Hölle gezogen.«

Alexei nickte langsam.

»Ja.«

Nein, wollte ich schreien. Aber was brachte das? Ich ließ meine Hüfte gegen den Schreibtisch sinken und stützte mich an ihm ab. Mein eigenes Gesicht starrte mir aus der reflektierenden Oberfläche entgegen, blass und ausdruckslos.

»Wie viel Zeit bleibt mir noch?«

»Vielleicht ein Tag.«

Die Worte schlugen in mir ein wie ein Felsbrocken. *Morgen*. Morgen würde ich …

»Ich will nicht in die Hölle.«

Alexei trat näher, bis ich seine Reflexion neben der meinen sah. »Ich weiß.«

»Schick mich zurück ins Leben«, flehte ich heiser. »Bitte. Ich weiß, ich habe es nicht verdient, aber meine Mutter hat es auch nicht verdient, allein zu sein. Ich habe getan, was ich konnte. Ich habe alles versucht!«

Alexei schüttelte den Kopf, und mit der Bewegung brach mein Herz entzwei.

»Es geht im Leben leider nicht darum, was man verdient.«

»Alexei«, flüsterte ich, Tränen traten in meinen Blick. »Bitte.«

»Ich kann nicht, Zoé. Ich kann dich nicht zurückschicken. Nicht ohne die Macht der Relikte.«

Seine Worte gingen auf mich nieder wie Peitschenhiebe, löschten alle Gefühle in mir aus, alle Hoffnung, alles Positive, nur um eine Leere zurückzulassen, durch die das Echo der absoluten Verzweiflung hallte. Es prallte gegen meine Rippen, gegen mein Herz, löste mich auf.

Ich war verloren.

Endgültig und ohne einen Ausweg.

Schwärze tränkte meine Sicht und riss mich ins Bodenlose.

»Du weißt, dass es eine andere Möglichkeit gibt als die Hölle«, hörte ich Alexeis Stimme von irgendwoher durch den Nebel dringen, der sich in meinen Kopf ausbreitete.

Ja, dachte ich. *Ich könnte ein Monster werden*. War ich das nicht ohnehin schon?

»Zoé.«

Ich spürte Alexeis Hände an meinen Schultern, dann seine Finger an meinem Kinn. Er hob mein Gesicht an, und durch den Schleier aus Tränen sah ich seine Augen, in denen eine sanfte Sorge schimmerte.

»Du kannst das schaffen.« Er betrachtete mich eindringlich. »Anas Männer haben einen Teil deiner Sünden in sich aufgenommen. So wie ich auch.«

Ein enges Band schlang sich um meine Kehle wie ein Strick.

Und Kas, hämmerte es in meinen Gedanken. *Kas, Kas, Kas.*

Ich konnte nicht glauben, dass er mich nur benutzt hatte, und doch … War es nicht das, was alle Männer mit mir taten?

»Wenn du zu deinen Sünden stehst und Reue empfindest, steht einer Verwandlung nichts im Wege. Dann kannst du hier in Xanthia bleiben. Bei mir«, ergänzte Alexei sanfter. Sein Daumen strich in zarten Berührungen über meine Wange. »Als Xathyr.«

Ich schloss meine Lider und ließ den Schmerz auf mich einprasseln, nicht länger dazu fähig, ihn wegzuschieben.

»Ich will nur zu meiner Mutter«, wimmerte ich.

»Ich weiß.« Alexei legte seine andere Hand an mein Gesicht. »Und ich hätte dir diesen Wunsch so gern erfüllt, nur … Es liegt nicht länger in meiner Macht.«

Ich hörte die unausgesprochenen Worte. *Ich hätte dir deinen Wunsch erfüllt, aber* du *hast es verpfuscht.*

Eine Weile sagte er nichts. Die Luft war erfüllt von meinem Schluchzen. Dann: »Ich kann deine Mutter zu uns holen, wenn du möchtest.«

Ich riss die Augen auf, Panik flutete meine Nerven.

»Nein!« Das war das Schlimmste, was ich mir für meine Mutter vorstellen konnte. Sie verdiente nichts als den Himmel.

»Dann sag mir, was ich tun kann, damit es dir besser geht, und ich tue es.«

Alexei rückte näher und lehnte seine Stirn an meine. Seine Finger strichen unablässig über meine Wangen.

»Ich weiß es nicht«, flüsterte ich. »Ich weiß es einfach nicht.«

»Du hast einmal gesagt, dass du mich willst, Zoé. Ist dem immer noch so?« Alexeis Stimme war rau, sein Atem heiß.

Die Frage traf mich mitten in die Brust.

»Bevor du antwortest, lass mich dir sagen, dass sich an meinen Gefühlen für dich nichts geändert hat. Ich bin verletzt, aber ich will dich an meiner Seite.«

Als ich meine Lider senkte, rann eine weitere Träne über mein Gesicht.

»Wie kannst du das sagen nach allem, was ich getan habe?«

»Liebe kann so etwas«, gab er leise zurück, seine Lippen strichen hauchzart über meine. »Sie verzeiht. Sie macht uns besser.«

Liebe. *Liebe* … Konnte es sein?

Alexei holte tief Luft.

»Ich weiß, dass du mich noch nicht liebst, ich habe es gehört.«

Ertappt biss ich mir auf die Lippe. Ich konnte mich zu genau an das Gespräch mit Kas erinnern.

»Aber ich weiß, dass du eines Tages so weit sein wirst. Dass du mich lieben wirst. So, wie ich dich liebe, seit du mich das erste Mal aus diesen hoffnungsvollen Augen angesehen hast. Eine Seele, die nach all dem Schmerz bereit war, an ein gutes Ende zu glauben.«

Mein Herz schlug so hart und schwer, dass ich sicher war, Alexei konnte es hören. Hoffnung … Hoffnung existierte nur, um zerstört zu werden. Um zu *zerstören*.

»Ich weiß nicht, was ich sagen soll«, gab ich leise zu.

»Sag, dass ich dich lieben darf, Zoé. Sag, dass du bei mir bleibst.«

Ich schluckte gegen den Kloß in meinem Hals an, als ich an meine Worte in der Waldhütte dachte. Jene, die ich an Kas gerichtet hatte. Jene, die ihn nicht davon abgehalten hatten, mich zu verlassen.

Bleib, bitte.

Schmerz trübte meine Sicht, und ich zwang die Erinnerungen fort, kehrte zurück zu Alexei, der mich um das bat, was ich Kas verweigert hatte. Und der mich dann bestahl.

Blieb mir noch eine andere Wahl? Als wollte mein Körper mir antworten, spürte ich den Sog an meiner Seele zerren. Sofort krümmte ich mich zusammen, und Alexei schlang seine Arme um mich.

»Ich bleibe«, wisperte ich, und mein Herz riss auseinander. »Ich bleibe.«

KAPITEL 32

Während des Fluges zurück in den Blutdistrikt nahm ich kaum etwas wahr. Mein Körper war taub, mein Verstand wie leer gefegt. Ich hörte das wütende Feuer und die Rufe der Rebellen, aber sie drangen nicht bis in mein Herz vor.

Alexei trug mich bis in seine Gemächer, setzte mich auf sein Bett und ließ mir eine Kanne brühend heißen Tee kommen, weil mein Körper eiskalt war. Dabei wussten wir beide, dass dies nichts war, das sich mit Tee beheben ließ. Für das, was mich erkalten ließ, benötigte es eine andere Flüssigkeit.

»Du musst von mir trinken«, erklärte Alexei, als er sich neben mich sinken ließ. Er heftete seinen Blick auf mich, in dem eine Dunkelheit aufzog, die mich erschütterte. »Direkt von meiner Ader.«

Der Gedanke daran, Alexei so nahe zu kommen, entzündete Funken in meinem Bauch, die ganz langsam in meinen Unterleib wanderten, um dort zu entflammen. Er hatte recht, ich liebte ihn nicht, aber das bedeutete nicht, dass ich mich nicht zu ihm hingezogen fühlte. Ich betrachtete sein Gesicht, seine Lippen, die scharfen Zähne, von denen ich ganz genau wusste, wie sie sich an meinem Hals anfühlten. Alexei war perfekt. Und er liebte mich. *Mich.*

»Ah«, sagte er leise, und ein Schmunzeln stahl sich in seine Züge. »Dir wird wärmer. Das ist gut.« Nervös berührte ich meine glühenden Wangen, als er sich zu mir lehnte. »Dann weiß ich ja jetzt, was ich tun muss, damit du nicht mehr frierst.« Seine Lippen strichen federleicht über meine Wange, bis sie die meinen fanden.

Mein Körper reagierte auf Alexeis Nähe, wie er es schon immer getan hatte. Er begehrte ihn. Aber mein Herz … Es schlug mit allem, was davon übrig war, für jemanden, der mich hintergangen hatte.

Ich zog mich zurück und schob mir eine Strähne hinters Ohr.

»Was passiert danach?«

Alexei verharrte in seiner Bewegung, musterte mich, als wollte er ergründen, was die Stimmung zwischen uns verändert hatte.

»Danach«, begann er mit belegter Stimme, »töte ich dich.«

Schreck ließ meinen Puls rasen.

»Wie?«, flüsterte ich.

Alexei erhob sich und trat an seinen Schreibtisch, um etwas aus seiner Schublade hervorzuholen. Eine silberne Klinge schimmerte in seinen Händen, ihr Griff gewunden und in Dunkelheit gehüllt.

»Es wird wehtun, aber anschließend wirst du neu geboren. Danach wird nur noch ein letzter Schritt fehlen, um deine Verwandlung abzuschließen.«

Tränen schnürten mir die Luft ab, doch ich schluckte sie runter.

»Und welcher?«

Alexei legte den Dolch auf den kleinen Tisch neben dem Ledersessel.

»Das Blut eines Sünders.«

Stille senkte sich zwischen uns, so undurchdringbar, dass ich sein Herz schlagen hörte. Er kam näher, ohne mich aus den Augen zu lassen, bis er vor mir stehen blieb.

»Fühlst du dich bereit?«

»Jetzt?«, entschlüpfte es meiner Kehle. Übelkeit zupfte an meinem Magen.

Alexei neigte den Kopf.

»Du hast nicht mehr viel Zeit, Zoé.«

Ich beobachtete, wie Krallen aus seinen Fingern schossen, und hielt die Luft an. Einen Augenaufschlag später zog er sie an seinem Hals entlang. Dunkle Tropfen traten aus dem Schnitt hervor wie rote Perlen vor einer weißen Kehle.

Alexei ließ sich auf den Sessel sinken und hielt mir seine Hand hin. Schatten umschwirrten sie und nahmen die Krallen mit sich, als sie sich im Nichts auflösten.

»Komm her.«

Mein Herz pochte wild. Ich rückte vor bis zur Bettkante, und Feuer loderte in Alexeis Augen auf. Ich hatte keine Wahl. Keine Wahl. Es war zu spät. Mein Körper reagierte ohne mein Zutun.

Ich spürte, wie meine Beine sich in Bewegung setzten. Kaum war ich in Reichweite, ergriff Alexei meine Hand und zog mich auf seinen Schoß. Ich saß rittlings auf ihm, das Kleid rutschte an meinen Schenkeln nach oben.

»Ich habe deine Nähe vermisst«, flüsterte er, was eine Gänsehaut über meinen Körper jagte. Er strich mir das Haar von den Schultern, und seine Hände verharrten an meinem Hinterkopf. Mit sanftem Druck führte er mein Gesicht in seine Halsbeuge.

»Trink, Zoé.«

Sein heißer Atem vermischte sich mit dem metallischen Geruch des Blutes, der die Luft zwischen uns tränkte. Mein Magen wurde schwer. Nicht, weil mich der Gedanke daran, Blut zu trinken, anekelte. Die Erfahrung hatte ich bereits gesammelt, doch ich schob sie weit weg, in irgendeinen verborgenen Winkel meines Unterbewusstseins. Dorthin, wo ich von nun an alles aufbewahren würde, das mich an Kas erinnerte.

Nein, die Übelkeit rührte nicht daher, dass ich im Begriff war, Alexeis Blut zu trinken. Vielmehr war es die Gewissheit, dass danach alles vorbei sein würde. Für immer. Ich würde nie wieder menschlich sein.

»Der Schnitt schließt sich gleich.«

Alexeis belegte Stimme an meinem Ohr ließ mich erschaudern.

Ich nickte und rückte ein Stück vor, was ihn leise aufseufzen ließ. Er war hart.

Auch das schlechte Gewissen, das in jenem Moment seine Klauen nach mir ausstreckte, schob ich weg.

Ich soll hier sitzen und mir ausmalen, was ihr miteinander treibt, wenn ihr allein seid?

Oh, ich betete, dass Kas genau das tat. Und ich würde dafür sorgen, dass seine Fantasie nicht bloß eine Fantasie blieb. »Ich will, dass du in mir bist, wenn ich von dir trinke«, wisperte ich. Mein Herz schlug schneller, doch ich wollte in diesem Augenblick nicht verstehen, was es mir sagen wollte.

Hör auf.

Mach weiter.

Alexei hob sein Gesicht an meines und ließ seinen Blick voller Leidenschaft darüberwandern.

»Du weißt, ich würde keine Sekunde zögern, wenn es wirklich das ist, was du willst.«

Kas' dunkelblaue Augen jagten durch meinen Geist, schimmerten silbern wie in jener Nacht am Strand.

Du hast mich gefunden.

Ich schob die Erinnerungen weg.

»Fick mich«, forderte ich mit fester Stimme. »Fick mich, bis ich vergesse, dass du mich danach tötest.« *Fick mich, bis ich vergesse, wie Kas sich angefühlt hat.*

Alexeis Griff um meinen Nacken wurde gröber, und seine andere Hand fuhr zwischen uns. Ich hörte, wie er seine Hose öffnete, danach verging ein einzelner Herzschlag, und er drang in mich ein. Wir stöhnten gemeinsam auf. Der Moment wirkte vertraut und doch fremd, aber ich wischte jegliche Zweifel fort.

Wenn Kas nicht meine Gegenwart war, würde Alexei meine Zukunft sein.

Ich bewegte mich langsam auf und ab, gewöhnte mich an seine Länge, die mich ausfüllte, bevor ich mich vorbeugte und meine Lippen an seinen Hals legte. Dorthin, wo sein Blut langsam über seine Haut rann.

KAPITEL 33

ALEXEI

Das Wimmern, das Zoé ausstieß, als ihre Lippen meinen Hals berührten, schoss direkt in meinen Schwanz. Verlangen sickerte durch meine Venen, bis ich das Gefühl hatte, zu explodieren.

Ich packte ihre Hüften, presste sie hart auf meinen Schoß und stieß mich in sie, so fest ich konnte. Ich wusste, ich sollte ihr mehr Zeit lassen, sich an meine Größe zu gewöhnen, aber es fühlte sich viel zu gut an, wieder in ihr zu sein, sie *mein* zu machen.

Zoé stöhnte. Sie stöhnte und rieb sich an mir, ihre Zunge glitt heiß über das Blut an meinem Hals, leckte es gierig ab.

Mir wurde beinahe schwindelig vor Erregung, und ich hielt mich mit aller Macht davon ab, ihr Gesicht noch näher an meinen Hals zu drücken, damit sie an mir saugen konnte. Ich musste mehr von ihr fühlen, musste spüren, dass sie wieder da war. Bei mir. In Sicherheit, wo ich nicht zulassen würde, dass ihr je wieder etwas zustieß.

Ich hob und senkte sie auf mir, während ihre feuchte Hitze meinen Schwanz eng umschloss und ein Knurren aus meiner Kehle zwang. In diesem Moment gab es nichts, das ich mehr wollte, als mich sofort in ihr zu ergießen und Kaspars Spuren zu überdecken. Sollte er mir jemals über den Weg laufen, würde ich ihn töten.

Ich griff grob in Zoés langes Haar, zog ihren Kopf zurück, bis sie mich ansehen musste. Mein Blut klebte an ihren Lippen, ließ mich tief erbeben.

»Ich will, dass du meinen Namen schreist, wenn du kommst.«

Zoé versuchte, unter meinem festen Griff zu nicken. Ihre Kehle zuckte. Sie lag entblößt vor mir, die Abdrücke von Anas Eisenketten leuchteten rot auf ihrer weißen Haut. Ich grub meine Zähne hinein. Zoé gehörte mir, und nie wieder würde jemand anderes Hand an sie legen.

Ein Schauer überlief ihren Körper, sie stöhnte erregt, und der Laut ließ meinen Schwanz noch härter in sie stoßen. Ich trank von ihr, kostete ihr vor Verlangen erhitztes Blut, ließ es meine Kehle hinabrinnen, während Kaspars Visage in meinem Geist aufflackerte. All die Dinge, die er mit ihrem Körper getan hatte, die Sünden, zu denen er sie verleitet hatte. Ich saugte sie aus ihr heraus, nahm sie gierig in mich auf, bis sie wieder ganz und gar mein war. Ich würde es Kaspar zeigen. Wenn es sein musste, würde ich Zoé vor seinen Augen vögeln, damit er verstand, dass er nie mehr etwas anfassen sollte, das mir gehörte.

Unterdessen wand und quälte Zoé sich auf meinem Schoß, wippte unkontrolliert hoch und runter, vor und zurück, sehnte sich nach der Erlösung, die nur ich ihr geben konnte.

»Härter«, befahl sie. »Mehr. Mehr!«

Ich packte den Kragen ihres dünnen Kleids mit beiden Händen und riss es auf, bis ihre perfekten Brüste aus dem Stoff sprangen. Ich wollte sie anfassen und schmecken und … Zitternd stieß Zoé den Atem aus, und ich starrte die Schnitte an, die sich in Form von vier grässlichen Buchstaben in ihrem Fleisch verewigt hatten. Ich kniff die Augen zusammen, als heiße Wut in mir aufloderte.

»Sieh mir in die Augen«, flüsterte Zoé erstickt.

Sofort fand mein Blick den ihren. Ein Schleier aus Tränen trübte das warme Braun ihrer Iriden. Sanft, aber bestimmt legten sich ihre Hände an meine Wangen und hielten mich fest.

»Und jetzt mach weiter.«

Sie wusste, wie sehr es mich aufbrachte, ihren verstümmelten Körper zu betrachten. Also zwang sie mich, in ihr Gesicht zu sehen, während ich sie nahm, und das tat ich. Ich sah in ihre wunderschönen, zerbrochenen Augen, dachte daran, wie es sich angefühlt hatte, den elendigen Bastarden, die ihr wehgetan hatten, ihre Köpfe abzureißen. Sie zu *bestrafen*.

Zoés Brüste bewegten sich bei jedem Stoß auf und ab, drängten sich voll und schwer gegen meinen Oberkörper. Ich ließ meine Finger über ihren runden Hintern wandern, massierte ihn und drang weiter vor, bis ich ihre andere Öffnung fand.

»Ja«, stöhnte sie.

Ich presste meinen Mund auf ihren und ließ im selben Moment meinen Mittelfinger in sie gleiten. Füllte alles von ihr aus. Alles bis auf das Loch, von dem wir beide wussten, dass es mitten in ihrer Brust klaffte. Jenes, von dem wir beide so taten, als wäre es nicht da.

Zoé stieß abgehackte, verzweifelte Geräusche aus, während ich sie fingerte und fickte und immer wieder von ihren Sünden trank. Sie drückte den Rücken durch, pochte um meinen Schwanz herum, und dann entrang sich ihr ein Stöhnen, das all ihren aufgestauten Schmerz entfesselte. Das Geräusch hallte von den Wänden wider wie ein Echo des Grauens.

»Reite mich weiter«, raunte ich ihr zu. »Spürst du, wie hart ich für dich bin? Ich gehöre dir. *Nur dir*.«

Zoés Körper spannte sich an, ihr Inneres pulsierte.

»Sag meinen Namen«, knurrte ich und schob einen weiteren Finger in sie. »Komm für mich und sag meinen Namen.«

»Ja, ja, *ja*«, stöhnte sie. »Hör nicht auf. Mach weiter. *Alexei!*«

Und dann kam sie so heftig, dass sie mich mit sich riss. Nichts hatte sich je besser angefühlt, als zu spüren, wie ein Orgasmus durch Zoés Körper jagte. Zuzusehen, wie ihre Augen rollten, ihre geschwollenen Lippen sich zu lustgetränkten

Schreien teilten. Mir wurde beinahe schwarz vor Augen, als ich neben mich griff, um meine Finger um das kühle Metall zu schließen. Und während ich schwer atmend mein Sperma in sie pumpte, stieß ich Zoé den Dolch zwischen die Rippen, direkt ins rasende Herz.

KAPITEL 34

ZOÉ

Ich riss die Lider auf, weil der plötzliche Lärm unerträglich war. Ein lautes Rauschen, ein stetes Pochen – in meiner Brust und in meinem Kopf. Das Pendel der Zeit schwang unablässig, ließ Sekunden verstreichen, in denen ich mich in der Leere bewegte.

Ein allumfassender Schmerz brach aus mir heraus, peitschte mir die Haut vom Körper. Licht explodierte hinter meiner Stirn, und ich kniff die Augen wieder zu.

Ich presste eine Hand auf mein Gesicht, in dem verzweifelten Versuch, zurück in die barmherzige Dunkelheit zu gleiten, da roch ich meinen eigenen Atem, der mir kupfrig entgegenschlug. So intensiv, dass sich sofort Übelkeit in mir regte.

Eine Übelkeit, die ich viel zu gut kannte. Sie hatte mich immer dann überkommen, wenn ich tagelang nichts gegessen hatte. Das Gefühl, nicht atmen zu können, traf mich hart mitten in die Brust.

»Möchtest du etwas essen?«

Die Stimme legte sich glättend über all meine Sinne wie ein schwarzes Seidentuch. Vertrieb das Hungergefühl, den Lärm, den Schmerz, der in mir feststeckte wie ein penetranter Stachel.

Ich ließ meine Hand sinken und blinzelte. Alexei stand über mich gebeugt, nur … Wo lag ich hier?

Ich wühlte in meinen Gedanken, versuchte, mir die letzten Momente vor dem Einschlafen in Erinnerung zu rufen, die irgendwo als dunkle Umrisse im Nichts um mich herumschwebten. Im Geiste streckte ich eine Hand nach ihnen aus, aber sie zerrannen zwischen meinen Fingern wie flüchtiger Rauch.

»Was ist passiert?«

Mein Kiefer schmerzte. Instinktiv fuhr ich über meine Wangen und massierte die Muskelstränge, die sich steif anfühlten.

Ich musste mehrere Male blinzeln, um mich an das Licht zu gewöhnen. Es kam von Hunderten von Kerzen, deren Schein Alexeis Konturen weich umriss.

Er setzte sich neben mich, und die Matratze unter mir sank ein Stück ein. Wir waren in seinem Bett. In seinem Gemach mit den schwarzen Wänden und dem blutroten Teppich.

Rechts von uns stand der Ledersessel, auf dem wir …

Langsam kamen die ersten Bilder zurück, bis mir einfiel, dass ich gar nicht eingeschlafen war.

Dass ich nicht einschlafen *konnte.*

Ich tastete nach der Stelle zwischen meinen Rippen, in die Alexei seine Klinge gestoßen hatte. Sie war verheilt.

»Du hast mich getötet.«

Es war kein Vorwurf. Keine Frage. Nur eine schlichte Feststellung. Eine Tatsache. Etwas, das wir genau so besprochen hatten.

Alexei nickte kurz, und erst jetzt bemerkte ich den silbrig violetten Schimmer seines sonst rabenschwarzen Haars, das unter dem Licht der Kerzen aufglänzte.

Wie konnte mir das nicht zuvor schon aufgefallen sein? Wir waren uns viel nähergekommen als das.

Er strich sanft über meinen Kopf, zwirbelte eine meiner Strähnen zwischen seinen Fingern.

»Es fehlt nur noch ein letzter Schritt, dann ist deine Verwandlung abgeschlossen.«

Die Worte schlugen in meinem Verstand um sich. Ja, die Erinnerungen kamen zurück, und mit ihnen der fremdartige Schmerz in meiner Brust.

»Das ist der Hunger.«

Alexeis Blick war meiner Hand gefolgt, die ich unbewusst auf die schmerzende Stelle direkt über meinem Brustbein gelegt hatte.

Ich musste mich nähren. Von einem Sünder trinken. Sein Blut. Mein Herz pumpte so heftig, es wunderte mich, dass meine Adern nicht längst zerrissen waren wie spröde Fäden, an denen man zu fest zog.

»Ich habe jemanden für dich herbringen lassen.«

Alexei rief nach Stanislav, und sofort schwang die Tür auf. Der Bedienstete trat herein, dicht hinter ihm folgte eine Frau, deren Hände aneinandergekettet waren.

»Sie gehört ganz dir. Koste von ihren Sünden.«

Alexeis Stimme, die eben noch seidenweich meine Schmerzen heilte, hallte nun unablässig in meinem Kopf wider, prallte gegen meinen Schädel, warf ein bösartiges Echo zurück, das mich zermürbte.

Die Übelkeit, die in meinem Magen pochte, wurde stärker.

Die Frau war jung, vielleicht ein oder zwei Jahre jünger als ich. Die dunklen Haarsträhnen glitzerten bronzen und streiften mit jedem Schritt, den sie ans Fußende des Bettes tat, ihre knochigen Schultern. In ihren großen, runden Augen erkannte ich die reinste Form der Panik, die sich in jedem Winkel meines eigenen Körpers spiegelte.

Mein Blick zuckte zu Stanislav, und ich wusste nicht, wieso, aber ich schämte mich. Ich schämte mich, dass er mich so sah. Dass er wusste, welch selbstsüchtige Entscheidung ich getroffen hatte.

Die gleiche selbstsüchtige Entscheidung hat er einst selbst getroffen, erinnerte ich mich in Gedanken.

Der Bedienstete verneigte sich wortlos, ehe er das Gemach verließ und die Tür hinter sich geräuschlos zuzog.

Langsam richtete ich mich auf, da drang das Rauschen zurück in mein Bewusstsein. Ich presste mir die Hände auf die Ohren und verzog das Gesicht. Meine Gedanken wirbelten durcheinander.

»Was ist das für ein Geräusch?«

Alexei zog die Brauen zusammen und musterte mich eingehend.

»Dein Körper. Dein Blut, deine Organe, dein Herz. Deine Sinne sind geschärft, deshalb kannst du ihn arbeiten hören. Du gewöhnst dich daran«, fügte er hinzu, als ob er ahnte, dass mich dieser Gedanke aus der Fassung brachte. »Es wird zunächst stärker, wenn die Verwandlung vollzogen ist. Aber du wirst sehen, es bringt auch viele Vorzüge mit sich, wenn man Empfindungen noch intensiver fühlt.«

Ich bemerkte, wie seine Iriden für den Bruchteil eines Atemzugs in Dunkelheit eintauchten, ehe sie wieder weinfarben funkelten. So, als hielte man einen Kristall vor seine Augen, durch den schillerndes Licht fiel.

»Alexei, ich …«

Ich hielt inne, als die Schmerzen in meinem Kiefer drängender wurden. Mein Mund glühte.

»Was zum …«

Mit der Zungenspitze fuhr ich über die Innenseiten meiner Wangen und weiter. Bis ich gegen etwas Spitzes stieß, das sich aus meinem Zahnfleisch bohrte, und sofort brandete der Geschmack von Blut auf meiner Zunge auf. Ich keuchte. Natürlich. Meine Zähne veränderten sich, damit ich Nahrung aufnehmen konnte.

»Du wirst dich daran gewöhnen«, wiederholte Alexei und berührte mein Kinn, um es anzuheben. »Und du wirst es genießen.«

Ich nickte und mied seinen Blick, weil ich wusste, was ich darin entdecken würde: Erwartung.

Alexei glaubte fest daran, dass ich die Existenz als Xathyr

genießen würde. Aber die Wahrheit war, dass es in diesem Moment nichts geben konnte, das sich falscher anfühlte als mein eigener Körper.

Ich sah an seinem Gesicht vorbei zu der Frau, die verängstigt in unsere Richtung schaute. Ihre Haut war eigentlich von einem zarten Braun, erkannte ich an ihrem Hals und Dekolleté, doch die Farbe war aus ihrem Gesicht gewichen, sodass sie beinahe durchscheinend wirkte. Trotzdem war sie atemberaubend schön mit ihren großen dunklen Augen. Ich konnte Hunderte Farbnuancen in ihnen ausmachen.

Ich sah an ihr hinab. Über ihren grazilen Hals. Ihr Puls pochte unter ihrer Haut, als wäre er ein lebendiges Wesen, das sich seinen Weg nach draußen erkämpfen wollte.

Mein Kiefer schmerzte so sehr. Meine Brust auch. Die Übelkeit kroch meine Speiseröhre hinauf. Speichel sammelte sich in meinem Mund.

Erst als ich ihren Duft nach Zitronen und etwas Süßem, Karamelligem wahrnahm, bemerkte ich, dass ich aufgestanden und zu ihr gegangen war. Zu der Frau, die mich noch immer so ansah, als wäre ich ihr Untergang.

Nun, vielleicht würde ich das sein. Aber sie wäre auch der meine. Ihr Blut würde endgültig besiegeln, was Alexei begonnen hatte. Den Anfang von meinem Ende.

Ich spürte eine warme Hand an meiner Taille und drehte mich leicht zu Alexei, der hinter mir stand, das Gesicht über meine Schulter gebeugt, ganz nah an dem der jungen Frau. Sein bordeauxrotes Hemd schmeichelte seinem Hautton.

»Wir tun es gemeinsam«, raunte er an meinem Ohr und verstärkte den Druck seiner Hand. »Soll ich sie für dich manipulieren?«

Ich betrachtete die Frau, die mich aus flehenden Augen ansah, ohne ein Wort zu sagen.

»Nein«, antwortete ich. »Man muss seinen Ängsten ins Auge blicken.«

Ob ich von ihren oder den meinen sprach, konnte ich selbst nicht auseinanderhalten.

Alexei trat hinter die Frau, hielt sie fest, bleckte die Zähne und vergrub sie in ihrer Schulterbeuge, während er meinen Blick festhielt. Sie schrie auf.

Sie hat etwas Schreckliches getan, rief ich mir in Erinnerung. *Sie hat jemandem Leid zugefügt. Sie hat das hier verdient.*

Tränen drückten gegen meine Augen, wollten mir sagen, dass es zwecklos war, mich an diese Worte zu klammern, als würde ich sie dadurch glauben. Denn tief in meinem Inneren wusste ich, was einen Menschen dazu verleitete, falsche Dinge zu tun.

Fehler entstehen aus Gefühlen. Frei von ihnen zu sein, bedeutet auch, nichts zu empfinden.

Kas' Stimme und die verfluchten Emotionen darin suchten mich heim wie ein rachsüchtiger Geist.

Empfindest du denn etwas?

Ja.

Stille, Stille, Stille, dann …

Ich hatte Angst, dass du nicht mehr aufwachst.

Du hast mich gefunden.

Ein einzelner Teil von dir reicht mir aber nicht, Zoé.

Keine Spielchen mehr.

Keine Spielchen mehr.

Keine Spielchen mehr.

Lügen. Blutgetränkte Lügen.

Ich neigte den Kopf, bis meine Lippen die Haut der fremden Frau berührten. Tränen quollen aus meinen Augen, als ich den Mund öffnete, meine Zähne über ihrer Schlagader positionierte und sie dann in ihr Fleisch senkte. Ohne auch nur den geringsten Widerstand gab es nach. Der süße Geschmack von Blut erblühte auf meiner Zunge, rann samtig meine Kehle hinab. Es schmeckte so, wie ihre Haut roch. Warm und voll.

Mit jedem Schluck wurde der brennende Schmerz in meiner Brust mehr verdrängt, bis nur ein wohliges Gefühl blieb, das sanft in meinem Unterleib kribbelte.

Alexei stöhnte neben mir auf, und auch ich konnte einen lustvollen Laut nicht unterdrücken. Aus dem sanften Kribbeln wurde ein drängendes, direkt zwischen meinen Beinen. Kurz darauf spürte ich Alexeis Hand an meinem Hintern.

Er packte fest zu, zog mich an sich und küsste mich. Seine Zunge glitt in meinen Mund, als wollte er mich erobern. Er neigte meinen Kopf, um sie tiefer in mich zu stoßen, und der Geschmack von Blut ließ mich alles noch intensiver fühlen.

»Trink weiter«, hauchte er und schob mein Gesicht zurück in die warme Halsbeuge der Sklavin.

Dabei hätte er das gar nicht zu sagen brauchen, denn ich konnte ohnehin nicht anders. Ich presste mich an ihren weichen Körper, stieß meine Zähne in ihre Haut, ein Stück unter den ersten Bissmalen, die ich nicht versiegelt hatte.

In der Sekunde spürte ich, wie Alexei hinter mich trat und mein Kleid hochschob, bis kühle Luft auf meine Nässe traf. Mir blieb nur ein Atemzug, um zu realisieren, was er tat, als er seine Spitze durch meine feuchten Schamlippen zog.

Dann drang er ohne Vorwarnung tief in mich ein. Sein kehliges Stöhnen an meinem Ohr stellte meine Nackenhaare auf, und mein Herz warf sich heftig gegen meine Brust.

Ich rief mir in Erinnerung, dass der Mann hinter mir Alexei war. Er würde mir nicht wehtun. Im Gegenteil.

Alexei packte meine Hüften und nahm mich schneller, meine Mitte zog sich zusammen, umschloss sein Härte. Ich konzentrierte mich darauf, wie er sich in mich hinein- und dann wieder aus mir herausbewegte. Dann wieder.

Rein, raus, rein, raus, rein.

Als ich mich an seine Stöße gewöhnt hatte, schob ich eine Hand in den Nacken der Frau. Ich zog sie fester an mich, trank noch gieriger, als könnte ihr Blut mich schneller zum Höhepunkt treiben.

Doch anstelle der Erlösung, die ich zwischen meinen Beinen suchte, jagten undeutliche Bildfetzen durch meinen Geist. Ich hörte Schreie, spürte eine unsägliche Qual, die sich wie ein Stein in meinem Magen versenkte.

Sofort hielt ich inne.

»Warte«, keuchte ich, Schwindel ließ meinen Verstand taumeln. »Alexei, hör auf.«

Er stöhnte hinter mir und drückte einen Kuss auf meine Schulter, bevor er sich erneut fest in mich stieß. Seine Finger gruben sich tiefer in meine Hüften.

»Was hast du, Liebste? Ich bin gleich fertig.«

Raus, rein, raus, rein, raus, rein.

»Ich brauche …«

Ich wusste nicht, was ich brauchte. Nur, dass ich hier wegmusste. Fort von den Bildern dieser Frau, die Dunkelheit über mich brachten, sich mit anderen vermischten, die seit Ewigkeiten in meinem Kopf festsaßen.

»Hör bitte auf«, wimmerte ich.

Ein schnalzendes Geräusch erklang, als Alexei sich endlich aus mir zurückzog. Ohne seinen Halt sackte ich zu Boden. Meine Hand fuhr zu meinem Dekolleté, rieb über die Haut, die sich viel zu heiß anfühlte, mein Herz darunter ein hektisch pulsierendes Nervenbündel.

»Was …« Ich begann zu würgen.

Alexei zog seine Hose über seinen immer noch harten Schwanz und sah zu mir runter.

»Es beginnt«, sagte er ruhig.

Mein Kiefer schmerzte so sehr, meine Organe brannten, Flammen rasten durch meine Venen hoch zu meinem Herzen und ließen es brennen, brennen, brennen. Meine Seele zerriss und fiel in sich zusammen. Ich wollte schreien, aber meine Kehle schien verbrannt. Mein ganzer Körper.

Ich ertrank in Feuer.

Bis nur noch Asche übrig war.

Kalte Wellen schwappten gegen meinen Körper und hüllten mich in ihre Dunkelheit.

Ich habe nur an etwas gedacht.

An was?

Daran, dass du noch schöner bist, wenn du lachst. Und daran, wie es wohl schmecken würde, das Sternenlicht von deinen Lippen zu trinken.

Das Wasser stand mir bis zum Hals und zerrte an meinen Gliedern, als wollte es mich in seine Untiefen ziehen.

Weil du mich brauchst, um nach Xanthia zurückzukehren.

Weil ich dich brauche.

Mein Kopf tauchte unter die Meeresoberfläche, und ich wusste, dass es kein Zurück mehr gab.

Es war zu spät.

Niemals werde ich dir vertrauen.

Ich hatte nicht aufgepasst.

Niemals werde ich dich in meine Nähe lassen.

Ich hatte mich ablenken lassen.

Niemals werde ich dich mit mir nach Xanthia nehmen.

Ich war weich geworden.

Und jetzt würde ich ertrinken.

An meiner eigenen Dummheit.

An Kaspars Verrat.

Er hatte mir alles genommen.

Meine letzte Chance.

Eine Sache wird sich nie ändern. Ich hasse *Alexei, und alles, was ich tue, dient dem Zweck, ihn zu zerstören. Vergiss das niemals.*

Er hatte es mir gesagt. Hatte mich gewarnt. Hatte mich benutzt, um Alexei eine Botschaft zu schicken.

Vertraust du mir?

Nein.

Und ich hatte es doch getan.

Ich komme bald zurück. Z.

»Zoé?«

Die vertraute Stimme glich einer Hand, die durch die undurchdringbare Schwärze brach, um nach mir zu greifen und mich aus dem tiefen Abgrund der eiskalten Fluten herauszuziehen. Alexei. Er rettete mich. Schon wieder. Trotz allem.

Liebe kann so etwas. Sie verzeiht. Sie macht uns besser.

Ich streckte meine Finger in seine Richtung, berührte ihn und …

Ich schnappte erstickt nach Luft, als ich meine Augen öffnete.

»Du bist wach«, sagte Alexei an meiner Seite. »Wie fühlst du dich?«

Ich lag regungslos da, mein Körper schwerelos und tonnenschwer zugleich. Nur ein Finger zuckte als Reaktion auf Alexeis Nähe.

Meine Lippen teilten sich, um ihm zu antworten, doch es kam kein Laut darüber. Weil ich es nicht wusste. Ich horchte in mich hinein, und es fühlte sich an, als würde ich auf einem Meer der Taubheit treiben.

Die Erinnerungen daran, wie ich hier gelandet war, waren undeutlich, vernebelt durch das Zerfallen meines sterbenden Körpers.

Hunger pochte in mir wie ein Stachel, der sich mit jedem weiteren Schlag meines Herzens tiefer in meine Eingeweide bohrte. Ein roher, unnatürlicher Hunger. Einer, der niemals würde gestillt werden können.

Heiße Wut jagte diesem unbändigen Schmerz hinterher, als Verstehen in mir dämmerte. Als meine Menschlichkeit von mir abfiel wie die Blüte einer vertrockneten Rose.

Ich hatte eine Entscheidung getroffen, die mein letzter Ausweg gewesen war.

Es war vorbei.

Mein menschliches Leben war zu Ende.

Ich weinte. Ich weinte stumm. Die Tränen strömten in die Leere in meinem Inneren, nährten den Garten, der bereits vor langer Zeit in mir gestorben war.

Bunte Farben erblühten im Schwarz.

Alexei hatte recht.

Als Xathyr fühlte man intensiver.

Der körperliche Schmerz war fort, bis auf den Hunger.

Was verbogen und zerkratzt gewesen war, war nun glatt und neu. Was trüb war, glänzte. Die Scherben in meiner Brust, an denen ich mich immer wieder geschnitten hatte, zusammengesetzt. Die Finsternis in meinem Kopf hatte Risse bekommen, entblößte Lichtstrahlen unter den Schatten, die die Kälte verdrängten.

Doch da lag ein grauer Schleier über allem.

Ein einziges Gefühl, das Flammen in meiner Seele schürte. Ein einziger Gedanke, der meinen Verstand ausräucherte. Ein einziger Wunsch, den ich auf meiner Zunge schmeckte wie die verkohlten Überreste meiner selbst.

Brenn für mich, hatte Kas gesagt. Und ich brannte.

»Ich werde ihn töten.« Hass tropfte von jedem meiner Worte und sickerte tief in meine Seele. Langsam setzte ich mich auf und sah Alexei fest in die Augen. »Ich werde Kaspar finden, und ich werde ihm sein verräterisches Herz aus der Brust reißen.«

IRGENDWO IN XANTHIA

EPILOG

KAS

»Was für ein unerwarteter Anblick.« Schatten kräuselten sich um die geschwungenen Kurven der Frau, die mir die Tür öffnete. Ihr Blick fuhr tastend über meinen Körper, bis er an meinem Gesicht haften blieb. »Ich dachte schon, Alexei wäre dich ein für alle Mal losgeworden.«

Ich unterdrückte den Impuls, ihr die Kehle aufzureißen, und legte den Kopf schief.

»Damit du frei von deinem Versprechen wärst?«

Ich schob mich an ihr vorbei ins Innere des Hauses. Alles hier drin schrie nach Prunk im Überfluss. Mein Blick flog über die in Samtbrokat gekleideten Wände, an denen Aberdutzende von Gemälden hingen. Kein einziger Spiegel. Über meinem Kopf prangte ein Lüster, der den Raum in schummriges Licht tauchte. Seine Kristalle klimperten im Windzug, als sie die Tür hinter uns schloss.

»Hatte ich dir nicht gesagt, du sollst dich bedeckt halten?« Diesen Prunk konnte man wohl kaum als unauffällig bezeichnen.

Sie trat hinter mich und ließ ihre langen Fingernägel über meinen Rücken gleiten.

Täuschte ich mich, oder schnurrte sie dabei wie eine Katze, die bekam, was sie wollte?

Heißer Atem streifte meinen Nacken, der Geruch von warmem Amber strömte hinterher. Dann spürte ich ihre Lippen an meinem Ohr.

»Warum bist du hier, Kas?«, hauchte sie. »Hat dich die Sehnsucht nach mir hierher verschlagen?«

Ich drehte mich langsam zu ihr um, begegnete ihren dunklen Augen, die mich zwischen dichten, langen Wimpern musterten. Einer ihrer schlanken Finger wand sich unablässig um eine lange schwarze Haarsträhne.

»Ich habe Nikolajs Relikt.«

Unglaube huschte über ihre glatten Züge, bevor Verstehen ihr Gesicht zeichnete.

»Du gerissener Mistkerl.« Nastya krümmte die roten Lippen zu einem raubtierhaften Grinsen, das ihre Fangzähne offenbarte. »Dann kann das Spiel endlich beginnen.«

ENDE BAND 2
FORTSETZUNG FOLGT …

DANKSAGUNG

Liebe Leserinnen und Leser, habe ich euch zu viel versprochen, als ich im Vorwort von Band 1 schrieb, dass *Empire of Sins and Souls* von Band zu Band an Fahrt aufnimmt? Ich hoffe sehr, dass es euren Herzen gerade besser geht als dem von Zoé. Ich will euch dafür danken, dass ihr ihre Entwicklung über Band 1 hinaus verfolgt. Und lasst euch gesagt sein: In Band 3 wird unsere Heldin weiter über sich hinauswachsen (und ihr Herz ganz vielleicht auch wieder heilen – oh, Moment, lautet der Bandtitel nicht *Das zerrissene Herz*?)!

Außerdem danke ich Franziska Hoffmann von der Michael Meller Literary Agency und Maria Weber von der Verlagsgruppe Droemer Knaur, denen ich dieses Buch gewidmet habe.

Liebe Franziska: Danke, dass du erkannt hast, wie wichtig dieses Projekt für mich war (und ist). Danke, dass du mit mir daran gearbeitet hast – dass du mir mit jeder deiner Anmerkungen dabei geholfen hast, besser zu werden in dem, was ich tue. Ich bin so froh, dich in dieser Branche an meiner Seite zu wissen, nicht nur als Expertin, sondern auch als Mensch, der mich beinahe ohne Worte versteht.

Liebe Maria: Als Franziska mir von eurem Gespräch über EOSAS erzählt hat, hat es mir den Boden unter den Füßen weggerissen – im positivsten Sinne! Zu hören, wie sehr du schon gleich zu Beginn an diese Trilogie geglaubt hast, hat meinen Glauben in mich selbst gestärkt und mir etwas geschenkt, von dem ich dachte, es verloren zu haben: Vertrauen in meine Geschichten. Danke, danke, danke!

Ich weiß nicht, wo ich heute ohne euch stünde.

Selbiges gilt für meine Lektorin Jacqueline Wagner, die gerade in diesem Moment auf der anderen Seite des Bildschirms sitzt und mir virtuell beim Schreiben der Danksagung zuschaut, haha (nein, eigentlich sieht sie sehr konzentriert aus, während sie am Lektorat dieses Buches arbeitet). In diesem Sinne: Danke, Jacqueline, für die unfassbar großartige Zusammenarbeit – nicht nur während der Lektorate. Ich hätte mir für diese Reise niemand anderen an meiner Seite gewünscht. Ich freue mich auf alle weiteren dunklen Bücher, die wir gemeinsam auf die Welt bringen werden! Danke für alles (vor allem für die vielen Lacher).

Ein besonderes Dankeschön geht in diesem Zusammenhang natürlich auch an Droemer Knaur und vor allem Knaur Fantasy.

Einer der wichtigsten Menschen für die Entstehung von *Empire of Sins and Souls* – aber auch in meinem Leben – ist Juli Dorne. Juli, danke, dass du meine Bücher besser verstehst, als es sonst jemand kann. Dass du zwischen den Zeilen liest und mich in meinen Texten wiederfindest. Das geht nur, weil du mich besser kennst als ich mich selbst. Danke für deine Freundschaft. (Wer nach diesem Buch nach neuem Lesestoff sucht: Lest Julis Bücher, sie sind absolut meisterhaft!)

Ein sehr wichtiges Danke will ich außerdem an meine fabelhaften Testleserinnen richten: Leonie (deine Sprachnachrichten sind mein Lieblingspodcast), Christina (niemand kritzelt so emotionale Notizen wie du), Steffi (abends abschminken, ohne mit dir währenddessen über die verschiedensten Themen zu quatschen, geht nicht mehr). Danke für eure Begeisterung und eure Unterstützung. Danke, dass ihr mir helft, das Beste aus meinen Büchern rauszuholen!

Liebe Buchbloggerinnen und Buchblogger, sowohl auf Instagram als auch auf TikTok, ich danke euch für euren unermüdlichen Support. Eure Bücherliebe steckt die ganze Welt an!

Zu guter Letzt komme ich zu meinem Mann und meiner Familie. Erst vor zwei Tagen mussten wir einen schweren Schicksalsschlag verschmerzen. Umso dankbarer bin ich für unseren Zusammenhalt, für eure Liebe, für alles, das uns verbindet. Ohne euch als Stütze hätte ich dieses Buch nicht pünktlich fertig bekommen.

Danke jeder und jedem Einzelnen von euch – wir lesen uns im März 2025 zum großen Finale wieder!

Eure Beril
09. Juli 2024

PERSONENVERZEICHNIS

République Adrasteau:

Jeanne Durand – Mutter von Zoé
Marianne Catteau – Freundin von Zoé, Prostituierte, auch bekannt als Marie
Louise Catteau – Tochter von Marie
Jean-Paul Montblanc – Zuhälter
Raoul Vignaud – Freier
Claire Moreau – Freundin von Zoé, Diebin

Xanthia:

Zoé Durand
Alexei – Graf
Nika – Generalin
Stanislav – Bediensteter
Mikayla – Zofe
Ivan – Bediensteter
Vadim – Wache von Alexei
Darya – Wache von Alexei
Maxim – General von Alexei
Pavel – Bekannter von Nika
Roman – Freund von Nika
Gregori – Aschebaron
Valentin – Bediensteter
Nikolaj – Knochenbaron
Miron – Schattenbaron, auch bekannt als Herr der Spiegel
Ana – Lebensgefährtin von Miron, Baronin
Alina – Tochter von Miron und Ana, Baroness
Nastya – ehemalige Geliebte von Alexei
Kaspar – »Prinz«, auch bekannt als Kas

CONTENT NOTES

- Sexualisierte Gewalt
- Psychische und physische Gewalt, Folter
- Pflege / schwere Krankheit von nahen Angehörigen
- Andeutung von Kindesmisshandlung
- Menschenhandel / Sklaverei
- Tod eines Elternteils

Wenn dich alle, die du liebst, verraten …
Wem kannst du dann noch trauen?

BERIL KEHRIBAR

EMPIRE OF SINS AND SOULS 3

DAS ZERRISSENE HERZ

Als Zoé Durand ihre Augen öffnet, ist da nur ein einziges Gefühl, das verheerend durch ihre Venen rauscht: Hass. Nach Kaspars Verrat musste sie eine Xathyr werden, um nicht im ewigen Höllenfeuer zu enden, nun schwört sie Rache. Noch ahnt Zoé nichts von Kas' Gründen, doch schon bald muss sie erkennen, dass es hier um weitaus mehr geht als ihr eigenes Leben. Das Geheimnis von Xanthia wird gelüftet und die Existenz aller Xathyr bedroht. Hielt Zoé Kas für den Bösewicht ihrer Geschichte, so muss sie sich nun eingestehen, dass sie nicht länger weiß, wer Freund und wer Feind ist. Erst recht nicht, als Alexei mit einer Information herausrückt, die alles verändert. Von beiden Männern, denen sie einst vertraute, verraten, bleibt Zoé nichts anderes übrig, als sich mit ihnen zu verbünden, um sich ihrem gemeinsamen Schicksal zu stellen. Retten sie Xanthia oder das Leben eines Unschuldigen?

Das epische Finale der »Empire of Sins and Souls«-Trilogie, in der die Heldin sich ein letztes Mal entscheiden muss – zwischen Graf und Prinz, zwischen sich selbst und Xanthia.

Ein gesetzloses Land voller Monster und Magie
und eine Liebe, die nicht sein darf

CARINA SCHNELL

A BREATH OF WINTER

ROMAN

Ein Fürst der Unterwelt mit einem weichen Herzen.
Ein Hexenschlächter ohne Skrupel.
Eine verborgene Hexe mit nur einem Ziel: Rache.

Middangard ist ein gesetzloses Land, in dem Söldner mordend und brandschatzend umherziehen, Walküren den Himmel bevölkern und Trolle die Wälder unsicher machen. Doch Middangard ist auch ein Land uralter Magie. Als ein gnadenloser Mörder immer mehr Hexen den Tod bringt, wird der Trupp des gefürchteten Söldnerführers Gent auf den Hexenschlächter angesetzt. Die junge Smilla schließt sich den Söldnern unter einem Vorwand an: Niemand soll wissen, dass sie eine Hexe ist und endlich Rache für die Ermordung ihrer Familie nehmen will. Während ihrer gefahrvollen Suche nach dem Mörder kommen Smilla und Gent einander ungewollt näher. Doch Smilla ahnt nicht, wie dunkel das Geheimnis ist, das Gent vor allen verbirgt …

Band 1 der Rabenwinter-Saga